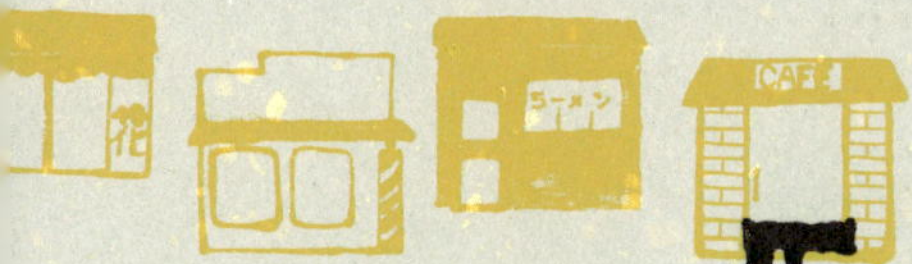

ねこ町駅前商店街日々便り

柴田よしき
SHIBATA YOSHIKI

祥伝社

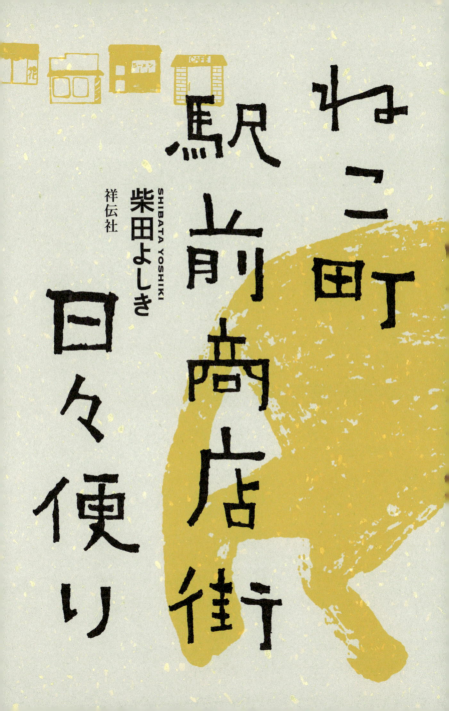

ねこ町駅前商店街日々便り

ねこ町駅前商店街日々便り　目次

装丁　緒方修一
装画　那須香おり

一章　駅長登場

1

「んじゃ、来月から駅長がおらんことになるんかい」

どんぶりに割《わ》り箸《ばし》を突っ込んでいつものようにぐるぐる、汁と麵《めん》を混ぜ合わせながら、竹島陽吉《たけじまようきち》が言った。

「なんぼ田舎《いなか》のどんづまり駅でも、駅長がおらんのはまずいやろう。なんかあった時どうしたらええんや」

「なんかて、なんや」

他に客はいない。カウンターの内側の島崎国夫《しまざきくにお》は、前掛《まえか》けで手の水気を拭《ふ》きとってから煙草《たばこ》に火を点《つ》けた。

「なんも起こらんやろ、こんなちんこいどんづまり駅では」

「わからんでえ。運賃払わんと逃げるやつとか」

「電車に運転士が乗っとるがな。ワンマンなんやから、運転士が料金受け取るまで客を降ろさんかったらええんや、他の駅みたいに」

「無人駅でもないのにか」

「駅長がおらんようになったら無人駅やがな」

「そやけど売店はあるんやで。売店あるのに、無人駅ゆうのもおかしいやろ」

「別にええやないか。どのみちこんな駅、乗り降りするのは地元のやつらばっかや。しかも定期券持っとるガキどもと、老人パス持っとる年寄りしかおらんやないか。切符買《こ》うて乗る客なんか一日に何人もおらん」

「うーん」

竹島陽吉は、ずずっと麺を大量にすすりこみ、くちゃくちゃ噛《か》んでごっくんと呑《の》みこんでから頭を振った。

「しかしなあ……終点が無人駅やなんて……もうこの路線もいよいよあかんかなあ」

「あかんやろ」

島崎国夫は、煙草の煙とともに溜《た》め息《いき》を吐き出した。

「国鉄に見放された時にもう終わっとるんや」

「JRやで」

「いっしょや。柴山《しばやま》グループが地元出身の代議士に頼みこまれて嫌々《いやいや》引き受けた超赤字電車、なんぼ柴山グループでも、毎年赤字が増えるんやからいい加減我慢も限界やろ。三セクかて簡単に潰《つぶ》れるんや、こんな田舎私鉄、これまでようもったわ」

某県某所を走る私鉄、柴山電鉄根古万知《ねこまんち》線。かつては国鉄の支線だったのだが、国鉄がJRとなった年、地元の一大観光企業であり、路線バスやタクシー会社、リゾートホテルなどを傘下《さんか》におさめている柴山グループが引き受けて、柴山電鉄として生まれ変わった。JRの某駅から片道約一時間、終着駅の根古万知まで田園風景の中をとことこ走る典型的なローカル電車である。始発駅はJR駅の構内に間借《まが》りしており、そこには駅員が数人いるが、あとは終着駅と列車すれ違いの行われる雉田駅《きじた》を除いては全駅無人。むろん単線である。沿線に中学が二校、高校が一校あるので、朝夕は生徒たちがそこそこ利用しているが、他の時間帯は乗客が一人も乗っていないことも特に珍しくはない。当然赤字線であり、経営側としてはバスへの全面転換、路線廃止のタイミングをはかっている、というのが現状だ。

そんな根古万知線の終着駅根古万知のたった一人の駅員であり、駅長であった斉藤茂太《さいとうしげた》が定年退職するのは今月末。半年ほど前、後任の駅長に、現雉田駅副駅長の中山恒男《なかやまつねお》が内定し、今月二十日には正式任命されるはずだった。だが中山恒男が先日心筋梗塞《しんきんこうそく》で倒れてしまい、まだ新駅長の人選ができずにいる、という話題である。

「しかし柴山電鉄も人材がおらんのう。雉田駅に副駅長なんかいらんやないか、あっちの副駅長に決まった丸山《まるやま》さんをこっちにまわして駅長にしたらええんや」

「雉田駅には車庫がある。どっちの駅が重要かゆうたら、雉田のほうが重要や。根古万知はただ終着駅やゆうだけで、来た電車がそのまま折り返すんやからチカちゃん一人でなんとかなる」

チカちゃん、とちゃんづけで呼ばれてはいるが、田村千加《たむらちか》は今年満で五十九歳、そして竹島陽吉も島崎国夫も五十九歳。つまり三人は幼《おさな》なじみで、共にこの小さな田舎町に生まれ、育った。田村千加は柴山電鉄の契約社員で、根古万知駅に設置されている売店をまかされている。売店には他にもうひとり、パートタイム勤務の塚田恵子《つかだけいこ》が雇われていて、売店業務の他にも駅の掃除《そうじ》だの、到着した電車車内で見つかった忘れ物の保管だのと雑多な仕事を二人だけでこなしている。田村千加の夫、田村慎也《しんや》は、柴山電鉄と同グループ会社である柴山交通に勤務する、路線バスの運転手である。

「もういっそ、チカを駅長にしたらええんや」

竹島陽吉は汁をずずっとすすり、煮豚を箸でつまんでちょっと眺めてから、ぱくりと口に入れた。

陽吉が食べているのは、ここ『福々軒《ふくふくけん》』の数少ないメニューのひとつ、ラーメン（並）。他にメニューにあるのは、ラーメン（大）、チャーシュー麺（並）、チャーシュー麺（大）、ライス（半）、ライス（並）、ライス（大）、生卵、ビール、ウーロン茶のみ。餃子《ぎょうざ》もなければチャーハンもない。かと言って、福々軒店主島崎国夫が、こだわりの頑固一徹《がんこいってつ》ラーメン職人である、というわけでもない。単に他のものは作れないから売らない、というだけである。そして、だいたい一日平均五、六人程度の客は例外なく常連であるので、メニューが少ないことに対してクレームが来る心配はない。常連客たちはラーメンの大小、煮豚のあるなし、それに生卵をどう使うかで、それぞれ勝手にバリエーションを楽しんでいる（のかもしれない）。生卵はラーメンに落として具として楽しむ以外にも、御飯にのせて卵かけ御飯、汁が熱いうちにガーッとかき混ぜて卵とじラーメン、などとけっこう使い道のある便利なメニューなのである。

そしてカウンターの内側で、呑気《のんき》に煙草をふかしつつ柴山電鉄の行く末に絶望的な意見を吐いている島崎国夫が、福々軒の全メニューを一人で調理している店主である。と言っても福々軒にはカウンターがあるのみ、そのカウンターの長いほうに六個、短いほうに二個しか椅子《いす》が置かれていないので、仮に満席になったとしても客は八人が最大数。そしていまだかつて福々軒が満席になったという事実は、開店当初を除けば店主の島崎国夫自身にすら記憶にないので、一人で切り盛りするのに特別不都合はなかった。

「ま、柴山電鉄がおしまいの時は、いよいよこの駅前商店街もおしまいだな」

竹島陽吉は、ごっそさん、と言って割り箸を横にし、手を合わせた。

「駅がなくなっちまったら、駅前でもなんでもなくなるしな」

島崎国夫は力なくうなずいた。

「覚悟はしとる。グレープフルーツを八百屋《やおや》で初めて見た時に、いつかはこんな日が来るやろと思っとった」

根古万知駅はその昔、終着駅ではなかった。旧国鉄の一路線だった時代には、数十キロ離れた太良《たら》山《やま》にあった炭坑町まで鉄道が走っていた。戦前の日本中の炭坑がそうであったように、石炭が国のエネルギーのほぼすべてを担《にな》っていた時代には、太良山炭坑とそこに働く人々の町はおおいに栄えていた。根古万知もその恩恵にあずかった町であり、当時は炭坑夫たちが女遊びのできる店がぎっしりと駅前に軒《のき》を連《つら》ねていて、とてもきらびやかなところだったという。が、戦後、日本のエネルギーは石炭依存から石油依存へと転換した。各地の炭坑は次々と廃坑になり、炭坑夫とその家族たちは散り散りになって去って行った。それと同時に、炭坑夫の金をあてこんでいた各地の花街も息絶えた。

戦死した島崎国夫の祖父も炭坑夫で、その息子の父親も戦後とりあえず炭坑夫になった。が、まだ二十歳をようやく過ぎたばかりの頃に、国夫の父は一度都会に出たらしい。そこでいろいろあって結局故郷に戻ったのだが、その時に嫁と赤ん坊を連れていた。その赤ん坊が国夫である。都会で貯《た》めた本当にわずかな金で国夫の両親は、根古万知駅前商店街の一角に店を出した。福々軒の前身の『福々食堂』がそれである。国夫が憶《おぼ》えている限り、福々食堂には五種類のメニューしかなかった。うどん、親子丼、とんかつライス、ラーメン、それに国夫の母親の自慢料理だった、いなり寿司。もしかしたら他にもこまごまとした料理が出されていたのかもしれないが、国夫の記憶にはまったく残っていない。それでも店はまあまあ繁盛《はんじょう》していたのだ。時代はオイルショックを乗り越えて、新たな高度成長にさしかかっていた。やがて炭坑が閉鎖されたが、新たな産業として地元産の甘夏《あまなつ》みかんが脚光を浴《あ》びていた。ねこまち甘夏、と命名された特産の甘夏は、糖度が高くて酸味がほどよく、皮がやわらかくて剝《む》きやすい、という優れた特徴があった。ねこまち甘夏の出荷量が増えるに従って、炭坑がなくなって衰退していた地元も活気を取り戻し、根古万知駅前商店街にも客が戻って来た。が、そんな好景気が訪れる少し前、一九七一年にグレープフルーツの輸入が自由化されていた。オイルショックを経《へ》て立ち直った日本経済には、輸入自由化された世界各地の産物がどっと流れこんでいた。グレープフルーツに代表される海外産柑橘《かんきつ》類が、じわじわと国産柑橘類の市場を圧迫し始めた。日本各地の柑橘類農家はそうした市場侵略に対して、より消費者のニーズに合った作物の開発、より安価な提供を可能にする合理化を進め、ねこまち甘夏はその流れに乗り遅れた。

それでも、福々食堂は頑張ったほうである。

国夫の父親が死に、一時故郷を離れていた国夫がこの町に戻って店を任《まか》されるようになると、国夫は全国を席捲《せっけん》していたラーメンブームに目をつけて、福々食堂をラーメン店へと改装した。すでに半分引退状態だった母親は文句を言わず、地元の出身ではなく国夫に従ってこの町にやって来た国夫の妻も、賛成した。この方針転換は最初は当たった。ラーメン専門店、などというものは当時まだ地元ではとても珍しくて、国道沿いに有名チェーン店が一店あるのみだったのだ。それにもともと、福々食堂でもいちばん売れていたメニューがラーメンだった。商店街の人々がかわるがわる食べに来てくれて、さすがにその当時は満席の日も多かったらしい。が、開店から数ヶ月で昼時以外は客の姿もまばらになってしまった。それでも家賃を払う必要のない気楽な商売で、他に自分たちが食べる分程度の野菜を作っている小さな農地も持っていたこともあって、新装開店からすでに三十年、福々軒は細々と営業を続け、国夫は毎日ラーメンを作り続けている。餃子を出したほうがいいとか、味噌とか塩のラーメンも置けとか、常連たちは好き勝手な提案をぶつぶつと出し続けているが、国夫はそうした提案を受け入れる気がまったくない。かと言って、ラーメン一筋に人生を賭《か》けて味を探求している、というようなこともぜんぜんない。国夫の作るラーメンは、福々食堂時代に出していた何の変哲もない醬油《しょうゆ》ラーメンから、基本的に何ら進歩はしていない。

これが美味《うま》いか不味《まず》いかは、ほとんど食べる側の好みの問題だろう。シンプルでいじくりまわしていない分好感が持てる味、と言えば言えるし、何の工夫もない平凡なラーメン、と評すればまさにその通りだ。ただひとつだけ言えることは、福々軒のラーメンは、地元以外のところから客が押しかけるほど絶品ではないけれど、地元の商店街に残っている数少ない常連客らが見捨てるほどには不味くない、ということだけだ。

そして、国夫には、それで充分である。もとよりラーメン道を極めたいとも思っていないし、自分が食べていかれる分の収入があればそれでいいと達観している。

この駅前商店街も、常時店を開けているのは、福々軒含めてわずか八軒だけになってしまった。最盛期、駅前の広場から二百メートルほど続くアーケードの両側に合わせて四十ほどの店が並び、そこそこ繁盛していたことを思うと、現在の状況はもはや末期的と言ってもいい。閉まったシャッターばかりが陰鬱《いんうつ》に連なり、地元の馬鹿ガキがそのシャッターに落書きした幼稚《ようち》なデザイン文字も、すでに薄汚れている。ほとんどの店が住居兼用建築なので、商売はやめてしまったけれどまだ建物の中に住んでいる、という家もあるのだが、多くの建物は空家《あきや》となり、ただ朽《く》ちるのを待っているだけの有り様である。今、カウンターに座っている竹島陽吉も、数少ない商店街の生き残りとして『文房具の店たけじま』を経営しているのだが、この店は地元の小学校、中学校に教科書やドリル帳、学校で使う文具などを卸《おろ》すのが主たる商売で、申し訳程度の店先に並べられているのは、ほこりをかぶった安売りのノート類ばかり。当然ながら、店にやって来て何か購入して行く客は一日平均して三人もいない。しかも卸しの仕事は陽吉の息子、陽平《ようへい》が、妻と共にきちんとやってくれているので、陽吉自身は楽隠居《らくいんきょ》しているのとほぼ同じ状態であった。

他にこの商店街の生き残りと言えば、祖父の代から炭坑夫相手の理髪店をやっていた『バーバーかとう』の店主、加藤壮二《かとうそうじ》。地元に唯一ある総合病院の売店に出店していて、そちらのほうが本店の数倍売り上げるという花屋『ねこまちフラワー』の柳井幸太郎《やないこうたろう》。商店街で唯一、他の店舗の倍、四間《けん》の間口を持つ『スーパー澤井《さわい》』の経営者、澤井晋一《しんいち》。スーパーと言ってももともとは酒屋なので、酒類の販売スペースが店の1／3以上を占めていて、残りのスペースに日用雑貨と食品が一通り並んでいる状態だ。地元の住民の大部分は車で三十分程度走った国道沿いにある巨大スーパーで日々の必要品を買ってしまうので、『スーパー澤井』で買い物をするのはこの商店街の住人だけである。そしてこの五人はみな同じ小学校、中学校を卒業した幼なじみだ。残りの三店舗に関してもだいたい似たりよったり、洋品店が一軒、寝具店が一軒、それに喫茶店が一軒、いずれも昭和のある時期で時が停まってしまったかのようなレトロな店構《みせがま》えで、経営者も国夫と同世代かそれより上、後継者なし、という状況である。

「まあ、あんたはいいや。息子が立派に跡継ぎになってくれたしな」

陽吉が食べ終わったどんぶりを、カウンターから手を伸ばしてひきあげ、代わりに熱いほうじ茶を一杯、いれてやりながら国夫が言うと、陽吉は寂《さび》しそうに首を振った。

「いや、あいつは店はやらんよ」

「なんでや。文具卸しの仕事はちゃんとやってくれてるんやろ」

「今はそっちより、ＯＡ機器のほうが主体なんや。上沢《かみさわ》の工場団地になんとか食いこめそうやて、必死やわ。そりゃ文房具なんかより単価がでかいしなあ。けど上沢まで車で一時間以上かかるやろ、そやから取引が本格的になったら、N市のどっかに事務所持って、住まいもマンション借りて移るゆうてるわ」

「陽平くん、引っ越しか」

「まあな……もともと陽平の嫁は別居したがってるし、孫の学校のこともある」

「お孫さん、まだ幼稚園やろ」

「来年小学校や。N市にある私立に入れたがっとるんや、陽平の嫁が」

「星南《せいなん》学園か。あそこは学費がごっついで」

「うん」

陽吉は溜《た》め息《いき》をひとつ、ついた。

「孫の学費くらい出してやりたいが、俺にも貯金なんかないしなあ。しゃあないから、家売ってええて息子には言うた。土地は二束三文やが、面積だけはそこそこある。その金で事務所とマンション借りて、学費も出るやろ、なんとか」

陽吉は商店街の店舗には住んでいない。もともとが農家の出なので、実家だった農家を改造して二世帯住宅にし、そこで暮らしている。陽吉の妻は一昨年病死した。陽吉が言う通り地元の土地価格はたいして高くはないが、息子夫婦の希望に合わせていろいろと現代的にデザインされたまだ新しい二世帯住宅には、そこそこの買値はつくだろう。

「それやったら、あんたもここに戻るわけか」

「それしかないしな。まあどうせ独り身や、商店街で暮らしたほうが便利やし落ち着く。あ、ごっつそさんでした。これね、ここおくから」

陽吉はたちあがり、きっちり五百円、ラーメン代をカウンターにのせると店を出て行った。

カウンターを拭《ふ》きながら国夫も溜め息をつく。陽吉が店の二階に越して来てくれるのは嬉《うれ》しいが、必死に働いて息子を育てても、結局は息子の嫁に何もかもとられてしまうんだな、と考えるとむなしさをおぼえる。それでもまだ、長男が地元に残ってくれただけ陽吉は幸せなのだろう。陽吉には三人も息子がいたが、次男、三男はそれぞれ都会に出てしまって、正月にもほとんど戻って来ない。

「お父さん、いる？」

がらりとガラス戸を開けて、愛美《まなみ》が現れた。島崎愛美、国夫の一人娘である。

「いるに決まっとる。店ほっぽってどこにも行くかい」

愛美は笑いながら入って来て、カウンター越しにタッパー容器を差し出した。

「これ、ランチの残り。これで昼御飯食べて」

「なんやこれ」

「海老《えび》コロッケとハンバーグと、赤いスパゲティ」

国夫は顔をしかめた。コロッケだのハンバーグだのスパゲティだのは、子供の食い物だと思っている。だが時計を見るとすでに午後三時、腹は減っていた。面倒なので飯をラーメンのどんぶりによそい、その上に愛美が持って来たものをすべてのせてかっこむ。

「わあ、なにその食べ方」

「あとで洗いもんが増えんでええやろ」

「こっち、野菜も食べてね」

小さいタッパーの蓋《ふた》を開けると、キャベツの千切りとトマトが入っていた。

「これっぽっち野菜食ってもなんも変わらんやろ」

「そんなことない。一食でいろんな栄養素を食べるのが大事なんだよ。毎日三十品目食べないと健康になれないんだから」

「毎日三十もおかず食ってられるか」

「そうじゃなくて、食品の数が三十。ほらそれだって、パン粉、揚げ油、ホワイトソースに使われてるバター、小麦粉、牛乳。それに小海老でしょ、合い挽《び》き肉、つなぎのタマネギ、卵」

「そんな面倒なこといちいち気にしてられるかい。だいたいおまえんとこ、ランチに客なんか来るんか。毎日こんなランチメニューなんか用意したって、材料が無駄になるだけとちゃうんか」

「ちゃんとはける分だけ用意してるから大丈夫。それにけっこう来てくれるのよ、ランチタイムには。今日のランチタイムはお客さん七組十人、ランチは八食売れました。あとの二人はナポリタンと海老ピラフのご注文でしたー。ね、この商店街で三時間に十人、たいしたもんじゃない？　はー、お腹すいた。チャーシュー麺とライスと卵くださーい」

「自分とこの賄《まかな》いで飯食うて来たらええやないか。飯付きで雇われてるんやろが」

「だって材料があんまり残ってないんだもの。それにカレーはちょっと飽きちゃった」

「金は貰《もら》うで」

「わかってます。でもランチ持って来てあげたんだから、御飯と卵はサービスしてよ」

カウンターに出した御飯の上で生卵を割り、醬油をたらして箸でかき混ぜ、愛美はうまそうに卵かけ御飯を口に入れた。

愛美は国夫の一人娘である。ついつい可愛《かわい》がり過ぎ、甘やかして育てた割には、愛美は素直に育った。学校の成績も悪くはなく、N市の高校から地元の国立大学に進学し、卒業してN市の会社に就職した。親としては、そのまま地元で暮らし、地元の男性と結婚していつでも行き来できるところに住んでほしい、と思っていたのだが、愛美の勤めていた会社が大手メーカーに吸収合併され、愛美は東京のメーカー本社に転勤になってしまった。まさか一人娘が東京に出てしまうとは想像もしていなかったので、国夫も妻も反対し、退社して地元で仕事を探してと懇願《こんがん》した。が、愛美は東京に出て行った。そして東京で恋をし、結婚した。

結婚生活で何があったのか、国夫は詳《くわ》しく知らない。妻は娘の相談にのったこともあったのだろうが、その妻も何も言わずに死んでしまった。結婚して三年足らずで別れて故郷に戻って来て、すっかり無口になってしまった娘に対して、いったいどう接したらいいのか。国夫はもどかしさと気まずさを抱えたまま、日々を過ごすしかなかった。

その愛美も、昨年から商店街にたったひとつある喫茶店『風花《かざばな》』で働くようになり、昔のような明るさを取り戻している。喫茶店を経営していた吉沢《よしざわ》夫婦が引退して老人ホームに入ってしまい、甥《おい》っ子である藤谷信平《ふじたにしんぺい》が店を引き継いだのだが、信平は独り者で店を手伝ってくれる人間を探していた。と言ってもしょせんは駅前商店街の喫茶店、一日のうちで店員が二人必要になるのはランチタイムの三時間だけである。商店街を抜けたところに工務店が一軒と農協があり、そこに働く人たちが、たまには商店街まで足を延ばしてランチをとってくれるのだ。

しかし『風花』には十人も客が入ったのに、うちの店には陽吉を入れても四人しか来なかった。国夫は少し不機嫌になりながら、煮豚をどんぶりにのせた。

「おまえ、聞いてるか」

「何を？」

「駅長のことや」

「駅長のことって？」

「根古万知に来月から駅長がおらんようになるかもしれんのや」

「えーっ、だって終点じゃない。無人にするわけにはいかないでしょう」

「そう思うんやけどな、柴山電鉄も人材がおらんのやて」

「そうなんだ……でもなあ、ちょっと前は鉄道マニアとかに人気あった駅なのにね」

根古万知は、ねこまんち、と読むのが正しいのだが、読みにくいので地元の人たちも「ねこまち」と呼ぶ。その呼び方がインターネットを通じて広まった時に、鉄道好きな人たちの間で「猫町訪問ツアー」というのが流行《はや》った。ねこまち、は猫町。猫の町。やがて噂《うわさ》は、鉄道にはそんなに興味はないけれど猫が好き、という人々の間にも広まり、週末になると柴山電鉄の乗車率がはねあがる、という珍現象が起きた。それに柴山電鉄が便乗して根古万知駅の売店でグッズも売り出された。地元の高校で美術を教えている先生につくってもらった猫のキャラクター絵を雑貨にプリントして売る、というちゃっかりした商売に手を出したのだが、ブームはわずか二、三年で去ってしまった。いくらキャラクターグッズを売り出したところで、肝心《かんじん》の終着駅に「猫の町」など存在しないのだからそれも仕方がない。訪れた観光客はみんな不満そうに、さびれた商店街を往復して帰って行った。もし地元にもう少し予算のゆとりがあり、柴山グループが柴山電鉄に金を出してやろうという気概《きがい》があったなら、商店街にそれらしい猫グッズの店やこじゃれた食事どころなどオープンさせて、ブームの延命をはかったことだろう。そんなごまかしでどこまでブームが延命できたかはわからないが、駅長の人材に困るような情けない事態はもう少し先送りにできたかもしれない。

「あーあ、ほんとにどうにかならないのかしら、商店街。あんなにシャッターばっかりじゃ、昼間でも薄暗くて買い物する気なくなっちゃう」

「どうにもならんよ」

国夫は首を横に振った。

「時代に負けたんや、根古万知駅前商店街は、な」

2

チャーシュー麵を食べ終えて『風花』に戻ると、愛美はまず洗面所で歯を磨《みが》いた。父の作るラーメンはあっさり系で特に匂《にお》いが気になるわけではなかったが、昔から父のラーメンを食べたあとは即座に歯磨きをする習慣だ。まだ小学生だった頃、休日の午後に父のラーメンを食べてから友達の家に遊びに行って、ニンニクくさーい、とからかわれたことがあった。その時、父は娘へのサービスのつもりでラーメンの上にニンニクのフライをぱらぱらとふりかけたらしい。父はニンニクのフライが好物で、店の常連のためにトッピングとして用意している。

化粧を直して店に出ると、マスターの藤谷信平がカウンターの内側で舟を漕《こ》いでいた。今日も、ランチタイムが終わると閑古鳥《かんこどり》が鳴いた。ひどい時には閉店時刻まで一人の客も来ないことがある。叔母《おば》から居抜《いぬ》きの格安で譲《ゆず》って貰《もら》った店とは言え、ランチタイム以外はまったく客が来ない今の状況が続けば、赤字が積もって店を閉めざるを得なくなるだろう。愛美自身、自分の時給分は客が来てくれないと、働いていても居心地が悪い。

ドアが開いて、赤外線センサーに反応してチャイムが鳴った。

「あのう」

「どうしたの、サッちゃん」

顔を覗かせたのは田中佐智子《たなかさちこ》だった。佐智子の両親は離婚して、父親はN市で居酒屋を経営し、母親は故郷の奈良《なら》県へ帰ってしまった。だが佐智子は祖父母と一緒にこの町に残った。この町にひとつだけある保育園で保母として働くことが大好きなので引っ越ししたくない、と言って。

「信平おじさん、猫、好き?」

佐智子は信平とも遠縁になるらしい。この町には親戚同士がとても多く、なんだかんだとあちこちで血が繋《つな》がっている。

「猫? 好きだけど、でもどうした」

「うち、だめなのよ。ほら、おばあちゃんがひどい猫アレルギーで」

「それは知ってるけど、だからサッちゃんとこ、猫なんかいないだろ」

「それがね、いるの、今」

「いるの、って、いったい」

「拾って来ちゃったの」

「サッちゃんが」

「ううん」

佐智子は首を横に振った。

「おじいちゃん」

「欣三《きんぞう》さんが? なんでまた、猫なんか」

「捨てて来てっておばあちゃんが言ったら喧嘩《けんか》になっちゃって」

「でも無理だろう、猫アレルギーなんだから」

「そうなんだけど、おじいちゃん、どうしてもこの猫は捨てられないって頑張るのよ。命の恩人、あ、恩猫なんだって」

「命の……恩……猫？」


にゃあ。

ドアから半身をすべりこませた佐智子の腕の中で、灰色の猫が鳴いた。緑色の大きな目をした、やけにヒゲの長い猫である。

3

「わ、かわいい」

愛美は思わず歓声をあげた。灰色の猫は、なかなかの器量《きりよう》良しだった。

「島崎さん、猫好きですか」

「ええ、大好き。だっこしてもいい？」

「大丈夫です。この子、すごく人懐《ひとなつ》こいから」

愛美は佐智子の手から猫を受け取り、抱いてみた。ふかふかと柔らかな毛の感触に思わずうっとりする。

「サッちゃん、その猫どうするの」

「どうしよう、困ってるんです。信平おじさん、猫飼えないですか？」

「いや、しかし猫はちょっとまずいな。いちおうここ、食い物屋だからなあ」

「二階で飼えば」

「二階に閉じこめたんじゃ狭過ぎるよ。四畳半と六畳、二間《ふたま》しかないんだぜ。店を開けてる間は俺はここにいないといけないし。遊び相手もいないのに狭い部屋にずっと閉じこめられてたんじゃ、こいつも可哀想《かわいそう》だろう」

佐智子はすがるような目で愛美を見た。

「島崎さんのところではだめですか。貰い手がみつからないと、おじいちゃんとおばあちゃん、ずっと喧嘩しっぱなしになっちゃう」

「猫アレルギーじゃ、無理だよな」

「でもおじいちゃんは、猫を捨てるくらいだったらおばあちゃんに里に帰れって」

信平は頭をかいた。

「無茶言うなあ、欣三さん」

「わたしは飼ってもいいんだけど、一人暮らしだし。でも、昼間はここで働いているでしょ、アパートは二部屋しかないのよ、この二階よりまだ狭いわ。毎日四時間も、ひとりぼっちであの部屋に閉じこめちゃうの、やっぱり可哀想かな」

愛美は猫の顔を見た。愛くるしい緑色の瞳《ひとみ》が、無邪気《むじゃき》に愛美を見上げている。

「わたしがここで働いている間、預《あず》かってくれる人がいればいいんだけど」

「何時から何時までですか、ここの仕事」

「十一時から三時」

「そのくらいの時間なら、二階においといてもいいけどね」

信平が言うと、佐智子は顔を輝かせた。

「ほんとですか！　嬉しい」

「あ、でも、大家さんに訊《き》いてみないと。だめって言われちゃったらごめんなさい」

「愛美ちゃんが借りてるのって、みどりハイツだよね、駅の向こうの。あそこって塚田さんが大家じゃない？　駅の売店で働いてる」

「あ、はい。大家さんの名前は塚田聡一《そういち》さんですけど」

「売店にいる恵子さんの舅《しゅうと》だ。塚田さんとこは昔から駅周辺の土地持ちで、アパートも四つくらい経営してるんだよな。あのさ、恵子さんに相談してみたら」

「え？」

「恵子さん、確か、猫好きだよ。ちょっと前、根古万知駅が猫の町の駅だ、ってネットで話題になって、猫好きとか鉄道好きが来ていた時があったでしょ、あの時確か、恵子さん、自分ちで飼ってる猫の写真をいっぱい駅に貼《は》ってたから。塚田さんとこには五、六匹いるよ、たぶん」

「それじゃ、この子も飼ってくれるかもしれませんね」

「うん、少なくとも貰い手ぐらい探《さが》してくれると思うよ。サッちゃん、塚田恵子さん知ってるでしょ、駅の売店の」

「顔はわかるけど……島崎さん、一緒に来てくれませんか。お願いします」

「恵子さん、五時までてでしょ、売店。いいよ、行っておいで。どうせもう客は夜まで来ないよ」

信平が笑い、カウンターの中から小さな段ボール箱を取り出した。

「これに入れてけば。軽く蓋《ふた》して。じゃないと、商店街で逃げられたら困るでしょ」

「ありがとう、信平おじさん。じゃ、島崎さん、よろしくお願いします」

駅までの五分ほど、愛美は歩きながら軽く閉じられた蓋の隙間《すきま》から覗いてみたけれど、箱の中の猫は特に不満そうでもなかった。おとなしい性格なのだろう、鳴き声もたてずに丸くなっている。

「こんにちは」

根古万知駅の売店は、ホーム側からでもキオスクのように買い物ができるが、改札を出た駅構内に店そのものがある。つまり切符を買わなくても買い物が可能だ。塚田恵子は届いたばかりらしい菓子の袋を棚《たな》に並べていた。

「あら、サッちゃん。あら、それに島崎さん。どうしたの、二人、知り合いやったの」

「信平おじさんのとこで。あの、塚田さん、お願いがあるんです」

佐智子はいきなり、愛美が抱いたままの箱の蓋を開けた。

にゃあ。

タイミングよく猫が鳴く。

「ま、猫！」

猫好きな人の反応は素早い。佐智子が次の言葉を口にするよりも前に、恵子は箱の中に腕を突っ込んで猫を抱き上げていた。

「まあ、可愛い！　この子、どこの子？　サッちゃんの？」

「いえ、うちは」

「あ、そうよね。サッちゃんのおばあちゃん、猫アレルギーね。前に公民館で盆踊りの練習した時ごいっしょしたけど、わたしの服についてた猫の毛ですごいクシャミ連発してた」

「あの、おじいちゃんが拾って来ちゃったんです」

「拾った？　どこで」

「よくわかりません。詳しいことが聞ける状態じゃなくなっちゃって。今、おじいちゃんとおばあちゃん、喧嘩してて。この猫のことが原因で。おじいちゃんがこの子飼うって言い張って、おばあちゃんは猫なんか家においたらアレルギーで死ぬって言って、捨てて来てって言ったもんだから、猫を捨てるくらいならおまえが里に帰れっておじいちゃんが。それでもう、おばあちゃんが物とか投げちゃって大変なことに」

恵子は噴《ふ》き出し、笑いながら猫の顎《あご》の下を指でかいた。猫は目を細め、ごろごろ、と小さな音をたてている。

「なんだろうねえ、欣三さん、そんな無茶なことを。それは無理よね、アレルギーって軽くみてるとほんとに死ぬことあるらしいじゃないの。でも欣三さんがそんなに猫好きだなんて、今の今まで知らなかった」

「これまでそんなこと言ったことないんです。嫌いじゃなかったとは思うけど」

「あらま、なんだろう、突然？」

「この猫は特別みたいなんです。命の恩人なんだって」

「命の？　まあ大げさ」

「どういうことなのか説明してくれる前におばあちゃんと大喧嘩になっちゃったんで、とにかく、大切にしてくれる人を見つけて飼って貰うから、って猫連れて出て来ちゃったんです」

「じゃ、この子の貰い手を探してるってこと」

「はい。塚田さん、信平おじさんが塚田さんは猫好きだから、相談にのってくれるんじゃないかって」

恵子は抱いていた猫にちょっと頰《ほお》ずりしてから溜め息をついた。

「そうねえ……確かに猫は大好きなんだけど……新しい子はねえ、しかもこの子、もう大人でしょう。実はね、うちにいる猫の中に十二歳になるメスがいてね、銀子《ぎんこ》って名前なんだけど。そのお銀ちゃんがちょっと気難しいというか、気が強いのよ。今一緒に暮らしてる猫は他に三匹なんだけど、そのうち二匹はお銀ちゃんの息子で、あと一匹はお銀ちゃんと一緒に拾われた子なの。だから大丈夫なんだけど、あとから来た子とはいつも折り合いが悪くて、お銀ちゃんが虐《いじ》めるの。特に女の子がだめでねえ……ほらこの子、女の子でしょう。時々、近所の人が猫拾っちゃって、なんとかしてって持って来るんだけど、二週間様子見てもだめで、結局よそに貰い手見つけてあげることになるのよねえ。お銀ちゃんが生きてる間は、もう新しい猫を増やすのは無理だと思うわ。無理にうちにおいてもお銀ちゃんに虐められて可哀想だし……まあ、貰い手を探すお手伝いくらいはできると思うけど。ただねえ、時期が悪いの」

「時期？」

「猫ってだいたい年に二回くらい出産の季節があるんだけど、四月、五月もその時期でね、四月や五月生まれの子って割と多いのよ。だから今ごろは生後二ヶ月から三ヶ月に入るくらいで、いちばん可愛い盛り。もう離乳も済んでキャットフードも食べられるし、トイレもおぼえられる頃よ。可愛いし育てる手間もそんなかからなくなってるから、自分ちの猫が子供産んで貰い手探してる人は、この頃に猫を養子に出す率が高いわけ。で、この時期、わたしんとこにもそういう話がいくつも来るのよ。貰い手いないかしら、紹介して、って。そりゃ新しい猫を貰うなら、いちばん可愛い仔猫のうちに貰いたいものねえ、この子みたいに大人になっちゃった猫が欲しいっていう人は、よっぽどの猫好きしかいないのよ。仔猫があまりいない時期だったら、猫が欲しいっていう人になんとか引き取って貰うこともできるかもしれないいんだけど、今だとねえ、町民だよりのお便《たよ》りコーナーなんかにも仔猫の写真がいっぱいよ。わざわざ大人の猫を引き取ってくれる人、なかなかいないんじゃないかしらね」

佐智子はがっかりした顔になり、すがるような目で愛美を見た。愛美は小さくうなずいて言った。

「あの、塚田さん。みどりハイツの賃貸《ちんたい》契約には、ペットのこと何も書いてありませんでしたよね」

「あら、そうなの？　ごめんなさい、賃貸のほうはお義父《とう》さんがやってるから。でも書いてないかもしれないわね、お義父さん、ハイツも借家も、全部同じ契約書しか作ってないって言ってたから。借家のほうは、このあたりの田舎で犬や猫が飼えないとか言うと誰も借りてくれないでしょ。それでなくてもねえ、新しい住人が越して来ることなんて滅多《めった》にないから、一度空家になったら借り手がみつかるまで何年も空家のままになっちゃうし。ハイツも、もう十年以上住んでる人ばかりでしょう。島崎さんみたいな若い人に入って貰って、ほんと助かるってお義父さん言ってたわ」

「なんだかつけこむみたいで申し訳ないんですけれど……あの、わたしの部屋でこの子を飼うこと、できないでしょうか。契約書に書いてないからって、アパートの部屋でペットを飼うのはよくないのは、わかっているんですけど……昼間は喫茶店のほうの仕事があるので、連れて出ます。決して部屋に閉じこめておきっぱなしにはしません。マスターが、わたしの仕事中は二階においてもいいって言ってくれているんです。できるだけご迷惑をかけないよう、努力します。幸い、この猫、あまり鳴かないみたいでおとなしいですし……」

恵子は驚いた顔で愛美を見ていたが、やがて、そうね、と呟《つぶや》いた。

「……別に構わないと思うわ。みどりハイツも空室が半分もあって、埋まってる部屋はみんなお年寄りばかりでしょう。それもお義父さんの友達とか知り合いの。島崎さんの部屋、確か二階よね？　二階は南の端が島崎さんで、反対側の端の、三間ある大きいとこが近藤《こんどう》さんご夫婦じゃなかった？」

「はい」

「近藤さんご夫婦は動物好きよ。ほら年に一度、農協の甘夏祭りの時に猫や犬の里親探しもするじゃない、あれのお手伝いして貰ったこと、何度もあるもの。それに近藤さんと島崎さんの部屋の間は、二間続きの部屋が二つ空《あ》いてるし。猫が少々鳴いたくらいで騒音にはならないわ。部屋から脱走しないようにしてくれれば、下の階の人たちに文句言われることもないでしょうしね」

「本当ですか。でも、他の部屋の皆さんが」

「まあ中には、島崎さんに許可したんならうちも飼いたい、とか言い出す人もいるでしょうけど、それならそれで構わないと思うわ。お義父さんもどうせ、うるさく管理する気なんかないんだから。ここだけの話だけど、もう一年分も家賃ためて払ってない人もいるのに、お義父さんったらろくに催促《さいそく》もしないのよ。追い出したところであとから入ってくれる人もいないんだからって。考えたらねえ、こんな、どんどん若い人がいなくなってるさみしい町でアパート経営なんかやるほうが無理よね。相続税対策で始めた賃貸経営だから、本人にあんまりやる気がないのよ。自分が死んだらアパートも借家も取り壊して、不動産屋に売り払ってせいせいしたらいい、なんて言ってるし。今さら、猫一匹で騒いだりしないと思う」

「うわあ」

佐智子が顔を覆《おお》った。

「よかったあ……よかった。ありがとうございます。ありがとうございます」

「やだ、サッちゃん、そんな大げさにしないでよ。あ、でも、ひとつ条件つけてもいい？」

「え」

不安げな表情になった佐智子に向かって、恵子がにやりとした。

「わたし、この子気に入っちゃったの。ほら、すっごくおとなしいというか、のんびりしてて、こうして抱っこしてると気持ちいいんだもの。だからね、島崎さんが喫茶店にいる間、この子、ここにおいてくれない？」

「ここにって、駅にですか」

「そう、このお店に。だめ？」

佐智子が驚いた顔で店内を見回す。店内、と言っても、ちょっと大きめのキオスク程度の店舗《てんぽ》だ。ホーム側の方にも窓があって、窓際《まどぎわ》にそちらに向けて商品が並んでいるのが変わっていると言えば言えるけれど、あとはごく普通に土産物《みやげ》が並べられているだけ。

「あの、どこで飼うんですか、この子」

「どこでって、わたしが抱っこしてればいいんじゃない？」

「でも……逃げちゃわないかしら」

「リードつけとくわ。ながーい紐《ひも》で、店の中歩き回るくらいはできるようなの。もっとも必要ないと思うけど。この子、雌猫《めすねこ》でしょ。それと、ほら」

恵子は猫のお腹を外に向けた。

「ここんとこ、触《さわ》るとわかるけど、手術の痕《あと》がある。避妊手術済ね」

「じゃ、やっぱりどこかの飼い猫なんですね」

「こんなに綺麗《きれい》でおとなしい野良《のら》猫なんかいないわよ。この子には最近まで、ちゃんと飼い主がいたのよ。ある程度の年齢を過ぎた避妊済の雌なら、行動範囲はそんなに広くないのよ。紐つけないでおいても、そうねえ、駅の周囲ぐるっと一周くらいがせいぜいね。必要がなければ自分から遠出したりしないし、おそらく、一日中、店の中で昼寝してるわ。だから何もしなくても、ちょっと遊びに出たとしてもちゃんと戻って来ると思うわよ。ただ、もしかすると帰巣《きそう》本能みたいなもので、元の家に帰ろうとするかもしれない。そしたら迷子になることも有り得るわ。たぶんこの子、飼い主が探してるんじゃないかしら。だとしたら、飼い主さんの手に返すまでは、迷子にさせないようにしないとね。だからリードつけておくわよ」

「佐智子さん、飼い主さんが探してる可能性、あるのかしら」

「よくわからないんです。とにかくおじいちゃんが落ち着いたら、ちゃんと訊いてみます。どこでこの猫を拾ったのか、どういう状況だったのか」

　愛美はうなずいた。

「それじゃ、とりあえず飼い主さんが現れるまで、ということで、わたしが預かって部屋で飼います。そしてわたしが喫茶店の仕事をしている間は、ここに預けます。塚田さん、そういうことで部屋で飼うこと、許可していただけますか」

「正式に許可するのはお義父さんだから、今夜話しとくわ。でも大丈夫、お義父さん、わたしの頼みを断ったことないんだから」

　恵子は肩をすくめて笑った。

「それより島崎さん、猫飼ったことあるの？」

「……はい」

　愛美は、思わず俯《うつむ》いて言った。

「東京で……結婚していた時に飼ってました。……離婚の時、わたしはこっちに戻ることにしたので、元の夫が引き取ったんですけど」

少しの間、三人の中で流れた沈黙が、愛美には辛《つら》かった。

故郷に戻ってから、覚悟していたのに、根掘り葉掘り東京での結婚生活について訊いてくる無神経な人はほとんどいなかった。父も何も言わなかったし、愛美を知っている地元の人々も、あえて訊かないでいようと思ってくれているようだった。その気持ちが愛美にはありがたかった。

あと何年かすれば、自分から話せるようになるだろう。だが今はまだ、できれば話したくない。思い出したくない。


「嬉しいです」

愛美は言った。

「また猫と暮らせるなんて、すごく嬉しい。ありがとうございます、塚田さん」

4

「あら、サッちゃん。それに愛美ちゃんまで。なんか賑《にぎ》やかね」

作業用の長靴《ながぐつ》姿にバケツを提《さ》げた田村千加が、にこにこ笑いながら店に入って来た。千加はとてもふくよかな女性で、歩くたびに豊満で見事な胸が揺れる。愛美は、この人の笑顔以外の顔を見たことがあるだろうか、と自問した。子供の頃から知っている人なのに、いつもこの明るい笑顔しか見た記憶がない。

「千加ちゃん、ねえ、ここでこの子預かるけど、いいわよね？」

塚田恵子は抱いたままの灰色の猫に頬ずりした。

「あらま、また猫？」

千加が笑顔のまま近づいて、猫の顎の下を指でかいた。

「また、お銀ちゃんが虐めたの？」

「違うのよ。サッちゃんがね」

「すみません、わたしがお願いしたんです。おじいちゃんが拾って来ちゃったんですけど、おばあちゃんが猫アレルギーで」

「あの、それでわたしが飼うことになって、でも喫茶店のバイトの間だけここにってお願いして」

愛美も慌《あわ》てて言ったが、千加は猫の顎の下をかいたままでうなずいた。

「なんか知らないけど、別にいいんじゃない？　また前の時みたいに、入口んとこに、猫います、って書いて貼っとけば」

「お銀ちゃんが虐めた子の貰い手みつかるまで、ここに置いといたことがあるのよ」

恵子が愛美と佐智子に向かって、ニヤッとした。

「そしたらね、その子が招き猫になっちゃって」

「招き猫？」

「招き猫なんて、そんなもんじゃなかったって、あの子は」

千加が笑った。

「なんかのんびりした子でね、誰にでも抱っこさせて適当に甘えるもんだから、すっかり人気者になっちゃって。おかげで電車が来ない時間でもみんなここに寄るようになっちゃったのよ」

「だから招き猫なんじゃない、ねえ」

恵子は抱いた猫にまた頬ずりした。

「あらだって、ここに寄っても何も買っていかなかったわよ、みんな。なんとなく忙しくなっただけで、売り上げが変わらないんだから招き猫じゃないわよ」

「人が集まるってだけでも、この町では珍しいことだわよ。ほんとどこ行っても人がいなくてさみしくって」

「まあねえ」

千加が溜め息をついた。

「そりゃそうだけど。この駅だってさ……駅長がいなくなるなんて、あんまりだわよ」

「人が減ると何もかも減らされるのよ。たまーに病院通いの年寄りと学生が乗り降りするだけの駅に、人件費はかけられないって。ああ、この売店だっていつどうなるかわかったもんじゃない。この子にもせいぜい招き猫になってもらって、ちょっとでも人が集まるようにしなくちゃね」

「で、なに、その子、愛美ちゃんが飼うの？」

「あ、はい。でも飼い猫みたいなんで、飼い主がわかるまでですけれど」

「猫飼ったことはあるの」

「ええ」

その先を続ける前に、恵子が言った。

「千加ちゃん、ここ閉めるの、任せちゃっていいかしら」

「いいけど、どっか行くの」

「島崎さんをオレンジセンターに連れて行かないと」

オレンジセンターというのは、車で二十分ほど行ったところにあるホームセンターだ。

「トイレとか缶詰とか、いろいろ用意しないとね」

「あ、そうか。そうよね」

「うちのお古《ふる》で間に合うものはあげるけど、トイレは他の猫の臭いがついてたらこの子が嫌がるかもしれないし。さ、行こう、島崎さん」

「あの、わたしお金払います」

佐智子が言った。

「うちのおじいちゃんが拾っちゃった猫だし」

「そんなこと、いいのよ。わたしが猫と暮らしたいから飼わせていただくんだもの」

「でもそれじゃ申し訳ないです。お願いです、トイレとかトイレの砂だけでも、お金払わせてください」

「島崎さん、サッちゃんがこう言ってるし、トイレだけ甘えれば？　いいのよ、あとで欣三さんに言っとくから、孫が立て替えたお金、払いなさいな、って。サッちゃん、じゃ買ったもののレシート貰っとくから、あとで精算でいいわよね」

「はい。ありがとうございます」

「じゃ、行こう島崎さん。あたしの車で乗っけてくわ。この子も連れて行きましょ。先にうちに寄れば、使ってないケージ貸してあげられるから」

＊

「千加ちゃんはすごくあったかくていい人だけど、秘密ってだめなのよ。黙っていられない人なの。

ほんとの善人ってのはあの人みたいな人のこと言うんでしょうね、他人に嘘《うそ》がつけないから、秘密も持てない。島崎さんが離婚したことは千加ちゃんも知ってるけど、それ以上のことは、喋《しゃべ》りたくなかったら喋らないほうがいいわ。ここで育ったんだからわかってるだろうけど、この町ではどんなことでも、あっという間にみんなが知ってることになっちゃうから」

恵子は運転しながらそう言って笑った。恵子の車は小さなワンボックスの軽自動車だった。後部座席を倒すと荷台部分が広くなる。そこに、恵子の家で積みこんだ小さなケージを置いた。ケージの中では、恵子が入れてくれた古いクッションに居心地よく丸まった灰色の猫がいる。

「だけどこの子、車ぜんぜん平気ねえ。珍しいわよね」

「猫って車、だめですよね、普通」

「よほど慣れてないと騒ぐわよ。うちの子たちなんかまったくだめ。獣医《じゅうい》さんに連れて行くんだって、ケージじゃ中で暴れて怪我《けが》するから、洗濯ネットに入れてその上からバスタオルでもう一度くるんで、助手席の誰かが抱いていないとなんないの。もう獣医行くのが面倒になっちゃう。なのにこの子、まったく騒がない。振動とか音とか慣れてるのね」

「車で移動することが多い人に飼われていたんでしょうか。長距離トラックの運転手さんとか」

「その可能性はあるわね。仔猫の頃から毎日乗ってれば、慣れて平気になるでしょうし。それにしても欣三さん、いったいどこでこの子、拾ったんだろ。欣三さんは猫嫌いじゃないだろうけど、わざわざ仔猫を拾ってくるようなタイプじゃないのに」

「命の恩人、ってどういう意味なんでしょうか」

「さあ、まるでわからない。まさか欣三さんが川で溺《おぼ》れたのをこの猫が助けるわけないし」

恵子は笑いながら、信号待ちの隙に後ろを振り返った。

「あら寝てる。ほんと呑気っていうか、図太いね、この子。車の中で気持ち良さそうに寝る猫なんて、なかなかいないわよ。誰が抱いても平気だし、いったいどんな環境で飼われてたのかしらねえ」


ホームセンターに着くと、恵子は車の窓を開けた。

「ちょっとの間だから大丈夫よね。何も盗まれるもんなんかないし」

センターは夕方でけっこう混んでいた。ペット用品のコーナーは商品の数も多く充実している。人口密度は低いが、犬も猫も飼っていない家というのがほとんどないのでペット用品の需要は多いのだろう。


恵子は大きなカートにどんどん物を積み上げた。

「爪研《つめと》ぎはこれがおすすめ。段ボールのだとカスが出て掃除が大変だから、こっちの布使ってあるやつのほうがいいわよ。それから、餌《えさ》ね、餌はどうせ猫って好みがけっこううるさくて、気に入ったのしか食べなかったりするのよ。だから最初は、ほんの少しずつ二、三種類買って、好きなの選ばせたらいいわ。安いのでいいわよね、とりあえず。えっとあとは、ブラッシング用のブラシと……」

「あれ、また猫増えるんですか、恵子おばさん」

後ろから声をかけられて振り返ると、日焼けした大柄な男性が笑顔で立っていた。

「慎《しん》ちゃん、いつ戻ったの！」

恵子が驚いて言う。愛美はその男性に見覚えがなく、ただ軽く頭を下げた。

「一昨日《おととい》」

「今度はいつまでいられるの」

「まだ決めてないんです。えっと」

「あ、この人、島崎愛美さん。ほら商店街のラーメン屋さん、知ってるでしょ、あそこの親父さんの娘さんよ。今は『風花』で働いてるの」

「『風花』って喫茶店の？」

「昼間だけですけど。ランチタイムのお手伝いしています」

「そうですか。俺、いや僕、香田慎一《こうだしんいち》です。恵子おばさんの甥です」

「いちばん上の姉の子なのよ。蓮池《はすいけ》の」

蓮池町は、根古万知から車で三十分ほどのところにある。

「この人、ほとんど日本にいないのよ。いっつもあちこちほっつき歩いて」

「ほっつき歩くって、仕事なんだからしょうがないじゃないですか」

「仕事仕事って、ほんとに慎ちゃん、食べていけてるの？　その歳までお嫁さんも貰わず、貯金もなしで」

「金持ちになれる仕事じゃないのは確かです、カメラマンなんてね。でもまあ、いちおう税金払って年金入って、東京のアパートの家賃も滞納はしてません。もっとも母ちゃんがああなっちゃってから、帰国するとこっちに来ちゃうからな、アパートは荷物置き場になってますが」

「陽子《ようこ》姉さん、どうなの、容態」

「一進一退ですね」

慎一は頭をかいた。

「仕方ないですよ、病気だし」

「認知症なの」

恵子は、なんでもない、という感じで愛美に言った。

「別に隠してるわけじゃないけど、あれこれ詮索《せんさく》されるの鬱陶《うっとう》しいし、内緒にしててね。まだ七十にもなってないのに、アルツハイマーだって。蓮池の病院にいるのよ。一昨年つれあいなくしてるんだけど、この人もこの人の弟も仕事が忙しくてなかなか帰れないでしょ、他に面倒みられる親族もいないし。あたしが行ってやれればいいんだけどねえ……」

恵子は大きく溜め息をついた。

「それより、ちょうどいいわ慎ちゃん、これ支払い終わったら車に積むの手伝ってくれない。愛美さんのとこまで持って行くから」

「猫、飼われるんですか。おばさんちの子、貰うんですか」

「あ、いいえ。その……知り合いが拾った子を」

「そうですか。僕も猫、大好きで。いつもおばさんちに遊びに行って撫でさせて貰ってます」

「明日から駅に来れば毎日遊べるわ。昼間は駅の売店で預かるから。荷物積みこむの手伝ったら抱かせてあげる。車にいるのよ」

よし、と慎一は嬉しそうに言ってカートを押し始めた。

「いい子でしょ、慎一」

愛美のアパートへと向かう途中、恵子が言った。

「あんなでっかいからだして、気持ちはほんと優しいの」

「猫、ほんとに好きみたいでしたね。さっきも抱いたらなかなか離さなくて」

愛美はその時の慎一の姿を思い出して、つい笑った。熊のように大きなからだで、猫を腕に抱いたまま幸せそうに目を細めていた様子がなんとも微笑《ほほえ》ましかった。

「猫好きってのも遺伝するのかしらね、あの子もかなりなもんよ。慎ちゃん、明日ぜったいに来るわよ、駅。それより名前どうする、猫の」

「名前ですか……でも飼い主がみつかるかもしれないし」

「それにしたって不便じゃないの、呼び名がないと」

「そうですよね、どうしようかな」

「前に飼ってたって猫の名前にすれば」

「あ……いえ、それは」

恵子は信号待ちで愛美の方に顔を向けた。

「……まあ詮索《せんさく》はしないけど、島崎さんもいろいろあったみたいね、東京で。でもさ……こんなこと言うの、失礼だとは思うんだけど……あなたほんとにいいの、ここで」

「え？」

「ここよ、ここ。こんな田舎に戻って来て、仕事だってろくになくて。あなたまだ若いじゃないの、それなのにこんなとこでこの先、ずっとやってくつもり？　まあねえ、島崎さんにしてみたら娘が戻って来てくれたのは嬉しいだろうけど……こんなこと、あなたにだけ言うんだけどね、あたしは諦めたのよ。諦めたから、ここでおとなしく暮らしているの。毎日が幸せじゃないってわけじゃないのよ。これはこれで、幸せなんだってことはわかってる。わかってるけど、一日に一度は後悔《こうかい》するの。なんだってあたしはここに戻って来たんだろう。どんなに辛くたって、もっと未来のある町で頑張ればよかったのに、って」

恵子は、車をスタートさせた。

「ここはもう終わりだよ。駅長がいなくなっちゃうんだもの。商店街を見たらわかるでしょ、もう年寄りしか残っちゃいない。ひとり、またひとりとみんな死んじゃうのよ。あなただって、いつまでもバイトで暮らしていくわけにはいかないでしょ、だけど再婚するにしたってここじゃ相手なんかいないよ。あたしはね……あなたみたいな人が、あたしみたいにここで猫抱いたまんま老《ふ》けていくのを見てるの、嫌なのよ。結婚生活で何があったかは知らないけど、その傷が癒《い》えたらさ、ここを出なさいよ。いろんな可能性のあるところでやり直しなさい」

5

「ほんとにあなたって、物おじしないというか、鷹揚《おうよう》なのね」

愛美は、うにゃうにゃと何か呟くような音をたてながら夢中で餌を頬張っている猫の背中をそっと撫でた。

猫はアパートの部屋にすぐ馴《な》れた。最初に畳《たたみ》の上におろした時には、おっかなびっくり畳の匂いを嗅《か》ぎ、少し躊躇《ためら》いながら前足を踏み出したのだが、ものの数分で我が物顔で部屋中を歩き回り、少ない家具のひとつずつに頬をこすりつけた。そして用意したトイレに何の疑問も抱いていないという顔でさっさと向かい、用を足して満足げに一声鳴いた。それから水を飲み、愛美が缶詰を開けようと手にしただけでにゅあにゅあと催促し、銘柄だのメーカーだのにこだわる素振りも見せずに新しい猫用餌皿に顔を突っ込んだ。

拍子《ひょうし》抜《ぬ》けするくらい、簡単だった。

愛美は新婚時代から飼っていた愛猫サーヤを思い出していた。サーヤはどちらかと言えば神経質で、初めてマンションの部屋に入った時は怯《おび》えて鳴き、ケージから出て来ようとしなかった。部屋の中を歩き回るようになるまで丸一日くらいかかった憶えがある。生後半年くらい、まだ仕草《しぐさ》もすることも仔猫のようだった。キャットフードには好き嫌いがあり、初めて食べさせる銘柄の時は、人間のほうが緊張しつつサーヤの食事する様子を見守ったものだ。人見知りも激しく、飼い主二人以外の人間がやって来るとソファの下に駆けこんで出て来なかった。

それでも、サーヤはこのうえもなく可愛らしかった。ソマリの血が混じった雑種猫で、雉虎《きじとら》模様なのに毛足が長く、不思議な品の良さを感じさせる雰囲気を持っていた。甘えっ子で膝《ひざ》の上に乗るのが好き、二人がソファでテレビを見ていると、必ずどちらかの膝の上で丸くなっていた。そんなサーヤを互いに手を伸ばして撫であい、その手が触《ふ》れて、微笑み合った。

愛していた。

結婚しよう、と言われた時の、そのまま死んでもいい、と本気で思ったほどのあの幸福感。あんな幸せな気持ちには、もう一生、なれないのかもしれない。

あの時あの瞬間に、それからたった数年で、互いの存在に憎しみすら感じるほど心がすれちがってしまうなんて、想像することは不可能だった。

この世界に、変わらない心、なんてものはないのだ。それはわかっている。わかっているけれど

……

結局、サーヤと別れたことが、愛美が離婚したことについて唯一感じている後悔だった。サーヤのことはできるだけ考えないように、思い出さないようにして来た。思い出すと切ないだけではなく、悔《くや》しくてたまらなくなるから。二人と一匹で生活していたあの部屋に、今は別の女性がいる。そして

その女性がサーヤを撫で、膝に乗せている。それだけは赦《ゆる》せない。悔しくてたまらない。だから、考えないでいるしかない。

この猫にサーヤという名前はつけられないわ。

そう、サーヤはあの子しか存在しないし、あの子とはもう二度と逢《あ》えないだろう。

だけど、どうしよう。確かに呼び名がないと不便よね。もちろん、明日にでも飼い主が見つかってしまうことは有り得るんだけど。

「ねえ、あなたの名前、ほんとは何なの？」

愛美はキャットフードを食べ終えて悠々《ゆうゆう》と顔を洗っている猫に言った。

「ミケ、ってことはないよね、三毛じゃないし。灰色だから、グレイ？」

猫は反応しなかった。

「じゃ、目が緑色だからミドリ。違うか。もっと普通に、ミーコとか。うーん、違うみたいね。案外、チビだったりして。何匹か猫飼ってると、なぜか一匹はチビになっちゃうんだよね。チビ。チビ……でもなさそう」

猫は、名前なんか好きに呼んでよ、というような顔であくびをした。そして前伸び、後伸び、とからだを伸ばし、ゆったりと歩いて居間に置いてある小さなソファに飛び乗った。居間、と言っても六畳の和室にカーペットを敷《し》き、二人用のソファとコーヒーテーブルを置いただけの空間だ。家具らしい家具はこのソファとテーブルだけ、食事もこのソファに座ってコーヒーテーブルで済ませている。和室にも押し入れに布団《ふとん》が入っている他はほとんど物がない。

「そこが気に入った？　なら、そこで寝る？」

愛美はソファで丸くなってしまった猫をしばらく撫でてから、夕飯の仕度《したく》にとりかかった。

マスターがいつもくれるランチの残りもので、簡単な夕飯を作る。海老フライ二本を出汁《だし》、醬油、味醂《みりん》で軽く煮《に》て卵でとじ、冷蔵庫に入れてあった今朝の御飯を温めて丼にした。ほうれん草の買い置きで一人分の味噌汁を作る。父にもらった、母が生きていた時に毎日手入れしていた数十年もののぬか床《どこ》を入れたタッパーから、胡瓜《きゅうり》を一本取り出した。このぬか漬《づ》けさえあれば、おかずがなくてもいいくらいだ。

結婚した時も、母はぬか床を分けてくれた。初めのうちはぬか床が心配で、母に毎日のように電話していたっけ。

マンションを出る前の晩、ぬか床はタッパーからビニール袋に詰め、生ゴミとして出してしまった。あれもまた、小さな復讐だった。そのぬか床を、新しくあの人の妻となる女に渡せるほどに自分の心は広くなかった。

にゃーん。

眠っているのかと思っていた猫が不意に鳴いた。鼻を上に向け、空気をくんくん嗅いでいる。

「あ、ぬか漬けの匂い、嫌い？」

猫は愛美が話しかけた方に顔を向け、肯定《こうてい》とも否定ともとれる鳴き声をひとつ発すると、すたすたと近寄って来た。そして愛美の足に前足をかけてぐいっと伸び上がり、胡瓜を切ろうと置いてあるまな板の方にヒゲを伸ばす。

「あらら、嫌いなんじゃなくて、好きなの？　でも猫が胡瓜なんか食べるのかしら」

ちょっといたずら心がおきて、愛美は胡瓜の端をほんの少し切り取ると、ひくひく動いている猫の鼻先につき出してみた。

あっという間だった。猫は勢いよく胡瓜にかぶりつき、小さな切れ端を丸ごと口に入れた。

「わあ、食べちゃった」

もっと、もっとちょうだい、というように猫は愛美を見上げている。

「こんなの食べて、お腹壊さない？」

愛美はもう一切れ、胡瓜を切る。猫は今度も素晴らしい速度でそれを愛美の指先から奪いとり、とても嬉しそうに食べてしまった。

「そうかあ、胡瓜のぬか漬けが好物なのねえ。猫って変なもの食べるのね。でもきっと、食べ過ぎたらからだに悪いわよね。ぬか漬けって塩分多いから。こら、だーめ。もうおしまい。人間の食べ物は塩分が強過ぎて、腎臓《じんぞう》病になっちゃうんだよ」

愛美は笑いながら胡瓜をラップに包み、冷蔵庫にしまった。猫が欲しがっているのに目の前で食べるのは気がひける。明日の朝御飯にまわそう。

猫は、海老フライ丼にはまったく興味を示さなかった。甲殻《こうかく》類や青魚は、猫によってはアレルギー症状を起こし、嘔吐《おうと》したり下痢《げり》したりする、というのはサーヤを飼っていた時に獣医から聞いていた。海老フライをねだられたら困るな、と思っていたのだが、猫は、胡瓜のぬか漬けに対して見せた情熱を海老フライ丼にはまったく示さなかった。

変わった子だな。

「胡瓜が好きだから……胡瓜の……Qちゃん、ってのはあんまりか」

愛美は膝の上で丸くなった猫の背中を撫でながら、ひとり笑う。

「ぬか漬けが好きだから、ぬかちゃん。最低だねえ、ごめんね。お漬物が好き、なんておばあさんみたいだから、ババちゃん。ババじゃあんまりだから、ババロアちゃん？　ババロアよりプリンのほうが好きだからプリンちゃん。なんか方向が間違ってるな。うーん、じゃ考え方を変えて、欣三さんが拾った子だから……キンちゃん。うん、プリンよりはいいね。でも女の子だしなあ、キンちゃんよりもうちょっと可愛いほうが……キンコ……キンコちゃん？　なんか違うなあ」
猫は、膝に乗ったまま、ぐにーっと伸びた。
「……伸びてる。伸びた。のび太。……ノンちゃん」

にゃお。

猫が鳴いた。

「……ノンちゃん？　ノンちゃんでいいの？」

にゃおにゃお。にゃー。

「そうか。じゃ、とりあえずそうしよう。あなたはノンちゃん。ノンちゃんね」
猫は満足そうに目を細め、小さな雷《かみなり》のような音をごろごろとたてた。

＊

「ノンちゃんね」

恵子が猫の顎の下を指でくすぐりながら言った。

「まあいいんじゃない、呼びやすくて」

「どっちみち仮の名ですから」

「あらでも、飼い主がすぐ見つかるかどうかはわからないわよ」

「でもこの子、とても人慣れしているし、トイレも失敗しなかったし、キャットフードも食べ慣れてます。つい最近まで誰かに飼われていたのは間違いないと思うんです」

「それはそうでしょうね、この子は間違いなく飼い猫ね。だけど」

恵子はちょっと眉《まゆ》を寄せた。

「こんな田舎だって、いろいろあってペットを捨てる人っていうのはけっこういるのよ。わたしたちがお祭りのたびにやってる里親探しだって、生まれた仔猫や仔犬の貰い手を探すより、捨てられて保護されたおとなの犬や猫のほうが多いのが現実。こんなにおとなしくていい猫を捨てるなんてもちろんわたしには想像もできないけど、世の中ほんといろいろだから」

恵子は、ひとつ溜め息をついた。

「わたし、今日、欣三さんのところに行ってみます。それで、この子を欣三さんが拾うことになった事情、聞いて来ます。やっぱりこの子にとっては、元の飼い主のところに戻れるならそれがいちばんいいと思います」

「ま、それはそうね。でもさ、元の飼い主が見つからなかったら見つからなかったで、いいじゃない、ノンちゃんはあなたが飼えば。猫、好きなんでしょ？」

「はい、大好きです」

「なんたって、猫が好き、って人と暮らすのが猫には幸せなんだから、元の飼い主にこだわらなくたっていいと思うわ。それより、これどうかしら。うちにあった使ってないハーネス。これつけといたら、少しは自由にさせてあげられるけど」

恵子は赤い革《かわ》とチロリアンテープのような模様のついた可愛らしいハーネスを手提げ袋から取り出した。

猫はハーネスの装着をまったく嫌がらなかった。それどころか、装着が済むと、出かける支度ができた、というような態度で悠々と恵子の腕から滑《すべ》り降り、尻尾をピンと立てて店内を歩き回った。

「まあま、この子、ハーネスにも慣れてるわよ。見てあの顔、これでやっと散歩ができる、って感じ」

紐の部分が長かったので、売店の外に出て店の前に置かれている小さなベンチに飛び乗っても余裕があった。猫はベンチの上で満足そうに一声鳴き、そこでさっさと丸くなった。

「これで決まりね。ノンちゃんはあそこを居場所にするって。いい猫だわほんとに。この子、招き猫になるわよ。見ててご覧なさいな、噂を聞きつけて猫好きが集まって来るから。さ、せっかく招き猫が来てくれたんだからこっちも商売頑張《がんば》らないと」

恵子は笑いながら、菓子類を台に並べ始めた。


ランチタイムが終わる頃になって、『風花』に欣三がやって来た。こちらから帰りに佐智子の家に寄るつもりだったのだが、佐智子のほうが気を利《き》かせて欣三を連れて来てくれたのだ。

「猫、見て来ました」

佐智子は嬉しそうだった。

「売店の前のベンチで、みんなに囲まれてました」

「わ、やっぱり人が、集まってた？」

「はい、この町の猫好きがみんな来ちゃったみたいで。ノンちゃんって名前になったんですね、あの子」

「とりあえず、呼び名がないと困るから。ノンちゃんで良かったかしら。あの、欣三さん、他に何かいい呼び名があれば」

「名前なんかなんでもええ」

欣三は、ココアをくれ、と言ってからそう付け加えた。

「とにかくあんたがあの猫を飼ってくれるんなら、くれぐれも大事にしてやってくれ」

「はい。猫は好きですから」

欣三は真面目《まじめ》くさった顔で言った。

「あの猫は神様のつかいなんや」

「俺の命を助けてくれたんや」

「おじいちゃん、その話、ちゃんと聞かせて。おじいちゃん、あの猫をどこで拾ったの？　あの子、飼い猫よね？　飼い主が捜しているかも知れないのよ」

佐智子が言ったが、欣三は首を横に振った。

「飼い主なんておらん。あの猫は神様のつかいなんや」

「おじいちゃん、わけのわからないこと言わないで」

「わけのわからないことやない」

欣三は愛美が運んで行ったココアをふーふーずーずーと飲み、平然と言った。

「俺は今から五十年以上前に、あの猫に逢《お》うとるんや」

「五十年以上前、って、猫がそんなに長生きするわけないでしょう」

「神様のつかいならいくらでも長生きできる。間違いない、炭坑で働いていた時に、俺はあの猫に助けられた」

欣三も炭坑夫だったのか。愛美は、この町の過去が太良山炭坑と密接に結びついている事実をあらためて嚙みしめていた。今ではもう、炭坑が近くにあったことなど面影《おもかげ》もなくなっているのだが、この町で暮らしている人々にとってはそんなに遠い昔の想い出ではない。父が、祖父が炭坑夫でした、母も炭坑で働いていました、という話は無数にある。

「神様のつかいと猫の人助けか。面白そうだな。聞かせてくれませんか」

信平が盆にコーヒーのカップと、ケーキの皿を載せてくわわった。

「どうせ他にお客もいないし、これ、みんなで食べよう。ケーキ、僕のおごり」

「すみません信平おじさん、ご馳走様《ちそうさま》です」

佐智子は何度も頭を下げたが、欣三は何も言わずに皿を受け取り、フルーツタルトを手づかみでむしゃむしゃと食べた。欣三は甘い物に目がないらしい。

「面白い話なんかなんもない」

欣三はタルトを食べ終えてから、ぼそぼそと喋り出した。

「俺はまだ二十二か三の若造だったが、十四の時から炭坑に入ってたんで仕事には慣れていた。あの頃、このあたりの男は半分以上、太良山炭坑で働いていたんや」

その当時、日本中の人々が想像していなかっただろう、と愛美は思った。炭坑が閉鎖され、石炭が人々の日常生活には不要なものとなってしまう日が来るなんて。

「ある朝、俺は風邪をひきかけていた。少し熱があって、オヤジや仲間たちと炭坑に向かう時間に起きられなかった。それでも一、二時間してから、少し熱も下がったんで炭坑に向かったんや。炭坑夫の給料はかなり良かったが、休みやさぼりにはうるさくて、下手に休んだりするとこっぴどく怒られた。俺は一人で炭坑に向かい、入口のところでチェックを受けて一人で入山した。仲間たちはとっくに地下にもぐっていると思いこんで。ところがその朝、人事のことでちょっとしたトラブルがあったとかで、仲間たちの入山が午後からに変更になっていたんや。俺はそんなこと知らなくて、前の日の作業の続きをしに地下に向かっていた。そん時に、あいつが、あの猫がひょっこりと現れた」

「炭坑の中に猫がいたの、おじいちゃん」

「もちろんいつもはそんなもんいない。有毒ガスの発生をいち早く知るために鳥を入れた鳥カゴが吊《つ》るされてることはあったが、猫なんか穴の中で見たこともなかった。俺はびっくりして、とりあえず猫をつかまえた。きっと迷って入りこんだんだろう、しかしこのままにしとくと邪魔だし、危ない。そう思って、猫を抱いて一度地上へと引き返した。俺が猫と一緒に眩《まぶ》しい日の光の下に出た時、どん、という音がした。腹の底から響いて来るようなすごい音だった。……落盤《らくばん》事故が起こっていた」

「落盤……」

「小規模な落盤で、幸い犠牲者はいなかった。だが事故が起こったのは、まさに俺が猫と出逢ったその場所やったんや。そのことを後で知って、俺は確信した。あの猫は俺を助けてくれたんや、とな」

6

「それじゃ、その時の猫がこの子だって言うの、おじいちゃん」

佐智子は目を丸くして、猫と欣三の顔を交互に見た。

もちろんそんなはずはない。ギネスブックに載っているような長寿猫だって、まさか半世紀は生きていないだろう。ただ毛色が似ているだけ、欣三の遠い記憶の中にいる「命を助けてくれた猫」の想い出と、たまたま出逢ったノンちゃんとが重なってしまっただけだ。

佐智子だってもちろんそれはわかっている。が、佐智子の複雑な表情には、問題はそんなことじゃない、という懸念《けねん》が読み取れた。佐智子は、欣三がボケている……認知症の初期症状を示しているのではないか、と不安を感じているのだ。

だが、当の欣三はゆるぎない自信に溢《あふ》れていた。

「わしにはわかった」

欣三は、おごそかに聞こえるほどの芯のある声で言った。

「目が合った時にわかった。あの時の猫だ。あの猫なんだ、とな」

「炭坑から出てから、その猫はどうされたんですか」

「うん、わしの命を助けて満足したんやろ、腕から飛び出してどこかに駆《か》けて行った。それっきり見ていない。あの猫は、まだ若かったわしが事故で死ぬのを不憫《ふびん》に思った神様がつかわしてくれた猫やったんや」

信平が愛美の方を見て、ごくわずかに首を横に振り、笑顔をつくった。

「不思議な話ですね」

信平の声は優しかった。

「でも、猫ってそういう神秘的なところが、ありますね。そう、もしかすると生まれ変わりなのかもしれない。欣三さんを助けた猫が何世代か生まれ変わって、ノンちゃんになったのかも」

それには欣三は反論せず、ただ、ふん、と鼻を鳴らした。

「それはともかく」

佐智子が気を取り直すように言った。

「神様のつかいにしろ生まれ変わりにしろ、この子は飼い猫だったのよ。それは間違いないのよ、おじいちゃん。だから、この子とどこで出逢ったのか教えてちょうだい」

欣三は答えない。佐智子は首を小さく振った。

「あとでおじいちゃんから、もう少し詳しいこと、訊いておきます」


ドアが開いて、客が入って来た。愛美は少し驚いた。

「お父さん……どうしたの、まだランチタイムでもないのに」

父の隣りにもう一人、スーツを着た男が立っている。

「おい、愛美。おまえ、猫拾ったんだって？」

「わたしが拾ったんじゃないけど、うん、預かることになったの」

「駅の猫か？」

「そうだけど、お父さん、ノンちゃん見たの、もう」

「すごい人だかりだぞ、駅」

「ほんとに？」

「ああ。新しい駅長が猫になったって噂、ひろまってな」

愛美は啞然《あぜん》とした。

「なにそれ。どういうこと？　なんでそんな噂がひろまってるの？」

「あの、わたくし、こういう者なんですが」

会話に割って入るように、スーツの男が名刺を取り出した。愛美は慌ててカウンターの外に出た。

柴山電気鉄道株式会社　広報課課長　川西正史《かわにしまさし》

「柴山電鉄の……広報課、ですか。あの」

「一時間ほど前に、本社に電話があったんです。インターネットの、ｔｗｉｔｔｅｒの書きこみを見たと」

「ｔｗｉｔｔｅｒ、ですか」

「はい。東京の雑誌社からでした。鉄道ファンのための雑誌の、編集部の人でした。ねこ町鉄道が復活して、猫の駅長が誕生するという噂は本当ですか、という問い合わせでした。最初は、和歌山電鐵《わかやまでんてつ》貴志川《きしがわ》線の猫駅長のことかと思ったんです。それで、その猫駅長はうちではなく、和歌山電鐵で、とお答えしようとしたら、こう言われたんですよ。ワカデンのたま駅長の向こうをはるつもりですか、って。いったいどういうことかわからずに、ネットを探しました。すると何が起こっているのか少しつかめて来ました。どうやらうちの、根古万知駅に今朝《けさ》から猫がいるらしい、と。たまたま今朝、大阪《おおさか》の猫愛好家グループが駅にいて、その猫を見た。彼らはちょっと前にミニブームになった、ねこ町駅の見物に来ていたが、ねこ町駅にちゃんと猫がいて大喜びして、それをｔｗｉｔｔｅｒで発信した。するとそれにいろんなコメントが付いて、話が少しずつ大きくなって、いつのまにか、ねこ町駅に猫の駅長が誕生した、という話になってしまったようなんです」

　川西は眼鏡《めがね》をくい、と指先で持ち上げた。

「慌てて根古万知駅に来てみたところ、売店の外のベンチに寝転がった猫を、百人以上もの人が取り囲んでいました。ｔｗｉｔｔｅｒを読んで慌てて駆けつけて来た見物客です。でも猫は、おそれるでもなく怒るでもなく、実に鷹揚にかまえていました。売店の女性が抱きあげると愛想よく鳴き、子供の見物客がそっと撫《な》でるとゴロゴロと喉を鳴らし……まるでその……それが使命だとでもいわんばかりに、見物客を喜ばせていたんです。売店の女性が、飼い主はあなただと教えてくださって」

「たまたま俺も猫を見てたんで、飼い主がおまえだって聞いてびっくりしたぞ。で、娘に会うならご一緒します、ってこの人、連れて来たんだ。おまえいったいいつのまに、猫なんか」

「昨日の今日なのよ。あとでそっちに寄って、言おうと思っていたの。でも……あの、川西さん、それでいったいわたしに何を……駅に猫を預けるのがいけないということでしたらすぐ引き取ります。ここの二階におけばいいので」

「いや、そうではないんです。そうではなくて、ですね。実は今週末、柴山電鉄は七十周年記念感謝デーを行うのはご存じでしょうか」

「あ、そんなポスター、見た気がします」

「柴山電鉄って七十年も続いてるんですか」

信平が言うと、川西は少しだけ胸をそらせた。

「はい、続いております。で、その感謝デーにですね、おたくのあの猫さんをその、一日駅長、ということでお借りできないかと」

「一日、駅長……ですか」

「はい。いえ何も特別なことをしていただかなくて大丈夫です。ただ今日と同じに駅のベンチに座っていていただければ。あとはこちらで準備しますから。ですが写真を撮らせていただきたいのです。そしてその写真をこちらの広報用に、ポスターやインターネットで使用することもご承諾いただければと。あ、まことに申し訳ないのですが、ギャラはお支払いできないと思いますので、かわりによろしければ、猫さんのお好きなキャットフードでもプレゼントさせていただければと」

「一日駅長」

信平が言って、楽しそうに笑った。

「面白そうだ。愛美ちゃん、ノンちゃんが駅長になるなんて愉快だな。ねこ町の駅に、猫の駅長誕生だ」

愛美は信平につられて笑いだしながらも、事態がよく呑みこめないまま、少し困惑していた。

二章　ねこ町の復活

1

降って湧《わ》いたような猫駅長誕生で、愛美はめまぐるしい数日を過ごした。柴山電鉄広報課の川西は自分の思いつきがとても気に入ったようで、毎日『風花』を訪れては様々なアイデアを披露《ひろう》する。

「でも、川西さん」

愛美は盛り上がっている川西を傷つけないように言葉を選んだ。

「ノンちゃんが駅長するのって、一日だけなんですよね。一日駅長なら芸能人やスポーツ選手なんかのほうが、話題になりませんか？」

川西は途端《とたん》にしょんぼりした顔になる。

「……今さらカッコつけてもしょうがないですから言いますが、ぶっちゃけ、芸能人なんか呼べる予算はありません。いろいろツテを頼って、六十周年の時は地元出身の落語家さんに来て貰《もら》いましたが、地方新聞にちらっと載《の》った程度で、話題にもなんにもなりませんでしたわ。その前の五十周年の時は、まだいくらか経営にも余裕があったようで、社長のコネで演歌歌手を一日駅長さんにお願いしたそうです。その時はスポーツ新聞に記事も出たそうですが……今はもう、そんなんは無理です」

「イベントの効果がはっきり出ないと難しいよね」

信平が話題にくわわった。

「一日駅長に無理して芸能人を呼んでも、当日はともかく次の日になれば、乗客数は元に戻っちゃうもんなあ」

「沿線の住民がどんどん減《へ》っとるのに乗客数が増えるなんてことは、有り得ない。正直なとこ、乗客数の増加については絶望的なんです」

川西は大きな溜《た》め息《いき》をついた。

「けど、我々ローカル鉄道には地元住民の足になる使命があります。会社としては、毎年赤字が増える電鉄事業は整理して、バスとタクシーだけに絞《しぼ》ったほうが楽なんです。ですがなんとしてでも、電鉄を残し、鉄道を走らせ続けたい。続けねばならん。それにはなんでもいい、世間的に話題になってくれたらと」

「ノンちゃんがお役にたてるといいんですけど」

「あの猫には不思議な魅力があります」

川西は力強く言った。

「一目見てわかりました。あの猫は人を惹《ひ》きつける。もしかすると、柴山電鉄の、いや、この町の救世主になるかもしれません」

そんな大げさな。一日駅長を猫がつとめたくらいで、赤字ローカル線が助かるわけはない。が、愛美は否定せずに微笑《ほほえ》んだ。

藁《わら》にもすがる気持ちなのだ。川西は柴山電鉄を愛している。単にそこの社員だからという愛社精神だけではない。この土地を走るあのひなびた電車を、心から愛しているのだ。

一日駅長をつとめる日までに飼い主である愛美にしていただきたいこと、を列挙した紙を置いて川西が帰ると、さっそく信平とスケジュールをたてた。

「まず、猫を獣医《じゅうい》にみせて健康診断と予防接種してもらってください、だって。今日、行く?」

「はい。佐智子さんが保育園の仕事を終わったあとで迎えに来てくれるので、中郷《なかごう》の獣医さんまで行って来ます。診察が八時までなので、ゆっくり間に合いそうですから。佐智子さん、健康診断の費用と予防接種代はどうしても自分でもつと。わたしが飼い主なんだから、わたしがもちますって言ったんですけど」

「まあいいじゃない、サッちゃんだって猫を愛美ちゃんに押し付けちゃったこと、気にしてるんでしょう。そのくらい、甘えてもいいよ。たかが猫だけど、これからいろいろお金はかかるんだし」

その通りだ。ペットというのは案外、お金のかかるものだというのはサーヤの時にも実感している。獣医の診療代も薬代も健康保険がきかないし、室内飼いだと栄養はすべて人間が餌《えさ》として与えなくてはならないから、ペットフードも特売品ばかりというわけにはいかない。トイレの砂だって買って来なくてはならないし。

本当は、生活費も稼《かせ》げないこんなバイトの身分でペットなど、分不相応な贅沢《ぜいたく》なのだ。

「でもわたし。ノンちゃんの飼い主ってことになってますけど、ノンちゃんはもしかしたらどこかの飼い猫が迷子になっているだけかもしれないですよね。それなのに勝手に一日駅長なんか引き受けてしまって、よかったんでしょうか」

「確かにノンちゃんの人慣れしている様子からしたら、元は飼い猫だろうなとは思うけど、元の飼い主がノンちゃんを捨てちゃったんだとしたら、文句の言える筋合いじゃないよ」

「迷子だったら……」

「それだって今は愛美ちゃんが保護者なんだから。もし飼い主だと名乗り出た人がいて、それが嘘《うそ》ではないようなら、その時にあらためて飼い主さんの意向を訊《き》けばいいんじゃないかな」

「でも今さら、飼い主さんが嫌《いや》だと言っても一日駅長をしないわけには……」

「その時はみんなで説得しよう。俺も一緒に頼んであげる。ノンちゃんは雌猫《めすねこ》だろ、雌猫の行動範囲はそんなに広いものじゃないし、発情期でも遠くまで出かけてしまうことは少ないんじゃないかな。仮に迷子なのだとしても、この町の中に飼い主がいると思うんだ。だったらちゃんと説明してお願いすれば、一日駅長にノンちゃんを貸してくれると思うよ。シバデンにはこの町のみんな、世話になってるんだし」

「……そうですね。その時はわたしも、勝手に決めてしまったことを謝って、一日駅長をやらせていただけるように誠心誠意、お願いします」

「そんなに心配しないでも大丈夫だよ。それに、一日駅長のイベントは新聞にも載るし、ケーブルテレビでも放送される。逆にそれを見て、飼い主が名乗り出るかもしれない。逆にそれでも誰も名乗り出なかったとしたら、おそらく……ノンちゃんは捨て猫だ。愛美ちゃんと俺たちで、大切にしてあげようよ」

「……はい」

「さて、と」

信平はまた紙に目を落とした。

「二つ目。ノミがいるようなら駆除してください。当日までにシャンプーをしてください。わ、猫はシャンプー、大変だ」

「頑張ります」

ノンちゃんがお風呂好きならいいんだけど。

「体調管理に気をつけてあげてください。万一、当日の朝に猫の体調が悪いようでしたら、一日駅長は辞退していただくことになります。下痢、発熱に特に注意してください。……まあこれは当然だな。でもノンちゃんが辞退したら、一日駅長セレモニーはなしか」

「なんとか、ノンちゃんに元気でいて貰わないといけませんね」

「えっと……当日は見物者の皆さんに猫に触れていただくことはありません。ですが、万一のことを考慮して、爪《つめ》が伸びていないかチェックしてください。できれば獣医さんかペット美容室で整《ととの》えて貰ってください。……ふーん。自分で切ったらだめなのかな」

「猫の爪って、先のほうはいいんですけど、根元のほうには神経がかよっているので切り過ぎると血が出たり化膿しちゃったりするんです。いちおう前に猫を飼っていた時に爪切りはしていたので、大丈夫なんですけど、念のため獣医さんと相談して来ます」

「当日の朝は早めに食事をさせ、本番直前には食べさせないようにしてください。飲み水は用意しますが、好きなおやつがあるようでしたらご持参ください」

「ノンちゃんと暮らしてまだ今日で二日目なんで、好きなおやつなんかわからないわ。でも、ペット用の減塩煮干《げんえんにぼ》しを持って行きます」

「いろいろ大変だね……あ、やっぱりコスチューム作るんだ。たま駅長に対抗する気だね、川西さん」

「ノンちゃんがおとなしく着てくれるといいんですけど」

「猫は体毛を舐《な》めて生きてる動物だから、服は着せないほうがいいんだよね。でも川西さんも動物が好きみたいだから、そんなに無理なことはしないよ。それに一日駅長って言っても、衣装なんか着てるのはセレモニーの間だけ、一時間くらいだろうし」

「でも、川西さんも大変ですね。正直なところ、猫に一日駅長なんかさせても柴山電鉄の赤字はどうしようもないですよね」

「川西さんの思惑としては、一日駅長が最初のとっかかり、じゃないのかな」

「最初の?」

信平はうなずいた。

「前のねこ町駅ブームがあっという間に終わってしまったのは、駅を降りたら何もなかったから、なんですよね」

「そういうことだね。なにしろ時刻表見たらわかる通り、朝と夕方の通勤時間帯を除いたら多くて一時間に一本、午後三時台なんか一本も電車がないんだから、ネットでねこ町の噂《うわさ》を聞いてわざわざここまでやって来て、電車を降りたらなーんにもない、でも次の電車まであと一時間半もある、なんて体験したら、よほどの鉄道好きでない限り嫌になっちゃうよね。ふらふらこの商店街まで歩いて来ても、愛美ちゃんのお父さんとこでラーメン食べるかうちでコーヒー飲むか、そんなことしかすることなくてさ。まあその点では、ワカデンの貴志駅だって似たようなもんなんだけど、あそこは駅に喫茶店作って時間が潰《つぶ》せるようにしてあるし、売店もグッズがたくさんだし、何よりたま駅長にガラス越しとはいえ逢えるからね」

「じゃあもし、ノンちゃんが一日だけの駅長ではなく、たま駅長みたいになれば」

「そりゃ、多少はましだろう。でも根本的な解決にはなんないよ。そもそもワカデンより柴山電鉄のほうが運行本数が圧倒的に少ないから、駅での待ち時間が多くなる。いくらノンちゃんが愛想《あいそ》が良くても一時間半も観光客の相手なんかしてられないし、そんなこと続けていたらノンちゃんがまいっちゃう」

「そうですよね……喫茶店を駅に作ったとしても……」

「そんな投資を柴山電鉄がしてくれるとは思えないけど、まあやったとしても、コーヒー一杯で九十分ごまかすのは大変だろうね」

「ただの喫茶店ではなくて、駅そばを出すとか」

「料理を出すとなると立ち食いそばだっていろいろと大変になる。設備もそうだけど、何より人件費。赤字にならないように営業するのはすごく大変だよ。ある程度乗客数が確保できてからそうした施設を増やすならまだしも、今の段階でそれは無理だよね」

「もっと何か……もっと根本的な改革が必要だ、ということですね」

「そう。根本的な問題だ。つまりね、ただ電車に乗せてここまで来て貰う、そのことだけじゃだめなんだよ。ごく一部の鉄道マニアや猫好きの力だけじゃ、瀕死《ひんし》の赤字ローカル鉄道を立て直すことなんかできやしない」

「根本的な問題ってなんなんでしょうか」

愛美はテーブルを拭《ふ》きながら考えた。


「シンプルな話だと思う」

信平はコーヒーをドリップしながら答える。

「この町に来たいから柴山電鉄に乗る。そういう人が増えないと、だめなんだ」

「この町に来たいから」

「うん。鉄道に乗ることだけが目的、駅に来ることだけが目的の人の数は、しょせん限られる。しかも一度その目的を果たしてしまうとたいていの人はもう来ない。そうじゃなくて、ここに来たいから鉄道に乗る、そうならないと。でもこの町には、人を呼び寄せるものは何もない。観光施設も歴史遺産も、企業も、何もない」

客が入って来た。あれ？　見かけない女の子たち。三人連れだ。三人とも二十代か、せいぜい三十代前半。この商店街で見かける女性としてはとても若い。

「ああ、よかった。お店やってたね」

「うん。あたしお腹すいたなあ。朝御飯、おにぎり一個だし」

メニューと水をテーブルに置くと、髪の長い子が愛美を見て言った。

「あの、食事できますか、もう」

愛美が振り返ると信平が指で丸を作る。

「はい、ランチタイムは十一時からですけど、大丈夫です」

「わあ嬉《うれ》しい。ランチ何ですか」

「ランチ定食は鶏《とり》のモモのレモンソース、他にカレーとかスパゲティ、オムライスもできますよ。すべてミニサラダ付き」

信平がカウンターの中から答えた。

「ランチタイムはワンドリンクサービスです。コーヒー、紅茶はアイスもできます、あとウーロン茶と、五十円増しで地元特産ねこまち甘夏のジュースでも」

「ならわたし、ランチ定食と甘夏ジュースで」

「あ、あたしもそれで」

「鶏肉いまいち苦手だなあ、どうしよう」

眼鏡《めがね》が似合っている子が言った。

「スパゲティにしようかなあ。ナポリタンかな。ドリンクはやっぱり甘夏ジュースお願いします」

三人も、普段はこの商店街で滅多《めった》に見かけない若い女性客が入ると、それだけで店内は一気に華《はな》やいだ。まるで客が満杯になっているかのようだ。

「どちらからいらしたんですか」

信平がフライパンを動かしながら訊く。

「東京からです」

「東京？　遠くからいらしたんですね。もしかして、鉄道ファンですか」

「鉄道ファンってほどではないんですけど」

「ブログ仲間なんです。旅の」

「三日前から関西を旅してて」

「わたしたち、行き当たりばったりの旅が好きなんですよ。新幹線で新大阪まで来て、あとは適当に気が向くままに」

「宿も予約とかしないんです。昨日は和歌山に泊《と》まりました。それでｔｗｉｔｔｅｒで、ねこ町駅にまた猫が来た、って知って」

「じゃあ、ノンちゃんに逢いに来てくれたんですか。そこの女性、愛美ちゃんがノンちゃんの飼い主なんですよ」

信平が言うと、三人は一斉《いっせい》に愛美を見た。

「ほんとですか」

「ノンちゃん、すっごく可愛かったです」

「ありがとうございます」

「ノンちゃん、駅長さんになるんですよね」

「あ、はい。今週末、一日駅長に」

「え、一日だけなんですか？　でもみんな、そんなふうには言ってなかったけど」

「……みんな？」

「さっき駅にいた人たち、ねえ」

「うん、ノンちゃんが新しい駅長だってみんな言ってましたよ」

「だって根古万知駅、もうじき駅長さんがいなくなっちゃうんでしょ、それでノンちゃんが新しい駅長さんになるって」

愛美は信平と顔を見合わせた。信平が首を横に振る。愛美も首を傾《かし》げた。柴山電鉄の川西は、一日駅長、とはっきり言っていた。もちろん愛美もそのつもりだったのだ。

「そうですか」

信平は曖昧《あいまい》に笑った。

「そういう話もあるのかな？　いや、まあ、実はノンちゃん、この町に来てまだ数日なんですよ。だからとりあえずは一日駅長を、ってことなんです。ね、愛美ちゃん」

「あ、はい。まだ新しい環境に慣れていませんから、いきなり大役は」

「えー、そうなんですかあ」

「ノンちゃん、とってものんびりしてて、みんなに騒がれてもまったく平気だったよね」

「うん、あの性格なら充分やれそうだけど、駅長さん」

「就任できるといいよねー。ねこ町駅にはやっぱり猫の駅長さんが似合うもの」

「うん、だけどあの駅、ほんとに何もなくてびっくりしちゃったね」

三人は笑った。

「駅前にコンビニくらいあると思ってたんだけど」

「この商店街も、入口のとこ暗くてお店があるかどうかわからなかったし」

「ここが開いててよかった、ほんとに。帰りの電車まで、あと四十分もあるんだもん」

テーブルの上に皿が並ぶと、三人の関心は料理に移った。

「このレモンソース、美味《おい》しい！　マスター、このソース変わってるけど美味しいですねー」

「ありがとうございます」

「レモンなのにそんなに酸《す》っぱくなくて」

「ほんの少し、甘夏ジュースも入れてあるんです」

「あ、だからか。すこーし甘いの。鶏肉に合ってます」

「ナポリタンも美味しいですよー。このお店が駅にあればよかったのに」

「あ、そうですよ。マスター、駅に支店出せばいいと思いまーす」

信平は苦笑したが、まんざらでもなさそうだ。確かに信平が作る料理は、決して凝《こ》ったものはないけれど、どれも美味しいと愛美も思う。料理人として正式に修業したわけではないのに、信平にはセンスがある。

「でもほんと、もったいないですね、この商店街」

髪の長い子が言った。

「駅からすぐ近くにあるのに、シャッタータウンになっちゃってる」

「ラーメン屋さんしか開いてなかったもんねえ」

「あとスーパーもあるみたいだけど」

「せっかくいいとこなのにね」

「いいとこ、ですか」

信平が問う。

「何もないでしょう」

「そうでもないですよ」

眼鏡の子が明るく言った。

「柴山電鉄って初めて乗ったんですけど、沿線に温泉もあるじゃないですか。それにこの先に炭坑跡もあるんですよね？」

「ええ、でも観光施設じゃないんで見学はできないんですよ」

「そうなんですか、もったいなーい」

「でもほら、ここから車で行けるんじゃない、例の、ＵＦＯの丘」

「……ＵＦＯの丘？」

信平と愛美はまた顔を見合わせた。なんだろう、ＵＦＯの丘、って……

2

信平がカウンターから盆《ぼん》を持って出て来た。盆の上には、オレンジ色のババロアのようなものが、可愛い色つきガラスの器《うつわ》に盛られて三つ載っている。

「よかったらデザートに試《ため》してみてくれませんか。試作品なんでサービスです」

三人は歓声《かんせい》をあげた。

「わあ、美味しそう！　オレンジババロアですね」

「ねこまち甘夏で作った甘夏酒のババロアです」

「甘夏のお酒ですか！」

「ちょっとほろ苦味があるんで、お嫌いな方もいらっしゃるかもしれないんですが」

「すっごく美味しい！」

「香りがいいですね」

「苦味もちょうどいいと思います。これ、お土産《みやげ》に持って帰りたいくらい」

お世辞《せじ》が少し入っているとしても、三人はババロアを気に入ってくれたようだ。

「こういうの、お土産物として売らないんですか」

「駅の売店に少しお菓子があったけど、なんかよくあるものばっかでしたよね」

「そうそう、甘夏キャンデーと、甘夏クリームを挟《はさ》んだスポンジケーキみたいなお菓子と」

「あと、甘夏羊羹《ようかん》もあったね」

「試食はなさいませんでしたか」

信平が訊くと、三人は、しました、と声を揃《そろ》えた。

「どれもマズくはなかったです。ただ」

「なんか、よくある味だったです」

「そうそう、日本全国、お土産物屋さんになら売ってるお菓子と変わらなかった」

「別にねこまち甘夏じゃなくても、柑橘《かんきつ》類を特産にしているところだったらどこでもありそうな」

「耳が痛いな」

信平は笑いながら、自分と愛美の分のコーヒーをいれ、三人の隣りのテーブルに座った。

「他にお客さんいないから、いいですよね」

「もちろんです」

三人が明るく言ってくれたので、愛美も椅子《いす》に座る。

「ねこまち甘夏は、生食、つまりそのまま食べるとほんとに美味しいんですよ。糖度が高く香りもいい。でも生の甘夏が特産品として売れるのは、早くて二月頃からせいぜい五月頃までなんです。収穫は一月からできますが、収穫したら倉庫などに保存して酸味を抜いて出荷します」

「甘夏、って、夏みかんなんですよね？　なのにそんな早くから収穫するんですね」

「夏みかん、というものの定義は僕もよく知らないんですが、今市販されている甘夏みかんはほとんどが、川野夏橙《かわのなつだいだい》、という種類だと言われてますね」

「カワノナツダイダイ?」

「ええ。大分県でできた、夏みかんの変種です。普通の夏みかんより早くから収穫できます。酸味を抜けば生で食べてもとても美味しいんですよ。ただ、皮が厚くて剝《む》きにくいこととか、白い綿《わた》の部分があって食べるのに手間がかかったりするので、生で食べる柑橘類の中では、もうあまり人気はないでしょうね。皮が薄くて、櫛形《くしがた》に切ってすぐ食べられるオレンジとその交配種に人気を奪われてますね。ですから特産品として商品にするなら、生ではなく加工したお菓子で、と思うわけなんですが、いくら糖度が高いと言っても夏みかんですから、そのまま加工したのでは酸っぱくてお菓子にならない。それで糖分を足して作る。すると、もともとは糖度が高いところが特徴だったのに、結果的には他の夏みかんを使って作ったお菓子と、何も変わらなくなってしまうんです」

「なるほどねえ」

「そう言われてみたらそうですねえ。キャンデーも羊羹も、どっさりお砂糖使ってますもんね」

「それで、砂糖で甘くする以外の方法をいろいろと試してみてるんですが、なかなかしっくり来なくて。このババロアは、いったん果実酒にしてからババロアに入れて風味をつける方法で作ってみました。それだけだとこんなふうに淡《あわ》いオレンジ色にはならないんで、甘夏の皮を砂糖で煮《に》たオレンジピールを細かく刻《きざ》んで入れてます」

「オレンジピールもとても美味しいんですよ」

愛美が思わず口を挟んだ。

「チョコレートをまとわせたものは、コーヒーにすごくよく合うんです。マスター、試食していただいてもいいですか」

「そうだね、あの、よかったら」

「わあ、オレンジピールも大好きです！」

三人は、愛美が皿に載せて出したオレンジピールのチョコレートにまた歓声をあげてくれた。

「美味しい！　ロイズのっぽいね、これ」

「うん、チョコが少し優しいけど」

「こういうのもいいよね。わたしはリスト風のも好きだけど」

「あ、全体をチョコで覆《おお》ってるやつ？　ココアの粉《こな》みたいなのまぶしてあって」

「どっちも好きだけど、ロイズ風はつまんで食べやすいよね」

「でもピールの部分は、市販のより美味しいと思うな、わたし」

「うん、ピールがすごく美味しい！」

「気に入っていただけましたか？」

　三人は一斉にうなずいた。

「これすごいです」

「ぜったい、駅の売店で売るべきですよ！」

　信平は嬉《うれ》しそうだったが、軽く頭をかいた。

「そうできればいいんですが……けっこう手間がかかるので、売店で売るほどは作れないんですよ。なにしろこの店には設備もありませんから」

「町の人に協力して貰えないんですか」

「いろいろとね……難しいことがあります。第一に、この町にはもう、労働力があまりないんです。ここで暮らしているのはお年寄りがほとんどで。それに設備投資したり、利益が出るようになるまで人件費を立て替えたりする資金が僕にはありません。町の人に協力を頼むとなると、失敗はゆるされないでしょう。そこまでする勇気はないし。たとえひとりでなんとか商品を作れたとしても、売店に置くなら賞味期限の問題があります。売れ残ったものをどうするのか、なんて考えると踏み出せないんですよね。まあせいぜい、ホームページで予約をとって、予約して貰った分だけ手作りする、そのくらいかなあ、と」

「わたし、買います。ホームページでの予約販売が始まったら」

「わたしも」

「わたしはババロアも欲しいなあ。ババロアは無理ですか？」

「カップに詰《つ》めた状態でクール宅配便などで送ることは、やればできないことはないと思いますが」

「挑戦してください、ぜひ！」

「通販でも話題になれば、少しはねこ町の宣伝にもなりますよ」

「そうそう、ノンちゃんの絵をパッケージにつけたりして」

三人が口々にアイデアを言い合うのを、信平はとても真剣な顔で聞いている。愛美は、信平には何かの決心がある、とその時思った。


「ところで、さっきの話なんですが」

ひとしきり、ねこまち甘夏の菓子作りや販売アイデアの話で盛り上がったあとで、二杯目のコーヒーをサービスしながら信平が訊いた。

「ＵＦＯの丘、ってなんなんでしょう。僕ら地元では、そんな話、耳にしたことがないんですが」

愛美も聞いたことがなかった。

「え、ほんとですか？」

三人は意外そうな顔をした。

「地元では知られてないんですか」

「少なくとも、僕は聞いたことがありません。Ｕターン組ではあるけど、いちおう地元民なんですが」

「なーんだ、じゃあやっぱガセネタかあ」

眼鏡をかけた子が肩を落とす。

「インターネットに、以前から出ている話題なんですよ」

赤いピアスをした子がバッグの中からiＰａｄを取り出した。

「ほら、これです」


「なつかしい丘の上で」


ブログのタイトルだった。出ているページには、消えかかる夕日にわずかに照らされた草原の写真がある。見覚えがある光景のような気もするが、日本中どこにでもある空地のようにも見えた。シルエットで、ハルジオンかヒメジオンのどちらかに思える花がいくつも咲いているので、春から夏にかけての画像らしい。

記事を斜《なな》め読みしてみる。拍子抜《ひょうしぬ》けしたことに、ほとんどの記事はブログ主の日記で、朝昼晩やおやつに食べたものだとか、コンビニで流行《はや》っているものなどの画像が載せられていて、素人《しろうと》にしては上手だがとりたててどうということもない文章が付けられている。いったい何がＵＦＯなのだろう、と首を傾げながらブログのトップに戻ってみた。と、妙な丸い光が空にいくつも並んでいる画像が現れた。記事によれば、いつも散歩に行く丘の上から撮《と》った写真らしいのだが。

一緒にブログを読んでいた信平が、あ、と叫んで画面を指さした。

「これ、確かに近いな」

「ほんとですか、マスター」

「うん。この丘の光景、見たような気がする。ほらここ、この真ん中。休けい所みたいなものがあるでしょう」

確かに信平が指さした先に、小さな屋根のようなものが写っている。

「これ、車で走ると遠くに見えるんだ。うん、間違いない。ここから、そうだなあ、車で二十分くらいかな」

「やっぱりそうですよね」

眼鏡の子が嬉しそうに言った。

「Ｇｏｏｇｌｅマップでだいたい見当つけて、そんなに遠くないと思ったんです。タクシーでも行かれるくらいじゃないかな、って」

「ええまあ、行かれますよ。でもこの写真のあたりは人もあまり住んでないし、タクシーの運転手さんにわかるかな。このあたりのタクシーはまだカーナビついてないですよ、ほとんど」

「このブログ主さん、どういう人なんでしょうか」

愛美はプロフィールの頁《ページ》を開いてみたが、記事の内容からすると少し意外なことに男性とある。他にはたいした情報は載っていなかった。ただ、その丘のだいたいの住所は書いてある。間違いなく、根古万知駅を中心としたエリアの中に含まれる一角らしい。

「肩書きは、自然愛好家、ですか。これだけじゃ何を生業《なりわい》にしている人なのかわかりませんね」

「でもこの丘が散歩コースなんだから、この近所の人でしょう?」

眼鏡の子が言う。

「ブログ読んでると、昼間は町に勤めに出ているっぽいですよ。コンビニスイーツに詳《くわ》しいし、ランチはいろんなお店で食べてるみたいだし」

「じゃ、柴山電鉄で通勤してるのかな、N市あたりに」

信平は首をひねった。

この光は何なのだろう。本当にUFOなのだろうか。

写真に付いていた文章を読んでみたが、UFOとかその類《たぐ》いのものだとは一言も書いていない。それどころか、それが何であるのか、何に見えたのかも書いていない。ただ、いつもの散歩コースで撮りました、とだけ。

「皆さんは、UFOを研究しているとかそういう」

愛美が言いかけると、三人は笑って否定した。

「さっき言ったように、いつも行き当たりばったりで旅しているんで、iPadで検索してたら出来たんで寄ってみようかなって思っただけなんです」

三人はしばらく写真についてあれこれ感想を述べていたが、列車の発車時刻が近づいたので帰って行った。

3

ブログの謎は気になったが、パートが終わる時刻になるまでそれ以上のことは信平と話す余裕がなかった。明日、また調べてみることにして、愛美はノンちゃんを迎えに駅に急いだ。

たまたま列車が到着する時刻だったので、多少の人だかりは予想していたが、駅前の様子には驚かされた。

数十人はいるだろうか、なじみのある顔もいるにはいるが、大部分が記憶にない顔ぶれだ。わざわざ列車に乗って、この終着駅までやって来た人たちらしい。まさかあの人たちがみんなノンちゃん目当て？　と半信半疑だったが、近づくにつれてそれが現実のことであるのにもう一度驚いた。

人だかりの中心は、外に置かれたベンチだ。そのベンチにノンちゃんを膝《ひざ》に載せた恵子が、にこにこしながら座っていた。

「写真はいいけど、フラッシュはだめよ。自動になってると勝手に光っちゃうから、先にちゃんとフラッシュ禁止モードにしてね。猫の目は光に敏感だからね、フラッシュ当てると目が傷《いた》んじゃうのよ」

笑顔のままで厳しくチェックし、注意する。

「触《さわ》りたい人はちゃんと並んで。あんまり触り続けだとストレスでハゲちゃったりするから、悪いけど触れるのはあと十分ね。四時でおしまいよ」

「駅長のコスチューム、着せないんですか」

人だかりの中の誰かが訊く。恵子はきっぱりと言った。

「猫には服なんか必要ないの。猫ってのはね、毛繕《けづくろ》いしないと死んじゃう生き物なのよ。毛についた匂《にお》いを舌で舐《な》めて感じて、それでいろんな情報を得ているんだから。それに毛の表面でビタミンも作ってるのよ。服なんか着せたら毛繕いできないでしょ、猫に服着せるのは虐待《ぎゃくたい》なのよ。まあ記念撮影だのセレモニーの間だの、短い時間なら問題ないけど、普段はこのまま、このままがいちばん。ほら見てご覧なさいよ、こんなに綺麗な毛並みなのに、隠したらもったいないでしょ」

この人に任せておけば、ノンちゃんがひどいストレスにさらされる心配はないな、と愛美は安堵《あんど》した。それにしても、なんて呑気《のんき》な猫なんだろう。営業用なのか必死に笑顔を保ったままで、あれやこれやとノンちゃんを守るために奮戦している恵子さんの頑張《がんば》りもどこふく風、猫は実に気持ち良さそうに目を閉じている。いちおう丸くはなっているが、どことなくからだが弛緩《しかん》してぐてっと伸びている気がするのは、それだけリラックスしているということなのだろう。

恵子さんと目が合ったけれど、まずは駅に挨拶《あいさつ》しなくては、とそのまま頭だけ下げて中に入った。

驚いたことに、駅舎の中もごった返していた。いつもは客の姿など見たこともない売店は、人の入れ替えをする余地もないくらい客で詰《つ》まっている。しかも、商品が並べられている台の上は、ほとんど売り切れて品物がない。残っているのはこの地方の特産品ではない、県内の他の地域の土産物ばかりで、それすらも客の手が次々と摑《つか》んで千円札と交換されていく。

ねこまち甘夏キャンデー、ねこまち甘夏羊羹、ねこまち甘夏ケーキ、さっき若い三人組が味見したけれどいまいちだった、と言っていた特産の菓子もすべて売り切れていた。地元の野菜を使った漬物《つけもの》や、山菜の水煮などの袋も、いつもは賞味期限が不安になるくらい動きがないのに、影もかたちもない。

愛美の目の前で、最後に残った商品も姿を消した。あとはガムやチョコレートなどが並べられている棚と、ペットボトルの飲み物が冷やされている冷蔵庫だけだ。

売店の奥で客をさばいていた田村千加が、残った客を追い出すようにして自分も外に出て来ると、ガラス戸を閉めて「改札外売店は閉店しました。ホームからはご利用いただけます」と書かれた札を下げた。

「すごいですね」

愛美が言うと、千加は大げさに頭《かぶり》を振った。

「もうびっくりよ。売店が忙し過ぎて、まだホームの灰皿の掃除《そうじ》、してないの」

「わたし、します」

「あらいいわよ、もうこっち閉めちゃったから。改札の中からは次の電車が来るまで買う人、いないし。というか、もう売るもんないしねー。パンまで売り切れちゃったわよ、メーカー品でどこでも買えるパンなのに」

それでも愛美は腕まくりして、千加についてホームに入った。事実上駅長が不在になってから、切符や運賃の回収は車内で行っているので、改札は素通りできる。掃除用具を借りて、小さな両面ホームの灰皿を掃除する。灰皿は二つ。

「いつもより吸い殻《がら》も多いわ。禁煙が当たり前のご時世でも、電車降りたらとりあえず一服しないと落ち着かないって人はけっこういるからねえ」

「猫が一日駅長するってネットに流れただけで、こんなに人が来るなんて嘘みたいですね」

「世の中、そんなに猫好きがいるのかしらねえ。まあこの駅の名前自体、猫好きで鉄道好きな人にはウケるんでしょうけど。でもね、愛美ちゃん」

千加は渋面《じゅうめん》をつくる。

「こんなの信じたらだめよ。どうせ一時のことで、すぐに飽きられちゃうんだから。前に駅名のことで、ここがねこ町だって話題になった時もそうだったもの。とにかくブームが一日でも長く続くように祈りながら、在庫一掃《いっそう》できたらそれでいいか、くらいに思っていないとね」

「新しい商品とか置いてみたりはしないんでしょうか」

「新しい商品？」

「ええ……今の在庫だけだとなんかインパクトが弱いかな、って」

「それって、本家のワカデンみたいにグッズ作るってこと？」

「いえあの」

「だめだめ、だめ」

千加は強い口調で否定した。

「今言ったでしょ、ノンちゃんの人気なんて週末の一日駅長が終わっちゃったらすぐに消えるのよ。グッズなんて大慌《おおあわ》てで発注したって二週間から三週間はかかる、でもできてくる頃には世間はもうこの駅に興味なくなってる。今度のノンちゃん騒動はパチンコで一回大当たりが出た、程度のものなの。いい気になってお金を注《つ》ぎこんだら稼いだ分の何倍も機械に吸いこまれる。ちょっと儲《もう》かったとこでさっと帰るのが賢いやり方よ」

千加の言っていることは正しい。猫の一日駅長程度のイベントで、この大赤字路線の忘れられた終着駅が復活するほど、世の中は甘くない。

でも、せっかくあんなに人が来てくれたのにな。

愛美は、もったいない、という言葉を噛みしめていた。たとえ一時の流行りに乗っかっただけであっても、あの人たちはわざわざ柴山電鉄に乗ってここまで来てくれたのだ。売店に並んだ、特に珍しくもない土産物を買って、携帯でノンちゃんの写真を撮っただけで帰してしまったのでは、あまりに愛想がないのではないか。やっと来てくれた人たちをもう少し、もてなす方法が何かあればいいのに。

千加は手際よくホームの清掃を終え、売店の中へと戻った。次の列車が着くまでホームに客はいない。千加が文庫本を広げて読み始めたので、愛美はノンちゃんのところへ戻った。

人だかりはまだ減っていない。というよりも、みんな次の列車の到着を待っているのだ。この終着駅から先は、家へと帰る地元民以外が目的とできるような場所などひとつもない。ただここに着いて、次の折り返し列車に乗って帰るだけ。

愛美はぐるっと駅前の小さなロータリーを見回した。ちょうど駅舎の正面に商店街の入口が見えている。が、中に入ってみるまでもなくそこがシャッタータウンだということがわかる。入口付近から既《すで》に暗く、シャッターの降りた店が見えているのだ。他には本当に何もない。左右に道が延びているが、数軒の民家の先にはもう畑の縁《へり》が視界に入っている。せめてコンビニでもあればな、と思うが、こんなところにコンビニを作っても採算はとれないだろう。むろん、この町にもコンビニはちゃんとあるのだが、コンビニもファミレスもレンタルＤＶＤショップも、国道沿いの一箇所に集中している。その一箇所の中心にあるのが、大手スーパーチェーン店が展開するショッピングセンター。町の経済活動はほぼすべて、そのショッピングセンター周辺にまとまっている。だから町の人は鉄道に乗らない。車がなければ生活ができない。

たぶん、日本中のほとんどの「田舎《いなか》」が、今はこうなってしまったのだろう。そして田んぼや畑が少しずつ削《けず》られるようにして姿を消し、その代わりにやけに立派な道路が切り裂くように地域を分断する。道路用地として農地を売却した人々は農業を辞《や》め、売却して得たお金でちょっとした商売に手を出すが、最初はそこそこうまくいってもやがて大手スーパーが経営するショッピングセンターが建設されるとそれに呑《の》みこまれて倒産、廃業。立派な道路のきわには空家が点在するようになり、やがてそうした空家も買い取られてファミレスが乱立。いつのまにか、風情《ふぜい》のあった故郷の道は、日本中どこにでもあるようなチェーン展開の店ばかりが並ぶ道路になる。

そこまで考えて、大きな溜め息が出た。

結局のところ、そのほうが便利なのだ。よその土地から旅行しに来た人ならば風情だ旅情だと好き勝手なことを言っていればいいけれど、過疎《かそ》化していく地方の町で暮らしていく人々にとっては、都会の人が食べているのと同じものが食べられるファミリーレストラン、都会の人が着ているのと同じものを買って着ることができる大手衣料品量販店が新しくできることは、はっきり、喜びなのだ。が、日本中どこにでもあるもの、しかない場所へは、誰もわざわざやっては来ない。この駅から徒歩で十五分も歩けば国道沿いのハンバーガーショップに行けるけれど、そんなところに行くためにこの駅に来る人は皆無だ。

どうしようもない、ジレンマ。


「愛美ちゃん」

恵子が手招きした。ノンちゃんはまだ膝の上だ。恵子の前に立っているのは、先日ホームセンターで会った香田慎一だった。

「売店忙し過ぎて、千加ちゃんキレてたでしょ」

恵子が笑う。

「売る物がなくなったから、外側の出入口は閉めちゃったみたいです」

「あらあ、まだ四時になったとこなのに。いちおうあの人、シバデンに雇《やと》われてて契約は五時までなのよ。だから売店も五時までは閉めたらいけないのよ」

恵子は笑いながら立ち上がり、猫を慎一の腕に抱かせた。

「わたしはパートだからね、今日は三時あがりだったからこの子とたっぷり遊べたけど」

「恵子おばさん、すごいですよ。ノンちゃんのマネージャーみたいでした」

「何言ってるのよ、慎ちゃん。猫ってのは案外デリケートな生き物なんだから、こんなにたくさんの人に好き放題触らせてたら、すぐに神経症になって毛が抜けちゃう」

「本当にありがとうございました」

愛美がノンちゃんを受け取ろうとしたが、慎一は離したくないのか、猫を抱いたまま動こうとしない。愛美は思わず苦笑した。この猫は不思議な猫だ。なぜだか誰もがこの猫を抱いたら離したくなくなるらしい。

「そろそろ帰ります」

「僕、送っていきます」

慎一が言う。愛美は慌てた。

「いえ大丈夫です、ここから歩いてすぐですから。キャリーを持って来てますから」

「けっこう重たいですよ、ノンちゃん」

「ええでも、今朝もひとりで連れて来ましたし」

「このまま抱いて歩いたら危ないかなあ」

慎一はどうしても猫と離れたくないらしい。

「ハーネスの紐《ひも》、腕に巻き付けてるし大丈夫ですよね。十分くらいでしょう、歩いても」

「え、ええ……」

「商店街抜けて行きましょう。商店街は滅多《めった》に車が通らないから安全です」

「でも、遠回りで」

「そんなに違いますか？」

「……五、六分は」

「じゃ、行きましょうよ。商店街の人たちにもノンちゃん、見せてあげましょう」

愛美が困惑していると、恵子は笑って、いいから一緒に帰りなさいよと言った。愛美は仕方なく、空のペットキャリーを提《さ》げて慎一と並んで歩いた。この人、かなり強引というかマイペースよね。でも悪気はなさそうだけど。

実際、慎一は猫に夢中なだけ、という感じで、愛美の顔もろくに見ず、もっぱらノンちゃんに話しかけながら歩いて行く。それでも愛美は、失礼な態度だとは思わなかった。むしろ有り難いくらいだったのだ。先日初めて挨拶を交わしたばかりなのに、ずっと昔からの友人、あるいは幼《おさな》なじみか何かのように、気をつかわずにいられる気がする。それがこの人の長所なのだろう。

「ほんとに猫、お好きなんですね」

愛美が半歩後ろから声をかけると、慎一はやっと振り向いて愛美の顔を見た。

「あ、すみません！　僕、ノンちゃんに夢中で、なんか島崎さんに失礼でしたね」

「いいえ、いいんです」

愛美は心からそう言った。そう、そのままでいい。猫に夢中のままでいてくれたほうが気が楽だ。

「わたしのことは気にしないでください」

「いやいや、ほんとすみません。でも僕、特に猫が好き、というわけでもないんですよ。生き物はなんでも好きですが、まあ普通に動物好きな程度で。なんか不思議なんですよねえ、ノンちゃんだけは特別って気がして」

「特別ですか、その子」

「ええ、そう思います。こんなに物おじしない猫って滅多にいないですよ。今日も朝からずーっと、恵子おばさんに抱かれてアイドルしてたんですよ。なのにまったく不機嫌にならない。おばさんが出した餌《えさ》もぺろっと平らげて、見知らぬ人に触られてもいつも目を細めてゴロゴロ気持ち良さそうだし。恵子おばさんに聞いたんですが、車に乗せても平気だったんでしょ？」

「ええ……幼い頃から車に乗り慣れていないと、たいていの猫はだめですよね」

「そうですよ。実家でも猫を飼ってましたが、動物病院まで連れて行くのが至難の業《わざ》でした。とにかく車が大嫌いで、キャリーケースに入れて乗せても到着するまでぎゃあぎゃあ鳴きっぱなしですよ。一度、そんなに車が嫌なら自転車ならどうだろって、ケースを荷台にくくりつけて僕が自転車で運んだことがあるんですが、車より嫌だったみたいですごい騒ぎになっちゃって、とんでもない声で鳴き喚《わめ》き続けて、なんかサイレンでも鳴らしながら走ってるみたいで、すれ違った人みんなから睨《にら》まれましたよ。動物虐待してんだろ、みたいな顔で」

愛美は噴《ふ》き出した。サイレンのような猫の騒ぎ声と共に必死で自転車を漕《こ》ぐ慎一の姿を想像してしまった。

「やっぱこの猫は、根古万知駅の救世主になるべく天からつかわされた、って気がするなあ。だってまだ駅長に就任したわけでもないのに、一日駅長するって噂がネットに流れた途端、あの騒ぎでしょ。売店の売り上げなんか信じられないくらいで。ノンちゃんは本物の招き猫なんだと思います。福を招く、招き猫です」

「そう思いたいです、わたしも。でも……さっき田村さんが言ってらしたんですよね。前に駅名がねこ町だからって話題になった時も、ほんの一時的には人で賑わった。でもすぐにブームは去ってしまったって」

「ああ、確かにそういうこともありましたね。しかしあの時は、駅名だけでしたからねえ。今度はノンちゃんってアイドルがいるし」

「でも、二番煎《せん》じ、三番煎じですよ。和歌山電鐵のたま駅長のような、地域をあげての取り組みというわけでもないし」

「今のシバデンにあそこまでやる体力はないですからねえ」

「田村さんと話していて考えたんですけど」

愛美は慎一に話すというより自分の頭の中にあるものを整理したくて口にした。

「要するに、駅を降りてからすることがない、それがいちばん問題なのかな、と」

「まあそれはそうですね。さっきも、ノンちゃんに会いに来た人たちはみんな、一時間退屈そうでしたから。シバデンは到着したら五分で折り返しですから、ノンちゃんと遊びたい人は折り返しで帰れない。次の電車は一時間後ですからね」

「せめて一時間、退屈しないで駅前で過ごすことができたら、来てくださった人たちも喜んでくれますよね」

「ええ、それはきっと、喜びますよ。でもなあ、ほら、この商店街じゃ一時間を潰すのって、きついでしょ」

慎一は、シャッターが降りた店舗を視線で示した。

「島崎さんのお父さんのラーメン屋さんでラーメン食べて、島崎さんが働いてらっしゃる喫茶店でコーヒー飲んで、それでも一時間は持て余しますよね。まあコーヒー飲みながらおしゃべりすれば、女性ならそのくらいあっという間だろうけど」

「ラーメンとコーヒーなら、わざわざここまで来なくてもいいでしょう」

「そりゃそうです。でも、他に何かありますか？　あとは、地元の人が買い物するスーパーと文具店と……うーん、いずれにしても、観光客が喜ぶような店はないわけで」

「わたしもアイデアがあるわけではないんです。でも、なんかとってももったいないな、という気がしたんです。駅名の時もノンちゃん騒動も、一時的であれちゃんと人は来てくれたわけでしょう。つまり、ここって、来たくても来れない秘境、ってわけじゃないんですよね。来ようと思えば東京からだって大阪からだって、来ることができるんです。なのに、来てもすることがない。だから一度来た人は二度とは来ない。一時的なブームが去れば、誰も来なくなる。……もし、ここに来て何か楽しめるものがあれば……」

にゃおん。

不意に、ノンちゃんが鳴いた。空を見上げるように首を伸ばし、何かに向けて呼びかけたように聞こえた。

「あれ、鳴いた。ノンちゃんってほとんど鳴かないのかと思ってたけど」

「何かいるのかしら……アーケードの上に」

愛美も思わず上を見る。夕暮れが近づいて、半透明なアーケードを通して見える空が茜《あかね》に染まっている。

「UFOだったりして」

「え？」

愛美は驚いた。

「香田さん、知ってらっしゃるんですか、UFOの丘のこと」

「え、あれ？　ということは、島崎さんも知ってるんですか。なんだ、けっこう有名な話なんだな」

「いえ、知らなかったんです、今日まで。ランチタイムにお店に来た観光の女性たちが、インターネットで話題になっているって教えてくれて」

「あ、そういうことですか。実は僕も、今日初めて知ったんですよ。地元の話なのにどうして今まで耳に入らなかったのか不思議で。ノンちゃんに会いに来た観光客が、恵子おばさんに訊いたんです、UFOの丘ってここから遠いんですか、って。もちろん恵子おばさんもまったく知らなくて、びっくりして、それで何のことなのか説明して貰ったんです。僕のスマホでもブログは読めたけど、あの写真、本物なのかなあ」

「合成か何かだと？」

「ええ。Ｐｈｏｔｏｓｈｏｐがあればあのくらいは簡単に作れますよ。ただ、なんであんな写真を合成してブログにアップしてるのか、その点がわからないですけど。何度も記事を読んだんですが、あの写真については説明がないんですよね。ただ散歩道で撮《と》った、とあるだけで。なんかあのブログ、妙な感じがして」

「……妙というと？」

「一貫性がないというか……ほら、コンビニで買えるデザートの話とか、最近観《み》た映画の話とか、よくあるＯＬさんの自分語りブログかと思ったら、突然あんな写真が挟まってる。しかも、このあたりで暮らしてるみたいな書き方でしょう、散歩道、なんて。まあこのあたりからでもN市に通勤してる人はたくさんいますから、会社帰りに映画観たり、ランチタイムはコンビニでいろいろ買ったりってできますけどね、なーんか、ちぐはぐなんですよね。まるで……書き手が二人いるみたいで。ＯＬさんの自分語りの部分と、例の変な光るものが写ってる散歩道の部分、違う人が書いてるって印象を受けたんです」

「つまり、誰かのブログをのっとってるとか」

「いやそんなハッキングみたいなことしなくても、あれはいわゆるレンタルブログですから簡単ですよ。ああいうレンタルブログは、ｗｅｂから直接書きこみができます。つまり、書きこむ時に必要な

ＩＤとパスワードを知っていれば、誰でも同じブログに書きこめるわけですよ。実際、数人でひとつのブログに書きこんでる人たちはたくさんいるでしょ」

「でも、どうしてそんなこと」

「ええ、理由はまったくわかりません。いったいブログ主は何がしたいのか、誰に読ませたくて書いているのか……ただ、あの写真のインパクトはけっこう大きかったことは確かですね。実際にＵＦＯ関連のいくつかのサイトでは、あのブログにリンクが張られていました。ブログ主は一言もＵＦＯだなんて書いてないんで、写真が合成だったとしても責められる筋合いじゃないですが、けっこう国内のＵＦＯマニアは真偽についていろいろと論争してますよ。実は今回、ノンちゃんが一日駅長になるって噂がネットに出てすぐに人があんなにやって来たのは、ＵＦＯの丘、との関連がｔｗｉｔｔｅｒとかで話題になったのも理由なんじゃないかな、と思うんです」

4

福々軒に客の姿はなかったが、さすがに飲食店に猫を連れて入るのは躊躇《ためら》われたので、愛美は店の外からカウンターの中の父に手を振った。

「こちら香田さん。塚田さんの甥ごさんで」

「香田慎一です」

慎一は威勢《いせい》良く頭を下げた。

「塚田さん、って、売店の恵子さんのかい」

「はい、恵子おばさんは僕の母の妹です」

国夫は空を見るように頭を上げてから、ああ、と言った。

「そうかあの、陽子さんの……そうかい、あんたが……いや、すごく小さい頃にここに食べに来てくれたことがあるんやが、憶《おぼ》えとる？」

「なんとなくぼんやりとですが。でもなんか、ラーメン屋さんじゃなかった気が」

国夫は相好《そうごう》を崩《くず》した。

「そうや、よう憶えとるなあ。あの頃はまだ俺の父親も生きてて、定食屋やっとった。父が死んだ時、思いきってラーメン屋にしたんや。そうかあの時の子か。いや大きくなったなあ」

「図体《ずうたい》ばかりでかくなりました」

「あんた、確かカメラマンとか」

「はい、カメラ持って飛び回ってますが、売れてないので始終《しじゅう》ぴーぴーです」

「こっちに戻って来たんかい」

「いえ、次の仕事まで少し時間があるんで、ちょっと……母の顔を見に」

「……陽子さん、どんな具合？」

慎一は少し表情をくもらせた。

「……あまり、いいとは……ただもう、あの病気は治るってことはないらしいので、進行が少しでも遅くなってくれるように祈るだけですね。初めのうちは薬がよく効《き》いて、日常生活が普通におくれるくらいになっていたらしいんですけど、また最近薬の効果が出なくなっちゃったみたいで。今は、機嫌がいい時はいくらか会話もできますが、たいがいは人と話さずにぶつぶつ独り言を言っているようです」

「そうかい。……俺も見舞《みま》いくらい行ってやりたいんだけど、行っても俺が誰かわからないんじゃなあ。かえってイライラさせちゃうだろうしなあ」

「すみません、気をつかっていただいて」

二人が店を離れたのと同時に、顔見知りの客が福々軒に入って行った。毎日閑古鳥《かんこどり》が鳴きっぱなしのような国夫の店にも、常連客というのはいる。だがそれでも、いったいどのくらいの利益がこの小さなラーメン店で出ているのだろう。国夫の生活費と店の仕入れ分、稼げているのだろうか。

「今度ノンちゃんが一緒じゃない時に、島崎さんのラーメン食べたいな」

慎一が笑顔で言った。愛美は、どうしても苦笑、のような笑顔しか作れそうにないことに困りながら答えた。

「あんまり美味しくないんですよ」

「そうなの？」

「はい。久しぶりにこっちに戻って食べてみて、前よりだいぶ味が落ちたな、って。もっとも前からそんなにすごいラーメンじゃなかったんですけどね。ちゃんとしたラーメン屋さんで修業したわけでもなく、定食屋で出していた何の変哲もない中華そばをちょっとだけあぶらっこく改良した程度のラーメンでしたから。それでも、やっぱり前のほうが美味しかったな」

「僕が母に連れられてあそこに行った時はまだ、定食屋さんでした」

「わたしには定食屋の記憶って、ないんです。物心ついた頃にはもうラーメン屋で。小さな家でしょう、二階に二間と台所があるんですけど、そこで暮らしていたので一日中、ラーメンのスープを煮出す匂いが家中に漂《ただよ》っているんです。だからわたしの子供の頃の想い出にはたいてい、その匂いも一緒に閉じこめられてます」

「ラーメンの匂いのついた想い出、か」

慎一は楽しそうに笑った。

「なんかいいなあ」

「思春期の女の子にとっては過酷でしたよ」

愛美も笑った。

「中学生の時は、あの重たいセーラー服だったから、ほんとに匂いが染みこんでしまうんです。セーラー服って自宅で洗濯するの難しいんです。スカートのプリーツとか、素人には綺麗にアイロンかけられないし。でもクリーニングなんてもったいなくて、衣替えの時くらいしか出せないじゃないですか。仕方なく毎日、固く絞ったタオルで水ぶきしてました。特に朝、登校する前には念入りに。だってからかわれるんです、ラーメン臭《くさ》いぞ、って。高校に入ってもっと神経質になっちゃって、ブレザーもスカートも帰宅するとすぐ脱いで、家の匂いがつかないようにビニール袋に入れてました。朝はぎりぎりまで着ないで」

「それは大変だ。女の子って、いろいろ頑張るなあ」

「ほんと、十代の頃ってそういうの、すごく頑張っちゃうんですよね。ちょっと思い返すと恥ずかしいのと同時に、あの頃の自分が羨《うらや》ましいです。今は、そういうの、まったく頑張らなくなっちゃった」


まだやっと六時になるかならないか、のはずなのに、商店街の店はみなシャッターに閉ざされていた。『福々軒』と『風花』の他は開いている店が一軒もない。かろうじて営業を続けているはずのスーパーは定休日で、文具店は五時で閉店らしい。

まるで、死者の町。

ゴーストタウンだ。


「子供の頃はまだ、けっこうお店が開いていたんですよね」

なんとなく涙が出そうな思いを振り払って、愛美は言った。

「夕方になると買い物客が増えて、そこそこ賑やかになったんです。そんな賑やかなここを歩くのが大好きで、学校から帰ると目的もなく、このアーケードの下を行ったり来たりしてました」

「僕は自宅が隣駅だから、この商店街にはあまり来たことなかったなあ。あ、でも、ほら秋になんかお祭りしていたでしょう。あれには何回か来ましたよ」

「いったいブログ主の目的は何なんでしょうね」

「それが気になるよね」

商店街を歩きながら、二人はいろいろと推測を並べた。

「いっそ」

慎一が足をとめ、愛美の方を見て言った。

「探しに行ってみませんか、UFOの丘」

「でも……見つけてどうします？　ブログに写真をアップしているだけですから、犯罪でもないし誰かに迷惑をかけているわけでも……」

「もしあの写真が合成ではなくて、ブログ主が本当に目撃し撮影したのだとしたら、UFOの丘はちょっとした観光地になれる可能性があるでしょう。少なくとも、わざわざUFOの丘を訪《たず》ねて来る観光客というか、まあそっちの方面に興味のある人たちは期待できますよね。ほら、あなたも言ってたように、この町には駅を降りてからちょっと寄って楽しむ観光名所がひとつもないんです。せっかくこの子のおかげで駅まで来てくれる人がいても、結局、次の列車で帰るしかない。今の柴山電鉄の経済的体力では、あの駅にいろんな施設をつくるのはまず無理です。今のままでは、ノンちゃん目当てに来た人がいても、その人たちが友人や知人に何と報告するか、容易に想像できますよね。なんにもなかったよ。それでおしまいです。時間潰《つぶ》すのが大変だった。駅はつまらなかった。駅前にも何もなかった。それを聞いた人は、なんだ何もないのか、猫の駅長だけ見に行ってもつまんないな、となるでしょう。シバデンが駅にお金をかけられないのなら、駅の外に何か用意するしかない。でも、唯一《ゆいいつ》の客が呼べそうな施設はこの商店街で、それがこんな有り様です」

慎一は片手で、シャッターばかりの通りを示した。

「この商店街を改装して、人がたくさん集まる商店街にすることなど、駅をどうこうするよりも難しい。不可能です。でもノンちゃんがせっかく集めてくれる観光客に、せめて駅以外ひとつくらいは話のネタになる経験をして貰うとすれば、何か考えないといけない」

「それが、ＵＦＯの丘、ですか」

「僕自身は、この町の空にＵＦＯが飛んでるなんて信じてません」

慎一は笑った。

「この広い宇宙には、生命のいる星があるだろうことはもちろん否定しませんし、その中には人間のような知性のある生物もいるかもしれない。宇宙船で航行ぐらいしているかもしれない。それも否定はしません。でもそのことと、未確認飛行物体がこの町の上空を飛び回ることとは問題が別です。そんなものが頻繁《ひんぱん》に飛び回っているなら、僕たち住民が気づかないはずがない。住民が誰も知らない、噂すら聞いたことがないなんて有り得ない」

「そうですよね。おかしいですよね」

「ＵＦＯの丘は、インターネットの中にしか存在していないのだと思います。そもそもブログ主はあれがＵＦＯだなどと一言も書いていませんし」

「でもそれじゃ、ブログ主を突き止めたとしてもＵＦＯの丘が観光地になる可能性はありませんよ」

「ええ、でももし本物だったら」

「だって、信じていらっしゃらないんでしょう」

「ネス湖の怪獣と同じです。あるいはもっと身近で、富士五湖の本栖湖《もとすこ》にいるとされるモッシーでもいい。写真が合成ではない、つまり写真自体が本物なのであれば、写っているのが本当は何であるか突き止められるまでは、充分に客寄せができる、ってことです。偽物《にせもの》だと完全に否定されるまでは、どれほど嘘臭いものであっても、好奇心を刺激することができるんですよ。世界中にはそうした類いの謎の生物や、奇蹟《きせき》の場所が数多くあり、どれも観光地として人気になっています。まずはブログ主を突き止めて、写真が合成なのかどうかそれを確認して、もし合成ではないとしたら、自然現象で説明がつくかどうか検証します」

「簡単に説明がついちゃったら？」

「それならそれで、話題にする方法はあります。まるでＵＦＯのように見えるなんとかかんとかが見られますよ、というのはいちおう、惹き文句にはなりますから」

愛美は思わず、クスクス笑った。

「なんだか香田さん、この町の宣伝係みたいです」

慎一も笑いながらうなずいた。

「いや、役場が雇ってくれるなら宣伝係になってもいいと思ってますよ。僕はね、この町が、このねこ町が、このままたれてしまうのがすごく残念なんです。確かにこの町にはもう、未来はないのかもしれない。今さらここがN市並みに発展するなんてことは、どう考えても有り得ません。世の中がどうかなって再び石炭が日本のエネルギー産業の中心になる日が来るならともかく、もともと炭坑以外に産業のない土地ですから、あとはみかん農家を中心にした農業があるだけで、それも輸入柑橘類と勝負できるだけの生産力はありませんから、この先規模が拡大する見込みはない。ねこまち甘夏だけではね、細々と続けていくのが精いっぱいでしょう。しかも日本中の田舎同様、農家はほとんど兼業で跡継ぎがいません。子供たちは成長すると都会に出てしまい、滅多なことでは戻って来ない。どこからどう見ても、この町とこの地域は、次第に過疎化が進んでいく運命なんです。でもだからと言って、僕の目の前で荒廃していくのは我慢ができないんですよ。地元を離れて放浪生活のようなことばかりしている自分が、こんなこと言う資格がないのは充分にわかっているんですが、だからこそたまに地元に戻って来ると、前に戻った時より一層荒廃しているように思えていたたまれないんです。いや、荒廃というのは言いすぎかもしれませんが」

慎一が荒廃という言葉をつかいたくなるのも無理はない、と愛美は思った。今歩いている商店街のさびれようは、まさに、荒廃だ。ほとんどの店にシャッターが降りているというだけではなく、そのシャッターは汚れと落書きで見るも無残な有り様だし、人が暮らしているはずの二階の窓は、どの家も揃って真っ黒だ。真っ暗なのではなく、真っ黒。雨戸に閉ざされて光すら漏《も》れては来ない。

昔は町民の自慢だったアーケードも、その屋根はぼろぼろでいくつも穴が開き、昔は年末の大掃除の時に業者を頼んで洗っていたらしいがそれもここ数年はやっていないのか、上に積もった埃《ほこり》で真昼でも薄暗い。しかも昼間の光の中で見上げると、どこからか飛んで来た洗濯物や段ボールなどがのっかったままで雨ざらしになり、汚く黒ずんでいるのが透けて見えてとても見苦しい。

足下に目をやれば、通りの中央に敷《し》き詰《つ》められていた飾りタイルはほとんど剝《は》がれてでこぼこになり、路面もろくに補修していないので穴だらけだ。そこに描かれていた花の柄も、薄く掠《かす》れて今ではもう、ただの汚れと区別がつかない。

街灯だけはかろうじて点《とも》ってはいるけれど、大正モダンを意識したらしいガス灯風のデザインなのに、電球を覆《おお》うカバーが割れたままのところが何ヶ所もある。

「この路面をきれいに直し、アーケードを張り替え、街灯を修理するだけの費用はもう、商店街の予算では工面《くめん》できないでしょうね。かと言ってこのまま放置していれば、ますますみっともないことになります。シャッターの落書きがどんどん増え、街灯はひとつまたひとつと割られていきます。地元の不良少年たちにとっては、こんな商店街はゴーストタウンと同じです。彼らが生まれた頃すでに商店街は衰退し、彼らはここで買い物をした記憶がない。幼い頃から親に連れられて行くのは大型スーパーやショッピングセンターばかりで、こんな商店街で買い物をする経験など持たずに育った。だから何の愛着もなく、破壊することに罪悪感もないんです。もしかすると、ここにまだ誰かが住んでいる、ということすら、彼らは知らないのかもしれない。落書きしたり街灯に石を投げたりする彼らばかりを責められないですよね。ここが荒廃していくのを、金がないことを理由に放置しているんですから、見殺しと同じです」

「いつかはこの商店街も、なくなってしまうんでしょうか」

「どうでしょう。しかしこのままゴーストタウンにしておくわけにはいきませんから、やがてはどこかの企業にまとめて売却する話が出るのかもしれません。しかしそれだって、手をあげてくれる企業があるかどうか。駅前の一等地とは名ばかりで、その駅自体に乗降客があまりいない。人が大勢利用するターミナル駅の前なら大型ショッピングモールを作ることもできますが、こんなローカル線の終着駅ではそんなものを作っても無駄ですからね。しかも更地《さらち》ならともかく、建物だけはかなりの数がある。これを全部取り壊すだけでもけっこうな費用がかかります。地権者は複数で、現在営業中の店に対しては補償や立ち退《たの》き料の問題も出て来ます。まあ普通に考えて、タダでも手を出さない場所かもしれません、まともな企業なら」

「でもこのままにしておくわけにはいかないですよね」

「いずれは、建物を取り壊して土地を何かの施設に転用するという話が出るでしょうね。しかしなにぶんにも商店街ですから、道路の部分を合わせても細長くて使いみちの限られる形ですし。おそらくは、分売して建売住宅を並べてという方向になるんじゃないかな」

「住宅の需要なんかあるのかしら」

「N市のベッドタウンとしてなら、再開発の見込みはあります。N市から乗換えなしの一時間弱ですから、価格をうんと安く設定すれば購入したいと思う人はけっこういるはずです。駅前の住宅地なら、通勤には楽ですからね」

「でもそうなると……町が変わってしまいますね」

「小綺麗《ぎれい》な建売住宅がきちんと整列した、可愛いベッドタウンになるでしょう。昔からの住人は姿を消し、サラリーマン家庭が主な住民になり、駅前にはコンビニのひとつもできるでしょう。しかし彼らは買い物は地元でしません。車で十五分も行けば大型ショッピングセンターがあります。車を持たない、車を利用できない人はもっと便利な町に越すしかない。でもそれだって、最高にうまくいっての話、ですよ。何もここまで来なくても、シバデンの沿線には似たようなベッドタウンがすでにいくつもあります。通勤時間はできるだけ短いほうがいいわけですから、N市に近いほど人気が出ます。

終着駅は当然ながら、人気薄です。でもまあ、始発駅と考えたら座って通勤できる、というのはいくらか強みかもしれない。ベッドタウン化が成功すれば、ニーズに合わせて少しは他の建物も建つでしょうね。スーパーマーケットとかファミレスなんかは、できる可能性もあります」

「いずれにしても、わたしたちの知っている町は残らない」

「ええ、残りません。この商店街は、ノンちゃんに象徴されるねこ町、ねこという字を書くほうが似合う古い町の、いわばシンボルだと思うんです。ここがなくなれば、ねこの町も消える。僕たちが故郷だと思っている町は、どこにも存在しなくなる」


商店街が終わり、アーケードの外に出た。まだ雲が多いのか星も月も見えない。

その先に農協の建物があり、三階建てのビルが見えていた。半数ほどの窓にまだあかりが点《つ》いている。


「UFOの丘なんていかにもあざといけど、それでもわずかの間でいい、この町に観光客が呼べる可能性があるなら、僕はやってみたいんです。さっき役場で雇ってくれるなら宣伝係をやりたいって言いましたよね。実はもう何度も、役場には売りこみに行っているんですよ。せっかく広報課があるんだから、そこでいろいろできるんじゃないかって企画も立てて。僕のギャラなんかいらない、無給でいい、カメラマンとしての仕事もする、撮った写真も著作権《ちょさくけん》ごと提供する、そこまで申し出ても、検討します、という返事しか貰えなかった。はっきり言って、役所にはもうこの町を再生させる気なんかないんです。どこかの住宅デベロッパーから宅地開発の話が舞いこむのを待っているだけです。予算がないというのを言いわけに、何もしたくないんですよ。今の町長はシバデンの経営者一族の縁者です。彼は、シバデンの赤字を減らして合理化を進めるには、根古万知駅を無人駅にするほうがいいと思っている。仮にここが宅地開発されてベッドタウン化できれば、利用客は通勤定期を持ったサラリーマンばかりになります。彼らはただ定期を出して電車に乗るだけですから、自動改札があれば駅員なんて不要です」

「せっかくノンちゃんがいなくなっても、駅員さんがいなくなっちゃったら寂しいですね」

「ノンちゃんはあくまで一日駅長さんですからね」

慎一は、抱いたままの猫に軽く頬《ほお》ずりした。ノンちゃんは鷹揚にゴロゴロと喉を鳴らしている。

「この子のことも、僕はシバデンの本音というか狙いをちょっと疑っているんです」

「狙いを……ですか」

「ええ。なんで今さら猫の駅長なんでしょうか。電鉄の広報課職員の、いい加減な思いつきなんでしょうか。しかしそれにしては、決裁《けっさい》が早過ぎます。ノンちゃんが駅にいるようになってすぐに一日駅長の企画が通ってしまったわけですから。まああの会社は、全体でもそんなに人数がいるわけじゃないんで、広報課も課長さんの下に契約社員が一人二人いるくらいのもんだとは思いますがね、それにしても今回の電鉄の動きは速すぎました。これってもしかして、いよいよ根古万知の再開発、ベッドタウン化に向けた動きがスタートした、ってことなんじゃないかと僕、思ってるんですよ。ノンちゃんのことを新聞記事にして貰ったりネットで話題にして貰うことで、町の名前が世間に知れる。さらには、猫が安心して眠れる町、なんてのをキャッチフレーズにして、将来的に売り出す時のイメージアップにもなりますから」

猫が安心して眠れる町、か。

愛美は、それも悪くないのかな、と思った。どのみちもう、この町がこれ以上活気づく未来などどないのだから、それよりは、穏やかな眠りの町として売り出すほうがいいのかも。

でもそうなると。

愛美は今出て来たアーケードを振り返った。

この商店街は消えてなくなる。父のラーメン屋も。わたしの想い出も。

「香田さんは、ベッドタウン化には反対なんですね」

「反対です」

慎一はきっぱりと首を振る。

「いや、ベッドタウンにすること自体に反対というより、その前にもっとできることがあるんじゃないか、それは最後の手段だと思ってるという意味で反対なんです」

「その前にできること……そんなものがあるんでしょうか」

「できる、とみんなが思えばありますよ。今はみんなが諦《あきら》めてしまってる。でもここにずっと住んでいたい人は多いんです。ベッドタウン化と簡単に言っても、それは町全体を宅地開発業者たちに売り渡すことで、昔からの住民はみんな立ち退くことを意味します。ここを出て行くことになるんです。そうしないときれいに区画整理された整然としたベッドタウンはできませんからね」

「父は……出て行かないと思います」

「ええ。他にも反対の人は多いでしょう。でも、賛成して出て行く人が少しでもいれば、あとは時間の問題なんです。僕は、そうなる前にやれることがあればやってみよう、とみんなに思って貰いたい。なんていうのかな……僕が我慢できないのは、この町の人たちに覇気《はき》というか、やる気、みたいなものがまるでなくなっちゃってることなんですよ。時代の流れには逆《さか》らえない、それは真実かもしれない。でもね、本当に逆らえないのかどうか、一度逆らってみたらどうだ、って言いたいんです。

石炭の需要がなくなって炭坑が閉鎖されたことで、この町はいわば死刑宣告をされてしまった。でもそのあとも、高度成長期やバブル経済や、何度か活気が戻ったことはあったんです。もう一度ここに活気を戻すことは、本当に不可能なんだろうか。ねこ町は復活できないのだろうか。僕は……しばらく日本に留まって、試してみたい。ねこ町が復活できるかできないか、やってみたいと思っているんです」

三章　ＵＦＯの丘

1

　ノンちゃんの人気は日に日に増していた。今では愛美が駅にノンちゃんを迎えに行くと、集まっていた人々がちょっとがっかりした顔になるほどだ。まだノンちゃんがこの町に現れて一週間も経《た》っていないのに、町の住民の大半が一度はノンちゃんを見に来ている。

　前日の土曜日には、一日駅長用の特製駅長帽も届いた。大急ぎで作ったので制服までは間に合わなかったようだが、猫に服を着せるのはあまり好きではないので、帽子だけで充分だと愛美は思う。帽子は少し大きかったが、マジックテープで優しく止める工夫がしてあったので、ノンちゃんの頭にフィットさせることができた。いちおう、柴山電鉄の正式な駅長帽そっくりのミニチュア版で、鉄道グッズのマニアが見たら欲《ほ》しがりそうだ。柴山電鉄の広報課職員の、奥様の手作りらしい、という話は微笑《ほほえ》ましい。よく見ると確かに、縫《ぬ》い目は手縫いだった。それだけ予算も厳しいのだろう。

　ノンちゃんが一日駅長をつとめる当日は、県内の新聞社が取材に来ていた。鉄道マニアなのか猫マニアなのかはわからないが、朝から県外からの来訪者も詰《つ》めかけているらしい。愛美がノンちゃんを入れたペットキャリーを抱えて駅に到着した時には、駅前の広場が人でぎっしり埋《う》まっていた。

　ノンちゃんの性格からして特に心配はしていなかったけれど、それでも集まった人たちが手に手に携帯電話を持ち、何人かはデジカメのフラッシュをたいたのには驚いた。携帯電話のカメラはシャッター音が大きく、数十人が一斉《いっせい》にシャッターを切る音はかなりすさまじい。

「ごめんなさい、猫の目に悪いのでフラッシュはたかないでください。お願いします」

幸い、愛美がそう言うとフラッシュは光らなくなった。ノンちゃんは大勢の人間にもカメラのシャッター音にも驚く様子はなく、ただ、なんとなく面白がっているような目で人々を見つめている。

ほんとにこの子、信じられないくらい悠然《ゆうぜん》としているなあ。いったいこれまで、どんな生活をしていたんだろう。

セレモニーが始まり、ノンちゃんは愛美の手から柴山電鉄の重役さんの手に移されたが、鳴くでも暴れるでもなくおとなしくしていた。電鉄関係や役場関係の人の祝辞が続き、やがて、駅長席、と書かれた台が運ばれて来て、その上に取り付けられたゆりかごのようなかごの中にノンちゃんがおろされた。万一の時のために、ノンちゃんの首輪には長いリードが結ばれ、そのリードの端《はし》は愛美が握ったままだったが、ノンちゃんはまるで最初からそのつもりでした、と言うようにかごの中に収まり、行儀良く前足を揃《そろ》えて座って、サービスのつもりなのか、たった一声、にゃあ、と鳴いた。

歓声があがり、一斉にまたシャッターが切られる。

柴山電鉄の社長が、大げさに辞令を取り出して読み上げ、それをノンちゃんの座るかごの中に入れた。ノンちゃんはまた、何もかもわかっていますよ、というふうに前足をちょこんと、辞令にのせる。歓声、シャッター、笑い声。

「ノンちゃんとの生活はいかがですか。ノンちゃんはおうちではどんなものを食べているんですか」

目の前につき出されたマイクに、愛美は我に返った。いつのまにかセレモニーが終わり、地元のローカルテレビ局の取材班が愛美を取り囲んでいた。

「ノンちゃんは以前はどんな暮らしをしていたんですか。野良猫《のら》ですか」

「いつもこんなに落ち着いているんですか」

「お気に入りのキャットフードはありますか」

「ノンちゃんという名前の由来を教えてください」

愛美は矢継《やつ》ぎ早《ばや》の質問に言葉を詰まらせたが、小さく深呼吸して答えた。

「ノンちゃんがどこから来たのか、前はどんな暮らしをしていたのかはまるでわからないんです。この町の方がノンちゃんを保護して、それを縁あってわたしが飼わせていただくことになったんですけれど」

「じゃ、前は野良猫だったのかどうかも」

「はい、わかりません。ただ、ご覧のようにとても人懐《なつ》こくて人間を警戒しませんし、初めて見た時も汚れていなくて、毛並みも綺麗《きれい》で、獣医さんに診察していただいたところ健康でノミもいませんでした。ですから、屋外で野良猫として生活していた可能性は低いと思います」

「誰かの飼い猫だったんでしょうか」

「もしかするとそうかもしれません。飼い主の方がいらしたら名乗り出ていただくよう、貼《は》り紙などはしていますし、交番にも届けてあります。ただ保護した時には首輪はつけていませんでした。今のところ飼い主だと名乗り出る方もいらっしゃいません」

「駅長さんとして人気者になったら、飼い主だと言い出す人もいるかもしれませんね。本物の飼い主なのかどうか、見分けられますか」

愛美は不躾《ぶしつけ》な質問に思わずインタビュアーの顔を見たが、落ち着いて答えた。

「実は、ノンちゃんにはちょっと見ただけではわからない特徴があります。本当の飼い主の方でしたら、その特徴を知っていらっしゃるはずですので、大丈夫だと思います」

「そうですか。それは安心しました。じゃ、嘘《うそ》をついて名乗り出てもだめですよ、ということですね」

「はい」

「ところでノンちゃんは何歳なんですか」

「獣医さんの診察によれば、七、八歳くらいではないかと」

「どんなものを食べているんでしょう」

「好き嫌いなく、どの銘柄のキャットフードでもよく食べてくれます。白身のお魚を茹《ゆ》でたものや、鶏肉を茹でたものも好きみたいです」

「いつも今日のように落ち着いているんですか」

「はい、いつもこんな感じです。本当に、驚くほどものに動じないというか、怯《おび》えたり騒いだりしたことは飼い始めてからまだ一度もないんです。とても飼いやすい、頭のいい猫だと思います」

「トイレなどは」

「最初から失敗せずにしてくれました」

「先ほどの質問なんですが、ノンちゃんという名前はどなたが?」

「あの……わたしです」

「名前の由来を教えていただけませんか」

「たいしたことじゃなくって。……名前を何にしようかと考えていた時に、伸びをしたんです。とても気持ちよさそうにながーくなって。それを見ていて、のびのびしてるなあ、あ、ノンちゃんでいいかなと。そしたらこの子が、それでいいよ、と返事でもするみたいに鳴いてくれたので決めました」

「気に入ったんですね」

「ええ、そうだといいんですけど」

「これからも駅に連れて来るおつもりですか」

「……できれば、もっと落ち着いた暮らしをさせてあげたほうが、とも思うのですが、今のところはノンちゃんも駅での毎日を楽しんでいるようですので……」

「一日だけではなくて、いっそ本物の駅長に就任させたらどうか、という声も多いみたいですね」

「そうなんですか。それはまた……本当にそういうお話が出た時にみんなで考えて、ノンちゃんに負担のないような方向に向かえればと思います」


「さっきのインタビュアー、変なこと訊《き》いてたね」

塚田恵子がノンちゃんの駅長帽をガラスケースにしまいながら言った。駅の待合室に置いて飾るつもりらしい。

「ノンちゃんの飼い主のニセモノが出るかもしれない、なんてさ」

「……そうですね。でも、そういうこともあるのかもしれません。話題になった猫を飼ってみたいと思う人がいても不思議はないですし」

「だけどさあ、この町の人間でそんなことする奴なんか、いると思う？　こんな狭《せま》い町よ、前に猫を飼っていたかどうかなんて、ごまかしたってすぐバレちゃうじゃないの。嘘ついても無駄よ」

「町の人以外の人が言い出すことはあるんじゃ」

「そんな遠くから来た猫だったら、あんなに綺麗な状態でいやしませんよ、って。それより、さっき言ってた、ノンちゃんの特徴っていったいなに？　この子、平気でいろんなとこ触《さわ》らせてくれるから、ついついいじくりまわしちゃうんだけど、そんな特徴なんて気がつかなかったわよ」

「ああ、それですか。うちで抜け毛をとるブラシをかけていた時に気づいたんです。ここです」

愛美は猫をひっくりかえし、お腹を上にして抱いた。

「このお乳の上あたり……毛をわけるとわかるんですけど」

「え、どれどれ」

恵子がノンちゃんのお腹に手をあてて撫《な》でた。それから顔を近づけた。

「あら、なにこれ。こういう模様なの？」

「面白いですよね。本当にこの子を飼っていた人なら、これに気づかないわけはないと思うんです。しかも、ちょっと撫でたくらいだと気づきにくいですから」

「なるほどねえ。これがあれば、ニセモノの飼い主に誘拐される心配はないわね。それにしても見事にハート形だわね、この模様」

腹部の長い毛をかき分けたところに、直径三センチほどの黒いぶち模様があった。一見すると不規則な模様なのだが、よく見れば整《ととの》ったハートの形をしている。どうも地肌にも同じ模様があるらしい。

「面白いわねえ、ほんと、この猫ちゃん。あたしも長いこといっぱい猫飼ってるけど、こんな子は初めてよ。どうしてこんなに物分かりがいいのかしらねえ」

「ほんとに、考えられないくらい聞き分けがよくて、何にも動じなくて。なんだか天からの贈り物のような気がしています」

「天からの？」

「ええ。何かの使命を持ってここにつかわされたのかな、って」

「使命ねえ。たとえばどんな？」

「それは……やっぱり、この町の再興じゃないでしょうか」

「サイコウ……この町を昔みたいな町にするってこと？　でもそれは無理よ。もう炭坑がないんだもの。知ってると思うけど、ここは炭坑の人たちが買い物したりお酒飲んだり、女の人を買ったりするので栄えた町なのよ。炭坑が閉鎖されちゃったらもう、この町に用のある人間なんて一握りもいやしない。寂《さび》しいことだけどね、時代が変わっちゃって、その時代の変化に取り残されちゃったわけだから。あとはもう……ゆっくりとね、静かに終わってさ、あたしらの下の代になったらみんな開発業者に売って、新興住宅地にでも変えてもらうしかないと思うわ。ノンちゃんがいくら神がかってるくらいいい猫でも、この町を猫一匹が救うことなんかできやしない」

恵子は猫を撫でて溜《た》め息《いき》をついた。

「ま、シバデンが少しお金出すっていうなら、この子をずっと駅長にしてグッズ作って売るくらいのことはできるけど、それだってねえ、焼け石に水だし。それでもこの子が人気になれば、シバデンが廃線になるのはちょっとでも先延《の》ばしにできるかもしれない」

「廃線の話なんて、出ているんですか」

恵子は苦笑いした。

「あたしたちの口からはまだ言えないけど、このままだと近いうちにそうなるでしょうね。利用客の数からしたら、バスで充分に代行できるんですって。バスのほうが経費は格段に安くつくから、赤字も減らせるらしいわよ。N市までは国道一本だし、途中の住宅地をまわる路線増やせば評判もいいだろうし。国道沿いのショッピングモールと提携してビジネスチャンスも広がる、なーんて、シバデンの偉いさんは乗り気らしい。いずれにしても私鉄だものね、経営赤字がある程度の線を超えたら廃線になるのは仕方ないわけだし。でもこの子が人気者になってマスコミの取材とかがもう少し来れば、寿命が少し延びる可能性はあるわよ」

「……そうなるでしょうか。マスコミの取材とか、増えるでしょうか。ノンちゃんが頑張《がんば》れば」

「猫じゃなくてシバデンよ、頑張らないとなんないのは」

恵子は笑った。

「いずれにしても、一日駅長じゃ、お話にならないけどね。でも猫の駅長自体は二番煎《せん》じ三番煎じで、もう珍しくもない。お金をかけるにしてもグッズじゃあねえ。どうしたらいいんだって訊かれたらわからないけど、ノンちゃんを利用してもこの駅に人を集めるのは難しいわよ。ましてやこの町を昔のように栄えさせるなんて、まあ無理」

「他に何かないでしょうか」

「何か、って?」

「駅長以外のアイデアです。ノンちゃんを人気者にして、マスコミを呼びこむような」

「さあねえ、思いつかないわね」

「わたし……考えてみたい」

「あなたが?」

「はい。わたし……この子が、ノンちゃんが、わたしたちを助けるためにここに来た、どうしてもそう感じるんです」

愛美は、抱いている猫の顔を見た。

ノンちゃんは、我関せず、という顔で愛美を見てから、顔がめくれてしまうのではと心配になるほど大きな口を開けて、あくびをした。

2

夕方まで根古万知駅は賑《にぎ》わっていた。猫好きがノンちゃん目当てでやって来ただけではなく、鉄道マニアのような人たちもかなり大勢混じっている。駅舎の写真を撮っている人たちがいたが、これといった特徴のない駅舎に少しがっかりしているようだ。

愛美はノンちゃんが疲れていないか心配しながら見守っていたが、当の猫のほうはまったく平然としていて、機嫌が悪くなることもなく人の手に撫でられている。

午後五時になり、ノンちゃんがお見送りいたします、とハンドマイクで知らせがあると、駅周辺に散っていた人々が続々と改札口に集まって来た。五時二十分発の列車の乗客をノンちゃんがお見送りする趣向だ。愛美は猫を抱いて改札口の脇に立った。改札を通ってホームに出る客のひとりずつに頭を下げ、ありがとうございました、またいらしてくださいね、と声をかけた。携帯やデジカメのシャッター音が花火が弾《はじ》けるような音をたてる。お願い、猫だけ撮ってね、と愛美は心の中でシャッター音に懇願《こんがん》する。彼らの多くは撮った写真をブログやｔｗｉｔｔｅｒなどに載《の》せるつもりだろう。彼らにとって愛美は今回のイベントの関係者であり、シバデンの職員か何かだと思っている人もいるに違いない。つまり愛美の顔は、公的なものとしてそうしたメディアに載せてもいいもの、と認識されるのだ。

そのことは覚悟しているけれど、何となく落ち着かない。東京生活の間の知りあいにそれを見られたくない、という気持ちも少しある。

満員の乗客を乗せて列車が出て行くと、根古万知駅に普段の静寂が戻った。

「愛美ちゃんはもういいから、ノンちゃんを連れて帰りなさい」

塚田恵子が、掃除用具を手にした愛美に言い、用具を奪った。

「大丈夫です、ノンちゃんご機嫌よくしてますから」

猫はケージの中であくびをしている。

「けっこう散らかってますから、手伝います」

「いいんだってば。これはシバデンのイベントなんだから、愛美ちゃんに手伝わせる理由がないでしょ。さっき、みんなパシャパシャあなたの写真撮ってたけど、大丈夫？　あれってインターネットに広まるわよね」

「別に、大丈夫だと思います」

愛美は、恵子に心を見透《みす》かされている、と感じた。

「まあとにかく、もうお帰りなさいな。いくら機嫌良くしてるって言ったって、猫はけっこうなストレスになってるわよ。今日はうちでゆっくり、あの子とコミュニケーションとったげてよ。あ、それから」

恵子はポケットから小さな包みを取り出した。

「これ、うちの子たちに評判いい、手作りの猫のおやつ。ノンちゃんに今日のご褒美《ほうび》にあげてね」

ケージの中の猫が、会話の内容を理解したかのように嬉《うれ》しげな声をあげた。

3

取材を受けたりしたことで気疲れしたのか眠りが浅く、目覚まし時計の音を聴《き》いて無理にからだを起こした時には、どんよりとした疲労感がからだに残ったままだった。

それでも、足の間で丸くなっていたノンちゃんがのそのそとからだの上にのっかって来て、愛美の鼻のあたまをざらざらした舌で舐《な》め始めたので、思わず笑みがこぼれ、猫を抱きしめた。

猫と暮らしているって、なんて素敵なことなんだろう。


ノンちゃんにキャットフードをあげ、夢中で食べている姿にしばらく見とれてから、自分のための朝食を用意した。袋から出した焼いていない食パンにバターとマスタードを塗《ぬ》り、ハムを一枚のせて半分に折る。それだけ。

小ぶりのトマトは洗っただけ。それにティーバッグの紅茶。あの頃の自分が見たら、なんという手抜きだと憤慨《ふんがい》したかも。昨夜の夕食といいこの朝食といい、自分でもずぼらだなと思うが、そのずぼらさが心地《ここち》良いのだ。ずぼらに生きていても誰に気兼ねすることもなく、誰かの顔色に怯えることもない。

呼吸が楽だ。

着替えと簡単な化粧を済ませ、猫をキャリーに入れて部屋を出た。

駅に着くとすでにノンちゃん目当ての観光客らしい数人がいて驚いた。

「N市を出る一番電車で来たのよ、あの人たち」

恵子が嬉しそうに耳打ちする。

「一日駅長のセレモニーは昨日終わりましたよって教えても、ノンちゃんを見られればそれでいいんです、って」

「猫の愛好家さんたちなのかしら」

「なんだっけ、ほらブロ、ブロガー？　だって言ってた。よくわからないけど、とにかく楽しそうだからさ、まあいいわよね」

キャリーから出されたノンちゃんは、恵子の腕に抱かれて鷹揚《おうよう》にあくびをした。

愛美はノンちゃんに手を振って、商店街を『風花』に急いだ。


「昨日、大変なことになってたみたいだね」

信平がコーヒーをいれてくれた。

「ネットでも話題になってる。ｔｗｉｔｔｅｒで検索してみたら、昨日来ていたらしい人たちがたくさん書きこみしてた」

「始発で来た人がいたみたいです、今日も」

「ほんとに？　でもノンちゃんが駅長するのって、昨日だけなんでしょ」

「今のところ、あくまで一日駅長を任《まか》されただけなんですけど」

「でもあんまり人気出ちゃったら、和歌山電鐵のたまみたいにしようって考える人も出て来るだろうね、シバデンにも」

愛美は、信平がいれてくれた濃いコーヒーをブラックで飲んだ。

「確かにノンちゃんは愛想《あいそ》がいいし鷹揚ですから、人気は出ると思います。でも結局、そういうのって過熱すればするだけ、飽きられるのも早いですよね。前に、ちょっと話していたように、やっぱり駅を出たところにもっと魅力のある何かがないと、って思うんですよね」

「駅を出たところ、か。でも駅前でちょっとでも観光客が時間を潰《つぶ》せるところって言ったら、この商店街しかないしなあ」

「シャッターの降りているお店、空家《あきや》になっちゃってるとこってどのくらいあるんでしょう」

「空家？　どうかな、そんなに多くないと思う。店は閉めてても二階に住んでるよ、みんな。ほとんどがお年寄り世帯だから、あらたに家を建てたり借りたりするのはいろいろと大変だしね。資金の問題もあるだろうし」

「この商店街って、賃貸ではないんですよね」

「建物ひとつずつ持ち主がいるよ。もっと商店街が繁盛《はんじょう》していた時代には、店だけ他の人に貸したりしていた人もいたみたいだけど、今は誰も借りないよね、貸したくたって。かといって、もちろん売りたくても買い手なんかないだろうし」

「二階で生活して、店舗はどうしていらっしゃるんでしょう、みなさん」

「うーん、まあ物置にしてるんじゃないかな。あるいは、家具を置いて住居の一部として使っているのかも。二階だけじゃ狭いもんね。あ、ガレージにしてる人もいる。愛美ちゃん、何か考えてることあるの？」

「……特にアイデアがあるというほどのものじゃないんですけど……そんなにお金のかからない簡単な改装で、空き店舗を利用できないかしらって。何か……観光客が折り返し電車ではなくて、せめて一時間あとの電車に乗ろうと思ってくれる、一時間楽しめるものが空き店舗でできないかしらと」

「……改装費用をかけずに？」

「ええ。この町のどこをつついても、お金は出て来ませんもの」

「そりゃそうだ」

信平は苦笑いした。

「でも改装費用をかけないとしたら、できることは限られちゃうよね。ここみたいな飲食店にすることはできない。観光客を手っ取り早く引き寄せるとしたら、食べ物がいちばんなんだろうけど」

「店舗って、大きさはここと同じくらいでしょうか、みんな」

「いや、微妙に違うと思う。いちばん大きいのはスーパーで、ここはその次くらい、標準的な大きさはお父さんのラーメン屋さんくらいじゃないかな」

「父のとこは厨房《ちゅうぼう》設備とカウンターを付けてますけど、他は」

「飲食店だったとこもあるから、そういうとこはまだ厨房設備があるかもしれないね。でもほとんどは、ただのハコだと思う。品物を並べて売っていたところはみんな、大して内装に凝《こ》ってなかったから。がらんとしたただのハコに、改装費をかけずに観光客が楽しめる店を造るのは無理じゃないかなあ」

「昨夜、寝る前に少し考えていたんですけど」

愛美は自分が使ったコーヒーカップを洗い、紙ナプキンが少なくなっているのを見て箱を取り出した。まだ誰も客がいないので、カウンターに腰掛けてナプキンを畳《たた》む。

「ギャラリーみたいなものなら、改装費をそんなにかけないでもできるんじゃないでしょうか」

「ギャラリー？　絵とか飾って売るやつ？」

「販売するかどうかまでは……実際、商売は難しいと思います。でもたとえば、地元とゆかりのあるアーティストがいれば、その人の作品をお借りして飾るギャラリーならできるかなと」

「そりゃ、改装費は安く済むだろうけど……でもこの町にゆかりのアーティストなんて、いる？　俺は知らないなあ。第一、仮にいたとしても、作品をタダで貸して貰《もら》うことはできないでしょう。展示期間の保険料だってかかるだろうし、輸送費も」

愛美はそう言われて、そうだった、とがっかりした。どんな作品であれ、預かって展示する以上は保険もかけないわけにはいかない。どこから運んで来るにしろ輸送費はかかる。美術品の輸送費は安くはないだろう。そうした費用を入場料に転化すれば、結局誰も観《み》てくれなくなる。かと言ってその費用をシバデンが負担してくれるはずはないし、商店街や町の費用でまかなうことなどできっこない。

「まあでも」

信平がランチの仕込みを始めながら言った。

「方向性としては、そっちだよな。空いている店舗をそのまま利用できて、元手がかからず、駅に着いた観光客が気軽に立ち寄れる、としたら、ギャラリーって悪くないアイデアだ」

「でも保険費用とかは……」

「保険が必要なくらい貴重なものは展示しなければいい。ってどう考えても、この町にゆかりのアーティストなんて思い浮かばないからね、そんな貴重な展示物が集まるとは思えないし。アーティスト、なんて考えるからいけないんで、もっと気軽に身の丈に合った範囲で考えればいいんじゃないかな。極端な話、素人《しろうと》猫写真展覧会、なんかでいいんじゃないかって、今、思った」

「素人猫写真」

「うん。たとえば……たとえばだよ、ネットでさ、猫画像を募集する。自分で撮影したものというのが条件で、データで応募して貰う。データには撮影者の著作権があるから、展示のみに使用するってことで応募者がネットで許諾《きょだく》できるような、許諾書も掲載してね、ほら、アプリとかダウンロードするとチェックさせられる、ああいうので。許諾しないと応募できないようにしておけばトラブルは減らせるよね。で、集まった猫画像データを分類したりテーマをつけたりして、プリントアウトして飾る。それだけ。ネットで集めた画像なんてネットのアルバムで観たらいいじゃない、って話ではあるんだけど、写真はね、やっぱりプリントされると断然良く見えるからね。パネルにして飾ると、パソコンの画面で観るよりずっと上等に見えるんだよ。そういうものだったら、駅に着いてそのまま折り返すのもつまらないな、と思っている観光客には丁度いいんじゃないかな、気軽に観に来られて」

「……そうですね。もともとノンちゃん目当ての人たちは猫が好きだし」

「ま、パネルにするとか大きくプリントするってだけでも費用はかかるから、それをどう捻出《ねんしゅつ》するかの問題は残るんだけどね、でも写真の選択とか飾り付けくらいだったら、ちょっとボランティアを募《つの》ればなんとかなりそうでしょ」

「ええ。わたしも手伝いたいです」

「まあそのくらいの感じの展示物だったら、この商店街の空き店舗をギャラリーに生まれ変わらせることも、さほど非現実的じゃない。ただ、それひとつで観光客がリピーターになってくれるとは思わないけど」

「やっぱりリピーターが増えないとだめですね」

「うん、でもこのアイデア、捨てるのはもったいないないしもう少し煮詰《につ》めてみない？　猫写真にこだわるわけじゃないんで、他にも切り口はあるかもしれない。来週、店主会の集まりがあるから、そこで提案してみるよ」

「モーニングまだいい？」

入って来たのは、農協の職員だった。確か、橘《たちばな》さん。四十代で課長職、なかなかの切れ者だという評判なのだが、しょっちゅう仕事を抜け出して来てはこの店でコーヒーを飲んでいる。

「いいですけど、あれ、もう始業時刻過ぎてるでしょ」

信平が笑いながら言った。

「あ、また、外出する用事にかこつけて寄り道ですか」

「これからタフな交渉に行くんだよ。その前にここのコーヒーで精神統一してかないと」

「コーヒーで精神統一できるんですか」

「コーヒーは神の飲み物だ」

橘は出されたコーヒーの香りを嗅《か》いだ。

「ここのコーヒーは、この町で唯一の正しいコーヒーだからな」

「それはどうもありがとうございます」

「信平くん、ここ赤字?」

「はっきり訊きますね」

信平は頭をかいた。

「まあ、とんとん、ってことにしといてください。ここ開いた時に信組さんから借りた資金の返済分は、なんとか利益出したいんですけどね」

「とんとんなら、この町の商売としては大成功だな。愛美ちゃん、あんたのお父さんとこはどうなの」

紙ナプキンをテーブルにセットしていた愛美の背中に橘が訊いた。

「よくわかりません」

愛美は答えた。

「でも父には貯金なんかないはずですから、赤字が続いているなら営業できなくなるんじゃないかと思います」

「てことは、なんとかとんとんなんだな、あそこも。意外だね、こんな死にかけの商店街で商売してて、とんとん、ってのは」

「競争相手がいないんですよ」

信平はランチ用のハンバーグをフライパンに落とした。じゅわっと音がして、油と肉の匂いが漂《ただよ》う。

「このあたりで歩いて昼飯食おうと思ったら、うちか福々軒に行くしかないですからね。車で国道沿いに出ればファミレスでもなんでもありますが、ランチタイムはけっこうどこも混んでて、駐車場が満杯になるらしいです」

「確かに、そんなこと言ってたな、うちの連中も。あれ、いい匂いだけど、もう焼いちゃうの、それ。注文受けてから焼いてるんじゃないんだ」

「表面だけ焼いて煮込むんです」

「あ、煮込みハンバーグか。それ今日のランチ？」

「はい」

「じゃ、一つ予約しとく。交渉済んだら戻って来て食べるからね、全部売っちゃわないでよ」

信平が笑って、はいはい、と返事した。橘は立ち上がり、カウンターにコーヒー代を置く。

「ところで、信平くんは井沢伸子《いざわのぶこ》、知ってたっけ」

「井沢……あ、ああ、はい、俺、同級でした。彼女……結婚したんでしたね」

「戻って来てるらしいよ、子供連れて。俺らは学年が離れてたから彼女の印象ってほとんど持ってないけど、中学の頃から美少女で有名だったたんでしょ、あの子」

信平はまた頭に手をやった。

「ええ……そうですね、確かに、綺麗《きれい》な子でした」

「子供一人産んで、戻って来たってことは離婚したのかね」

「さあ……」

「信平くん、チャンスじゃないの」

「は?」

「あんたもバツイチでしょ。コブ付きでもいいなら、アタックしてみなさいよ。こんな田舎じゃ妙齢の女はみんな人妻で、再婚のチャンスなんかそうそうないよ」

「いやあの、まだ再婚は考えてないですよ」

「考えないとだめだよ。昔から言うだろ、男やもめにウジがわく、ってさ」

橘は笑いながら店を出て行った。

4

二日後の定休日に、愛美は信平と、UFOの丘を探してみることにした。慎一は母親が入院する病院に行く予定があり同行しなかったが、前日に店に来て地図を広げ、場所の特定を手伝ってくれた。

国道をそれて町外れの小川を渡ると、一面の草原に出た。休耕田なのだろう、雑草でびっしりと覆《おお》われたそこは、天然の花畑だった。白、ピンク、黄色、オレンジ、青。様々な野草が花をつけている。

「綺麗ですね、ここ」

「誰かが種をまいているんじゃないかな」

「この草花、ですか？」

「うん。昨年くらいから、春から秋にかけてこんなふうに花畑っぽくなってるんだ。よく見ると、あまり見かけない野草も混じっているし」

「休耕田をお花畑にするのって素敵ですよね」

「地域によっていろいろやってるよね。ひまわりとかコスモスが多いみたいだけど。ちょっと前、根古万知でも国道沿いの道端にマーガレットとコスモスの苗を植えたことがあるんだ。どちらも勝手に種をつけて増えるから、すぐに国道沿いが花で埋まると思ってた」

「だめだったんですか」

「雑草を抜くのに人手が足りなくて、業者に頼んだら予想外に高くついたんだってさ。花のために除草剤を使わないと、すぐに雑草で埋まっちゃうからね。しかも勢力の強い外来種の雑草のせいで、せっかく植えた苗も増える前に枯れちゃったりして、さんざんだった。でも今でも生き残ったマーガレットやコスモスが、ところどころ咲いているんだ。それを見ると、町おこしってのは時間がかかるものなんだよな、とあらためて思う。たぶん、根気よくみんなで雑草を抜いて手入れを続けていたら、生き残った花たちが子孫を増やして、今ごろは国道沿いが花で埋まっていただろう。でもみんな、すぐに魔法みたいに成果が出ることばかり想像していて、想像通りにいかないとわかるや、めんどくさい、とほったらかしてしまった。偉そうに言っているけど俺もまったく同罪だよ。ここに戻って来て以来、町おこしになることは何かないかと言うだけは言ってみるけれど、行動に移すとなると、面倒だとか金がかかるとかあれこれ理屈をこねては、結局何もしないでいる。歯がゆいし情けない話だ」

「でも……花の種をまいている人はいるんですよね」

愛美は休耕田で風に揺れている色とりどりの草花を見つめた。

「みんな……なんとかしなくちゃ、って思っているんですよね」

「そうだね。……なんとかしたい。なんとかしないと、いずれこの町は消滅してしまうか、昔の面影《おもかげ》などどこにもないただの住宅地になってしまう。いや、住宅地になればまだいい。再開発して建売を建てても、売れ残って町が荒廃していく可能性だって少なくない」

一面の草地に、白や黄色の小花が咲いている。タンポポやヒメジオンなどのありふれた草花のようだが、やわらかな緑色の草原を埋め尽くすように咲いている様は見事だった。

「間違いないな。ここだね。あの丘の上あたりにＵＦＯみたいな光の塊《かたまり》があった」

信平が指さす先には、鳶《とんび》がゆっくりと輪を描いている。

「行ってみようか、丘」

「そうですね……何もないみたいだけど」

「車、ちゃんと停めるとこ探して来るからちょっと待ってて」

信平は小走りに車に戻ると、数十メートル先にかなり広くなっている路肩へと移動した。

信平が戻るのを待ってから、二人で草地に降りる道を探す。人が歩いた形跡のあるところが一ヶ所見つかり、そこから草地へと足を踏み入れた。さらに人が踏み分けた跡をたどって丘を目指した。

近づいて見ると、丘は唐突に草地から隆起していて、下の方には灌木《かんぼく》やまばらに木々も生えているが、上に登るほど草木は減り、頂上部分は赤茶けた土がそのまま見えていた。

「N市の周辺には古墳が残っているところもたくさんある。もっとも墳墓《ふんぼ》は盗掘《とうくつ》されてすっからかんだろうけど」

「この丘も古墳なのかしら」

「たぶん、そうだな。日本の、特に西日本の田舎は古墳だらけだ。でもほとんどの古墳が、古墳であることを長い間忘れられていて、結局なんだかよくわからなくなってしまった。このあたりにだって古墳があってもおかしくない。あ、上まで登れそうだ。行ってみる？」

「はい」

明らかに人が何度も行き来した小道が、丘を回りこむようにして上へと続いている。登山道と呼ぶにはあまりにも頼りない踏み分け道で、傾斜はさほどきつくないが足下はとても脆《もろ》く、何度もすべって手を突いてしまった。それでも二十分ほどで、頂上らしきところに出ることができた。

そこは小さな空地になっていて、木製の簡単な造りの屋根があり、その下にベンチが置かれていた。

「ベンチだ」

信平が驚いた顔になった。愛美も驚いた。

「……誰が置いたんでしょうか」

「こんなもの運び上げたってことは、ここ、何かの施設にするつもりだったんだろうな」

「施設？」

「ここはやっぱり古墳なんだよ。きっと、古墳公園みたいなものを作るつもりで予算が組まれた。でも計画が途中でなくなっちゃったんだろうな。……ほら、あっち側に階段がある」

信平が指さしたところに、雑草に埋もれてはいるが、確かに階段があった。

「町役場で訊いてみれば、ここがどういう目的で整備されようとしていたかわかるだろうね。まあいずれにしてもこの様子じゃ、これ以上の整備はされないだろうが」

信平はベンチに腰をおろした。


「おお、これはいい眺めだ」

信平が気持ち良さそうに両手を上げた。愛美もその隣りに腰をおろした。

本当だ。

そんなに高い丘ではないはずなのに、どうした奇跡か、そこから眺める景色は想像以上に広々としていた。眼下の草地の向こうに、ちょうど山と山の間の細長い隙間を通して遠く、根古万知の町が見えていた。

まるで鉄道模型のパノラマのように、視界のいちばん奥から現れた二両編成の柴山電鉄根古万知線が、ゆっくりゆっくりと駅に入って行った。

5

「小さい、なあ」

信平が呟いた。その目は、眼下の景色に向けられたままだった。

「ほんとに小さい」

「……根古万知が、ですか」

「うん。ほら見てご覧、あそこが駅だ」

信平が指さす。

「そしてあの、黒っぽく見えてるのが商店街のアーケード。右の端に国道があって、左側に川だ。奥の方は、あそこの丘のあたりはもう隣り町だ。これだけしかない。これだけだ」

「……そうですね。でもわたしは、今、広いなあ、って思ったところなんです」

愛美は笑った。

「本当にそう思ったんですよ。ああ、この町ってこんなに広かったんだ、って。わたしが知っている根古万知は、商店街と駅の周囲だけでした。わたしの通っていた小学校はアーケードを抜けて十五分ほど歩いたところにあったし、中学校はあの、国道の横に見えてますよね、あれです。自転車通学は禁止でしたけど、父の店から自転車なら十分かからないくらい。歩いても三十分くらいです。高校はN市にあって電車通学になっちゃいましたから、わたしがこの町の中だけで暮らしていたのは十五歳までです。その十五年間、商店街と駅と国道の間をうろうろしていただけでした。わたしの知っている世界のすべてが、あそこと、あそことあそこの間にあったんです」

「地元の公立中学に進学すれば、誰だってそんなもんだよ。たとえ東京で生まれたって、子供の行動範囲はそんなに広いわけじゃない。地元、ってそういうものだからね」

「ええ。その中だけで暮らしても安心していられる、それが地元ですね。だけど……ちょっといつもの道を遠くまで歩くだけで、こんなに違った景色が見られるってことを知らなかった。この丘のことをその頃に知っていたら、きっとお気に入りの場所にして通っていたと思うんです」

「そこで生まれて育って何もかも知っていると思っていても、こうして視野を広げてみると知らないことがたくさんあるね」

愛美はうなずいた。

「この町に、無理をしてまで都会にあるようなものを作るのは間違っていると思います。そして若い人が町を出て行くのも……無理して止めても仕方ないと。でも……いつか帰って来たい、と思う町にすることはできるんじゃないかしら。わたしがそうだったように、都会に出て行った人の中にも、帰りたくなる人はいるはず。……出て行く前にたくさん楽しい想い出が作れたら、帰りたいなと思う人も増えるんじゃないか、って」

「……出て行く前に？」

「ええ。若い人のためにこの町を変える、って、そういうことなんじゃないかという気がするんです。ここを出て行くことを止めるのはおそらく難しい。進学先だって就職先だって、若い人が満足できるようなものはここにはありません。一度しかない人生、この小さな町を出て広い世間を見てみたい、いろんな刺激を楽しんでみたいと思うのも当然のことです。でも出て行く時に、こんなつまらない町は早く出たい、じゃなくて、ここの生活もけっこう楽しかったな、いつかまた戻って来てもいいな、と思って貰う。それが大事なんじゃないか」

「この町が楽しかった、って想い出、か」

「わたしは高校からN市に通いました。この町で生まれた子供の半数は、十六歳になる前に電車通学になります。さらにその子たちの三分の二くらいは、十九歳になる前にここを出て都会で暮らすようになります。N市の大学や専門学校に通うにしても、通学に一時間かけるよりはアルバイトしながら一人暮らししたいって人が多いですから。十八歳までの間にここで楽しい想い出を作る、それができたら、いつかまた戻って来ようと思ってくれるかもしれない」

「でもそんな若い子が楽しめるような場所は、ここにはないよ」

「場所がどうこうじゃなくて……この町自体を楽しんで貰えないかなって、今考えていたんです」

「この町自体？」

「ええ。……この町そのものを、そっくり」

「愛美ちゃん、何か思いついたんだね？」

信平が笑顔で言った。愛美はうなずいた。

「でも、もう少し考えをまとめさせてください。もうちょっと考えて、それでなんとかなるんじゃないか、って思ったら話します」

「そうか……わかった。楽しみにしてる。いや、そんな君に任せてのほほんとしている場合じゃないな。俺もしっかり考えないと。……あれ？」

信平が身を乗り出すようにして、遠くを指さした。

「あそこに歩いてる人……サッちゃんのおじいさんかな」

「サッちゃんのおじいさんって、欣三さんですか？」

「あれ、違うかな？　なんか歩き方というか、姿の雰囲気が似てるんだけど……遠過ぎて顔がよくわからない」

愛美は目をこらして見たが、もともと欣三のことをさほどよく知っているわけではなかったので、遠目の姿だけではなんとも判別がつかなかった。

「欣三さん、どこに行くんだろう」

信平が伸び上がった。

「なんかこっちに近づいて来るね……あ、やっぱりそうだ、間違いないよ、欣三さんだよ。大丈夫かな。徘徊《はいかい》とかしてるわけじゃないよな」

徘徊！

認知症の診断が出ているとしたら、その可能性があるのだ。愛美は思わず立ち上がった。

「行ってみましょう。こちらに向かっているみたいですけど、たぶんわたしたちが車を停《と》めたあの道に出て来ます」

「そうだね、もし徘徊してるんだったらそのままにしておけないし。ちゃんと行き先がわかっていて歩いているとしても、それなら目的地まで車に乗せてってあげられる」

愛美と信平は急いで丘を下りた。

欣三はとてもゆっくりとした足取りながら、確かにこちらに向かっている。表情がわかるくらい互いの距離が近づいた時に信平が大声で呼んでみたが、欣三はまったく気づいた様子がなかった。

「欣三さん、耳も遠かったかな」

信平が首を傾《かし》げる。

もう一度大声で呼んだが、やはり欣三は反応しなかった。だが足取りはしっかりしていて、迷いが感じられない。

双方の距離がかなり迫った時に、ようやく欣三が顔を上げて愛美と信平を見た。

「欣三さん、どちらまで？」

信平が問い掛ける。が、欣三はそれには答えず、無表情に二人を見つめている。

「我々、車なんで、よかったら送りますよ」

信平が小走りに欣三に近づいた。

「どちらに行かれるんですか」

「ほっといてくれないか」

欣三は、信平が数メートルのところに近づいた時、ようやく口を開いた。

「どこに行こうと俺の勝手だろう」

「いや、もちろんそうですよ」

信平は笑顔を崩さなかった。

「ただ、我々の車に乗って行かれませんか、とお誘いしているだけです」

「その必要はない。迎えが来る」

「お迎え？　ご家族ですか。ああ、そうだったんですね。それは失礼しました」

欣三は信平から愛美に視線を移した。

「猫はどうした？」

「今日は預かって貰っています」

「どこに」

「塚田さんのところです」

「元気なのか」

「ええ、とても元気です」

欣三はひとつ溜め息をついた。それから信平を押しのけるようにした。

「急ぐんだ。どいておくれ」

信平がからだをよけると、欣三はまた足を動かし、無表情のまま歩いて行く。

「心配だな」

声が届かないくらい欣三が遠ざかってから、信平が囁《ささや》いた。

「受け答えはしっかりしていたけど、この先に行っても何の施設もないはずなんだ。どこに行こうとしているのか」

「お迎えがいらっしゃるって言ってましたね」

「それが本当ならいいんだけど。……ちょっと、あとついていってみようか。車で」

「さっきの感じだと、うっとうしがりそうですね」

「何も言わなければいい。あの様子だと、自分の後ろから車がついて来ても気にしないだろう。さっきも我々に気づいたのはほんとに目の前に来てからだった」

二人は車に戻り、ゆっくりと走らせて欣三のあとを追った。

信平が言った通り、欣三は自分の背後から車がゆっくりとついて来ることなどまるで気にするそぶりを見せず、ペースを落とさずに歩いて行く。はたから見ればゆっくりと歩いているようなのだが、欣三の歩行能力を考えると、かなり急いでいるのかもしれない。散歩をしてるというようなゆるさはなく、目的地に向かってひたすら前に進んでいる。

五十メートルほどの距離を置いて、信平は慎重に車を進めた。幸い、後ろから他の車が来る気配はない。

カーナビの地図を見ると、道はこの先五キロほどのところで県道に出るが、その途中にこれといった施設や商店などはない。

「お迎えって、この県道に出たあたりのところに来てるんでしょうか」

信平はちらっとカーナビを見て、首を横に振った。

「欣三さんがずっと歩いて来たんじゃない限り、おそらくバスに乗って来たと思うんだ。バス停はここから戻ったところにある。バスを降りてこの道を五キロも歩いて、それで迎えに来て貰って帰るって、なんかおかしいんじゃないかな」

「そうですね……ただ歩くためだけにこんなところまで来たはずないし」

「かと言って、老人用の施設も商店も、公園さえないんだ。いったい欣三さんは何をしに来たんだろう……どこに行くつもりなのかな。迎えが来ていると言ってたけど、本当なんだろうか」

「それも……妄想か何か……」

「その可能性はあるよ。俺も認知症について詳しいわけではないけれど、妄想や幻視っていうのは曖昧なものではなくて、本人の意識の中ではかなりはっきりしたものだと聞いたことがある。妄想を抱いている本人は、それがまったくの現実だと思いこむ。だから質問すれば理路整然と答えることもある。ただし正常な判断力のある人が聞けば、本人が現実だと思っているそれ自体が荒唐無稽《こうとうむけい》だったりするわけだけどね。欣三さんは、はっきりと目的地を持って行動しているけれど、その目的地や迎えが来るということそのものが妄想によるものである可能性は、あるわけだ」

「でも、本人がそう信じこんでいることだとしたら、たとえ否定しても素直に認めてはくれませんよね」

「怪我《けが》をしたり山で迷ったり、そういうことがないように見守るしかない。このまま県道まで歩いてくれたらいいけど、かなりあるからなあ……途中で山にでも入ったら、ほんとに道に迷うことは有り得る」

「熊は大丈夫かしら」

「いや、このあたりから先の山の中は、いると思うよ。だから一人で山に入りそうになったら、なんとか引き留めて連れて帰らないと」

一キロほど歩いたところで、欣三は不意に立ち止まった。信平も車を停めて路肩に寄せる。欣三は相変わらず周囲の何に対しても興味はないようで、路肩にあった大きめの石の上に腰掛け、そのまま顔を上げて道の先を睨《にら》んでいる。

「……疲れたのかな」

信平が囁いた時、かすかに自動車の音がした。と、前方から軽トラックががたがたと車体を揺らしながら現れ、座りこんでいる欣三の前に停まった。

欣三はゆっくりと立ち上がり、軽トラックの助手席に乗りこむ。

「お迎えだわ。ほんとに来ましたね」

「うん……でも……あれは誰だ？　サッちゃんの身内じゃないよな、それに……俺、あの人知らないぞ」

欣三が乗りこむと、軽トラックは走り出す。その運転席にいる男の顔に、信平は見覚えがないらしい。

「追いかけよう！」

信平が車をスタートさせたが、方向転換できる場所まで先に進まないとならなかった。数百メートル先の路肩が広がったところで、何度も切り返してようやく方向転換し、スピードを上げて軽トラックを追いかける。カーブを曲がり、さっき景色を楽しんだ「ＵＦＯの丘」のあたりまで来た時に信平が叫んだ。

「いない！」

愛美も啞然《あぜん》として前を見つめた。
一本道なのに、前方を走っているはずの軽トラックの姿は、どこにもなかった。

四章　シャッター展覧会

1

「おせっかいやいちゃったみたいで、ごめんなさい」

　愛美が言うと、受話器の向こうで佐智子が明るい声を出してくれた。

「とんでもない！　おじいちゃんのこと気にかけていただいて、ほんとに嬉《うれ》しいです。正直なところ、おじいちゃんの……ボケ、進んでるって家族のわたしも思ってるの。たまに朝起きた時、自分のいるところがわからなくなっちゃうみたいで。いずれにしても、おじいちゃんがどこに行っていたのかは調べたほうがいいですよね。ちゃんとおじいちゃんに訊《き》いてみます」

「ごめんなさい、どこまで行ったのか調べてあげられたら良かったんだけど」

「そんな、とんでもない。教えていただいただけで助かります。本当にありがとうございました」


　電話を切ってからも、愛美はしばらく考えていた。

　欣三はどこに行ったのだろう。あの男はいったい、誰なのだろう？

　欣三を見かけた場所や、欣三が軽トラックに乗せられてどこかに行ったことを話しても、佐智子にはまるで心当たりがないようだった。あのあたりに欣三の知りあいが住んでいるなどとは聞いたこともないと言っていた。

ドアが開く音で、信平と愛美は振り向いた。香田慎一が、覗《のぞ》きこむようにして半開きのドアから顔を突き出していた。

「あの……今日って定休日ですよね」

「あ、いいですよ。慎一くん、一人？」

「あ、いえあの。定休日ならいいです。ちょっと灯《あか》りが見えたんでやってるのかなって思って」

「定休日だけど、飲み物くらいは出せるから、入って」

「あ、じゃあ……お邪魔します」

思いがけず慎一の顔を見ることができて、愛美の胸は少し高鳴った。

「あの……こちら、池田優美《いけだゆみ》さん」

慎一は、後ろにいた女性を前にそっと押し出すようにして言った。

「池田さんは、N市の美術専門学校の先生なんです」

「はじめまして。たちばな美術専門学校講師の池田と申します」

二人はカウンターの近くの席に座った。

「池田さんとは以前に一緒に仕事したことがあって」

「香田さんがまだK出版に所属していらした頃に、何度か雑誌の仕事でご一緒したんです。その頃わたし、東京のデザイン事務所に勤務してました。当時はイラストの仕事よりも、誌面デザインの仕事のほうを多く手がけていたんです」

「池田さんのイラスト、人気があるんですよ。タレントさんのエッセイ集なんかでもよく使われているし」

信平が二人にコーヒーと、小さな焼き菓子を出した。

「実はね、ほら」

慎一が愛美の方を向いた。

「この前、話したでしょう。この商店街で何かできないかって」

「あ、はい」

「それで思いついたんだけど……て言うか、他でもやってるところあるんでパクリなんですけどね、あのシャッター、あれがこの商店街を暗くしてる元凶の一つじゃないかと」

「あ、わかった」

信平が言った。

「あのシャッターに、美術学校の生徒さんたちに絵を描いて貰《もら》うとか？」

「あ、わかりました？　どうでしょうか、いや、根本的なこの町の過疎化対策にならないことは承知してるんですが、それでも何もしないでいるよりはましなんじゃないか、って。少なくとも、商店街のシャッターが明るく楽しいものになれば、ノンちゃんを見に来た観光客も、次の折り返し電車に乗るまでの一時間、楽しめますよね」

「でも簡単なようでいて、いろいろハードルがあるよ。第一に、商店街の建物は一軒ずつ個人の所有物だ。取り決めとしてアーケードの景観を損《そこ》ねるような改築はできないことになっているからみんな似たような建物だけど、持ち主の事情はそれぞれまちまちで、みんながみんな、自分とこのシャッターに絵を描いて欲しいとは思わないかもしれない」

「確かに、それがいちばんのハードルですね。でも個別に交渉して、賛同してくださった店のシャッターだけ借りてもいいと思うんです。全部でなくても。全部借りられたら理想的だけど、点々と作品がある状態でもアーケードを散策する楽しみは提供できます」

「費用はどうする？　絵を描く絵の具、その前にシャッターをクリーニングする費用、それに最後は元に戻さないといけないでしょう。新しく塗り直すのもけっこう費用がかかる」

「それなんですけど、実は香田さんからこのお話をうかがった時に、うちの学校がその費用を負担できるかもしれない、と思ったんです」

「おたくの美術専門学校が？　しかし……生徒さんの作品を展示するという意味合いはあるにしても、それだけの費用をかけてメリットがありますか」

「わたしが講師として勤めている学校は、東京に本校がありまして」

「たちばな美術専門学校の名前は聞いたことあります。テレビＣＭ入れてますよね？」

「深夜枠ですけれど。それで、もしかするとこのシャッターに絵を描く企画、ＣＭに使えるのではないかと。実はわたし、講師をするかたわら、本社の広報部にも籍を置いているんです。うちの学校は年に二回、新入学生をターゲットにしたコマーシャルを作っています。それにアイデアを提供する担当として、各支部校から何人か広報部付きになっている講師がいるんです。もちろんＣＭは広告代理店が作ります。わたしたちがアイデアを出したからといって、それを採用して貰えるとは限らないんですけど……」

「なるほど、テレビＣＭならば制作予算はそこそこ大きいですね。シャッターのクリーニングや塗り替え費用くらいは出して貰える」

「ただ、そうなるとうちの学校の宣伝に根古万知駅前商店街が使われることになるので、それに賛成して貰えるかどうかという問題が出て来るんですけれど」

「それと、期間だよね」

信平が言って、顎《あご》に手をあてた。

「ＣＭを年に二本制作するということは、放映期間はそれぞれ半年ですよね？」

「うちの学校は、新卒者向けの四月開校二年制、三年制のカリキュラムの他に、秋開講で社会人向けの夜間講座があります。普通はそれらに合わせて、二月から三月の二ヶ月と、七、八月の二ヶ月に頻《ひん》繁《ぱん》にＣＭを流します。それ以外には、週一回深夜枠のミニドラマのスポンサーになっているので、その番組の放映時に流します」

「そうなると、シャッター街のＣＭが流れるのは半年間、それも頻繁に流れるのは二ヶ月だけってことですよね」

「ＣＭが好評でしたら、放映期間の延長も考えます」

「しかしこの商店街や駅に置くパンフレットやポスターにするのはまずいでしょう?」

「そうですね……イラストの著作権は描いた学生にあるわけですから……著作権ごと町に買い取っていただく契約でしたらポスターでもパンフレットでも自由につかって貰えますが」

「そのあたり、法律的な交渉が必要になりそうだなあ。なにしろ、慎一くんから聞いていると思いますが、商店街にはお金がまったくないんですよ」

信平は大きく溜《た》め息《いき》をついた。

「ほんとに、何をするにも金ってかかりますよね。でも下手なとこにスポンサー任せたら、最後にはのっとられちゃうし。この商店街にもね、風俗系の店が出ようとしたことがあったんです。出店させてくれるならアーケードの修繕費用を持ってもいいって、美味《おい》しい話だったんですよ。それも最初は風俗じゃなくて、ゲームセンターってことでした。ゲームセンターなんて子供たちがいりびたったら困るから、と反対する人もいたんだけど、ゲーセンくらい今どきどこにでもある、酒を売るわけでもないしいいんじゃないか、って、一時は受け入れる方向で話が進んでました。でもその会社が大阪のほうで手広く風俗関係やってる会社だってことがわかって、結局断ったんです。ま、そういう方向の町おこしというのも全面否定するわけじゃないんですが。実際、この根古万知だって、炭坑が栄えていた当時は花街だったんですからね」

「そうだったんですか。知らなかった」

「慎一くん、自分の故郷についてはもっと勉強しよう」

信平は笑った。

「まあ花街とは言っても、お色気ものだけの街だったわけじゃない。要するに炭坑近辺で最大の繁華街だったんだ。今の様子からは想像できないけど」

「あの、その頃の写真とかは残っているんでしょうか」

「愛美ちゃん、見たことない？」

「ええ。うちには古い写真、あまりなかったです」

「あれ、愛美ちゃんとこはお祖父さん、炭坑関係だったでしょう」

「ええ。でも今のところで食堂を始めた頃からしか、写真ってないんですよ」

「昔は写真自体が贅沢品《ぜいたく》だったからな。うちは祖父がカメラ持ってて自分で撮ってたから、いろいろ残ってるよ。今度実家に戻った時にでも探してみよう。なかなか面白いよ。大正時代くらいのものからあるから、ちょっとした歴史資料だよ。それはそうと、シャッターのことだけど。じゃあ、この話、あなたの学校のほうに持ちかけていただけるんですね？」

「話してみます。でもその前に」

「そうですね、こっちのほうをまとめないとね」

信平がうなずいた。

「わかりました。次のアーケード店主会は来週だから、そこでまず話をなんとかまとめます。ただ、シャッターが閉まっている店のほとんどは店主会を脱退しちゃってるんで、店主会の意見がまとまっても、個別の説得はそのあとの話になるんですが」

信平は少し、不安そうな顔で言った。

2

「なんか急に具体的になって来たね」

慎一たちが出て行ったあと、コーヒーカップの片づけをしながら信平が言った。

「ノンちゃんが現れてから、町が動き出した感じがある。そしてその中心に、愛美ちゃんと慎一くんがいる」

「わたしですか？　いいえ、中心になるべきなのは信平さんです」

「俺にできることはもちろんやるつもりだよ。俺もこの商店街とアーケードには愛着があるし。でもやっぱり、アイデアと実行力の面で、中心になるべきなのは慎一くんや愛美ちゃんだと思う。慎一くんはカメラマンの仕事、続けるつもりあるのかな。東京に戻るって話はまだ、聞いてない？」

「具体的なことは、何も。まだしばらくは、こちらにいるつもりのようには感じましたけど」

「そうか……愛美ちゃん、どうせアパートに帰っても一人で食べるんでしょう、夕飯、一緒にどう」

「あ、でもノンちゃん、預けっぱなしですし」

「大丈夫だよ、恵子さんのとこでしょう？　恵子さんは猫のベテランだし」

「ええでも、わたしもたまにはノンちゃんとゆっくり遊びたいですし、休みの日に洗濯とかしておかないと」

「そっか。なら恵子さんとこまで送る。どうせどっかで飯食わないとなんないから、ついでに買い物に行くよ」

信平は車のキーを愛美に放った。

「車で待ってて。戸締まりするから」

商店街用の駐車場は二ヶ所、駅側には来客用のコインパーキングが、そしてアーケードを抜けたところに、農協と共用の月極駐車場がある。駐車場まで歩いて行く途中にある小さなスーパーに入り、一人用の夕飯と他のこまごましたものを買った。国道沿いのコンビニよりも品数が少ないスーパーには、それでも、何人か客の姿がある。みな高齢者で、商店街の「閉じたシャッターの奥」の住人たちだ。彼らは年金で生活し、もう店主会にも所属していない。愛美が子供の頃には確かにあったはずの店は、どこにもない。

思い出してみれば、次々と脳裏に甦《よみがえ》って来る光景がある。

なんといっても大好きだったのは、商店街のいちばん奥にあった駄菓子屋だ。あの店は愛美にとって宝島のように素晴らしいところだった。父に禁じられていたので買い食いは本当にたまに、こっそりするだけだったが、あずき色をした麩菓子《ふがし》や、凍《こお》った杏《あんず》の詰《つ》まったビニールの筒、小さな袋に入った味のついた乾いたインスタントラーメン。大きなオレンジ色の風船ガムが二つ、小さな箱に入ったもの。紐《ひも》が付いている飴《あめ》は、当て物になっていた。運が良ければ握りこぶしほどもある巨大な飴が貰える。でも愛美はそんな大きな当たりをひいた記憶がない。いつもいちばん小さな三角形の飴ばかりだったが、それでも子供の口に入れるとけっこうな大きさで、最後まで舐《な》め終えるまでに舌が疲れた。

買い食いは怒られるのが嫌《いや》で自重したが、その分、お小遣いのほとんどを注《つ》ぎこんでしまったものもある。いちばん好きだったのは、千代紙だ。一枚ずつとても綺麗な色と模様が印刷された、四角い紙。大きさは普通の折紙の四分の一、それが一束でいくらだったっけ？　三十円？　五十円？

数日つかうのを我慢して貯《た》めたお小遣いで千代紙を買うと、遊びが途中でも友達にバイバイと言って家に帰った。食事中の店の客に頭を下げながら階段を駆け登り、二間しかない部屋の片隅、小さな勉強机を置いてもらった「わたしの場所」に座る。

はやる気持ちを抑えつつ透明なビニールを破って千代紙の束を出し、どんな色柄が入っているか確認する。その時がいちばん幸せだった。大好きな柄をまず選び出して取り分ける。好きなものは大事にとっておくのだ。折紙を折るなんてもったいない。残りの柄の中から、鶴を折るためのもの、紙の着せ替え人形の洋服を作るものをさらに選ぶ。鶴は折紙の中でいちばん好きだったので、羽のところに美しい模様が出るような千代紙で。人形の服は洋風でお洒落《しゃれ》な雰囲気の柄がいい。

残ったもので、思いつくままに好きなものを折った。折紙に飽きたら紙人形の洋服の切り抜き。そして、たまには気に入った千代紙の裏の白いところに、クラスの友達への手紙を書いた。内容は覚えていないが、たいしたことではなかっただろう。それでも、畳《たた》んだ千代紙を友達に渡す時は妙にドキドキとして嬉しかった。一束の千代紙は、愛美にとってまさに、宝物だったのだ。

信平の車で待つ間に、懐かしい想い出が愛美の心の中を流れて行く。

商店街の真ん中あたりには、洋品店があった。隣り合った二軒の店が、片方は婦人服、もう片方は紳士物を扱っていた。その婦人服の店に母と行くのは、愛美にとってとても心躍ることだった。そんなに頻繁に行った記憶はない、たぶん、二、三ヶ月に一度がせいぜいだっただろう。それでも行けば必ず、母は愛美に何か買ってくれた。苺《いちご》の刺繍《ししゅう》のついたハンカチや、猫のワンポイントがある靴下。夏の麦わら帽子にはひまわりの花飾りが付いていた。白いレースが可愛いブラウス。赤と茶色のチェックのスカート。お父さんには言わなくていいからね、と母が笑う。そんな時は母も、何かひとつ自分のために買っていた。高価なものではない、いつも、普段に着るブラウスやレースのハンカチ、日傘などだ。そして二人の買い物が終わると、隣りの紳士物の店に入る。買い物の本当の目的はそちらの店だった。父は自分で服を買うということをしない人間だ。昔から、父の着るものはすべて母が買っていた。

そろそろ夏用のパジャマに替えないといけないんだけど、去年まで着てたのを出してみたらあちこちすり切れちゃってたのよ。

ブリーフがみんなよれよれになっちゃってるの。いくら言っても自分で買いに来ないんだから、嫌よねえ。

どうしてお父さんの靴下は左の親指のとこばっかり穴があくのかしら。あらこれ安い、三足で五百円だって。ねえこっちの茶色のとその灰色の、どっちがいいと思う？

母が死んでから、父の服ってどうしてるんだろう。父は自分で買いに出かけているんだろうか……この商店街にはもう、洋品店がないのに。

不意に、涙があふれて来た。

全部、消えてしまった。もうどこにもない。

商店街はちゃんとここにあって、父もその中で暮らしているのに。いや、今だってまだみんないるはずなのだ。駄菓子屋のおばちゃんも、洋品店の奥さんも、みんなまだ、商店街に住んでいる。なのにお店はシャッターが閉まったまま。

確かにそこにあるはずの、あの記憶の中の温かい町。

もう二度と歩くことのできない、あの騒がしくて楽しい商店街。

取り戻したい。あの頃の活気、あの頃の生き生きとした町を。


「お待たせ。あれ、どうかした?」

信平に涙を見られて愛美は慌《あわ》てて手の甲を目に当てた。

「すみません、なんでもないんです。ちょっと……懐かしくなっちゃって。商店街で買い物したこととか思い出してたら……」

「そっか」

信平はエンジンをかけながら言った。

「愛美ちゃんの小さい頃はまだ、この商店街もそこそこ機能してたんだよな。それでも、きっと愛美ちゃんは憶えてないと思うけど……商店街の店舗が閉店してシャッターが閉まったままになり始めたのは、バブルが崩壊した九一、二年頃からだ。それからほんの二、三年の間に三分の一くらいがばたばたと閉店してしまった。愛美ちゃんが中学の頃はもう、この商店街は瀕死《ひんし》だった」

「……そうなんですか……わたしの記憶では、もうちょっとあとまで賑《にぎ》やかだったような……」

「中学に入ると部活だの模擬《もぎ》試験だのって忙しくなって、商店街に来ることも減る。愛美ちゃんみたいにその中に住んでいても、買い物はショッピングセンターでするようになる。実際、九〇年代からN市にでかいショッピングモールができたり、国道沿いに大型スーパーができたりした。より便利で品揃《しなぞろ》えもよくて、安い店があれば、誰だってそっちに行く。それは誰にも止められない。ごめん、何が言いたいかって言うとね、結局、ここで暮らしている者だってここで買い物しなくなった、ってことなんだ。つまり」

信平は、農協の前の信号で停止した。

「商店街に買い物する客を呼び戻すことは、たぶん、もう不可能なんだ」

「……買い物ではない目的で来て貰わなければ、ということですね」

「そう。シャッターに絵を描くのは本当に一時的な効果しかないだろう。しかも今のままでは、それで客を呼んだところで経済活動に結びつかない。買い物ではない何かで、お金を落として貰わないと町は復活できない。……難問だよ」

恵子の家で猫をひきとり、あとは歩いて帰るからと固辞《こじ》したのにどうしても送ると譲《ゆず》らなかった信平にアパートの前で車をおろして貰って、愛美は部屋に戻った。

ノンちゃんは丸一日、猫好きな恵子とたっぷり遊んだらしく、上機嫌で喉《のど》をごろごろ鳴らしている。餌《えさ》も恵子があげてくれたらしいが、自分だけ何か食べるのが少し気がひけて、ほんのちょっぴりドライフードと猫用煮干しを皿に盛りつけてやった。

自分用には買って来た銀ダラの西京みそ漬けを焼き、冷凍してあった御飯を電子レンジで温め、野菜室に入っていたほうれん草をさっと茹《ゆ》でて削り節をのせ、トマトを切った。

食事をしながらノートパソコンを開く。

鉄道マニアや駅マニアが集まるサイトを覗き、根古万知、猫駅長、猫の町などで検索をかけてみた。


『猫のノンちゃん、めちゃ可愛かったです。触らせてくれるし、おとなしいの』

『貴志駅のパクリだと思ってたけど、もっとなんにもなかった』

『せこい売店しかなくて、猫撫《な》でたらすることなくなった。駅前も何もなし。あそこ行くなら、着いたらさっと猫見てすぐに折り返しに乗ったほうがいいよ。次の電車までほんとにすることない』

『駅前に商店街みたいなのがあったので歩いてみました。店が全部潰《つぶ》れてて、ゴーストタウンでした。不気味でした』

『よっぽど猫が好きな人じゃないと、行っても無駄ですよ』

『あの路線ももうすぐ廃止らしいです。記念に一度行けば充分かな』


溜《た》め息《いき》が出た。

書かれていることに対してはみな、その通りです、としか言えない。それが悔《くや》しい。シャッターにイラストを描くアイデアも、テレビCMとセットということになると実現までに少しかかるだろう。

もっとすぐに、明日にでも実行できるアイデアはないか。明日来てくれる観光客に、なかなか楽しかった、と感想を書いて貰える何かは……

不意に、箸《はし》がとまった。

商店街で過ごした幼い頃の想い出。何か足りない。何か……もっと他に楽しいことがあった気がする。いや、あった。

なんだったっけ？

あれは……

愛美は思わず立ち上がった。

紙芝居《かみしばい》だ！

そう、紙芝居があった。紙芝居！

3

「紙芝居？　そんなのやってたっけ」

「信平さんは憶えてませんか。商店街の入口のところ、駅のロータリーと商店街の境目にベンチがあるでしょう、今」

「あ、バス停の？」

「そうです。あのあたりだったと思うんですけど、時々紙芝居が出ていたんです。水飴を買うと見せてくれるんです」

「水飴……あ、なんか記憶、あるな。木の箸みたいなの二本に白い水飴がくっついてて」

「そうそう、それです！　透明のセロファンに包んであって、それを剝《は》がして二本の短いお箸でぐるぐるすると、飴が白っぽくなって」

「……ああ、思い出した！　でも俺、見たことはないな、紙芝居。なんか子供っぽくて照れ臭かったから、飴は買ったことあるけど紙芝居は見なかった。で、その紙芝居がどうかした？」

「あれなら、できるんじゃないかなと思ったんです」

「できるって？」

「ノンちゃん目当てでシバデンに乗って来てくれたお客さんたちを、すぐの折り返しではなく次の電車まで根古万知にいて貰うための、サービスです。シャッターに絵を描いて専門学校のＣＭに使って貰うことが実現するまでの間、少しでも根古万知をアピールしておくには何かしなくてはだめですよね。でもお金はかけられない、設備も人員もない。紙芝居ならば設備は必要ないです」

「いやそうだけど、紙芝居なんかでみんな満足してくれるかなぁ。それに誰にやって貰うの？　シバデンの関係者や俺たちじゃ、ろくな絵も描けないよ。いくら経費がかけられないからって、素人《しろうと》の下手な絵と素人の語りで紙芝居やって、それでサービスですって言い張るのはどうなのかなあ。失笑されておしまいなんじゃないだろうか」

「ええ、それでは保育園のクリスマス会に呼ばれたって子供たちに笑われますね」

　愛美は自分でそう言って笑った。

「それでゆうべ、いろいろとネットを検索して考えてみたんです。コンクールにするのはどうだろうか、って」

「コンクール。つまり紙芝居の絵と文章を公募するってこと？」

「絵や文章だけじゃなく、読み手ごとです。つまり、パフォーマンスとして応募して貰うことになります。ノンちゃんを見に来てくれるお客さんがいちばん多い時間帯の電車を一日に二本くらい選び、それに合わせて駅前でパフォーマンスして貰って、商店街とシバデンで組織した審査委員会か何かが審査して、優勝者を決めるんです」

「面白そうだけど、そんなの応募してくれる人たち、いるのかな。いたとしても、北海道だ沖縄だって遠方から応募者があっても、交通費は出せないよ」

「その点は、とりあえず仕方ないと思うんです。交通費は自腹を切ってでも応募したいという人がいることを祈るしか。でも、きっと応募者はいると思います」

「賞品をどうする？　出さないわけにはいかないよね」

「高価なものは用意できませんけど、かき集めればかっこうはつけられると思います。シバデンに協力して貰って、鉄道マニアが喜びそうなシバデンの部品や装備品を提供して貰うとか、農協にかけあって、甘夏を箱で出すとか」

信平は苦笑いした。

「今どき、箱みかんなんかで釣られる人は少ないだろうけど。でもシバデンの部品はいいかもね、話題作りにもなる」

「賞品なんかたいしたものじゃなくても、紙芝居のパフォーマンスならそんなに敷居《しきい》が高くない、やってみようか、と思う人はけっこういるんじゃないでしょうか。出演者の了解をとってパフォーマンスを録画して、ＹｏｕＴｕｂｅなどで公開して、それによるネット投票なんかしても面白いと思うんです」

「なるほど」

信平はノートを取り出して熱心にメモをとった。

「ね、愛美ちゃん。二人であぁだこうだ言っててても先に進まないから、ここまでのアイデアをシバデンの広報さんに伝えてみるよ。それと、この機会に、シバデンと商店街が一緒になって実行委員会みたいなの、作ったほうがいいかもしれない。俺、ちょっと本気出してみるよ」

信平は真剣な顔でうなずいた。

「ノンちゃんが来るまでは、もやもやしたものは抱えていたけれど実行するだけの意欲が持てなかったんだ。俺自身、もうこの町は終わりだ、どうせ過疎化は止まらない、シバデンももうじき倒産する、この商店街もそのうち取り壊されて、残ってる者は立ち退き料貰って小さな家でも買って、そこで年金暮らしすることになるんだろう、って諦《あきら》めていた。愛美ちゃんがバイトしてくれるようになって、少しは店を長く続けないとって思うようにはなっていたけれど、それでもあと三、四年がせいぜいだろう、そのあとどうやって暮らして行こうか、そんなことばかり考えていた。でもね、ノンちゃんがやって来て、たった猫一匹で実際に観光客が増えた現実を見て思ったんだ。ここは砂漠の真ん中でもなければジャングルの奥でもないんだって」

「砂漠にジャングルですか」

愛美は思わず笑った。

「比較するものが極端ですね」

「でもさ、結局俺の諦めって、そういうことでしょう。こんなところにどうせ誰も来てくれやしない、こんなところに。心のどこかでそうやって、自分でこの町を東京や大阪からとんでもなく遠いところに追いやっていた。実際には、新幹線と在来線を乗り継げば東京から四時間はかからない。地の果てじゃないんだ。魅力のある場所に変えることができれば、人は必ず来てくれる。そう信じることが、ちょっとはできるようになった」

信平は少しはにかんだように微笑《ほほえ》んだ。

「俺たちの力だけで、この町を以前のような賑やかなところに変えるなんて、そんなに簡単に行かないことはわかってる。それでも、ただ諦めてしまうのは悔しい、そう思えるようになっただけ、少しは前を向いてるかな、って思うんだ。とにかく、いずれはここを出て行くにしても、今ここで暮らしてる子供たちや若者たちが、いつかまたここに戻って来たい、そう思ってくれるようにだけはしたいよね。結局、ここがいちばん好きだって、そう思いながら都会で暮らしていて欲しいんだ」

＊

信平の行動力は素晴らしかった。信平が自分の決心を口にしてから一週間ほど経《た》った頃、愛美は父、国夫に呼び出されて父の店のカウンターに座った。

「仕事は終わったんか」

「うん」

「ラーメン、食うか」

「まだ四時よ、お父さん」

「四時でも五時でも、腹が減ってるんなら食べたらええやないか」

「だから、お腹は空《す》いてないの。お店でまかない食べたの、ランチタイムが終わってからだから二時過ぎなのよ」

「猫はどうした」

「まだ駅。ここ、いちおう食べ物屋さんだもの、猫はまずいでしょう。五時までは預かって貰えるから、帰りに駅に寄って引き取るの」

「おかしな猫やな、あれ。妙に人なつっこい。普通、猫は知らない人間を怖がるもんだが」

「猫にもいろんな性格があるのよ。でも確かに、ノンちゃんは特別おっとりしてるかも。リードに繋《つな》いで外に出しておいても、駅のベンチの上で一日寝転《ねころ》がってるんですって。ケージに入れたら入れたで、満足そうに毛布の上で眠ってるみたい」

「寝てばっかりか」

「おとなの猫ってそんなものよ。東京で飼っていた猫も、仔猫の頃はほんとによく動き回って遊んでたけど、成長してからは寝てることのほうが多かった」

愛美は、別れた猫のことを思い出して少しだけ寂《さび》しさを持て余した。

「ところで、おまえを呼んだのは信平くんから提案があったからなんや」

「提案？」

「前回の店主会で、信平くんが提案したんや。商店街とシバデンとが協力して、根古万知を盛り上げるための委員会みたいなものを作ったらどうかって。なんでも、おまえと相談していろいろアイデアを考えたんやてな」

「……なんとなく、ノンちゃんが来てからこの町の将来について、信平さんと話すことが多くなったの。ノンちゃんの人気でほんの少しだけど、駅まで来てくれるお客さんが増えたでしょう。でもインターネットでの反応を読むとね、ノンちゃんは可愛《かわい》い、シバデンもローカル線らしい味があってい い、って評判悪くないんだけど、駅と駅前に何もない点がみんなから指摘されていたの」

「それは仕方ないやろ、田舎《いなか》の駅前なんかみんなこんなもんや。けどな、信平くんの言葉に、心が動いた。これまでは若者が出て行くのを止めることばっかり考えてたけど、いくら止めても広い世界を知りたいいう若い者の心を縛《しば》りつけることはできん。それより、一度は都会に出て行っても、いつかまた帰りたいと思うような町にするべきだ、と信平くんが力説した」

「……わたしもそう思うの。若い人にとっては、この町の外の世界を知りたいって欲求は切実なものだと思う。でも一度はここを出て行ったって、戻って来てくれればいいわけよね。単に生まれ故郷だから、という理由以外にも、ここに戻りたいという気にさせる何かが、あればいい。働く場所とか遊ぶところがあればそれに越したことはないけど、もし、想い出があれば、記憶の中でこの町で暮らしたことはとても楽しいものであれば、きっと戻って来てくれる、そう思うの」

「しかし若い連中にこの町での想い出を作らせるって、なかなか大変なことやな」

「そのことでね、いろいろ考えたり調べたりしているんだけど。たとえば伝統的で有名なお祭りがある地域は、どんなに辺鄙《へんぴ》なところでも年に一度は、そこの出身者が故郷に戻る。それって、子供の頃からそのお祭りのためにいろんなことをして来ていて、お祭りを中心にしたたくさんの想い出があるからよね」

「根古万知に祭りなんかない……あ、秋祭りはあるけどな、まあ有名でもなんでもない、ごくありふれた豊饒祭《ほうじょうさい》で、あのためにわざわざ町に戻って来る奴はいないよ。このあたりは江戸時代は小さな村が点在しているだけの、寂しいところやった。それが明治になって炭坑が開発され、日本中から炭坑夫が集まるようになって人が増え、その炭坑夫の生活のために町ができて、繁華街もできた。そういう生い立《おいた》ちやから、伝統なんかないんや。三代さかのぼればよその土地にたどり着く者ばっかでな」

「うん。だからね」

愛美はコップの水を飲み干した。

「そのお祭りみたいなものを、何かできないかなって。お祭りみたいにワクワクして、お囃子《はやし》や踊りを練習するみたいな、ちょっと大変だけれど心に残る体験ができて、それをたくさんの人にお披露目《ひろめ》できるチャンスがあって」

「あ、それが紙芝居のコンクールか⁉　信平くんが、たとえばこんなんどうでしょうかて、説明しとった」

「一つの方向性として、どうかなって。紙芝居なら地元の子供たちも参加できるでしょう、絵のうまい子もお芝居したり本を音読したりするのが得意な子もきっと、クラスの中にはいると思うし」

「しかし子供の作った紙芝居なんか、観光客は喜ばんやろ」

「だから、ちゃんと公募して、それなりのパフォーマンスができる人たちにも来て貰うの。地元の子供たちのは子供部門、大人のものは一般部門とか分けて」

「いやまあ、それは面白いやろが、それだけではなあ」

「うん、わかってる」

愛美は、国夫が出してくれたウーロン茶を飲みながら、溜め息を吐いた。

「紙芝居だけじゃどうにもならない、根本的な解決にもならない。でも、資金もない人手もない、設備もない以上、いろんな細かいイベントを積み重ねて合わせ技で一本とるしかないと思うの。信平さんから聞いたと思うけど、商店街のシャッターに美術専門学校の学生さんたちに絵を描いて貰って、その専門学校のＣＭに使って貰うアイデアもあるし、ノンちゃんもいるし、それで列車運行の合間に紙芝居のコンクールがあって、とにかく細かくてもいろんなことを次々とやって……全体としてお祭りみたいな雰囲気にできないかな、って」

「全体としてお祭りね。まあ秋祭りよりは文化祭に近いもんやな、それだと」

「……文化祭」

「中学や高校でやっとるあれや。けっこう地元の者にとっては楽しみな祭りやろ、あれも」

「文化祭！」

愛美は半分腰を浮かした。

「それだわ、それ！　文化祭よ！　一年中駅前が文化祭の町。この商店街には空《あ》いてる店舗《てんぽ》がたくさんある。それらが学校の教室だと思えば、その一つずつで、ミニコンサートしたり、絵を展示したり、物を売ったり……最初は週末だけでもいい、ううん、月に一回でもいい、定期的に文化祭が開ければ！　シバデンの運行スケジュールに合わせて、電車が駅に着いてから次の電車に乗るまでの一時間で楽しめる、文化祭！」

愛美はスツールから飛び降りた。

「あとで電話する！　頭の中にいろんなことが浮かんでるうちに、ちゃんと整理してみたいの。ノンちゃん迎えに行かないといけないし、じゃあね、またね」

愛美は駅まで駆けて行き、猫をケージごと抱きしめて早足でアパートへと急いだ。

ずっと頭の中でもやもやしていたものが、今はっきりと一つの形になって来たのだ。

根古万知、いや、ねこ町文化祭！

毎日楽しめる、小さなイベントがいくつもある駅前商店街。

何度でも来たくなる、そんな町。

でも、電気代は？　出演料は？　賞品は？　店舗を借りる費用は？

4

収入をどうする？

「ねこ町文化祭かぁ。それ、すごくいいと思う。ほんと楽しそうだし、いろんなアイデアを詰めこめるから、予算が少ないこととか人手が足りないこととか、マイナス面をアイデアで補《おぎな》う余地があるし」

香田慎一は、カメラを構えたままで言った。

「愛美さん、それぜったいいいですよ。実現させましょう！　……っと、ノンちゃん、ちょっと横向いてくれるかなー、よし、そうそう！　ありがとう。ノンちゃんはモデルとしても優秀だなあ」

猫は写真を撮られていることをまったく気にする様子もなく、マイペースに大きなあくびをした。

ノンちゃん人気も一段落して、平日の駅前は以前と変わらないのんびりとした様相になっている。『風花』の仕事を終えてノンちゃんを迎えに来た愛美は、そのままベンチに座ってしばらくノンちゃんを撫でていた。香田慎一がやって来て、ノンちゃんの写真を撮らせてほしいと言った時、愛美は慎一に会えたことが素直に嬉しかった。

「でも、口で言うほど簡単じゃないと思うんです。父の店で、文化祭、という言葉を聞いた時には、まさにそれだ、って思ったんですけど。一晩じっくり考えてみて、障害はけっこうあるな、って」

「たとえばどんな？」

「まず何より、場所のことですよね。……シャッター商店街になってしまっているとは言っても、ほんとの空家って、ほとんどないんです」

「それはそうだろうな。店は閉めても二階の住居で暮らしている人たちはいるし」

「商品倉庫の代わりに店だけ誰かに貸している人もいます」

「だけどむしろ、空家のほうが権利のこととか面倒になるんじゃないかな。そういう空家はたいてい、買い手を探して不動産屋に預《あず》けられてるだろうし。文化祭に使うのは店舗スペースだけなんだから、二階に人が住んでてもそれは問題ないんじゃない？」

「人の気持ちって、複雑ですよね」

愛美は、カメラに向かって前足を伸ばして触ろうとし始めたノンちゃんの頰《ほお》を指でこすり、その前足をそっと自分の掌《てのひら》で包んだ。

「空いてるんだから使わせろ、って言われても、その、今は空いている店の部分にも想い出や愛着を抱いている人にとっては、そう簡単にはいかないと思うんです。それに、これまではほんとに静かに暮らしていたわけですから、観光客が自分たちの住居のすぐ下に出入りする状況を今さら望むかどうか。商店街の活性化そのものを、さほど望んでいない人たちもいると思うんです」

慎一はカメラをしまった。

「なかなかいい写真撮れたよ。シバデンのサイトに載せて貰うことになったんです。そうだなあ、確かに、もう賑やかなことはいらない、静かに暮らしていけたら、と思っている人もいるだろうね」

慎一は腕組みした。

「やっぱり、何をするにもまず、商店街に住んでいる人たちの意見を聞くことは大事だよね」

「そう思います。信平さんがまず店主会で、ねこ町文化祭のアイデアを出して実行委員会を作って、その実行委員会が各店舗の所有者に意見を聴きに行く、という流れにしてみるそうです」

「うん。参加したくない、かかわりたくない、って人は無理に引きこまなくてもいいわけだしね」

「現実には、観光客がそうした家の方々に迷惑にならないようにうまく誘導するのって、けっこう難しいかもしれません。ネットニュースで読んだんですけど、景観で有名な北海道の美瑛《びえい》町では観光客が畑に入りこんだり、許可も得ずに地元の人の写真を撮ったりということが続いて、大きな問題になっているとか。文化祭を開くことができたとして、参加しない家の前に煙草《たばこ》の吸《す》い殻《がら》やゴミ、ペットボトルなんかを捨てる人がいないとも限らないし……」

「騒音の問題もある。若い観光客をたくさん集めようと思ったら、かなりうるさくなるのは覚悟しないとならないよね」

「店舗だけ貸してくださった方々も、二階で生活していて階下があまりにもうるさくては生活が続けられません」

「かと言って、貸してくれた家の防音設備なんか、とてもじゃないけど負担する金、ないしなあ」

「音の出るイベントは基本的に、駅前の広場にステージを作ってそこでやるしかないんですよね。でもそうすると、駅前のステージだけ見て商店街の中まで入って来ない人が多くなります」

「いちばん奥、商店街を突き抜けたところにステージを作ればいいんだけどなあ。あ、あそこ、駐車場があるよね。あれ借りられないかな」

「あの駐車場は農協が使ってますから……」

「農協は自分とこの建物の裏にも駐車場あるじゃない。あそこは来客専用になってるけど、あんまり車が停《と》まってるの見たことない。交渉の余地はあるんじゃないかな。持ち主が誰なのか調べてみよう」

慎一はデイパックからノートを取り出して書きつけた。

「香田さん、熱心ですね」

慎一は照れ隠しなのか、頭をこつこつと自分の拳《こぶし》で叩《たた》いて笑った。

「いや、なんか、楽しくなっちゃって」

慎一はそっと、ノンちゃんの頭を撫でた。

「海外にばかり出かけて、カメラのレンズを自分の足下に向けることがなかった。それが今は、この町を撮りたいんですよ。この町の何もかもを撮りたい。撮ることが楽しいんです」

愛美は、記憶をたどるような表情で言った。

「よくよく思い出してみると、私が子供の頃からシャッターの閉まっていた店は、あったんです。わたしの記憶の中では、東京の繁華街も負けないくらい賑やかで華やかだった商店街。でも本当は、たぶん、当時からもう勢いを失っていたと思います。今度あらためて現実と向き合って、ようやくいろんなことが見えて来た。そんな気がしています」

「記憶の中でしがみついていた幻影から離れて、現実を直視できた、そういうことなのかな」

「ええ。だからやっと、このままじゃだめだ、って思えた。これまでは、心のどこかにあったんです。わたしの故郷が消えてなくなるわけがない、って気持ち。大丈夫、なんだかんだ言ったってここにはまだ、たくさんの人が暮らしている。わたしが子供の頃から知っているおばさん、おじさんたちがみんないるじゃないの、だから大丈夫よ。そう、無理やり思いこもうとしていた。でもノンちゃんが来て、あらためて、駅に人が来るということを目の当たりにして、ノンちゃんがいなければこの人たちはこの駅に来ることがなかったんだ、って気づいて。そうやって、想い出から離れて見てみたら、根古万知駅前商店街はもう瀕死でした。わたしが大人になったということは、父は年老いたということ。その父とおない歳くらいの人たちしかもう、この商店街には暮らしていないんです」

愛美は溜め息をひとつ、ついた。

「本気で向き合ってみてようやく、どんな危機的な状況なのかに気づいた。頭の中にあった幻想の故郷ではなくて、現実に過疎と老齢化に苦しむこの町の姿を知った。だからこそ、今何かしないと、何かしたい、って気持ちになったんです。それでも、もう遅いなんて思いたくない。何かできることはまだある、そう信じたい」

「できることはありますよ、必ず。ねこ町文化祭、いいと思うな。ねこまち、は平仮名にしましょう。それで、プロレベルの人たちから地元の幼児まで、何らかの形で参加できるようにしましょう。さっきの、店舗を借りる際の騒音の問題は、店舗での展示を絵とか写真みたいなものに限定すれば、ある程度対処できる。音の出る催《もよお》し物、バンドの演奏やのど自慢みたいなものは、駅前広場と、さっき言っていた駐車場を会場にする。それともっと積極的に店舗を貸してくださる方がいれば、ギターの弾き語りだとか朗読会、テーブルマジックなんかはできますよね」

「そんなにたくさん、催し物がやれるかしら」

「文化祭ですから、やらないと。しかも一回きりで終わらせたんじゃ商店街の活性化にはなりません。常設展のようなものも考えないといけない。最終的には、いつでも駅を降りたら、一、二時間は楽しんで帰れる商店街にしたい。夢はふくらみます」

「信平さんに話して、準備委員会みたいなものに参加させて貰いましょうね」

「もちろんです。何がなんでも参加します。……あれ、あの人確か、シバデンの広報の」

駅前ロータリーに入って来た軽自動車のボディには、柴山電鉄のロゴが入っていた。ベンチのすぐ近くで車が停まり、中から柴山電鉄広報課の川西が降りて来た。

「島崎さん、お久しぶりです」

川西は愛美に挨拶《あいさつ》してから慎一に目を止めた。

「あ、もしかして、あなたが香田さんですか」

川西が慎一のカメラを見ながら言った。

「うちの伊藤《いとう》が、ノンちゃんの写真をお願いした」

「あ、伊藤さんも広報の方でしたね、そう言えば。サイトにノンちゃんの画像を載せたいと、僕の叔母《おば》を通じて連絡いただいて」

「いやあ、プロのカメラマンの方にお願いするのに、ノーギャラで頼んだって伊藤から聞いて、そんな図々《ずうずう》しいことをって驚いたんですが。ほんとにノーギャラでよろしいんですか」

「いいですよ、僕もノンちゃんの写真は撮りたかったんで。そのかわり、著作権はお渡しできないんですが。サイト以外のものに使う時はご相談いただければ」

「もちろんそうさせていただきます。お、ノンちゃん、元気そうだな」

川西は猫の喉を撫でて目を細めた。

「ノンちゃん、ストレスとか大丈夫ですか。うちのほうに、動物愛護活動家みたいな人から電話があって、猫に衣装着せて人前に出すなんて虐待《ぎゃくたい》だ、って言われたりしたんですが」

「衣装をつけたのは、一日駅長の時だけですものね」

愛美は笑って、猫に頰ずりした。

「いつもはこのベンチで寝てるだけですし。人が多い時は恵子さんがちゃんと守っててくれますから」

「そうですか。いやでも、平日はもうこんな感じなんですねえ。週末はいくらかまだ、猫目当ての乗客も来るんですかね」

「来てるみたいですよ」

慎一は言いながら、手振りで川西をベンチに座らせた。

「でもブームはそろそろ終わりかもしれないですね。もともと、猫がいる、ってだけで客が呼べるのは一時的なものだとは思ってましたが。川西さん、今度シバデンの人とも話し合いたいと思っていることがあるんです」

「ほう？」

「詳しいことは、また根古万知駅前商店街のほうから話が行くと思うんですが、せっかくノンちゃんのおかげで少しは根古万知に人が来てくれるようになったんだから、この際、商店街とシバデンとが協力して、この町に観光客が来てくれるような工夫ができないかって」

「まだアイデアをばらばらに出している段階なんですけど」

川西は二人の顔を見た。

「……本当に？　いやあ……こういうの、なんて言うのかな。以心伝心《いしんでんしん》？　いや、実は電鉄としても、根古万知駅前商店街に協力をお願いしようという話が出ているんですよ」

「集客についてですか」

「はい。もう皆さんご存じだと思うんですが、柴山電鉄は今、経営的にとても苦しいところに来ています。鉄道を廃止してバス運行に替えたほうがいい、という意見はもう何年も前から出てますし、うちはもともと観光バスも路線バスもやってますからね、バス運行に切り替えるのは簡単なんです。鉄道の跡地を売却すれば累積赤字も解消できるという試算もあります」

「……じゃあやっぱり、鉄道は廃止ですか」

慎一が言うと、川西は小さくうなずいた。

「このままだと、そういうことになるでしょう。ですが、やはり経営陣も我々も、鉄道には愛着があるんですよ。できれば残したい。廃止したくないんです。それでね、向こう一年間、なんとか鉄道を残せないか社内プロジェクトを組んで考えてみよう、ということになったんです。ほら、銚子《ちょうし》電鉄の例もあるでしょう」

「あ、ぬれ煎餅《せんべい》！」

慎一の反応に、川西は少し笑顔になった。

「そうです。赤字続きで廃止間際だった銚子電鉄が、ぬれ煎餅のヒットで息を吹き返した。でもまあ、それだって、ぬれ煎餅ブームが去ってしまうと厳しかったようで、とうとう経営再建に支援を要請することになったようですが。それでも、ぬれ煎餅のヒットで売上金があったおかげで、駅の改修やメディアへの露出など、知名度をあげる試みがいくらかできた。千葉県が支援を決めたのも、銚子電鉄が観光資源となり得るという判断があったからでしょう。うちも同じだと思うんです。とにかく世間に対して認知して貰うこと。この鉄道の知名度を上げ、みんなに関心を持って貰うこと。それが何より大事だと思うわけです。県の支援とまではいかなくても、地元企業に協賛スポンサーとなって貰うことができるようになれば、今の赤字が縮小できます。赤字幅が小さくできれば、柴山観光の利益でなんとかカバーして経営が続けられる。列車を走らせ続けることができるかもしれない」

「でも、一年で結果を出さないといけないんですね」

「一年考えて何も出て来なければ、何年考えても一緒ですからね。いくら気持ちとして電鉄を残したいと思っていても、毎年積み重なる赤字を気持ちだけでどうにかすることはできません。我々だってシバデンから給与もらって生活しているわけですから、会社が赤字では困ります。今のシバデンの経営状態からして、一年、というのはギリギリなんですよ。しかし、一年以内に赤字を解消しろってことではないんです。そんなのは奇跡でも起こらない限り無理ですからね。ただ、一年以内に増収に向けた策、それも実効性のある策を練《ね》って、シバデンが生き残れる可能性があることを示せ、ってことです」

川西はノンちゃんの頭を撫でた。

「この猫が来てくれたことが、最後のチャンスなんだ、という気がします。今こそみんなで知恵を絞《しぼ》って、本気で取り組まないとならない」

「わたしたちも、ノンちゃんが来たことでそういう気持ちになっているんです。この町をなんとかできないか、もう一度、生き生きとした町にできないか、って」

「不思議ですね。この猫は……みんなをこんなにやる気にさせるなんて」

「実際に、観光客が来てくれた事実が、僕らに思い出させてくれたんでしょう。根古万知は、ちゃんとよその土地と繋がっている日本の町なんだ、ってことを」

「よその土地と繋がっている」

「日本の町」

愛美と川西は、同時にうなずいた。

「その通りだ。ほんと、その通りです。絶海の孤島に人を呼ぼうというんじゃないんだ。誰だってちょっとその気になれば、ここに来ることはできるはずなんですよね。日本中の人が、ちょっとその気になりさえすれば」

5

「シャッター展覧会！」

川西は半分腰を浮かした。

「それは面白そうだ！　すぐ実行に移しましょう。いや、移していただきたい。実現したらシバデンも最大限応援します。ポスターなんかうちが作って各駅構内に貼ってもいい！」

「でも、いろいろとクリアしないといけない問題はあるんです」

慎一は苦笑いした。

「何よりも、シャッターを提供してくれる協力者が必要です。シャッター展覧会は商店街の矛盾《むじゅん》がそのまま露出する企画でもあるんですよ。商店街の中でまだ営業を続けている店はシャッター展覧会に参加することができません。展覧会用のシャッターを貸せるのは閉店した店舗の持ち主だけです」

「それはまあ、そうなりますね」

「だとすると、展覧会がうまくいって集客に成功しても、シャッターを提供した人には何の得にもならないわけです」

「あ……しかしそれは、謝礼を払えば」

「美術学校のCMの件が実現すれば、広告代理店を通して謝礼は支払われるかもしれません。ですが、CMはあくまで一時的なもの、いや、一回限りのことと考えたほうがいいでしょう。美術学校としては、新入生確保のためのCMにドキュメンタリーとして映像化したいということだと思うんですが、毎年同じネタを続けるわけにはいきません。人が来なくなった商店街を学生たちの絵が甦《よみがえ》らせました、というネタは一回しか使えない。しかも、シャッターに描かれた絵の著作権は学校なり制作した学生なりが持っているわけですから、CM放映が終わったあとでその絵をポスターなどに流用することはできないんです。それをするなら、別途使用料を払うことになります。そんな予算はもちろん、商店街にはありません。従って、CM放映が終了したら美術学校の費用で絵を消してシャッターをきれいにしておしまい、です」

「うーん。……なんとか、別の絵をまた描いて続けることはできないですか」

「そうなると、シャッターを提供してくれた人への謝礼をどうするか、という問題が出て来ます。もちろん、地元のためだからお願いします、協力してください、と頭を下げ、納得していただくことはできると思います。でもそれじゃ、一部の営業を続けている人のために、閉店した人に無理をいっているだけになる。地元の活性化をうたいながら一部の人の利益にしかならないのでは、本当の意味でのこの町の再生には繋がらないと思うんです」

「じゃあ、だめですか、シャッター展覧会は」

「いえいえ、だめじゃないですよ。僕も願ってもない話だと思ったんです。何とか実現して欲しいと。ただ、スポンサー付きの企画に頼ることは危険なんです。一回うまくいったからと言って、柳の下のドジョウを追いかけてスポンサー探しに奔走《ほんそう》しても、そうそう続けて都合のいい話が来るはずがない。今回の美術学校とのタイアップは、あくまで、最初のきっかけにすべきだと思うんです。とにかくシャッター展覧会が実現すれば、シャッターの持ち主、つまりすでに店を閉めてしまった人たちも、商店街を活性化させることに興味を持ってくれるかもしれません。あの商店街はもうすでに、商店街としては機能していません。残っている店が少な過ぎます。でも閉まってしまったシャッターを開けて商売を再開することも、ほとんどの人には不可能です。商売を再開するには資金も必要ですし、人手も必要です。そうした資金や人手なしに商店街を復活させるには、商店街ではない何かへと……進化させるしかないと、僕は思うんです」

「商店街ではない何か」

川西は腕組みした。

「個々に店を開いて、物を売って利益を得る場、ではない何か、という意味ですよね？」

「はい。少なくとも、商店主個人個人で採算がとれるような商業施設としての再生は、無理だと思います。仮に新しい店舗が少し増えていくらか活気を取り戻したとしても、そうなるとファストフード店やチェーン展開の店がすぐに進出して来ます。そのすべてが悪いとは言いません、若い人にとってはなじみのあるファストフード店があるほうがいいでしょうし、チェーン店だってできれば人は集まります。でもそれだと、商店街のシャッターの持ち主たちは、ただの大家さんになるだけなんですよ。収入は得られますが、彼らの多くは高齢者ですから、いずれ店舗は相続人に相続される。税金の支払いなどもありますし、相続人は店舗を売却してしまう。そうやって買い集められた店舗が増えていけば、いずれは、商店街の形を解体して好きに売買させろという要求が出ます」

「今でもそういう要求って、あるんでしょうね」

「僕は商店街の人間ではないので詳しいことは知らないんですが、あると聞いてますよ。ただ現状は、閉店している店のほとんどが初代というか、もともと商店街で商売をしていた人たちの持ち物ですから、商店街の解体については積極的ではないようです。ですが、何の使い道もない店舗を閉めたまま、狭い二階住居部分で生活を続けるのは大変ですし、ましてや二代目の世代になれば、アーケードなんか壊して好きなように改装できるようにしてほしい、賃貸マンションを建てたい、などと要望が出るのは当然ですよね。そういう形で商店街が消滅していくのをなんとか防げないか、この町で生まれ育った者たちが故郷の想い出のひとつにできるような場所にできないか、というのが、信平さんたちの考えなわけです。たとえば、日本中に知られた有名な祭りのように」

「有名な祭り」

「そうです。徳島《とくしま》の阿波《あわ》おどり、秋田《あきた》の竿燈《かんとう》、青森《あおもり》のねぶた。ああした大きな祭りのあるところでは、故郷を出て行っても祭りの時期になればみんな帰って来ます。子供の頃からその祭りとかかわって育っていて、心の中に祭りが染みこんでいるんです。だから故郷を離れて暮らすことになっても、故郷が心から消えてしまうことがない。この根古万知にはそうしたものがないんですよ。親が元気なうちは盆や正月には里帰りもして来るでしょうが、一度縁遠くなるともう戻って来なくなる。都会生活に見切りをつけて田舎で暮らそうと考えても、わざわざここには戻って来ない。炭坑が閉鎖されて以来、根古万知は町自体、地域自体が、そこに住む人々を魅了しようという気概《きがい》を失ったんです。どうせここにはなんにもない、だから何やっても一緒だ。そうした諦めが次第に地域全体に充満してしまった。そうなると、そこに住んでいる若者にとっては、ただ息苦しさだけが残ります。諦めに満ちた空気の中で育てば、自然と、早くここを出て都会で暮らしたい、という憧《あこが》れが大きくなる。何を隠そう、僕自身がそうでしたから。高校生の頃にはもう、ここを出て東京で暮らすことばかり考えていた」

「商店街を中心に、今ここで育っている若者たちが想い出の拠《よ》り所にできるような空間を作る」

川西は深くうなずいた。

「そしてそこに、わがシバデンが関与できれば」

「シバデンは今でも、若者にとっては想い出の拠り所です。高校生になればこの町の子はみんな、シバデンで通学する。ですから、シバデンが計画に加わってくれることはとても重要なんです」

「すぐに社に戻って、社内で報告できるように今うかがった構想をまとめてみます」

「あ、でも川西さん、僕が今話したことはあくまで個人的な意見で、まだ商店街の人の総意はとりまとめてません。そっちは信平さんが中心になってやってくれると思いますが、意見がまとまらない内に僕が喋《しゃべ》ったようなことが商店街の総意だと誤解されると、反発を買うかもしれません」

「わかってます。誰が言ったこと、誰の考え、というように報告するのではなく、そうした方向性に沿って自分なりのアイデアを出してみます。それによってはシバデンとしても、商店街の皆さんに協力していただきたいことが出て来るかもしれません。しかし、今のお話で少し希望が湧いて来ましたよ」

川西は笑顔で言った。

「地元の皆さんと一緒に盛り上がれる企画が立てられれば、鉄道の存続には大きな力になります。わがシバデンは鉄道会社なんです。鉄道を持っていて列車を走らせることができる、それがシバデンで働く我々の誇りです。赤字だから廃止すればいい、そんな簡単に割り切れるもんじゃないんです。列車を走らせ続けるためにできることは全部やってやります。それが、鉄道会社を選んで就職したわたしらの意地ですから」

「川西さん、熱いですね」

愛美が言うと、慎一はうなずいた。

「なんだか、羨《うらや》ましいな」

「羨ましい？」

「自分が所属している組織に対して、ああいうふうに愛を示す人たちのことがたまに羨ましくなるんです。僕にはそういう、帰属意識みたいなものって希薄だから。いや、むしろ、そういうのが嫌いだったんですよね。だからろくに実績もないうちからフリーランスになってしまった。愛社精神なんて、正直、くだらないと思ってました。社員がいくら愛社精神を発揮したところで、企業ってのは利益を追求するためにあるんだから、知らない間に搾取《さくしゅ》されるだけじゃないか、ってね。まあその考え方は変わってませんが」

慎一は肩をすくめた。

「でも川西さんみたいにあけすけに、わがシバデン、なんて言い方されてしまうと、そういう気持ちで生きていることが少し羨ましくなるんですよ。少なくとも彼には、誇れるものがある」

「慎一さんには、ないんですか？……あると思いますけど」

「どうかなあ」

「わたしにも誇れるものはない、のかも」

愛美は言った。

「わたしが根古万知のことに夢中になっているのって、もしかすると、誇れるものを持ちたいからかもしれないです」

「つまり、この町はまだ僕らにとって、誇らしく思える故郷ではない、ってことですね」

愛美は小さくうなずいた。

「悲しいですけど……今はここを誇らしく感じる気持ちは持っていません」

「僕もだ。僕も、それが悔しいんだ。東京で暮らしているとね、田舎者《いなかもの》同士で田舎自慢になることがあるでしょう、酒なんか飲んだ時に。ある人は、故郷の海がいちばん綺麗《きれい》だと言う。ここには海がない。ある人は、故郷の山が素晴らしいと言う。ここにはたいした山もない」

「お祭りも、食べ物も、名物と呼べるものがないんですよね。甘夏とかおイモとか、美味《おい》しいものはあるけど、全国的に有名なわけでもないし」

「それなりにいいところだとは思うけど、じゃあ都会の人を連れて来て、どうだいいところだろうと自慢できるかと言われたら躊躇《ちゅうちょ》してしまう。僕はやっぱり、そういう時に自慢できるものが欲しい。自然だとか素朴な田園風景だとか、そういうのが本当はいちばんの宝なんだとか言われたって、そういう理屈じゃないんですよね。もっと子供っぽい感情なんです。おらが国さを自慢したい。郷土愛って、そういう感情に支えられているもんじゃないかな。だからこの町の人たちは、こんなにあっさりと諦めてしまったように思うんです。炭坑が閉鎖されてからどんどん活気を失っていく現実を前にして、それでも何かひとつ、これだけはどこにも負けない、ってものがあったらもっと頑張《がんば》れたんじゃないか、って」

「その、自慢できるもの、をこれから作る。自分たちの手で作る。そういうことなんですよね……」

「あ、良かった、愛美さん、まだいらしたんですね！」

二人の前に軽自動車が停まり、運転席から佐智子が転《ころ》がるように降りて来た。

「ノンちゃんは！」

「ここにいますけど？」

愛美はベンチに繋いだ長めのリードを手でたぐった。リードの先で猫がにゃあ、と鳴いて返事した。猫はベンチの下の、夕陽の残りが当たる場所で気持ち良さそうに丸くなっていた。

「ノンちゃん、貸して貰えませんか！」

「佐智子さん、どうしたの？」

「おじいちゃんが！」

「どうした？　何かあった？」

佐智子は慎一と愛美の顔を交互に見て、それから言った。

「倒れたんです」

「そんな！　大丈夫なの⁉」

「さっき入院しました。あ、でも、大丈夫です、命に別状はありません。まだ精密検査してないんですけど、お医者さんが言うには、軽い脳梗塞《のうこうそく》だと」

「脳梗塞って、大変じゃないか！」

「はい、でも、ほんとに命は大丈夫だとお医者さんが保証してくれましたから。三時間くらい前に倒れて、入院したんですけど、今はもう本人もしゃべってるし……あの、でも、おじいちゃん、どうしても猫に逢いたいって。ノンちゃんのことだと思うんです。ノンちゃんに逢いたいと言い張ってるんです。だからあの」

「一緒に行きます」

愛美は急いで猫をベンチの下から抱き上げた。

「でも佐智子さん、病院の中に猫は連れて入れないでしょう。どうしたらいいのかしら」

「おじいちゃんが入院している部屋の窓から、『スーパーさとう』が見えるんです」

「あの、国道沿いの？」

「はい。入院したのが藤田《ふじた》病院なんです」

「『スーパーさとう』の裏だね、藤田病院は」

「だから『スーパーさとう』の駐車場に連れて行けば、窓から見ることができると思うんです」

「よし、わかった。急ごう！　僕も車あるから、ノンちゃんと愛美さんは僕が送ってく。サッちゃん、先に行って。すぐ追いかける」

「ありがとうございます。よろしくお願いします」

佐智子の軽自動車は去り、慎一はロータリーの反対側の駐車場まで走って行った。愛美はキャリーケースの中にノンちゃんを入れ、慎一の車の助手席に乗りこんだ。


「なんだろうな」

慎一がハンドルを握ったまま、不安げに眉《まゆ》を寄せた。

「欣三さん、どうしてノンちゃんに逢いたがってるんだろう」

「欣三さん……実は、わたしと信平さんが、おかしなところで欣三さんを見かけたんです。先日の定休日に」

「おかしなところ？」

「はい。あの、ＵＦＯの丘の近くで」

「ＵＦＯの丘って、あの変なブログに載ってる？」

「欣三さん、知らない人の車に乗って行ったんです」

「……知らない人？」

「わたしも信平さんも記憶にない人でした。もちろんわたしたち、町の人全員の顔を知っているわけじゃないんですけど……」


不意に、猫が不安げな鳴き声をあげた。

「ノンちゃん?」

愛美はキャリーの中を覗きこんだ。

「もしかして、欣三さんが入院したことがわかってるのかな」

慎一は言って、キャリーの方に視線を向けた。

五章　女優参上

1

「欣三さん、認知症かなり進んでいるのかな。さっちゃんも心配だよね」

　信平がコーヒーをいれながら首を振った。欣三のことがあって臨時休業にしたので店内に客はいない。

「詳しいことはしらないけど、認知症って、おかしな言動をとる時と、正常な時とがモザイクのように混ざることがあるんだってね。欣三さんも今のところ日常生活はできてるみたいだから、ふっとおかしくなっちゃうことがあるんだろうな」

「ノンちゃんの顔を見て、少しは落ち着いたでしょうか」

「本人がノンちゃんを見たいって言ったんだから、見て満足はしたと思うよ」

　信平はコーヒーカップをカウンターに置くと、内緒話でもするように身を乗り出した。

「紙芝居《かみしばい》コンテスト、ネットで話題になれば集客が見込めるよね」

「そう思います。今、SNSの力って大きいですから。わたしも詳細が決まったら、ｔｗｉｔｔｅｒなんか使って告知してみようとは思うんですけど、個人のアカウントじゃフォローしてくれているのは知人ばかりなんで、そんなに拡散はできないですよね……」

「それなんだけどさ、ある程度世間に名前が知られてる人がネットで宣伝してくれたら、起爆剤になるかな、と思ってね」

「ある程度、名前が知られてる……」

「女優さんなんかどうかな。そんな大スターじゃないんだけど、そこそこ、ドラマや映画に顔は出ている」

「それは……そんな方が協力してくださるならすごいです！　でも信平さん、そんな方に知り合いが……？」

「うん、まあ」

信平は照れていた。頭をかいて、ニヤニヤ笑っている。

「まさか……昔の恋人が女優さんだとか！」

「いやいや、恋人なんかじゃない。昔の知り合いには違いないんだけど……俺、東京で暮らしてたの知ってるよね」

「ここを叔母《おば》さんから譲《ゆず》られる前は東京にいらしたって」

「大学から東京でずっと向こうにいたんだけど……ほんとまだ若い頃、飲み友達だった人がいるんだ。女の人なんだけど、俺が行き付けだった飲み屋の常連さんでね」

「なんだか格好《かっこう》いいですね、女性で、飲み屋さんの常連なんて」

「格好いいというか、なにしろすごいウワバミ女で、ウイスキーのボトル一本空《あ》けても平然としてるような人だった。豪快でね、見た目は美人だったが、とてもじゃないけど色っぽいことを想像できる相手じゃなかったよ。でもすごく楽しい飲み仲間だった。彼女は女優の卵で、劇団の研究員だったんだ。だからいつも金欠で、一週間、パンの耳に塩つけて食べてるみたいな生活してんのに、酒だけは飲むんだ。当時俺はいちおう仕事持ってて定収入があったから、結局なんだかんだ、いつも奢《おご》らされてたな。でも腹は立たないんだ。むしろ彼女と飲めるなら、酒代くらいこっちで持ってもいいや、って気にさせる人だった」

「なんだか素敵な女性ですね」

「まあね、素敵と言えば素敵だけど、とにかく酒飲みな上にね、態度もでっかくて」

信平は思い出し笑いした。

「人によっては苦手だと思うだろう、そんな人だ。その人は努力の甲斐《かい》あって、やがて女優として芽を出し、キャリアを積んで、今はよく知られた女優になってる。三十代も後半になってから売れ出したから、美人女優というイメージよりも、個性派の中年女優として知られてるけど、若い頃はほんとに綺麗《きれい》だった」

「それって、音無佐和子《おとなしさわこ》ですか！」

「……どうしてわかった？」

「ウワバミで有名なんですよ、今でも。酒の強い女優といえば、音無佐和子の名前が出ますよ！　音無佐和子さん……ドラマに出ているあの人ですか！」

「本業は舞台女優だが、ドラマにもよく出てるね」

「すごい、あんな有名女優と昔なじみなんて！」

「昔なじみってより、ほんとに昔の飲み友達ってだけのことなんだ。俺もいろいろあったし、あの人も女優としてのステイタスが上がって引っ越して、もう十数年会ってない。ただ、Ｆａｃｅｂｏｏｋの彼女のページにコメントをつけたら、メッセージが返って来てね。俺のこと憶えていてくれたんだ。それで、ネットではやり取りするようになった」

「まさか信平さん、音無佐和子がねこまち文化祭に協力してくれるかもしれない、んですか！」

「まあまあ、まだそこまで具体的には運んでない。いくら昔の知合いでもプロの女優さんだ、イベントに参加して貰《もら》うなら事務所に仕事の依頼をして、出演料だって払わないとならない。シバデンが了解してくれるかどうかもわからない」

「まあそれは、そうですけど」

「昔の知合いだってだけで、忙しい彼女に無理にスケジュールを空けさせたり、無料でイベントに出演してくれなんて頼むのは嫌《いや》だしね。そういうことをするのは、プロの女優として成功している昔の仲間に対して、とても失礼なことだと思うから」

「……確かにその通りですね。すみません、ちょっとはしゃいじゃいました」

「でも、メッセージを寄せて貰うくらいならそう時間もとらせないし、彼女のブログやｔｗｉｔｔｅｒでちょっと言及して貰うだけでも違うだろ？　それだってなかなか、言い出すのが図々《ずうずう》しいみたいでできなかったんだけど」

「てことは、依頼はしたんですね！」

「うん。……まあ、お願いできれば、って感じで。彼女は、事務所に許可を貰うと言ってくれた。と言うか、わざわざ電話くれてね……」

信平はまた、頭をかいた。いつのまにか、首のあたりまで赤くなっている。

「ま、とにかく、メッセージが貰えたら商店街のアカウントに転載させて貰おうと思うんだ。彼女はね、児童養護施設での紙芝居ボランティアを長年やってることでも知られてる人なんだ。だから、紙芝居、という企画にとても興味を持ってくれてる。きっと、いいメッセージが貰えると思う」

信平はそう言ってから、まだ赤味の残る首筋を撫でた。その様子の初々《ういうい》しさに、愛美は、信平が遠い昔、そのウワバミ女優の卵に恋をしていたのかもしれない、と思った。

2

音無佐和子からのメッセージはすぐに届いた。柴山電鉄のサイトに大きくアップロードされたそのメッセージは、音無佐和子の紙芝居に対する想い、地方の過疎化問題に対する真摯《しんし》な考え方などがよく表されている、素晴らしいものだった。さらに、事務所の許可を得ているからと添付《てんぷ》されていた音無佐和子のポートレートも、なかなか素敵だった。ねこまち甘夏を意識したのか、明るいオレンジ色のTシャツを着て健康的な化粧をした音無佐和子は、信平よりも年上のはずなのに、まだ三十になるかならないかくらいに若く見えた。そして、猫を抱いていた……なんと、ノンちゃんそっくりの。


「あれはほんとびっくりしたよ」

信平がコーヒーをいれながら言った。

「本物のノンちゃんかと思った。シバデンの誰かが勝手にノンちゃんを東京まで連れて行っちゃったのかな、って一瞬思った」

愛美は笑った。

「いくらなんでも、ノンちゃんが誘拐されてたらわたし、気づいたと思います」

「そりゃそうだけど」

「でもほんとにそっくりですよね。音無さんの飼い猫なんですか」

「どうもそうらしいんだ。実はね、俺の依頼を受けた時にシバデンのサイトで、一日駅長してるノンちゃんの写真を見て、彼女もびっくりしたらしい。でも俺を驚かそうと、何も説明なしであの画像をシバデンに送ったんだぜ。まったくあの人らしい」

　信平は、コーヒーをカップに注《つ》いだ。

「ちょっと試してみて。豆を替えてみたんだ」

「あら……優しい香りですね」

「これまでのより少し香りの個性が弱いんだけど、そのかわりミルクととても相性がいい豆なんだ。ストレートで飲むと苦味が強く感じられるかもしれないんだけどね、ミルクをたっぷり入れると苦味が丸くなって、でもコーヒーの味はしっかり残って、すごく美味しいミルクコーヒーになる。ミルクコーヒーなら、コーヒーを敬遠しているお年寄りにも人気が出そうだろ？」

「そうですね、それに女性の好きな味だという気がします」

「そのへんももちろん狙ってる。この豆は砂糖とも相性がいいから、甘く味をつけたミルクコーヒーにしても美味《おい》しい。カフェオレ、みたいなこじゃれたものじゃなく、もっと素朴に、ミルクコーヒー、と呼べるような飲み物を作りたいんだ。で、そのミルクコーヒーにこれを添える」

　信平は、カウンターの上に皿を置いた。皿の上には薄く黄色がかった白いパウンドケーキが丸ごと置かれていた。

「わあ、綺麗！　オレンジケーキですか。かかっているフォンダンは……ミルクベース？」

「ミルクと卵白、それにねこまち甘夏の砂糖漬《づ》けをほぐして入れて作ってある。中身も、前に作ったケーキより軽い、ふわっと白っぽいケーキなんだ。どうもね、前に作った甘夏ケーキは、コーヒーより紅茶との相性が良かったのが気に入らなかった。紅茶もうちのメニューにはあるけど、俺は美味《うま》いコーヒーがこの町でも飲みたくて、この店を譲り受けたんだ。だからもっともっと、この町の人たちにコーヒーを飲んで貰いたい。で、ミルクコーヒーと相性のいい甘夏ケーキを作ってみたわけ」

愛美はケーキをフォークで少しとって口にいれた。

「……いい香り。それにこちらも優しい味ですね」

「ミルクコーヒーを甘めにしても甘さがぶつからないように、ケーキのほうは甘さをできるだけ控えめにして、その分、ミルクのコクと甘夏の香りで満足感が得られるようにしたんだ。空気を多く入れて小麦粉の量も少ないから、比較的カロリーも低いしね。女性にはそういうとこも大事でしょ」

「大事です！　でもこれ、日持ちはしないですね」

「まあそれが難点だな。前に作った甘夏ケーキは、土産《みやげ》物に転用することまで考えて日持ちする作り方だったけど、これは朝作って夕方までに売り切ることしかできない。でもそれでいいと思ってるんだ。このケーキはミルクコーヒーとセットで楽しむためのものだから。で、このセットの名前が、ねこまちミルクセット。この際、勝手にねこまち名物、って名乗らせてもらって、紙芝居コンテストの日だけ、駅前に屋台を出して売るつもりなんだ」

「屋台ですか！」

「うん。駅前のロータリーはシバデンの土地だから、今、シバデンに使用許可の交渉中。許可が出たら今度は、容器を調達しないとな」


「あ、何それ、新作？」

ドアが開いて、入って来た女性の声がした。

「綺麗なケーキ！　試作品の試食中なの？」

愛美は振り向いて、そしてかたまった。頭に血がのぼったようになって、声が出なかった。

「……い、いらっしゃいませ」

ようやく絞《しぼ》り出した声がひどくかすれていて、自分の動揺に自分で恥ずかしくなった。おそるおそるカウンターの中を見ると、信平もかたまっている。

「わたしも試食したいなあ。だめ？　信平くん」

「……ど、どうして……あの、えっと」

「どうして、って、久しぶりに連絡くれたの信平くんのほうじゃないの。メッセージどうだった？　もう反響、あった？」

「いやあの……ありがとう。柴山電鉄の広報の人たちもすごく喜んでました」

「す、素敵なメッセージでした」

愛美は慌《あわ》てて言って、頭を下げた。

「本当にありがとうございました」

「良かった。明日ね、関西でロケなの。今日はたまたま一日空いたんで、それなら前乗りしてここに寄ってみようって思ったのよ」

「そ、そうなの。ここ、すぐわかった？」

「ちゃんとこれ持ってる」

音無佐和子は、小さめのタブレットをコートのポケットから取り出した。

「商店街のサイトで地図見て、このお店のページで入口の画像も確認したから、すぐわかったわ。でも……思ったよりちっちゃいね。内装もちょこっと、昭和レトロ？」

音無佐和子はぺろっと舌を出した。

「ごめん、余計なこと言った」

「相変わらずですね」

信平は笑った。

「もともとは叔母が長いことやってた喫茶店で、居抜きで譲り受けてからちょっとずつ自分で改装はしてるんだよ。でもその、資金がないんで、今風の洒落《しやれ》た店にはなかなかできなくて」

「Ｆａｃｅｂｏｏｋでメッセージ貰った時から、ここに来て信平くんのいれてくれるコーヒー、飲みたかったの。あ、コーヒーひとつください。それとさっきのその」

「どうぞ、試食してください。自信作なんだ」

「信平くん、昔から料理、上手だったもんねー」

「そうなんですか」

愛美が思わず言った。

「信平さん、このお店開くまでそういうこと、なさったことがなかったのかと」

「料理、なんてレベルのもんじゃなかったよ。焼きそばとかラーメンとか、そういうのがちょっと作れただけ」

「それが美味しかったのよ。信平くんが残った御飯で作ってくれた焼き飯、今でも忘れられない」

「それは佐和子さんがいつも貧乏で、ろくなものを食べてなかったからだよ」

信平は笑いながらコーヒーのカップを音無佐和子の前に置いた。

「パン屋さんで一袋五十円のパンの耳買って、それに塩つけてかじってたんだから、あなたは」

「あの頃の劇団の研究生なんて、みんなそんなもんよ。親が裕福で仕送りでもして貰ってなかったら、まともなものなんか食べられないのが普通だった。アルバイトをいくらしたって、公演のたびにチケットのノルマがあるんだもんね。それに研究生は無給、ダンスレッスンやボイストレーニングの費用はかかるし。そもそもバイトだって、公演準備がある時はできないんだから、お金の稼げるバイトは無理なんだもん」

「佐和子さんは確か、居酒屋でバイトしてたんだよね」

「まかない付きだったから、時給は安かったけどやめられなかったわ。週四回、バイトのある日はちゃんとした御飯が食べられる、それだけで嬉《うれ》しかった。あと、短期のバイトをできる時にできるだけやって、それでちょこっと小金が手に入った時にスーパーで食べたいもの買って、信平くんのアパートに遊びに行くの。で、買って来た食材渡して作って貰うのよ、いろいろ。それがもう、何よりの楽しみだった」

「豚のバラ肉のすき焼きとか、やったなあ。キャベツいれて」

「あの頃いちばん安いのが豚のバラ肉、野菜はキャベツだったからねえ。今はキャベツもけっこう高いし、豚肉もイベリコなんとかなんか、びっくりするような値段だけど。うわ、このコーヒー、美味しい！」

「佐和子さんはブラック党だったから、いつものブレンドで」

「いつものじゃないのもあるの？」

「今、ミルクコーヒーの試作中なんだ。紙芝居イベントの時に屋台で売ろうと思って。紙芝居イベントに来る人は女性やお年寄りが多いから、ミルクコーヒーのほうがいいんじゃないかと」

「子供は？」

「カフェインレスのを用意するつもり」

「で、このケーキもつけるんだ。……これも美味しい！　この柑橘《かんきつ》が利《き》いてるね」

「それがこのあたりの名産の甘夏みかんで、ねこまち甘夏、ってブランド名が付いてる。でも甘夏みかんは生で食べる果物としてはもう、人気がないからね、お菓子や飲み物に加工しないと人気が出ないんだ」

「美味しいのにね」

「生食でも意外とイケるんだ。甘夏みかんとしては糖度が高いほうだと思う。でも最近の人って、酸《す》っぱい果物は食べないからなぁ。柑橘類でも、より糖度が高い品種がもてはやされる」

「でも酸味が少しあったほうが、ジュースなんかだと美味しいわよ」

「夏みかんは苦味があるから、ジュースにするなら砂糖をどっさり入れないと美味しくならないんだ。それに実際のところ、もうねこまち甘夏を栽培してる農家はそんなに多くないんで、ジュースに加工する二級品が足りない」

「マーマレードは？」

「美味しくできるよ。でも専門に作ってるとこはないんだ。設備投資してマーマレード作りに賭《か》けようという農家がない」

「いろいろ大変なのね」

音無佐和子は、溜め息をひとつついて、残りのケーキを口に入れた。

「で、信平くんは、このケーキに賭けるわけか」

「いや、ケーキとミルクコーヒーは期間限定商品だよ」

「あらどうして？　これすごく美味しいのに」

「うちには製菓工場があるわけじゃないから、一人で毎日焼けるケーキの量はたかがしれてる。この店の仕事をほっぽらかしにもできないし。それに限定販売にしたほうが、プレミア感が出るでしょ。今回の屋台は、とにかく紙芝居コンテストを盛り上げる一つの手段、というか、屋台自体が一つの出し物、イベントと考えてる。紙芝居コンテストを見るためにシバデンに乗って来た人が、ケーキとコーヒーを気に入ってｔｗｉｔｔｅｒなんかに書きこんでくれて、それで根古万知の名前が世間に知れる、それが大事なんだ」

3

「信平くん、なんかすごくいい顔してる」

音無佐和子が微笑《ほほえ》んで信平を見上げた。

「やっぱ故郷に戻るのって、いいもん？」

「そうだなあ……単純にいいもんとばかりは言えないけど。ここは産業がない、働く場所が足りない、だから若い人がどんどん出て行ってしまう。そんなの今の日本ではいたるところがそうなってるから、別に珍しいことでもないんだけど、実際にその中で商売していこうとしたら、若い世代がいない町って難しいよ」

「やっぱりお金つかうのは若い子たちなの？」

「いや、そうでもないと思う。このご時世だからね、働き盛りだって満足のいく収入が確保できてる人はそんなにいないでしょ。ましてや若い世代は収入も低いし、将来に対していろいろ不安定な要素が多いから、気楽に有り金はたいてしまう、なんてことはできない。経済的に余裕があってお金をつかえるのは、勝ち組の年金生活者がいちばんでしょう、やっぱり」

「勝ち組の年金生活者、か。なんとか倒産もリストラもなく定年まで、そこそこの会社で勤め上げて、住宅ローンの返済も終わってて、子供たちもみんな独立して」

「大病もせず、老夫婦二人、年金でも充分に暮らしていける人たち。そのうえちょっとは貯金も持っててね。羨《うらや》ましいよね」

「でもそんな人たち、たくさんいるのかしら。少なくともわたしの周囲では、定年になっても再就職先を探している人ばっかりよ。年金だけで優雅に暮らしていけるお年寄りなんて、そんなに多くないと思うけど」

「うん、多くはない。でもそういう人たちしかお金をつかわない時代だから、どんなに少数派でもその人たちに向けた商品を売るしかない。最近さ、新聞の旅行関係の広告みるとびっくりするんだよね。国内旅行なのに二人で三十万、とかなわけ。それも一週間じゃないんだよ、たった二泊三日で」

「二泊三日で一人十五万？　それだけあればハワイ、ううん、安いツアーならヨーロッパに行けるわよ」

「でしょ。でも行き先は国内、それも瀬戸内海《せとないかい》だとか能登《のと》半島だとか、東京から行くと考えてもそれほど遠いとこじゃないんだ。で、びっくりしてよく読んでみるとね、たとえば新幹線はすべてグリーン車、宿はSランク、高級旅館や高級ホテルなんだよね。昼食もどこそこの料亭の特製弁当とか。なるほどそうやって贅沢《ぜいたく》すれば、二泊三日の能登半島に十五万もかかっちゃうよね。こんな贅沢な旅行、行く人なんかいるんだろうか、と思ったら、すでに満員の日があります、とか書いてあって。こんな贅沢ができるシニア層が、やっぱりこの国にはたくさん存在しているんだなあ、ってあらためて感心した。なのに、この町には、そんな優雅な老後をおくっているご夫婦は何組もいない。畑や田んぼ持ってる家が多いから、食べるのに困ったりはしてないと思うけど、みんな慎《つつ》ましやかだ。特にこの商店街はね、ご覧の通りのシャッター通りになっちゃってるでしょう。ここで商売していた人たちはみんな、赤字に耐えきれなくて店を畳《たた》んだ。店を畳んでからも、仕入れのためにつくった借金を払い続けている人もいる。商売人は厚生年金に入れない、国民年金は基礎額が低い。年金で生活すること自体、国民年金しかかけて来なかった人にとっては厳しい話なんだ。贅沢三昧《ざんまい》の旅行の広告を見ながら、この町を捨てて都会に移住して行った人たちのことを思い出した。彼らのほとんどが、国道沿いに土地を持っていた。それらの土地を大型スーパーや、ファミレスなんかに土地を貸す不動産屋が買い取った。あの人たちは今頃、どんな暮らしをしているんだろう、そんなことを考えるんだ。土地を売った金で優雅な老後を過ごしているんだろうな、こんな贅沢な旅行をしているんだろうな……そんなことをさ」

佐和子は微笑んだ。

「世の中、そんなに簡単なものじゃないと思うけど。土地を売ってお金を手に入れても、どこか別の場所で暮らしていくにはやっぱりお金がかかるんだし」

「わかってるんだけどね。わかってるんだけど、ついそんなひがみっぽいことを考えてしまうんだよ。そして、そんなふうに考える自分が嫌で嫌でたまらなくなる。で、思ったんだ。つまり俺は、ここが、この根古万知ってところが、貧しくてつまらないところだと本音では思っているんだな、って。故郷を愛してるなんてきれいごと言ってみたところで、本当はここに戻って来たことを後悔しているのかもしれない、って」

「後悔、してるの？」

佐和子の問いに、信平は明るく笑った。

「少なくとも立て前というか、表向きの俺の気持ちとしてはまったく後悔していない。むしろ、けっこう今の状況は幸せだなと思ってる」

「で、本音は？　裏の気持ちは」

「わからない」

「自分の気持ちなのに？」

「うん、自分の気持ちなのに、わからないんです。普段は幸せだと思っているのに、ふとした時に、このままではだめだ、って気持ちが強くなる。そんな状態がこの二年、続いてて。それでまあ、もうぐだぐだと悩んでいるのも性に合わないしね、行動しよう、って決めたわけです。この町を活気のあるおもしろいところに変えて、ここを出て行った人たちよりもここで暮らす俺たちのほうが、楽しくて幸せなんだぜ、って思えるように、ここを変えたいと思った」

佐和子は空になったコーヒーカップを愛美の方に差し出した。

「おかわり、お願いできます？　ほんとに美味しい、ここのコーヒー」

佐和子はもう一度店内を見回した。

「内装、叔母《おば》さまがここをやっていらした時のまま？」

「さすがに破れていたソファとか、壊れてガタガタしてたテーブルは取り替えたけど、予算がなかったんで他はほとんど前のまんまです」

「昭和の匂いがする」

佐和子は立ち上がり、壁に飾られている写真を見た。

「これが……この商店街が賑《にぎ》やかだった頃の写真？」

「ああ、それ。それはたぶん、ここの常連さんの中に、商店街で写真館をやってた木下《きのした》さん、って人がいたんでその人が撮ってくれたんだと思うけど」

「昔は、どの町にも写真館があったのよね……デジカメなんて影も形もなかった時代。簡単にコンピュータープリントしてくれるチェーン店なんかも、もちろんなかった。だから人々はみな、自分のカメラで撮ったフィルムでも写真館に持ちこんで現像して貰っていた。そしてそういう写真館はスタジオを併設していて、特別な写真はそのスタジオで撮って貰ったのよね。七五三、成人式、卒業写真、お見合い用の写真……」

「今は減りましたね、町の写真館。木下さんも、もう二十年ぐらい前に店を畳んだはずです」

「スタジオはまだあるのかしら」

「どうだろうな。でも店自体は取り壊したりしてないはずですよ、アーケードの一部だから取り壊し工事をするには商店街に届け出て貰わないとできないんです。中だけ改装するならそういうのもいらないんだけど、木下さんとこ、店を閉めてからあの店舗を誰かに貸してはいないと思うし」

「じゃ、昔のスタジオが残っている可能性もあるのね」

「スタジオって言っても、俺の記憶にある限りはすごく狭《せま》い、畳《たたみ》二枚か三枚くらいのスペースだったけどね。でも背景のカーテンの色を何枚か選べるようになってて、撮影の時はライトもちゃんと当ててくれるんで、ちょっと緊張したな、あそこで写真撮って貰った時は」

「信平くんも撮って貰ったんだ」

「そりゃ、この町は他に写真館ってなかったから。五歳の時に七五三で、それと小学校に入った時にランドセルしょった姿で撮ったこと憶えてるな」

「最近、ああいう写真館ってほんと見なくなったけど、みんな記念写真ってどうしてるのかしら」

「最近どこのショッピングモールにも入ってる、いろんな衣装揃《そろ》えてるデジタル写真館を使ってるんじゃないかなあ。佐和子さん、写真に興味あるの」

「そりゃいちおう女優だもの、写真は好きよ。ただ、ちょっとね……ちょっと思いついたことがあって」

「思いついたこと？　紙芝居コンテストのことで？」

「それなんだけど」

佐和子はコーヒーカップを見つめながら言った。

「今度の紙芝居コンテストって、信平くんがしようとしている町おこしの一環なんでしょ?」

「うん」

「紙芝居だけじゃ地味だよね。でも信平くん、電話で、文化祭みたいなものにしたいって言ってたよね」

「いずれは、って話なんだけど。この町には観光客を呼べるような祭りがないんだ。観光客のことだけじゃなくて、自分が子供の頃に参加した祭りの記憶って、けっこう重要だと思うんだ。そういう故郷の記憶、故郷の想い出をたくさん持っている人ほど、将来故郷に戻る率は高いと思う」

「そうなのかな……わたしは東京生まれだから、そのあたりもひとつピンと来ないけど。でも確かに、大人になってから都会暮らしに嫌気がさして故郷に戻る人は、故郷に楽しかった想い出のある人、だよね。想い出が何もなかったら、いくら自分の生まれたところでも、わざわざ戻ろうとは思わないかも」

「だから、祭り、を作りたいんだ。観光客も来るけれど、何より地元の子供たちが喜んで参加するような祭りを」

「それが文化祭なの。甘夏祭り、みたいなんじゃなくて?」

「甘夏祭り、みたいな発想だと、本当に想い出になるのかな、って思ってさ。あの手の祭りはいわば収穫祭だから、作物の品評会みたいなものが主体でしょう。もちろん屋台がたくさん出て、近所の顔見知りが集まって、まあそういうのも楽しいんだろうけど、子供たちはただ飲み食いして、あてもんやって、そのくらいの記憶しか持たずに終わるでしょう? どこそこさんちの甘夏が一等賞とりました、なんてこと、子供たちはすぐに忘れてしまうしね。でもみんなが何らかの形で企画に参加する文化祭型の祭りなら、自分がどんなふうにそれに関わったか、子供たちはみんな憶《おぼ》えていてくれると思うんです。たとえば紙芝居コンテストにクラス単位で応募したとすれば、絵の色を塗《ぬ》ったとか文章を考えたとか、何か自分がしたって記憶を持つことができる。だからもっともっと、地域の子供たち、小学生だけじゃなくてできれば中学生高校生が参加できる企画を考えたいんです。ただし、お金はかけずに」

「そこがポイントなわけね」

「重要なポイントです。とにかく商店街も町も柴山電鉄も、みんな揃って資金が乏《とぼ》しいわけ。ゆるキャラが創りたくてもデザイナーに依頼する予算もないんです。着ぐるみひとつだって、オリジナルを作って貰うとかなり高価なものになるし。必然的に、参加者が自前でアイテムを持ち寄ってくれるコンテスト形式のものを取り入れざるを得ない。佐和子さんにお願いしたメッセージだって、本来なら謝礼は出さないといけないわけで……」

「だからそれはいいのよ。メッセージの謝礼なんて最初っからあてにしてないんだし」

「もし予算がもっと豊富にあったら、紙芝居を一つ佐和子さんにも読んでもらうとか、そういうこともできたんですが」

「ギャラなんかいらないけど、その文化祭、実現しそうなら参加したいのよね」

佐和子の言葉に、信平も愛美も驚いた。

「参加って、いったい」

「ここだけの話にしてね、まだ。知られて困ることでもないんだけど、もう少し具体的になるまでは雑音に邪魔されたくないの」

「口は堅いって知ってるでしょ」

「うん、だから喋《しゃべ》っちゃう。実はね、わたし、映画を撮《と》りたいと思っているの」

「撮るって、監督するってこと？」

佐和子はうなずいた。

「信平くんは知ってるけど、わたし昔は脚本も書いてたのよね。昔から、役者として演じるだけじゃなくて、映画や舞台を創り上げること全般に興味があった。最近もいくつかの舞台を演出したりしてるの。で、なんとか一本撮る分くらいの資金のメドがついたから、いよいよ映画を撮ろうと思ってる。でも知っての通り、映画ってものすごくお金がかかるのよ。わたしが借金して用意できた程度の資金じゃ、ロードショーにかかるような作品はとてもとても無理。だから最初の作品は、わたしに用意できた予算の範囲で撮ることにしたの。限りなく自主上映に近い形で公開することになると思う。もしこの町のその、信平くんたちが考えているような文化祭が実現したなら、そこで上映させて貰いたいの」

「それはもちろんいいけど、でもそんな、何千人も観客集めることは難しいと思うよ」

「わかってます、もちろん。でもその文化祭は町と、それから柴山電鉄が後援することになるわけでしょ」

「後援、になるかどうかはまだ何も決まってないけど、無関係ってことはないと思う。実際、紙芝居コンテストはシバデンの広告企画になったわけだし」

「そういうところのｗｅｂサイトやポスターで宣伝して貰えるだけでありがたいの。それともう一つ。その映画って、デジタルカメラの時代になってもフィルムで撮り続けている、写真館の主《あるじ》の息子が主人公なの。その人がフィルムの現像をしながら、回想にふける話。オムニバスで短いエピソードがいくつかあって、最後にそれらが繋《つな》がる、そんな内容。それぞれの短い話が、とある事件の真相を暴露するわけ。その写真家がずっと抱えていた、ある秘密の」

「面白そうです」

愛美が思わず言った。

「わたし観《み》たいです、その映画！」

「ありがとう」

佐和子は笑った。

「でもまだ、撮ってないから幻の作品ね。これからその幻をなんとか現実にしたいんだけど。それでね……もしその木下さんのやってた写真館が、スタジオや現像室をそのまま残しているんなら、撮影場所として貸して貰えないかな、って。そこだけじゃない、このアーケードも撮影したいな、と思ったの。駅からこの商店街に踏みこんだ時に、ここだ、ここしかない、って思った」

「根古万知駅前商店街で映画のロケですか！　すごいです、面白そうです」

「そんなに感激して貰っちゃうと心苦しいんだけど、まあその、要するにね、このさびれ具合というか、店がほとんど閉まってる光景が、イメージにぴったりなのよね……あ、信平くん、ごめんなさい」

「いやまあ、さびれてるのは事実だからいいんだけど」

信平は腕組みした。

「ただ木下さん、もうここには住んでないんですよね。写真館のあった店舗は娘さんが倉庫みたいに使ってるはずで、他人に貸したわけじゃないんだけど」

「だったら、中の荷物を撮影の間だけ貸し倉庫に預けて貰えばいいわ。もちろん費用は全部こっちで負担します」

佐和子は空のコーヒーカップをカウンターに置いて立ち上がった。

「その写真館、中を見せて貰いたいな。無理かしら」

「中を見るだけなら、娘さんに連絡すれば大丈夫だと思うけど」

「それじゃ、お願いします。三時頃またここに寄ります」

「これからどこに？」

佐和子は笑顔で言った。

「ＵＦＯを見に行こうと思って。じゃ、またあとでね、信平くん」

信平と愛美が顔を見合わせている間に、佐和子は優雅に店から出て行った。

六章　ねこまち文化祭

1

「ＵＦＯ、って言ったよね、佐和子さん」

「言ってました」

愛美は、驚いた顔のままで戸口を見つめている信平に言った。

「知ってらしたんですね、例のブログ、のこと」

「そうなんだろうなあ……でもあんなマイナーなページ……」

「ここに来た旅行者の人たちも知っていたじゃないですか。ネットではもう有名になっているんだと思いますよ」

「いったいなんなんだろうね、あれ。そんなに知れ渡っているとしたら気になるなあ。でもあの丘には、もちろん、ＵＦＯなんかなかった」

「わたし……メッセージを出してみます」

「え？」

「あのページは、レンタルで簡単にブログが作れるシステムを利用しているんです。あのシステムは、ブログ主にメッセージを送る機能が付いています。ブログ主がメッセージを一切《いっさい》受け取らない設定にしていたらだめですけど、そうでなければとりあえず、こちらのメッセージは相手に届くんです」

「なんて書くつもり？　ＵＦＯの写真は本物ですか、とか？」

　愛美は笑った。

「もちろんそれも知りたいですけど、まあおそらく本物じゃないですよね。でも何より、ああいう画像をトップページに載《の》せている理由が知りたくありません？」

「その言い方は、何か考えてることがあるね？」

　信平がニヤニヤした。

「ＵＦＯの謎が解《と》けそう？」

「いえ、ぜんぜんです。でも、あの時に欣三さんを迎えに来ていた軽トラックが、あのページと関係があると思うんです」

「運転していた人がＵＦＯ画像を掲載してるのかな」

「それはわかりませんけど。でも欣三さんと待ち合わせるのにわざわざあそこを指定した、というのがどうしてもひっかかるんです。欣三さんは自分ではもう車を運転しませんよね」

「免許は返納してたはず」

「車でなければ、あそこに行くにはバスに乗って、しかもバス停から歩かなくてはならないんです。よほどの理由がなければ、わざわざあんなところで待ち合わせなんかしないと思うんです」

「でも大丈夫かな……欣三さんの知合いだとしたら、そんな悪人ではないだろうけど……」

「大丈夫です。もしお会いしてお話が伺《うかが》えるということになったら、必ず信平さんに同行お願いしますから」

「もちろんだ。ぜったい一人で会いに行ったりしたらだめだよ」

「わかってます。あの画像の意味がどんなものだとしても、わたし、ブログ主さんの意図はわたしたちの考えていることと、そう遠くないんじゃないか、そんな気がするんですよね」

「つまり、根古万知を有名にしようとしている、とか？」

「はい。注目を集めてこの町に人を呼び寄せたい、そういう意図があるように思うんです。だとしたら、方法は違っていても望むところは同じですよね？　いっそ、わたしたちがしようとしていることにも協力して貰《もら》えたらって」

「でもＵＦＯの写真は合成だよ。我々に協力すると言ったって、偽物《にせもの》のＵＦＯ写真を提供して貰ったところであまり意味はない」

「アイデアを持っていらっしゃるかもしれません」

「アイデア？」

愛美はうなずいた。

「実際に、あの画像でこの町にＵＦＯを見に来た人はいたんです。それだけインパクトはあったわけです。しかも、何の説明も載せず、他の記事ではＵＦＯの画像なんか無視して普通に日常を綴《つづ》ったブログになっている。そのあたりの唐突な感じがかえって話題になった。あのブログ主は、インターネットで注目を集めるセンスというか、感覚のようなものを持っている人だという気がします。もしわたしたちの考え方に賛成して貰えるなら、きっといいアイデアを出して貰えると思うんです」

「アイデアか」

信平は腕組みした。

「だけど……だけどさ。そのブログ主の目的が、俺たちの目的とは少しずれていた場合、どうだろう」

「でもＵＦＯの画像でこの町に関心を集めようとしたわけですから」

「それはそうなんだけど。でも、どうして関心を集めたかったか、だよね。それがもし……ネガティヴな理由からだったとしたら、どうする？」

「……ネガティヴな理由？　ブログ主がこの町にいい感情を持っていなくて、何か悪いことを企《たくら》んでいるってことですか？　でもＵＦＯの画像で注目を集め、観光客が来るようにすることで何か町にとって、害になることってあるかしら」

「町にとって害になることはないかもしれない。でも……例えばその人の目的が、画像に釣られてやって来るＵＦＯマニアなんかを騙《だま》すことだったとか、さ」

愛美は驚いて信平を見た。信平は笑って頭を振った。

「ごめん、考え過ぎだよね」

信平は、自分用にコーヒーをドリップして、立ったままですすった。

「とにかく、なんか変な奴だと思ったら深入りせずに相談してくれる？」

「わかりました」

愛美は答えてうなずいた。

＊

「はじめまして。突然のメッセージをおゆるしください。わたしは根古万知在住の者です。根古万知駅前商店街の中にある喫茶店で働いております。

実は先日、お店に来た観光客の女性たちが、ＵＦＯの話をしていました。この根古万知にＵＦ

Ｏが見られる丘があるという話でした。わたしには初耳でしたので詳しく訊《き》いてみたところ、こちらのブログのことを教えてくれました。

　拝見して驚きました。トップページに見覚えのある丘の景色が載っていたのですが、その上空に確かにＵＦＯのような物体が浮かんでいます。ですがブログの本文のほうには、そのＵＦＯのような物体については何も書かれていませんでした。

　ブログを拝読いたしましたところ、根古万知かその近くにお住まいで、Ｎ市に通勤されている方の日記のようでしたので、思い切ってメッセージを送っている次第です。

　実は、現在わたしと友人たちとで、町おこしのようなことが何かできないかといろいろ考えております。ようやくその最初の試みとして、柴山電鉄のイベント企画、ねこまち紙芝居《かみしばい》コンテストが実現しそうになっております。すでに柴山電鉄の公式サイトで紙芝居コンテストについての詳細も発表され、応募作品を募集している最中です。

　この紙芝居コンテストが無事に成功したのちには、もう少し企画の枠《わく》を広げ、商店街や町全体で参加できることをしたい、と、みんなでアイデアを出し合っているところです。

　今回の紙芝居コンテストは柴山電鉄主催になりますが、この次は、町の実行委員会が中心となった催《もよお》しにしたいと、実行委員会の立ち上げ準備にかかっています。

　あのＵＦＯの画像は、とてもインパクトのある画像で、実際に観光客があの画像に惹《ひ》かれて根古万知を訪れてくださったわけですから、この町へと注目度を高めた点で素晴らしいアイデアであると思っております。

　どうしてＵＦＯの画像を説明なしでブログに掲載されようと思われたのか、また、あの丘で撮影されたいきさつなど、よろしければお聞かせいただけたら大変嬉《うれ》しく思います。

いきなりこのようなお願いをする失礼を、どうかおゆるしください」
本名を末尾に書くことに少し躊躇《ためら》いはあったが、話を聞かせてくれと言い出しておいて匿名《とくめい》というわけにもいかない。愛美は氏名をきちんと書き添えて、メッセージを送信した。

＊

一日経《た》っても返信は来なかった。もともと返事が来ることはあまり期待していなかった。第一段階としては、こちらの存在と紙芝居コンテストのことをブログ主に知らせられればいい、と考えていた。愛美が期待している通りだとしたら、このブログのブログ主も根古万知が過疎《かそ》化し、商店街がゴーストタウンになり、シバデンも乗客がいなくなって廃止される、そういう未来を憂《うれ》えている人なはずである。根古万知に世間の注目を集めたい、そう思っているはずなのだ。

それとも……信平が言っていたように、もっと別の、邪《よこしま》な目的であんな画像を作ったんだろうか。UFOが見たくて集まって来る人たちに対して、何かよからぬことを考えて？

いや、そんなはずはない。それならば、一緒に公開しているブログで自分の日常について綴ったりはしないだろう。毎日のランチタイムに何を食べたとか、通勤電車で何があったとか、バーゲンで何かを買ったとか、本当に他愛《たあい》のない日常が、素人《しろうと》の文章で綴られているあのブログを注意深く読めば、書いた人がどこの会社に勤めているかなど、わかる人にはわかってしまうはずだ。何かよからぬ魂胆《こんたん》があるのだとしたら、身元が特定される危険をわざわざおかしてまであんなブログを公開しているというのが矛盾《むじゅん》している。

ノンちゃんを膝《ひざ》に抱いたまま、パソコンをたちあげ、アウトラインプロセッサーを開いた。

ねこまち文化祭

と打ちこんでみた。根古万知よりはねこまちのほうがいい。猫町とかねこ町とすることも考えたが、猫に関する催しだけがあるわけではないし、町名と猫町をかけるなら、ひらがなにしておくほうがいいだろう。

文化祭、はどうだろう。他にもっといいネーミングはないかしら。ねこまち祭り？　わかりやすいけれどあまりに平凡だし、ちょっと誤解されそうだ。御神輿《おみこし》や屋台の雰囲気。やっぱり違う。ねこまちフェスティバル。これだとなんだか役場の催し物っていう感じだけど、無難かな？　コーヒーは素敵。コーヒーがあれば紅茶も欲しい。飲食できるスペースを駅前ロータリーに作れないかしら。

愛美は頭に浮かんだアイデアをタイプしていく。

コーヒー、紅茶、それにねこまち甘夏のジュースを販売する屋台。それ以外の飲み物は駅前に自販機があるから必要ないわね。それにケーキ。

軽食は？　食事も必要じゃないかしら。N市の名物、野菜寿司《やさいずし》くらいなら業者に頼んで販売して貰えそうだけど。あとは……お父さんに半人前くらいの分量でラーメンを作ってもらうとか？　食べ物はゴミも出るし容器の問題もあるから、少なめにしたい。出店で揉《も》めないように、商店街の店だけ販売できるようにするしかないだろうな。野菜寿司はスーパーの仕入れで。

紙芝居コンテストで入賞した紙芝居の上演。

シャッターの絵の展示。シャッター絵の人気投票もいいかも。

でもそれだけじゃ、文化祭とは言えない。地元の小学校、中学校に呼びかけて、児童や生徒の作品を出品して貰えないかしら。観光客にはうけないだろうけれど、地元の人たちにとっては嬉しい企画になると思う。絵、習字、工作。展示場所は……商店街で使われていない店舗はどうだろう。自分の親戚の子や知合いの子の作品を、学校ではなく商店街の展示場で見るのは楽しいはず。ねこまち文化祭は、観光客誘致のためだけのイベントじゃない。むしろ、大切なのは地元の人たちが楽しむことだ。地元の若い人たちにとって、想い出となるものにしたい。

同時に、もちろん観光客にも来て貰いたい。となると……絵画や書のプロに個展をやって貰うのは？　そんなこと可能かしら。使われていない店舗をギャラリーとして開放する。出展料は光熱費分くらいの格安で。

展示物を見てまわるだけじゃ、すぐに飽《あ》きられてしまう。やっぱりミニコンサート、ライブ演奏みたいなものはあったほうがいい。でもプロを呼ぶ予算なんかとてもないだろうな。N市の大学や高校に呼びかけて、出たいバンドを募《つの》るとか？

まさに文化祭。

愛美はタイプしながらクスクス笑った。

町の文化祭。この町の人たちの。だったら若い人だけが参加するのはおかしい。お年寄りにも出て貰わないと。

商店街で使われていない店舗はいくつぐらいあるだろう。そのうち借りられるのはどのくらい？

そうだ、佐和子さんは映画を撮りたいと言っていた。映画の上映は楽しいかもしれない。公募して、地元の高校生やN市の大学生、そして全国からも上映したいという人がいれば来て貰う。店舗を借りた謝礼分くらいの参加費は貰わないと無理かな。

次々と思いつきをタイプしながら、愛美は、ウキウキとした気分の中に不安も育ちつつあるのを感じていた。

もちろん、この企画が実現するのに伴う困難は承知の上だ。まず商店街の人々の気持ちがひとつになるのかどうか。信平さんが所属している根古万知駅前商店街アーケード店主会に登録している人が、一人の反対もなく文化祭の開催に賛成してくれるとは思えない。さらに、商店を閉めてから十年、十五年と経っている人の中には、すでに店主会を脱退してしまった人も相当いると聞いていた。中には頑《かたく》なな人もいるだろうし、もしかすると店舗や土地が借金の担保になっているとか、権利だけ他の人が持っているとか、そういうややこしいこともあるかもしれない。

シバデン主催の紙芝居コンテストは、シバデンさえその気になれば実現できる。だが商店街主催の、町をあげての催しものとなると……

さらに、愛美の気持ちに影を落とす不安は、その先のこと、だ。

たとえば文化祭が実現したとして。それまでの間は準備で忙しく、誰も先の心配などしている余裕はないだろうし、おそらく興奮してテンションも上がっているだろうから、気持ちはポジティヴになっているだろう。

だが、祭りが終わった時。

祭りが終わった時の虚脱、そのあとにやって来る寂《さび》しさ、そしてむなしさ。

ねこまち文化祭の最終的な目標は、この町の人たちにとっての想い出と誇りになることだ。根古万知に充分な雇用を提供できる産業が今後興《おこ》る可能性はとても低い。この町で生まれた人たちは、就職という問題に直面した時に、ここを出るしかなくなるのだ。役場や地元の商店で働ける人、家業が農業でそれを継ぐ人、それらの地元就職組はほんのひと握り、同級生の多くは都会に出て行くことになる。

そうして外の世界に出て行った人たちが、故郷の名と共に思い出せるもの。思い出して、ああ楽しかったな、故郷はいいいな、と思えるよすが。

ねこまち文化祭がそうしたものになるためにぜったいに必要なこと、それは、継続なのだ。

毎年きちんと開催できること。

さらに、祭りの日以外でも商店街が機能していることも重要だ。今のままでは二、三年で、商店街で営業している店はうちの喫茶店以外なくなってしまうだろう。

文化祭の企画をなんとか少しでも、永続的なものにしておきたい。たとえばギャラリー。ギャラリーをいくつか継続できれば、若手の芸術家、画家や陶芸家などの町としてアピールできるかもしれない。自主映画を上映できるスペースも継続できないかしら。芸術と映画のストリートとしてなら、観光客も呼べるんじゃないかしら。

夢中になって考えていたので、チャイムが鳴っているのに気づくのが遅れた。ハッとして我に返ると、何度目かのチャイムが鳴り終える寸前だった。

「はい！」

愛美は慌《あわ》てて玄関に向かった。

「あの、どちらさまでしょうか」

古いアパートなのでドアに覗《のぞ》き穴はない。ドアチェーンだけは入居した時につけたけれど、鍵は旧式なままだった。

「河井《かわい》と言います」

答えた声には聞き覚えがない。まだ若い女性の声だった。

「あの……UFO……ブログの」

……えっ!

愛美は驚きで慌てながら、チェーンをかけたままでドアを半開きにした。

「あ、えっと……あのブログの……?」

「はい。メッセージありがとうございました」

「あのでも、なんでここが」

「すみません、メッセージでまずお返事するのが礼儀ですよね。突然押し掛けたりして、本当にすみません」

女性は頭を下げる。その後ろに人影はない。

愛美は少し躊躇ってから、チェーンをはずした。

「あの、立ち話ではなんですから」

「よろしいんですか」

「すごく狭《せま》くて、片付いてもいませんけれど」

女性は、河井沙苗《さなえ》と名乗った。

「メッセージをさしあげると、父にわかってしまうものですから」

「お父様?」

愛美はグラスに冷たい烏龍茶《ウーロン》をそそいで、沙苗の前に置いた。

「あのブログは、父の名前で登録してあるんです。あそこのシステムで、メッセージが届くと父のメールアドレスに通知が行きます。返信すると送信記録がまた通知されます」

「じゃ、あの画像は」

「父のものです。二年くらい前でしたか、父が突然、画像をインターネットで見られるようにするにはどうしたらいいんだ、と訊いて来たので、画像閲覧サイトにアルバムを作るか、ブログを作ればいい、と教えたんです。そうしたら、面倒なので作ってくれと言われたので、父のＩＤとメールアドレスでブログを作りました。でも父は、画像一枚トップにアップしたきり何もしないので、それならわたしが日記に使おうと思って、そのまま記事を書いているんです。わたしはN市に住んでいて、父は根古万知の近くにおります。離れて暮らしていますが、ＩＤとパスワードがあれば更新できるレンタルブログですから」

愛美はやっと納得した。それで、ブログの内容は親近感の持てるものになっていたわけだ。

「父はただ、あの画像をネット上に公開したかっただけのようなんです。でもメッセージは自分も読みたいと言っているので、おそらく、あの画像に反応した誰かからのメッセージを待っているのではないかと。今回あなたからメッセージが届いた時、これがそうなのかもと思ったんですが……わざわざ電話してみたんですけど、父は、そんなのはどうでもいい、ほっとけ、と言うだけでした」

あの画像に反応する誰かからのメッセージを待っている。

なるほど、その可能性があった。

「でも、わたしは興味をおぼえました。あなたのメッセージにあった町おこしの企画のこと、面白そうだなって。それでなんとか、父に知られないであなたに連絡する方法はないかしら、と思って、シバデンのサイトを見たんです。紙芝居コンテストのところにあなたの連絡先があるのではないかと。その時に、ノンちゃんの記事を読みました。それで、ノンちゃんの飼い主になっている島崎愛美さんという方がその、あなたではないかと思って。それで、シバデンに勤めている知人に、ノンちゃんを抱いている女性を知らないか訊いてみたら、その人がここを知っていたんです。先日の、ノンちゃんの一日駅長イベントの時、飼い主さんの名前と連絡先の住所、シバデンの広報が知ってたとかで」

愛美は驚いたが、確かに駅長イベントの時、住所氏名を何かに書いた記憶があった。

「すみません、勝手にご住所を……」

「あ、いえ」

愛美は小さく首を振ったが、内心は柴山電鉄の個人情報管理の甘さに少し腹が立った。

2

「すみません、やっぱり不愉快ですよね。見ず知らずの人間に住所を知られるのって……無神経に押し掛けたりして本当にごめんなさい」

沙苗が頭を下げる。愛美は言った。

「いいえ、わたしがメッセージをさしあげてたんですから、いらしていただいて……」

「その猫がノンちゃんですよね？」

沙苗が言うと、それに答えるようにノンちゃんがにゃんと鳴き、愛美の膝を降りて沙苗の足元に行った。まるで許可を求めるように沙苗を見上げる。

「わあ、いいのかしら。わたしの膝にも乗ってくれるかしら」

「ノンちゃんは人見知りしないんです」

沙苗が軽く自分の膝を叩《たた》くと、ノンちゃんは身軽に沙苗の膝に飛び乗った。

「それで、ブログのことなんですけれど」

「あ、はい。あのブログはあなたのお父様が書いていらっしゃるのではない、と」

「ブログ主の名義は父です。でも、さっきも言ったように父は、あの画像をネット上に公開することだけが目的でしたから、あとはほったらかしです。それでわたしが代わりに自分のブログとして日記みたいなものを書くことにしたんです。別に自分の生活をネットで公開したかったわけではないんですけど、なんとなく……わたしもブログみたいなものをやってみたいなとは思っていたんですが、自分の名義で開設する勇気がなかなかなくて。父の名義を借りていれば、変なストーカーみたいな人が現れても、登録者の性別が男性になっていたらひいてくれるんじゃないか、って。でもそのせいで、なんか変なブログになっちゃってますよね」

沙苗は笑った。

「性別が男、になっているのに、コンビニのスイーツ食べた感想とか書いてるから」

「今はそういう男性もいっぱいいますから、特に変でもないと思いますけれど」

「でもトップ画像にあのＵＦＯですよ」

沙苗はまた笑って、それから少し顔をしかめた。

「あの画像のことについては、父はわたしに何も教えてくれないんです」

「あれ、本物ではないですよね」

「……たぶん合成画像だと思います。でも父が作ったものではありません。父には、画像ソフトをいじるようなスキルはないと思います。レンタルブログを借りて記事を書くだけでも、何がなんだかさっぱりわからんって怒ってましたから」

「じゃ、誰か他の人が加工した画像なんですね」

「だと思います。でもどうしてあんなものをインターネットに公開したかったのか、その理由は教えてくれないんです。公開してから少しして、ネットのＵＦＯ好きな人たちの間で話題になったようで、一時はコメント欄が毎日埋まっていました。でも父はぜったい返事を書きませんでしたし、そのうちめんどくさいからコメント欄は外《はず》せって。わたしもトラブルは嫌でしたから、今はコメントはつけられない仕様にしてあります」

沙苗は小さな溜《た》め息《いき》を吐《つ》いた。

「……父は悪い人ではないんです。ほんとは優しい人です。ただ、人付き合いが下手《へた》というか……偏《へん》屈《くつ》なんですよね。もともと友達も多くはないと思います。なので、父が何を考えてあんなものをブログに貼《は》り付けているのか、父の友達から事情を教えて貰う、みたいなこともできなくて」

「お父様は、欣三さんのことをご存じじゃないかしら」

「欣三さん……？」

「田中欣三さん。根古万知西田《にしだ》に、ご夫婦とお孫さんとで住んでいらっしゃるの。お孫さんは佐智子さん」

沙苗は首を傾《かし》げた。

「……欣三さん……ごめんなさい、名前は聞いたことがないと思います。でも父は自分の交遊関係をわたしに話したりはしないから……友達と呼べる人がいるのかどうかわからないんですけど……」

「お父様は炭坑関係のお仕事をされていたことはありませんよね……」

「ないと思います。少なくともここでは。父が生まれた時にはもう、炭坑はなくなっていたはずです」

「そうですよね……欣三さんとは年齢も離れていますよね。でもお父様はここのご出身なんですね？」

「ええ。生まれはこの土地です。でも子供の頃に大阪に引っ越して、それからずっと大阪でした。わたしも大阪で生まれ育ったんですが、大学を出た時に大阪では希望の就職ができなくて、たまたまN市に本社のある会社の内定を貰えたので、N市に住んでいます。母は五年前に病気で亡くなりました。父は定年を繰《く》り上げて早期退職して、ここに戻って来たんです。早期退職したら退職金がかなり割り増しになったとかで、農地を少し借りて、一人で野菜を作っているみたいです。せっかく近くに住むことになったんだから、わたしが引っ越して一緒に暮らそうかって提案しても、一人がいい、いらん世話は焼かなくていい、って言われちゃいました」

「じゃ、お一人で農業を」

「農業、っていうほど大げさなものじゃないと思いますよ。自分が食べる分の野菜を作っている程度じゃないかしら。もともと畑仕事は好きみたいで、大阪で勤めている間も、郊外に借りた農園で野菜を作っていたんです。母が先に死んでしまって、町で暮らす意味もないし、早く田舎《いなか》に引っ込んで畑を耕《たがや》して暮らしたかったんでしょうね、早期退職の応募が出た途端《とたん》、わたしに相談もなく退職しちゃって、送別会の翌日にはこっちで家を探してました」

沙苗は困ったような顔で笑った。

「そんな父なので、ほんとに何もわからないんです。ごめんなさい。でもあのＵＦＯの画像がどなたかにご迷惑をかけているのであれば、削除します。それが心配で、押し掛けてしまったんです」

「あの画像がインターネットでちょっと話題になっていることはご存じですよね」

「……ＵＦＯマニアのサイトで一時、騒がれていたみたいですね。でもあれ、見る人が見ればすぐに合成だって判りますから、もう話題にもなっていないと思いますけど」

「でもあの画像を見て、ノンちゃんに会いに来たついでにＵＦＯの丘を見て帰るという観光客がいたんです」

「ＵＦＯの丘？」

「あの画像に映っている丘のことを、その観光客たちはそう呼んでました」

「あの丘は、根古万知東田《ひがしだ》にある丘ですよね。あれって古墳なんだと聞いたことがあるんですけど」

「そういう説もあるみたいですね。戦時中は防空壕《ごう》が作られていたそうで、その防空壕が崩落《ほうらく》の危険があるとかで、入口を塞《ふさ》いでしまったんだそうです」

「じゃ、あの丘の中に空間があるんですね」

「らしいです」

「その観光客の人たちが、皆さんに迷惑をかけてしまったんでしょうか」

「いいえ、そういうことではないんですが」

「あのあたりは人がほとんど住んでいないので、画像に写しても大丈夫だと思っていたんですけど……」

「お父様は、あの丘の近くにお住まいなんですね？」

「いいえ、ちょっと離れたとこに住んでますけど」

「お父様がお持ちの車は、軽トラックですか」

「あ、はい。中古で格安のを買ったらしくて、すごくボロい軽トラです。あの、父の車が何か」

「田中欣三さんが、あの丘のところで軽トラックに乗せられてどこかに行くのを見たんです。やっぱりお父様のようですね」

「その欣三さんって人、どうしたんですか？　まさか、父と会ったあとで行方不明とか！」

愛美は笑って首を横に振った。

「いえいえ、違います。ごめんなさい、ちゃんと説明せずに驚かせてしまって。欣三さんは、その子、ノンちゃんを拾った人なんです」

猫が沙苗の膝の上で、甘えた鳴き声をあげた。

「でも欣三さんの奥様が猫アレルギーで、飼えなかったんです。それでわたしが預《あず》かることになりました」

「父もこの猫ちゃんと何か関係しているんでしょうか」

「それはわかりませんが、欣三さんとはお知合いのようなんです。メールにも書きましたが、わたしたちが目指しているのは、根古万知駅前商店街の復活なんです」

「商店街？」

「ご存じですよね、あの駅前の」

「ああ……あの、みんなシャッターが閉まっている……」

「そうです。典型的なシャッター商店街になってしまった、根古万知駅前商店街。炭坑時代にはこの地方随一《ずいいち》の繁華街で、花街で、夜な夜な賑《にぎ》わっていた通りです。戦後に炭坑が廃止されてからも、しばらくはたくさんの人たちが集《つど》っていた街でした」

愛美は、思い出しながら言葉にした。

「わたしが幼い頃、もうすでにお店はだいぶ閉まっていたんだと思います。それでもまだ、バブル景気の最後の賑わいは残っていました。わたしたちはあの商店街で毎日買い物をし、遊び、お祭りになると浴衣《ゆかた》を着て歩きました。あの通りの想い出を持っている、おそらく最後の世代がわたしたちなんです。今の若い人たちは、物心ついた時すでに閉まったシャッターが並んでいるだけの、暗い商店街しか見ていません。根古万知は他の地方の町同様、過疎に苦しめられています。仕事がないから、若い人たちがこの町で暮らし続けることは難しい。あの商店街のシャッターの閉まった店舗《てんぽ》ひとつひとつに、今でもオーナーはいるんです。二階の住居部分で暮らしている人もたくさんいます。彼らは困窮して店を誰かに売ってしまったんじゃないんです。その人たちは高齢になり、年金が貰える年齢になりました。でも子供たちはこの町を離れ、店を継いでくれる人はいません。客は激減して、店を開けていても光熱費で赤字が出ます。閉めてしまって、年金生活をしたほうが楽だから閉めた。でも店を売るほどは困っていない。そうやって、シャッター街ができてしまったんです」

「商店街としての、最終形態、ってことですね」

「はい。正直、あの商店街を、商店街として甦《よみがえ》らせることはもうできないと思います。持ち主たちがみんな一斉《いっせい》に店舗を売却したとしても、あの場所で同じように商売することはもう無理です。利益を生み出すだけのお客さんがいません。でも、あのさびれ果てた商店街のままで放置しておくことが、とても悲しいんです。今この町で暮らしている若い人たちに、故郷の想い出となる何かをつくってあげたい。わたしがあの商店街の記憶を想い出として心に持っているように、この町を離れて暮らしても心のよりどころとなる楽しい想い出を、子供たちの胸に残してあげたいんです」

沙苗は、半信半疑のような顔で聞いていた。話している愛美自身、まだ実感は薄い。そんなことが本当にできるのかどうか、自信はまったくなかった。

「それで……父のことがそれとどう繫《つな》がるんでしょうか」

「はい……ここからはわたしの勝手な思いこみで、まったく見当違いかもしれないんですが」

「ええ」

「お父様も、わたしたちと似たようなことを考えているのではないかな、と思ったんです」

「……父がですか？　うちの父が？」

沙苗は笑い出した。

「それは……どうしてそんなことを？　父はそんな、前向きなことにかかわる性格じゃないと思いますけど」

「あのＵＦＯの画像です」

「あの画像？」

「実際に、あの画像に惹《ひ》かれて観光客がこの町にやって来ました。ノンちゃんに会うのがメインでＵＦＯはおまけだったとしても、あの人たちはＵＦＯの丘の話をすごく楽しそうにしていました。なんにもない、観光資源も名物も何もないこの町に、ＵＦＯの丘、という新しい観光地ができた。少なくとも、あの人たちにとっては。わたし、それがお父様の目的だったのではないか、と思ったんです」

沙苗は何度も瞬《まばた》きした。心底驚いているらしい。

「……まさか……うちの父がどうしてそんなことを？」

「その理由が知りたいんです。そして、欣三さんがどうかかわっているのかも、知りたいんです。お父様とお話をさせていただくことはできないでしょうか」

愛美は頭を下げた。

3

「河井？」

ランチタイムが久しぶりに混雑して、ひと息つけたのは午後二時をだいぶまわってからだった。信平は客がいなくなったのを見計らって、愛美のためにコーヒーをいれてくれた。

「河井……なんか、聞き覚えがあるような、ないような……根古万知町の住人ならほとんど把握してるつもりなんだけどなあ。でも確かに河井って名字にはひっかかるものがあるんだ。まったくのよその人、というわけではないと思う」

「娘さんの沙苗さんも、お父さんは地元の出身だとおっしゃってました」

「つまり根古万知で生まれた人なんだろうね」

「沙苗さんは根古万知で暮らしたことはないんだそうです。ずっと大阪だったと」

「つまりその人は、子供の頃か若いうちにここを離れて大阪に出たわけか。で、その人とは会えそうなの？」

「わかりません。沙苗さんがお父様に話してくれることにはなったんですけど、どうも頑固《がんこ》というかちょっと偏屈な人みたいで」

「偏屈、かあ」

信平が苦笑いして、コーヒーをすすった。

「俺も今日は、偏屈と対決して玉砕《ぎょくさい》したよ」

「午前中に出たアーケード店主会の会議のことですか」

信平が頭をかいた。

「ちょっと甘かったなあ、俺たち。まさか、あんなに反対されると思わなかった」

「シャッター展覧会の件ですよね。でもあれは、前の会議ではみんな賛成してくれたって」

「商店街としては賛成なんだ。でも問題は、シャッターを使わせて貰いたい人たちが反対してるってことなんだよね」

信平はごそごそとカウンターの中に置いてあったかばんを探り、資料のような紙を取り出した。

「で、町の住人が所有していない、つまり不動産屋所有の五軒に関しては、展覧会、というか、コマーシャル撮りが終わったら原状回復する約束でシャッターが借りられそうなんだ。五軒とは言っても地元のねこまち不動産がそのうち四つを持ってて、電話したらあっさり認めてくれた。残る一軒はN市の不動産屋だけど、これも電話では、原状回復してくれるなら構わない、って言ってくれたんだ。いちおう契約書は交わすことになると思うけど、使用料はどちらも、三万円にして貰った」

「実際に原状回復はできるんですか」

「美術学校のほうに問い合わせたけど、ラッピングを使うらしいよ」

「ラッピングって、あの、バスや電車に使う？」

「うん。けっこう材料費とかかかるんだけど、向こうは学校の新入生集めのCM制作が目的だから、経費は学校がじゃんじゃんかけてくれる。生徒たちが原画をパソコンで制作して、それをラッピング材に印刷して貼付けるから、剝《は》がせば元通りってわけ。ペイントだと塗り直しが必要だけど、ラッピングなら下のシャッターを洗うだけでいいもんな。それを聞いてさ、残りの空き店舗の持ち主たちも反対はしないだろうと思ったんだ。だって使用料を貰える上に、展覧会が終われば元通りなんだから」

「それなのに反対が出たわけですね」

「賛成してくれたのは全部で十店しかなかった」

信平は溜め息を吐いた。

「反対の最大の理由は、自分たちは静かに暮らしたいから、商店街によそ者が押し掛けて来るのはまっぴらだ、ってことだった。展覧会当日だけならまだ我慢できるけど、CMなんかに使われたら、野次馬が押し掛けて来るに違いない、って」

信平はお手上げのポーズをして見せた。

「俺たちの本当の目的は、その野次馬にあるのに、さ。店主会としては、なんとか人をここに集めたいと思って今度のことを企画した。でも店を閉めて年金生活している人たちは、ここがゴーストタウンのほうが静かでいい、って言ってるわけ。正直、呆《あき》れたよ。だってここはあくまで商店街なんだぜ。静かに暮らしたい、人が集まらないところで暮らしたいなら、どうしてよそに家を建てて引っ越さないんだ。……とは思うけど、現実にはね……よそに家を建てて引っ越しができるゆとりのある人は、とっくにそうしてるだろうね。彼らはとにかくここに居座って、いつか商店街ごと再開発の対象になって、どこかの大手デベロッパーが買い上げてくれるのを待っている。ここが商店街として息を吹き返すことは望んでいないんだ」

信平は、一枚の紙を愛美の前に広げた。商店街の略図だった。

「ピンクのマーカーで塗ってあるとこは、賛成してくれたとこと、不動産屋所有の店舗。つまりそこはシャッターに絵が描ける。黒い斜線がひいてあるのは営業してる店舗。残りは反対。もちろん最初から、全部のシャッターに絵が描けるとは思ってない。営業してる店の間を繋ぐ部分と、横一列に何軒分か並んでるような部分だけでいいんだけどね……そう考えると、どうしても承諾《しょうだく》を取り付けたい店舗は、その、青い枠で囲ってあるところなんだ。で、青い枠で囲ってあってなおかつピンクに塗れるとこが、まだたった四軒分しかないわけ」

愛美は指で数えた。

「あと、最低でも五軒は承諾を得ないとならないですね」

「うん。でも反対派の人たちは、シャッターを使わせるかどうかじゃなくて、シャッター展覧会の開催そのものに反対してる。説得するのは並大抵のことじゃなさそうだ」

「意見が強硬なんですか」

「ゴリゴリだね。とにかくもう、年金暮らしなんだからそっとしておいてくれ、の一点張り。アーケード店主会はもともと、根古万知駅前商店街の発展のために作られた組織なんだぜ。なのに彼らは、商店街が衰退してこのまま消滅することを望んでるんだ。まさかそうだとは認めないけどね」

信平は本気で怒っていた。その気持ちは愛美にもわかる。おそらく、同じ会に出席していたはずの愛美の父親も、今頃は頭から湯気を出しているだろう。

だが既《すで》に年金生活に入り、もう商売をする気はない、かと言って引っ越しするだけの資金もない、という人たちの気持ちも、わからないではない。商店街の店舗がそこそこの値段で売却できるならまだしも、おそらく今売りに出しても、将来の再開発を見越して確保しておこうとしている不動産業者にしか買い手はつかないだろうし、それもほとんど買い叩かれて捨て値になってしまうだろう。その再開発自体、噂《うわさ》だけはあるものの、具体的な話はどこからも出て来ていない。不動産業者が所有している店舗も、近いうちに倉庫として貸し出すらしい。いっそ空家になっている店舗はすべてレンタル倉庫にしてしまえばいい、という案も耳にしたことがある。

シャッター展覧会のＣＭがテレビに流れるようになれば、一時的に野次馬が集まることは間違いない。こちらの狙いはその野次馬さんたちをなんとか確保して、商店街の活性化に繋げたいというものなのだ。が、閉じたシャッターの中で静かに暮らしているリタイア組の人たちにしてみれば、そんな連中が来ないに越したことはない。

「ここと」

信平は手にした青インクのボールペンで、店舗を囲った。

「ここと、ここ、それにここ、ここ。この五軒のうち、愛美ちゃんのお父さんのラーメン店の隣りと、うちの隣り、この二軒のシャッターは絵がなくてもなんとかなると思う。CMには商店街全体も映る可能性はあるけど、営業している店舗はそっちに目がいくから隣りのシャッターが灰色でも、ちらっと映るだけなら気にならない。でもこっちの、この三軒は、なんとしてでも説得しないと。ここは七軒分のシャッターに大きな絵を描いて貰って、CMのメインに使って貰うつもりの場所なんだ。ここに三つも灰色の穴が開いたら台無しだ」

「つまり、何がなんでも説得しないとならないのは、三人、ということですね」

「うん。早速《さっそく》今夜、愛美ちゃんのお父さんたちと集まって対策を練《ね》るよ。あとあとのご近所とのトラブルは困るから、あまり強引なことはできない。なんとかして、納得してシャッターを貸して貰えるようにことを運ばないとね」

「その集まり、わたしもお邪魔したらだめかしら」

「それは構わないけど」

「猫嫌いな方って誰かいます?」

「え、あ、そうか。いや……今夜集まる人の中にはいないと思う」

「どこでやるんですか」

「ここのつもりだったけど」

「だったら……ノンちゃん連れて来るのは無理ですね」

「そうだなあ……衛生面を考えると……」

「何人集まるんですか」

「いちおう、五人」

「それなら……わたしの部屋でどうですか。わたしのところ、狭いですけれど、和室が二つありますから。繋げれば六人くらいは楽に座れます。お夕飯、済ませてからでしょうか」

「いや、飯食いながらのつもりだったんだ。寿司《すし》でもとるか、って」

「それならわたし、用意します」

「いいの？」

「はい。いずれ父にも部屋に来て貰いたかったですし」

「だったら、慎一くんも呼ぼう。商店街の関係者じゃないけど、ねこまち文化祭のアイデアは君と慎一くんから出たものだし、参加して貰ったほうがいいと思う。七人分の夕飯、用意するの大変だったら無理しなくていいよ。ほんと寿司でもとれば」

「大丈夫です」

愛美は笑った。

「これでもわたし……人妻やってましたから。そのくらいの料理はできます」

「そうか」

信平は優しく微笑《ほほえ》んだ。

「じゃ、みんなに電話して会場変更の連絡しよう。ついでに慎一くんにも、俺から電話していいかな」

「よろしくお願いします」

愛美は言った。信平がわざわざ自分にことわってくれたことで、少し頬《ほお》が赤くなるのを感じた。

仕事を終えてノンちゃんを引き取ってから、一度アパートに戻ってノンちゃんに餌《えさ》をやり、少しブラッシングして遊んであげた。それから買い物袋を手に商店街に戻った。

たった一軒だけ商店街の中に残った、小さなスーパーマーケット『スーパー澤井』。愛美が幼い頃はまだ、八百屋《やおや》も肉屋も魚屋もあった。だが愛美が中学を出る頃にはもう、そうした店も消えていた。酒屋を営《いとな》んでいた『澤井商店』が、隣接する鮮魚店や乾物屋の店舗を買い取り、三軒分の敷地に建てたものが『スーパー澤井』。商店街の他の建物から突出しないよう、二階建てなのは同じだ。ただ、もともと他の店舗の倍以上の広さがあった酒屋部分に二軒分の敷地が追加されたので、ひと通りの食料品を並べることができる広さになった。それでも、国道沿いの巨大スーパーの売り場を見慣れている目が見れば、コンビニに毛が生えた程度の品揃《しなぞろ》えに正直、戸惑う。

別に、すごいご馳走を作るわけじゃないし。

愛美は、並んでいる品物で作れそうなメニューを頭に思い描く。鶏《とり》の唐揚《からあ》げが作りたいけれど、七人分の揚げ物はちょっと大変。フライパンで作れるもののほうがいいだろう。

鶏の胸肉を平たく叩いて、梅肉《ばいにく》と海苔《のり》を巻いて、フライパンで焼いて輪切りにすれば、見た目もいいしお箸《はし》で手軽に食べられていいかな。鶏胸肉……は、あった。良かった。

どうせなら、御飯も海苔巻きにしてしまおう。話しながらでも食べやすい。御飯を炊《た》いて、中身だけ二種類作れば。

ひとつはキムチを軽く炒《いた》めて、マヨネーズと巻いて。キムチも売ってる。マヨネーズもうちにある分では足りないから、買って、と。

ひとつは小松菜《こまつな》のごまあえ。緑の野菜も食べてもらいたい。小松菜と、すりゴマ。

あとは卵焼きでも。卵を一パック。


「愛美ちゃん、あんたんとこで会議することになったって、さっき信平から電話貰ったんだけど」

レジにいた澤井のおじさんが愛美の顔を見て言った。

「いいのかい、若いお嬢さんの部屋にお邪魔なんかしちゃってさ」

「ぜひいらしてください。狭いですけど。一度は父に部屋を見せたかったんで、ちょうど良かったんです」

「夕飯まで用意させるのはさすがに申し訳ないな。これ、その買い物？」

「はい。気にしないでください。いつも一人なんで、誰かに食べて貰うものを作るのが楽しいんです」

「寿司でもとっちゃえばいいんだよ、ワリカンでさ」

「お寿司のほうが良かったですか？」

「いやいや、そりゃ愛美ちゃんの手料理のほうが嬉しいけど、面倒だろう」

「たいしたものは作らないですから。八時半からですよね？」

「うん、店閉めてから行くよ。あんたの父さんと一緒に。そうだ、ビールとか烏龍茶とかは、俺が持って行くから買わないでいいよ。ちゃんと飲んだやつから原価は貰うから」

澤井は笑った。

「この買い物も、払わないでいいよ」

「そんな」

「いいからいいから。この分もちゃんとレシート持ってって、ワリカンにする。でもありがとうね、うちでわざわざ買ってくれてさ」

「歩いて来られるお店はここだけですから」

「愛美ちゃん、車持ってないの」

「ええ」

「不便だろう、ここで車ないと」

「車を買う余裕はまだないんです」

「仕事、探してんの。信平のとこのバイトじゃ、家賃払ったらいくらも残らないだろう」

「もう少し、今の生活を続けながらいろいろ考えたいんです」

愛美がそう言うと、澤井は軽くうなずいて、それ以上は何も言わなかった。

離婚して田舎に戻って来た女。澤井も、愛美の事情はもちろん知っているはずだ。


そう、このままいつまでも、喫茶店のアルバイトで暮らしていくわけにはいかない。もともと、心のリハビリが完了するまで、短期間の充電のつもりでいた。信平と働くことが楽しくて、つい考えるのを先送りにして来たけれど、信平だって経営は決して楽ではない。愛美がいなくてもなんとかやってはいけるのだから、愛美に支払っているバイト代は、信平の好意のようなものなのだ。いつまでもそれに甘えてはいられない。

正社員として雇ってくれる仕事を探すか、何かを学びに行くか、資格を取るか。倹約して生活すれば、まだ一、二年は貯金で食べ繋げる。でも貯金がなくなってしまうまで何も決心せずに生きていることはできない。

アパートに戻り、遊び足りないよ、とまとわりついて来るノンちゃんを適当にあしらいながら料理をした。御飯さえ大量に炊いてしまえば、あとはたいした手間でもない。でも愛美の炊飯器では四合までしか炊けなかった。海苔巻きにすると一人一合くらいはぺろっと食べてしまうだろう。炊きあがった御飯を、おひつがないので皿に移し、すぐにあと三合、米をといで炊飯器をセットした。八時半までは三時間以上あるので、時間の余裕はあった。卵焼き、鶏肉ロール、キムチ巻き。料理をしていると、遠い昔、とても楽しかった日々のことが思い出された。

キムチを巻いた海苔巻きは、元の夫の好物だった。二人で出かける時のお弁当によく作った。元夫は車を運転しない人だったので、どこに行くにもお弁当を作って電車に乗った。キムチ海苔巻きはビールにもあう。元夫は、電車の中で缶ビールを飲むのが好きだった。

あの人の不実。裏切り。

よくあることじゃないの、とみんなに言われたけれど、それを受け入れることなどできなかった。

なぜなら……謝《あやま》ってくれなかったから。

ただの浮気じゃないか。そう言われた。どうしてそんなに騒ぐんだ？

どうして、ごめん、と言ってくれなかったのだろう。なぜあの人は、謝れなかったのだろう。

あの時、あの人の心が透《す》けて見えた。あの人は、壊れてしまってもいい、と思っていた。

どうせ子供もいないんだし。

このまま出て行ってくれるなら、それでもいいや。

あの人は、開き直っていた。


結局、あの人の心にもう、わたしはいなかった。

それだけのこと。

それだけの。

ピー、と音がして、二度目の炊飯が終わった。

4

「俺は別に反対だって言ってるんじゃねえのよ」

すっかり酒がまわって顔を赤く染《そ》めた竹島陽吉が、割り箸を振りながら言う。

「そりゃ俺だって、昔みたいに商店街に活気が戻ってくれりゃあ嬉しいよ。嬉しいけどなあ……俺ももう来年は還暦《かんれき》や。あと五、六年、なんとかしのげば俺も晴れて楽隠居《らくいんきょ》なんや。今さら文房具の商売に熱を入れる気ぃはないしなあ」

「でもその五年、六年の間、食っていけんのかよ、今の店の売り上げで」

「まあ細々とならなんとかなる。地元の小学校、中学校との契約が切られなけりゃな」

「息子さん夫婦とお孫さん、いつ引っ越し？」

「来月」

「じゃ、陽ちゃん、独りぼっちか。せっかく二世帯住宅建てたのになあ」

国夫が言った。陽吉は面白くなさそうな顔で、箸を舐《な》めた。

「俺一人なら、商店街に戻って店舗の二階で充分暮らせる。あの家は売っぱらって、その金で、明日《あした》っからでも楽隠居が始められる。息子にも援助してやれるしな」

「畑はどうするんや。家の脇の畑、あんた丹精《たんせい》しとるやろ」

理髪店経営の加藤壮二が言い、これほんまに美味《うま》いな、と鶏肉ロールを褒《ほ》めた。

「愛美ちゃんは料理上手でええなあ。俺んとこの嫁の作るもんは、とにかく味が濃い。あんなもん食べ続けたら、長生きできん」

「作ってくれるだけええやないか。息子の嫁の悪口なんか言うてたら、そのうち追い出されるで」

陽吉が笑った。

「壮二んとこは、あんな狭いとこで大人三人、よく暮らしてんな」

「国夫のとこだって、昔は親子三人で二階に住んでたやないか。今の日本人は贅沢《ぜいたく》になり過ぎたんや。昔は六畳二間に台所と風呂まであれば、四、五人家族で充分暮らせた」

「まあそれはそうやけどな」

「ま、うちとこは息子夫婦に子供がおらんからな」

「作らないのか」

「どうだろう。そういうことは何も訊かないのが、息子夫婦と仲良く暮らしていくコツなんや。嫁が死ぬ間際《まぎわ》に俺、言われたんや。あんた、とにかく夫婦のことには一切口出ししたらあかんで、て」

「……俊子《としこ》さんは、ようでけた人やった。壮二にはもったいない嫁さんだったなあ」

「美人だったしなあ」

陽吉が思い出すように目を細める。

「なんで壮二があんな美人と結婚できたんか、根古万知の七不思議だなあ」

商店街の面々は、さっきからこうして想い出話を繰り返している。愛美は会話の中に出て来る、今は亡き懐かしい人々の顔を目の前に思い浮かべた。

自分はこの町で育ったんだ、と、愛美はあらためて思った。この町で大きくなった。この人たちに囲まれて。

なぜか商店街に残っている人たちは、奥さんに先に逝《い》かれてしまった人ばかりだ。愛美の父親もそうである。

おそらく、彼らは独りぼっちになるのが怖いのだろう。だからこの商店街から去らずにいる。奥さんが元気な夫婦ものは、ここを出て、もっと暮らしやすい家に移った。ご主人を先に亡くしてしまった奥さんたちは、子供と同居したり、もっと現代的なマンションに引っ越した。

この商店街に残ったこの人たちは、寂《さび》しがりなのだ、みんな。

「ま、なんにしても、せっかく信平が商店街を盛り上げようってアイデア出してくれたんだし、ちゃんと考えてみようや」

国夫が言うと、一同はなんとなくうなずく。

「で、信平、その文化祭とかいうのは、今年やるつもりじゃないんやろ」

澤井晋一の言葉に、コップ酒を持ったまま信平が応じた。

「ねこまち文化祭は、最終目標というか、そういうのを毎年開催できるようになればいいな、って目標です。とりあえず今年は柴山電鉄の紙芝居コンテストに便乗する形で、N市の専門学校生徒さんたちが商店街のシャッターに絵を描いて展覧会をする、ってのができたらいいかな、という話です。その専門学校の生徒募集用のテレビコマーシャルに、制作過程や展覧会の様子をドキュメンタリーとして撮影したものを使う、ってのが条件になりますが」

「ひっかかるのはそこだな」

　加藤壮二が言った。

「そのコマーシャルは全国に流れるのか」

「今のところは県内の予定ですが」

「なんかなあ、シャッターに絵を描くなんて、商店街がもう潰《つぶ》れたみたいなイメージにならないか」

「壮ちゃん、実際もう、潰れとるがな」

　陽吉が笑ったが、壮二は苦虫《にがむし》を嚙《か》み潰したような顔になった。

「俺のとこはまだちゃんと商売しとる。赤字も出してない」

「そりゃ、誰にも給料払わん、家賃はタダ、赤字になるわけない」

「客が一人も来なかったらそれでも赤字になる。光熱費だとか、シャボン代だとか、タオル洗って干す水道代、店開けてるだけでも経費はかかるんだ。少なくともうちの店は、そのくらいの客は来てる」

「根古万知に床屋はあんたんとこだけだもん。そりゃまあ、俺らみたいな歳《とし》になって、ショッピングセンターの床屋にわざわざ行こうとは思わないしな」

「加藤さん、加藤さんとこがちゃんと商売になっているのはわかっているんです。それを言うなら、うちもまあ、なんとかかんとか赤字は免《まぬか》れてます。でも、加藤さんとこにしてもうちにしても、地元のごくわずかなお得意さんが支えてくれているからなわけですよ。ランチタイムに農協の人たちが来てくれなくなれば、うちは来月にも潰れます」

「農協の連中が来なくなるなんてことはなかろう」

「はい、他によほど安くて旨《うま》い定食屋でもできない限りは、来てくれるでしょうね」

「だったらしばらく、商売にはなるだろう」

「農協は再来年《さらいねん》に移転します」

信平は言って、溜め息を吐いた。

「ほんとか？　そんな話、俺は知らないぞ。陽ちゃんあんた、知ってたか」

「ちらっと噂は聞いたけどな。決定なんか、信平さん」

「たぶん、決定だと思います。そうなるとうちが打撃を受けるだろうからって、わざわざ橘さんが教えてくれたんです」

「橘って、課長さんか」

「もう秘密というわけではないようです。今年中には移転先の土地の購入契約をして、来年早々には建築工事が始まるようです」

「そうか」

国夫も大きく息を吐《は》いた。

「遂《つい》にその時が来たかぁ。あの建物はかなり古かったし、手狭《てぜま》なのはわかってたもんなあ。そもそも駐車場が狭い」

「てことは、あそこは空地になるんか？」

「売却のめどは立ってないと橘さんは言ってました」

「再開発や」

晋一が言った。

「いよいよ再開発で、商店街も買い叩かれるんや。文化祭とか言うてる場合やないで」

「いや、だからこそ、祭りが必要なんや」

陽吉が言った。

「このままどっかの企業に全部買い叩かれて、商店街が消えてしまう前に、祭りをやっとかなあかん」

「なんでや。祭りなんかやっても潰されるもんは潰されるで」

「この町の子供たちの記憶に、根古万知駅前商店街を残してやらなあかんのや。ここは炭坑町と共に栄えた。炭坑で生きる人たちが、買い物をしたり女の子と酒を飲んだり、そうやって生きる楽しみを味わった町や。それは歴史なんや。故郷の歴史。このままここが消えてしまったら、今この町にいる子供たちは、そうした歴史を思い出す術《すべ》を失う。自分の故郷に歴史がないゆうことは、寂しいことや。どのみち、子供らはみんなここを離れる。仕事がないんやから仕方ない。けど、N市に行っても大阪に出ても、東京で暮らしたとしても、故郷の町の祭りのことは思い出せる」

「祭りならあるやないか、夏に」

「盆踊りだけやろ。俺らジジイとばあさんばっかで、子供らの姿なんか見当たらない」

「屋台が少ないからやなあ。屋台をもっと呼べば」

「誰が来るんや、売り上げもあがらんのに」

「とにかく」

信平が掌《てのひら》をパン、と打ち付けた。

「シバデンの紙芝居コンテストに合わせてシャッター展覧会をしたらどうか、って提案については、昼の集まりでも報告しましたように、借りられるシャッターの問題があるんです。ただ、その点をクリアできたら、僕らにとってやって損《そん》なことは何もないと思うんですよ。確かに加藤さんが言われたように、商店街の店が全部赤字で潰れかかってるわけじゃないし、店をやめてる人たちだって、お金に困ってやめた人は多くない。みんな、後継者がいなくて、自分たちは年金生活に入った、だから商売をやめて引退した、そういうことなんですよね。でもシャッター商店街のイメージは、一般的にもっと暗くて憂鬱《ゆううつ》なものです。CMなんかに使われたら、そのイメージが固定化されてしまう。ちゃんと商売してるもんにとっては、マイナスイメージの固定化は困る」

「その通り。信平くん、あんたわかってるんなら」

「すみません、加藤さん、わかっているんですけどね、それでも僕は、シャッター展覧会をやってみたいんです。理由は、陽吉さんが言った通りです。この町で生まれて育つ子供たちに、故郷の想い出を作ってあげたいんですよ。いつかどうしてもここを離れて生きるしかなくなっても、故郷の想い出を持っている人間は強く生きられる。俺はそう思うんです。自分のルーツ、根っこのところをしっかり頭に刻《きざ》みつけている人は強いんです。どんなことがあっても、帰る場所があると思えば、人は耐えられる」

「しかしシャッター展覧会なんてものは、一回きりのことだろう」

「だから、さっきも言ったように毎年何かしらそうした催しができるように、ねこまち文化祭を提案したいんです」

「毎年って、じゃあ、毎年どっかの専門学校に声かけるってことかい？」

「いや、俺が考えているのは、そのまんま文化祭的なものなんですよ。地元の幼稚園や保育園、小学校、中学校が学校単位やグループ単位で出品、出演できて、高校生以上は有志グループ、あるいは商店とか会社単位でも参加できる。地区単位もありです。ほら、阿波おどりってあるじゃないですか、あれ、連《れん》、と呼ばれる塊《かたま》りごとに参加してるんですよね、地域とかグループで」

「みんなで踊るんか」

「壮ちゃん、文化祭やで、文化祭」

「文化祭ってなんよ」

「子供らの学校でやるやつや。学園祭とか、学校祭とか」

「うちは孫がおらんから、最近の学校のことはよう知らん」

「昔からあったよ。学芸会、もそういうもんやろ」

「そうです、学芸会的なものを、祭りの規模でやりたいんですよ。廃業して使われていない店舗スペースを毎年一回、ギャラリーのように借りて、子供たちの絵を飾る。大人なら写真展、個展、なんでもいい。それから駅前広場にステージを作って、中学、高校生たちはバンドの演奏をしてもいい、演劇を披露してもいい。紙芝居もシャッターの絵も、好評なら続けてそこに合わせる。地元の子供から招待するプロまで、いろんな文化的創作をこの商店街に集めるんです」

「そりゃまた、大掛かりだな」

「でも費用はそんなにかかりません。店舗を借りることさえできたら、あとはステージの設置やら絵の展示やらに人手が必要なだけです」

「その人手はどうする？」

「地元の人たち、中学生くらいまで含めて、ボランティアを募《つの》ります」

「ボランティアってタダ働きかい。誰も引き受けんやろ」

「そんなことないと思います」

食後の林檎《りんご》を小皿で配りながら、愛美が言った。

「地元のケーブルテレビ局にかけあって、計画の説明とボランティア募集をすればどうでしょう」

「ポスターを作って貼ったり、説明会を開いて直接協力してくださいとお願いしたり、方法はいくらでもありますよ。でもまず最初に、今回の紙芝居コンテストとシャッター展覧会を成功させることが大事なんです。それができたら、ボランティアをやりたいという人はきっとたくさん出て来る」

「だけどな、信平」

それまであまり発言しなかった澤井が、わざわざ手を挙げて口を開いた。

「子供らの想い出作りはいいとして、それでわしら商店街でまだ商売続けてるもんに、何か利益はあるんか？」

澤井は、ちらっと愛美を見た。

「夕方、愛美ちゃんがわざわざうちに買いに来てくれて、こんな美味《うま》いもん作ってくれた。愛美ちゃんは車を持ってないから、歩いて買いに来られるうちの店に来たと言ってたね」

「はい」

「うちの店で今でも買い物してくれてる人たちは、みんな愛美ちゃんと似たり寄ったり、なんか事情がある人だけだ。車があるもんはみーんな、ショッピングセンターに行く。その文化祭とやらをやって、手伝ってくれるもんがたくさんいて、成功したとしても、だ。手伝ってくれたもんも参加したもんも、ほとんどの人間が車で買い物に行けるんだ。祭りが終わったあとで、商店街に戻って来ることはない。正直言うが、小売りだけならうちはとっくに潰れてる。赤字なんてもんじゃない、それこそ光熱費も出ん。弁当の仕出しを仲介したり、役場や農協に飲み物やらなんやら配達させて貰ったり、細かい商売をこつこつやって、なんとかかんとか赤字を免れてる状態で、それだって来月はどうなるか、毎月ヒヤヒヤだ。年金もらえる歳まで頑張《がんば》ったら、さっさと引退して楽がしたいと思ってる。子供らの想い出作り、ってだけのことなら、そんなめんどくさいこと、したいとは思わん」

「澤井さん」

「信平、俺はな、子供らのことより、年寄りのことが気掛かりなんだ。どうせ儲《もう》かりもしないことに汗流すんなら、年寄りのことを考えてやりたい。さっきも言ったろ、うちの店で毎日買い物してくれる人たちは、みーんな車を持ってない。一人暮らしで、膝やら腰やら痛めて運転できなくなって車手放したり、自分は免許持ってなくて旦那《だんな》が生きてる間は運転して貰ってたのに先立たれたり、頼りにしてた息子夫婦がN市にマンション買って出て行ったり。俺が店を続けてるのは、店を閉めてしまったらその人たちが困るだろう、そう思うからなんだ。祭りが終わったら見向きもしてくれない若い連中のために、利益も出ないことを手伝えと言われたら、嫌《いや》だ、と言うしかないよ」

「祭りが終わっても商店街に来て貰えるように、しましょう」

慎一が言った。少し遅れてやって来た慎一は、それまで食べることに専念していたようで、部屋にいる誰も慎一がそこにいることを意識していなかった。

「あんたは……慎一くんか？　カメラマンの」

「はい。ご無沙汰《ぶさた》でした、澤井さん」

「あんた、外国にいたんじゃなかったんか」

「行ったり来たりです。でもしばらくは日本にいる予定です」

「仕事は？　こんな田舎でカメラマンの仕事があるんかい」

「さすがに、こっちではあまりないです」

慎一は頭をかいた。

「でも、ちょっと前に海外の大きなプロジェクトが終わって、まあたいしたことないけど少し貯金もできたんで、故郷に戻って暮らしてみたくなったんですよ。幸い、役場のほうで広報誌の仕事もらえたんで、まあ自分の小遣いくらいは稼《かせ》げてますし、実家暮らしは家賃がいらないですから」

「優雅なもんだなあ」

「優雅ってより、やむを得ず、って感じなんです。まあいろいろありまして。えっと、で、今の話なんですけど。もちろん若い人たちに故郷の想い出を作ってあげたい、それは僕も、ねこまち文化祭のいちばんの目的だと思ってます。でも僕は、その想い出の基盤がこの商店街であって、若い人たちがもしここに戻って来る日が来たら、いつでも商店街がここで出迎えてあげられることが、すごく重要だと思うんです」

「いつでも、って……あんたわかってるかい？　ここで商売してるもんは、もうみんな年寄りだよ。跡継ぎもいないよ」

「はい、わかっているつもりです。このままではこの商店街は、あと数年で終わります。そのあとどうなるのか、再開発のために取り壊されるのか、それとも他のものになるのか。でも、商店街を終わりにしない方法は、本当にもうないんでしょうか。ここはもう復活できない商店街なんでしょうか。僕は、方法はあると思っているんです」

慎一の言葉に、一同は目を見開いた。

5

「この商店街が、俺らの引退後も存続する方法、そんなもんがあるって言うのか、慎一くん」

晋一が言った。まるで怒っているかのような口調だったが、愛美は晋一が怒っているのではなく、真剣なのだ、と感じた。

「ひとつだけ、あります」

「言ってみろ、慎一」

陽吉も言う。声が硬《かた》い。その場にいる一同が、慎一の顔を凝視している。

慎一は落ち着いていた。愛美が用意した茶を少し啜《すす》ってから話し始めた。

「商店街を存続させる唯一《ゆいいつ》の方法は、商売する人を増やすことです」

「そんなのわかってるよ。けど俺たちはもう年寄りなんだ」

陽吉の言葉に慎一はうなずいた。が、同時に微笑《ほほえ》んだ。

「ですから、後継者を見つけるしかないんですよ」

「後継者？」

「ねこまち駅前商店街、ここはあえて、地名の根古万知は捨てて、ひらがなで、ね・こ・ま・ちと書く必要があると思いますが、商店街で商売をしてもいい、という人たちを集めるんです」

「集めるって、ここには若いもんが」

「来て貰うんですよ。ほら、過疎に苦しむ農村が、空家になっている農家と畑を貸し出して、都会から移住する人たちを募っている、という話は知ってるでしょう。あれを商店街がやるんです。空家になっている商店街を、貸し出すんです。住居付きでもいい、店舗だけでもいい。田舎暮らしはしてみたいけど、農業は無理だと思っている人たち、資金があまりないけれど商売をやってみたいと思っている人たちに、ここに来て暮らして、お店を開いて貰うんです。それこそ車で三十分以内のところに、空家になったままの田舎家ならいくらでもあります。そういう家と店舗をセットで貸し出してもいい。それならお子さん二人、三人といる家族でも暮らせますからね」

一同から、失笑に近い笑いが漏《も》れた。

「慎一、あんたわかってるか。商売ってのはな、買ってくれる客がいないと何も始まらない。うちの商店街が衰退したのは、客がいなくなったからなんだぞ。いくら店を持ちたい都会の人たちに来て貰うようにしたところで、客がいなければそんな商売、三日で潰れるぞ」

「はい。ですから、お客も来て貰うんです。この町に」

「どうやって……あ」

陽吉が言葉を切った。そのままたっぷり二秒は考える。誰も口を挟《はさ》まない。みんな慎一の言葉を心の中で理解しようとしているのだ。

「つまり、文化祭で町の宣伝をして……」

「はい、その通りです。まず文化祭で町に観光客を呼ぶ。それに合わせて少しずつ、店舗を改装し、最初は期間限定で商売をやってみたい人に貸し出す。最初は、文化祭が開かれる間だけの、お店屋さんごっこでいいと思うんです。そういうパフォーマンス、祭りの行事のひとつとして店を開きます。なので借り手は学生さんとか、主婦のグループとか、そういう人たちになるでしょう。出店料は貰いますが、こちらは利益を考えなくていいんで、極力安くします。そうすれば、素人のお店屋さんごっこでもいくらかは利益が出るでしょう。祭りの最中で観光客はたくさん来ているはずなんで」

「まさに、文化祭の模擬店だね」

「そうです、信平さん。文化祭って、コンサートや展示なんかの催しものも楽しみですが、やっぱり楽しみなのは屋台、売店ですよね。でも屋台で食品を売ることは、素人さんにやらせるわけにいかないです。衛生面の問題もあるし、法的な問題もややこしい。店舗を貸し出して食品以外のものを売って貰うだけなら、そういったハードルは低くなります」

「しかし、そんなお店屋さんごっこじゃ、商店街の存続にはならないぞ」

「はい、その通りです、陽吉さん。それが最初の一歩です。そこから、文化祭のある町、ということで根古万知、ねこまちを観光地としてアピールして行きます。ついでに、猫の町、というのも復活させましょう。猫をアレンジしたシンボルマークを作り、商店街の各店舗にそれを付けます。宮澤賢治《みやざわけんじ》の『銀河鉄道の夜《ぎんがてつどうのよる》』のように、ファンタスティックな名前を各店舗に付けてもいい。あるいは店ごとにいろんな猫の顔をつけるのも楽しいと思います。大切なことは、文化祭をできるだけ全国的に認知して貰い、文化祭が開かれていない時でも観光できる目玉を用意することです。そのため、一年を通して展示や催しものを行う場所を作ります」

「一年を通して、って例《たと》えば？」

「そうですね、例えば、自主制作映画の上映スペースを設《もう》けて、一年中、全国から集まった自主制作映画を上映する。画廊を作り、N市や地元近郊で活動している陶芸家、画家の作品展を途切《とぎ》れなく行う。その一方、猫に関する情報を世界中から集め、それらを展示、発信する基地も作る。とにかく、文化祭がない時でもねこまち駅前商店街に来れば、二、三時間は充分に楽しんで帰れるようにするんです。観光客がある程度増えて来れば、本気で商売をしたいという人を募集できます。少しずつ、一人ずつでいい、この町に定住して商売をしようという人を増やしていくんです」

「飯が食えるとこを増やす必要があるな。観光客は飲み食いできる店がないと寄りつかない」

「その通りですね、国夫さん。今は商店街の中で飲食できる店は二軒しかない。これでは観光客は不満を抱きます。しかしまずは、その二軒を人気店に変えましょう。国夫さんのラーメンにねこまち色を出して貰い、信平さんの喫茶店も、例えば店の前にオープンカフェスペースを作って、もっと客が入れるようにしましょう。その上でなんとか、地元の飲食店に協力して貰って、商店街の中にフードコートのようなものを作れないか、と思っています」

「フードコート、ってあの、国道沿いのショッピングセンターにあるやつか。うどん屋とかハンバーガーなんかの店の真ん中にテーブルがあって、買ったものが食える」

　晋一が腕組みしたまま言う。

「……握り飯とか、稲荷寿司《いなりずし》みたいなもんならできないことはないがなあ」

「郷土料理のお弁当なんかも面白いと思いますよ。幸い、国夫さんの店と信平さんの店は距離が近いですから、その中間あたりをフードコートにすれば、どちらの店で買ったものもそこで食べられます。あと晋一さんのところで弁当や握り飯を売り出して貰って、それにできれば、日本人が好きなそばかうどんの店があれば、充分フードコートとして機能します」

「しかし、商店街の真ん中にフードコートなんか作ったら車が入れなくなる」

「車両は全面通行止め、一年中歩行者天国にして貰うことになると思います。思い出してください、今あの商店街を通過する車はほとんど、農協に用事のある車です。商店街の出口のとこに農協の駐車場があるから。でも農協は移転するんです。そうなったら、わざわざ商店街を車で突っ切る必要のある人なんか、いなくなります。ちょっと回り道にはなるけど、あっち側に行きたければ広い町道が別にあるんですから。回り道って言っても車ならその差は五分程度、商店街を車両通行止めにしても誰も困らない」

「まあ、そりゃそうだが……」

「みんな、とにかく慎一の意見は今の段階ではアイデアだ。細かいところは少しずつ、改善して行けばいいんですよ。慎一が言いたいことは、こういうことです。まず文化祭によって根古万知を全国にアピールし、観光客を呼ぶ。最初は文化祭の間だけ観光客が来ればそれでいい、ただ来てくれた人たちが、楽しかった、面白かった、と帰ってからみんなに言ってくれるようにする。それと同時に、通年で商店街を活用することも考える。画廊でもミニ映画館でも、なんでもいい。そうやって数年かけて観光客を増やして行ってから、空き店舗で本格的に商売をやりたい人を募集して、移住して貰う。そういうことだよな?」

「その通りです。商店街を存続させる唯一の方法は、新しくあそこで商売をしようという人を集めることだけです」

「そんな簡単に言うが、移住なんかしてくれるやろか……こんな田舎町に」

晋一が言った。

「だいたい田舎で暮らしたいいう都会の人間は、農業をやりたがるもんやろ。農業がしたくて田舎に来るんやろ。……商売がしたいなら都会のほうがいいに決まってる。なんでわざわざこんなとこまで来て、商売したいと思う?」

「田舎に移住したいと思っている人の多くは、確かに、農業に興味があるというのは間違いないと思います」

慎一が、湯呑み茶碗《ぢやわん》に焼酎《しょうちゅう》を注《つ》ぎながら言った。気づいてみれば一同、食事を終えてそれぞれに酒へと手をのばしている。愛美は、差し入れで持ちこまれた乾きものの袋を開け、皿に盛った。

ぐい、と焼酎を飲んでから、慎一が続ける。

「けど、農業に興味がなくても田舎暮らしをしたいと思ってる人たちは、ぜったいいるはずなんです。例えばお子さんがアトピー体質だったりからだが弱かったりして、できるだけ空気のいいとこで暮らしたいと思ってる人。都会での生活に疲れて、人が多すぎることにうんざりしている人。もともと地方の出身で、でも事情があって故郷には戻れない、あるいは、戻ってももう実家がない。けれど都会の暮らしが性《しょう》に合わない、そんな人たち。でも農業はしたくない。今の日本で、過疎が問題になっている土地の共通点は一つです。仕事がない。農業以外の選択肢がない。だから、農業はやりたくないと思っている人たちは、年金生活に入るまで田舎暮らしはできない。それがこの根古万知ならば可能だとしたら、興味を持ってくれる人はぜったいにいます。何も、数千人規模で移住して貰う必要はないんです、商店街がなんとか存続する、店舗にして……十五店舗。十五家族に来て貰えればそれで、この商店街はやっていけます。幸い、車で三十分も走れば見渡す限り田畑と山と川。自然は有り余るほどあります。広い農家で使われていないものもかなりある。そうした家で暮らして、都会にいた時のように商店街まで出勤して貰う、そういう生活ならやってみたい、という人たちは、ぜったいいます」

「なるほどな」

陽吉も茶碗に持参の日本酒を注いでいた。

「しかしせっかく来て貰っても、商売が赤字で借金背負わせるようなことになったら、責任問題だぞ。募集をかける前に、商店街でも商売が成り立つようにしとかないといかん」

「もちろんです」

信平はウイスキーのボトルを持って来ていた。愛美は慌《あわ》てて冷凍庫から氷を出そうとしたが、信平は笑って、ストレートでやるからいいよ、と言った。

「だからとにかく、まずはシャッター展覧会と紙芝居コンテスト、なんですよ。この二つを成功させることが初めの一歩です。そのためには、シャッターを貸してくれることをなんとしてでも了承して貰わないと」

「何か秘策はあるんか」

「秘策なんてそんなものありません。とにかくしつこく説得するだけです」

「なんでそんなに、商店街にこだわる?」

「この商店街は、町の核、なんです。中心でないといけない。炭坑町の花街として栄えていた時代からずっとそうだった。中心を失えば、町は形を失います。ここを離れて都会で暮らす人たちにとっての、故郷、が形を失うんです。俺はね、最後まであがきたい」

「最後まで?」

信平はうなずく。

「……俺だってわかってますよ。移住して来てくれる人たちがいたとしても、それですべて解決するわけじゃない。新しい産業を持たない限り、この町はいつか終わります。商店街を観光地にしてしまうのは、もう最終手段なんです。他に観光できるものがないから自分たちで作ってしまう。そうまでしないと、観光、という産業は成り立たない。いやそれだけやったって、この町には宿泊施設がない。N市からシバデンで来て貰うしかない。宿泊や夜の飲食でお金を落として貰えないとしたら、観光地として成功したところで落ちるお金はたかがしれてます。産業、と呼べる規模にはとてもならない。なんだかんだ考えても、将棋で言えば……もう詰《つ》んでいるのかもしれない」

「それでも、やるのか」

「それだからこそ、やるんです。このままなんとなく人が減り続け、なんとなくあちこちが再開発だの宅地整備だのされて、なんとなくどこにでもある郊外のベッドタウンになって、シバデンも廃線になって。そういう終わりが見えている今だからこそ、悪あがきできるんです。失敗したって失うもんなんかない。これ以上悪くはならない。これでだめなら潔《いさぎよ》く、無個性なベッドタウンへと進むだけです。あるいは再開発からも取り残されて、このまま古ぼけていくだけかもしれませんが、それもまたいい。悪あがきした結果として迎える結末ならば、みんな納得して受け入れるでしょう。俺もまた、納得して店を閉めます」

「つまり信平は、後悔したくない、ってことやな」

「はい。後悔したくない、まさにそうです」

信平は笑った。

「ところで」

不意に壮二が愛美に向かって言った。

「愛美ちゃん、欣三さんが妙な男と会ってる、って話、あんたも見たんだって?」

「加藤のおじさん、その話どこで」

「いや、うちに散髪に来た誰かがしてたんだが……ええっと、誰だっけな。欣三さんが石室丘《いしむろおか》のあたりで見知らぬ男と一緒だったたって」

「石室丘……あの、ベンチがある丘ですか」

「うん、昔はあそこ、石室丘って呼んでたんだよ。大昔はあの丘の下に穴があいてて、中に石室《せきしつ》があったらしい」

「てことは、あれ、やっぱり古墳なんですね」

信平が訊いた。一同のうち何人かが同時にうなずいた。

「このあたりはけっこう、古墳があるんだ。まあ大して重要なもんやないし、ほとんどが盗掘されて中は空っぽだから、そのままほったらかされてるけどな。あの石室丘だけは、明治《めいじ》の頃まで石室が残っていたらしい」

「いや戦時中に防空壕《ぼうくうごう》として使ってたぞ。俺の親父が中に入ったことあると言うてた」

壮二は言った。

「いずれにしても、もう埋められてるけどな。戦時中の防空壕は崩《くず》れやすいんで、子供が生き埋めになるといかんから、戦後にみんな埋めたからなあ。で、愛美ちゃんとあんたも欣三さんが知らない奴といるの、見たんだろ」

「ええ」

「そのことなんですけど」

愛美が言った。

「その男性、誰なのかわかりそうなんです。おそらく、河井さん、という方だと思います。この町の出身だそうですが、子供の頃に大阪に行ったので、こちらに知り合いはもういないと」

「河井！」

突然、晋一が立ち上がった。

「まさか、河井雄三《ゆうぞう》か！」

「あ、……下の名前は知りません。沙苗さんというお嬢さんがいらっしゃいます。お嬢さんはN市に住んでいらっしゃって」

「河井雄三が戻ってるのか！」

今度は壮二が言った。

「いったいいつから……」

「何しに戻ったんや」

晋一は立ったまま、なぜか顔を赤くしている。

愛美は父を見た。国夫は、手にしたコップ酒を睨《にら》みつけている。

「お父さん……河井雄三さんって……だれ？」

愛美は訊いた。

だが、誰も答えてくれなかった。

七章　恥ずかしい過去

1

「河井雄三……どうしてみんな、その人のこと教えてくれなかったのかしら」

愛美は慎一と二人で部屋の片づけをしながら、思わず呟《つぶや》いた。洗った皿を拭《ふ》いていた慎一も、首をひねる。

「なんだかみんなの態度、おかしかったよね。河井って人の名前が出た途端《とたん》、不機嫌になっちゃったというか。まあ、とりあえずシャッター展覧会に協力して貰《もら》うように、反対派の説得に当たる担当は決まったから、前進はあったわけだけど」

「決起集会みたいにしたかったのに、最後がみんな元気なくなっちゃいましたよね。河井雄三という人のこと、誰も話したがらなかった。でも気になるし、明日父の店に押し掛けて問いただしてみます」

「お父さん、話してくれるかな」

「わかりませんけど、父は嘘《うそ》つくと顔に出るひとだから」

愛美は笑って肩をすくめた。

皿洗いをしている愛美の足首に、ノンちゃんが頭をすりつける。

「あ、ノンちゃん、ちょっと待っててね。今終わるから」

「遊んで欲しいのかな」

「たくさんお客様が来ていたんで、ずっと押し入れにいたから退屈してるんだと思います」

「この子は人見知りしないのに、さすがにあんな、酒臭いおっちゃんがいっぱいなのは嫌《いや》だったのかな」

「利口《りこう》な子なんで、大事な話し合いをしているんだってわかっていたんじゃないかしら」

愛美は最後の皿をすすぎ終えて慎一に手渡し、手を拭いてから猫を抱き上げた。

「でもみんながあまり思い出したくない人物だとしたら……さっきの商店街の皆さんの反応って、どう考えても好意的なものではなかったですよね、河井雄三、という人に対して」

「まあ確かに。みんな言葉を濁《にご》すような感じだったね。ばつが悪そう、というか。何か共通の秘密があるのは間違いないのかなあ、と思った」

慎一は皿を重ねて、小さな食器棚に収めた。

「商店街の人たちと河井さんの間に、過去に何かあったのは間違いないと思うんです。でも今問題なのは、河井さんが根古万知駅前商店街とわたしたちに対して、敵意を持っているのかいないのか、ですよね。もし敵意を持っているとしたら、欣三さんが……」

「そういう人なの、河井さんって」

「……わかりません。でも、娘さんはお父さんに対して、確かに愛情をちゃんと抱いている印象を受けたんです。頑固《がんこ》で変わり者だとは言ってましたけど、ブログをお父さんのかわりに更新したり、わざわざわたしのところまで訪《たず》ねて来たり、お父さんのことを心配して気遣っている、と感じました」

「少なくとも、肉親に見放されるような人間ではなさそう、ってことか」

「やっぱり、父を問い詰めてみます」

愛美は言った。

「河井さんが悪意を持って欣三さんに近づいている、という可能性が少しでもある以上、昔のことだから関係ない、では済ませられないですから」

＊

「おまえが気にするようなことやない」

愛美が予想した通り、河井雄三のことを持ち出すと、国夫は不機嫌になった。

「昔のことや」

「でも娘さんがわざわざ、わたしを訪ねて来たのよ」

「おまえがメールなんか出したからやろう」

「河井さんは昔、この町に住んでいた。河井さんってお父さんと同じくらいの年齢よね。お父さん、河井さんと学校、同じだったんじゃない？　ゆうべうちに来ていた人たちも、だいたい同じくらいの年齢でしょう。根古万知には小学校が一つ、中学も一つしかない。もしかしたら、みんな河井さんと同級生だったとか」

「おまえは知らないが、昔は小学校は二つあったんや」

「二つ？」

「おまえが生まれた頃に、子供が減って今の根古万知小学校に統合された」

「じゃ、河井さんとは別の小学校だったの」

国夫は仏頂面《ぶっちょうづら》のまま、ラーメンの出汁《だし》をかきまわしている。

「お父さん、あのね、河井さんは欣三さんと二人で何かやってるの。それが商店街の文化祭にとっていいことなのかそうでないのか、それを確かめたいのよ」

「商店街のことなんか、欣三さんは気にもしてないやろ。あの人は、その、認知症やて佐智子さんも言うてたで」

「慎一さんがね、欣三さんの認知症は、わたしたちが思っているよりずっと軽いんじゃないか、って」

「ボケたふりしてる、ってことか」

「そんな気がする、って」

「気がする、だけではなあ」

「ねえ、河井さんとは何があったの？　昔のことなのに秘密にしておかないといけないような、ひどいことだったの？」

国夫は黙ってスープをかき混ぜていたが、大きな溜《た》め息《いき》と共にカウンターの外に出て来た。

「俺から聞いたゆうことは、誰にも言うな」

「……わかった」

「いろんな意味で、思い出したくないと思ってる者は多いと思う。俺自身も、思い出さないようにして来た気がする。けどな……河井がこの町に戻って来たことは、その時が来た、ゆうことなんやろな」

「その時？」

「人間は、その人生で自分がしたことには、いつか自分で責任をとらんとならん、てことやな。たとえそれが子供の時のことであっても、な」

愛美は思わずごくんと唾《つば》を呑《の》みこんだ。自分の父親が過去に何かひどいことをしたのかもしれない、と思うと、背中が震える。

「そんな顔するな、愛美」

国夫は軽く笑った。

「俺自身はまあ、腰抜けの傍観者《ぼうかんしゃ》、やったからな。それ自体恥ずかしい過去やけど、子供の自分に何ができたか、仕方なかったんかなあ、と思わんでもない。ただ、娘のおまえに告白するのは、これでけっこう勇気が必要やな。別に今さらおまえに尊敬して貰いたいとは言わないが、男親ってもんは、子供の前ではええかっこしたいもんやから」

「言っても信じないと思うけど、わたしはお父さんのこと、尊敬してるよ。お母さんが死んでからも、ちゃんとこの店やって一人で頑張《がんば》ってるもん」

「この店やらんかったら食えんやないか」

国夫は、店の飲み物用冷蔵庫からビールを取り出した。

「まだ四時よ」

「少し飲まんと話しづらい。もう仕込みは終わってるし、今夜もどうせ客はそんなに多くない、ちょっとくらいええやろ。おまえも飲むか？　信平んとこのバイトはもう終わったんやろ」

「じゃ、ちょっとだけ」

二つのコップにビールを注《つ》いで、片方を愛美に手渡す。

「ああ、うまいな。まだ日があるうちに飲むビールはうまい。毎日この時間にあけるかな」

「お客さん少ないのに、店のビールを毎日飲んでたら赤字になるよ。今だって採算、ぎりぎりでしょ」

「いや、たいてい赤が出てる。冬になると若干《じゃっかん》盛り返すんで、冬場の黒字分を春から秋に食いつぶして、一年トータルでとんとん、そんなもんかな。家賃払ってたらとうの昔に店閉めてる」

「夏は冷やし中華とか、売れないの？」

「ラーメンと違《ちご》うてな、冷やし中華は毎日食いたいとは思わんやろ」

国夫はコップのビールを飲み干した。


「さて、何から話すか。河井雄三は……俺の二つ上の学年やった。俺が一年坊主の時、三年生やな」

「やっぱり、同じ学校だったの！」

国夫はうなずいた。

「当時はまだこの町も子供が多くて、二つの小学校とも一学年二クラスずつあった。一人っ子が珍しい時代や、友達もみんな兄弟姉妹がいてな、遊びに行くと上や下の学年の子らともよく一緒になった。遊びに行く、ゆうても、当時は整備された公園なんかない。休耕田でバッタやらなんやら追いかけたり、農協の駐車場の、あんまり使われてないほうで野球したり、そんなんやな。当時の農協は、今はショッピングセンターができたあたりにあって、敷地も広かった。あとは商店街の中の駄菓子屋にたむろする。昭和四十年代、子供の小遣いは一日十円とか二十円とか、そんなんや。それでも駄菓子屋に行けば、三つで十円の丸いガムとか一個五円の飴《あめ》とか、けっこう買えるもんがあった」

「駄菓子屋さんって、わたしが子供の頃まであった、みどり屋さん？」

「ああ、そうや。おまえが小さい頃はもう、腰の曲がったえらい婆《ばあ》さんになってたな。みどり屋の嫁さん。あの人がまだ、子供の目から見てもけっこう美人やな、と思うたくらいの年頃やった。河井雄三はとても目立つ子やった」

「目立つ？」

「ああ、目立っとったなあ。まず羽振《はぶ》りがえらい良かったんや。小遣いの額が、俺たちとはちょっと違うてて」

「河井さんのおうちはお金持ちだったの」

「いや……確か兼業農家で甘夏作ってたが、そんなに儲《もう》かってたわけがない。雄三の父親は確か、N市の自動車修理工場に働きに行ってて、普段はN市で暮らしてたように記憶してる。雄三の家はちょっと離れたとこにあったんやなかったかな、少なくともこの近所やなかったな。母親と祖父母《そふぼ》とで甘夏作って、そういう暮らしやな。けど……雄三には、歳の離れた姉がいたんや。その姉さんが……N市に住んでて……ま、ただの噂《うわさ》で真偽のほどはわからないから、あまり言いたくないんやが、どっかの金持ちの二号さんをしてたらしい。それでたまに実家に戻ると、弟にたっぷり小遣いをやってたんやな。それで河井雄三は、駄菓子屋でいつも散財しとった。散財ゆうても、駄菓子屋やで、せいぜい五円の麩菓子《ふがし》を十本もまとめ買いしたとか、三十円するアイスクリームを毎日買《こ》うてたとか、そんなレベルやで。笑えるやろ。けど、五円のもの買うのに悩みに悩んでいたような俺たちから見たら、河井雄三の金の遣い方はかなりショッキングなもんやったんや」

「それで目立っていた、ってこと」

「田舎町《いなか》では、ほんのちょっとしたことでも他の人間と違っていると目立つもんや。けど、羨《うらや》ましいなあと思うことはあっても、駄菓子屋で菓子をまとめ買いしたくらいでは子供らはたいして気にせん。ただそのことを家で話せば、大人たちは眉《まゆ》をひそめるわな。今みたいに子供が多少贅沢《ぜいたく》するのが普通の時代やない、昭和四十年代は高度成長期とは言っても、まだまだ庶民はみんな貧《まず》しかった。河井雄三とその美人の姉さんのことは、あまり芳《かんば》しくない噂になって広がった」

「なんだか、可哀《かわい》そう」

「そう、雄三に罪はないし、金遣いが荒いゆうてもたかだか数十円、他人がごちゃごちゃ言うようなことやない。けどな、雄三の姉さんは、ちょっと美人過ぎたんやな。本当に金持ちの二号さんやったのかどうか、それすらはっきりしないけど、ただ噂だけは次第に尾ひれがついて広まった。そうなると田舎町のことやから、雄三の姉さんを悪く言う人間も増えるし、それを自分の子供に吹きこむ奴も増える。親が誰かを差別すれば、子もそれが正しいと信じて差別する。俺は二学年も下やったから、そういうことはなーんも知らんかったけどな、あとでいろいろ知って驚いた。いつのまにか雄三は同級生から仲間はずれにされて、今で言う、イジメ、みたいなもんを受けていたらしい。商店街の連中が雄三のことを思い出したくないのは、イジメに加担していた後ろめたさがあるんやと思うわ……でも雄三は、なんとかして友達に仲良くして欲しかったんやろなあ。駄菓子屋で買った菓子や野球カードなんかを配ってな、取り巻きを増やそうとしていた。子供なんてゲンキンなもんや、菓子がもらえるとなればその時だけは雄三の味方につく。けどすぐにまた裏切っていじめる側にまわる。そういうことを繰り返しているうちに、雄三はすっかりいじけた性格になってしもて、嘘をつくようになった。まあそれも、俺は直接知らなかったことばかりで、あとになって雄三の同級生やった連中から聞いたんやけどな」

「……嘘を」

「どんな嘘なんか、詳しいことは知らん。結局、雄三も自分の身を守りたい一心やったんやろな。子供ゆうのはしょっちゅう嘘つくし、自分でついた嘘を片《かた》っ端《ぱし》から忘れるもんや。雄三の嘘も、そんなたいそうなもんやなかったと思う。けど、それが混乱を招いた。イジメはエスカレートし、とうとう雄三が池に突き落とされるゆう事件が起こった。今はもう埋め立てられてる、農業用の溜池や。けどそうなると笑い事では済まん。その当時、何年かに一度は子供が用水池に落ちて溺《おぼ》れて亡くなる事故があったから、雄三の両親は学校に怒鳴《どな》りこんだ。当たり前やな。幸い大事には至らんかったんやけど、学校は大騒ぎや。保護者会が開かれて。結局、雄三の両親は納得せず、雄三はもう一つの小学校に転校した。特例の越境入学ゆうやつやな」

国夫は、ふう、と息を吐き出した。

「雄三を池に突き落としたのが誰なんかは、言わんで。本人たちも充分反省はしてたはずやし、なんにしてもまだ九歳、自分らのしたことの重大さは学校が大騒ぎになって初めてわかったろうしなあ。ただ、そいつらは今でも雄三のことは思い出したくないやろし、雄三がここに戻って来たと聞いたら心おだやかではいられんやろ。雄三は転校してから一年も経《た》たないうちに、家族で大阪に行ってしまった。雄三の祖父《じい》ちゃんが死んで、それを機会に農業をやめ、雄三の母方の実家がやってる仕事を一家で手伝うことになったとか、なんかそんな話やったと思う。甘夏の畑は中古車屋に売却されて、しばらく中古車の展示場になってたな。今は、ファミレスやコンビニが建ってる。ただ雄三のことで一つだけ、不思議なこともあるんや」

「不思議なこと……」

「雄三はな、ＵＦＯを信じてた。それで、自分はＵＦＯを見たことがあるって言い張ってて、それも嘘やとみんな思うてた」

愛美は驚いた。そしてようやく、河井雄三がどうしてあんな画像をネットに載《の》せたのか、その理由を知る手がかりが見つかった、と思った。

「けど、河井家がこの町を出て引っ越しした夜、町の人が何人も、光る変なもんが飛んでたのを見たんや」

「……UFOを、見た人がいたの⁉」

「いや、UFOなのかどうかはわからん。けど、学校でもしばらくその話でもちきりでな、しまいには、実は河井雄三んちは宇宙人一家やったんやないか、なんてばかばかしい話まで広まったんや。それで、雄三がイジメられた仕返しに、いつか宇宙人が攻めて来て町を滅《ほろ》ぼすんや、なんて」

国夫は笑った。

「みんな、良心の痛みはあったんやろなあ。俺らはまだようやっと二年坊主、年上の子たちがそんな話をしているのを、ようわからんと思いながら聞いていた。けど、いつか宇宙人が攻めて来る、と、かなり大きくなるまで思ってたな」

国夫は、頭に手をあてて苦笑いした。

「こうやって娘に話すと、ほんまに恥ずかしい過去やな。もし河井雄三が戻って来てるゆうのがほんまなら、一度ちゃんと謝《あやま》るべきなんやろな」

2

「やっぱりその手の話だったんだね」

慎一の運転は信平に比べると少し荒っぽい。愛美は無意識に助手席の窓枠上に付いているバーを握《にぎ》っていた。

慎一はカメラマンとして海外に出ていた期間が長い。戦場カメラマンではないと自分では言っているが、紛争地域にいたこともあるらしい。車の運転は頻繁《ひんぱん》にしていたのだろうが、整備された舗装《ほそう》道路を走ることはあまりなかったのかもしれない。

「なんだかみんなばつが悪そうだったから、そんなことじゃないかとは思ったんだけど」

「父の話だと、池に突き落としたのも偶発的なことだったみたいなんです。なんとなく仲間はずれにはしていたけど、それまでは暴力をふるうことはなかった、って。でも父の知らないところで何があったのかまではわからないですよね。父は自分で言ってました。面倒なことにかかわりあいになりたくないから、卑怯《ひきょう》者になった、って。見て見ないふりしていたんだと思います」

「まあそれは仕方ないよ。だってまだ一年生だったんでしょ、お父さん。いじめてた子たちだって九歳じゃ……」

「でもゆるされることじゃないです。ましてや、池に突き落としたんだとしたら、命にかかわる問題です……なのに河井さんが転校したらあとはみんなで忘れようとしていたなんて、正直、かなりがっかりしちゃった。自分の父親がそんな人間だったなんて……もちろん、今さら責めるつもりはないし、そんなことしても何にもならないですよね。でも父には言いました。きちんと河井さんに謝罪するべきだって。父は本気でそのことを考えてみると約束してくれました」

「河井さん、今になって謝罪を受け入れてくれるかな」

「受け入れて貰えなくても、河井さんが根古万知に戻っている以上は、きちんとしておかないと」

「まあそれはそうだけど。……でもどうなんだろうなあ……愛美さんは、子供の頃にいじめられた経験ってある？」

「仲間はずれにされたことはありましたけど……女の子同士の、ちょっとした行き違いとか嫉妬《しっと》とか、そういうのが原因で。中学の頃は部活に夢中だったし、高校はN市の進学校で、入学してすぐ三年先の受験のことばかり考えてるような学校生活で」

「つまり、記憶に刻《きざ》みつけられるほどいじめられた経験、ないんだ」

「……そうかもしれません」

「それはとてもラッキーだったね。僕はあるんですよ。中学の頃、それこそもう学校に行くのが本当に嫌になるくらい、けっこうきつかった」

愛美は慎一の横顔を見た。フロントガラスの向こうを見つめるその表情は、淡々としているように見えた。

「どうして自分がそんな目に遭《あ》うことになったのか、今ではもう細かいことはすべて忘れました。僕にもきっと悪いとこはあったんでしょうね。でも今だから言えることがひとつあります。たとえ僕に落ち度がいかほどあったにしても、いじめに加担していたあの頃の同級生たちは、僕の百万倍、いや千万倍の落ち度がある。非は向こうにあるんです。理由なんか関係ない。子供にとって学校は、その人生のほぼ半分です。いや、本人の意識の中では家庭よりも重いものかもしれない。その人生の半分で居場所を失うということがどれほど辛いことなのか。子供のしたことだからと、簡単にゆるすのは間違いだと、僕は思ってます。わかるかな。昔のことだから水に流してくれ、子供のしたことだから、と簡単に手を差し伸べられて、それをわだかまりなく握って忘れられるような問題じゃない、ってことなんですよ……いじめられていた本人にとっては、ね」

慎一は、黙っている愛美をちらっと横見して言った。

「ごめん、言い方、ちょっときつかったかな。君のお父さんたちが謝るべきだ、という君の考えは正論だし、全面否定するつもりはないんだ。ただ、河井さんの立場からして、今頃みんなで押し掛けて来て、昔のことを謝罪されて、それでゆるしてくれって言われるのは、かえって苦痛なんじゃないかな、と思ったんです。仮に僕が河井さんだったとしたら、僕はゆるしたくないな。少なくとも、いきなり押し掛けて来られて、ごめんなさい、と勝手に頭さげられて、それで、はいそうですか、とゆるす気にはとてもなれない。でも大勢で押し掛けて来られたら、ゆるさざるを得ないでしょう。特に、愛美ちゃんのように、加害者の娘さんが一緒に謝ったりしたらね、そりゃ、ゆるすって言わざるを得ない。ある意味……それでは脅迫じゃないかな」

「脅迫」

愛美は、その言葉の強さに打ちのめされた。

「……わたし……ごめんなさい、そこまで考えてなかった……」

「愛美さんは比較的幸せな子供時代をおくった。それは素晴らしいことです。そのことはひとつも悪くない。でも、だからわからないこと、っていうのもある。そして、君のお父さんたちは君よりは、そういう河井さんの気持ちが想像できるんじゃないかな。君のお父さんは、河井さんがいじめられているのを見て見ないふりをしていた、という負い目を持ってます。だから、行って謝ればそれで済む、とは考えていない。いつかは謝らなくてはならないと思っていても、そのタイミングは難しいことを知っている。そういうことなんじゃないかな」

「……わたし、無神経だったんですね……」

「いや、君のせいじゃない。君のお父さんはちゃんとわかってる人です。君に言われたからって、河井さんの気持ちも考えずに押し掛けるつもりはなかったと思いますよ。いずれにしても、決定権を持っているのは河井さんです。河井さんが昔の同級生に逢《あ》いたくないと思っているのなら、逢わないでいてあげるのも思いやりだ、ってことです。逆に河井さんのほうから同級生たちに近づいてくれるのであれば、その時は昔のことを謝って、新しい仲間になれる可能性も出て来る。その点、僕は若干《じゃっかん》、楽観しているんですよ。自分自身のことを考えた時、僕は今はまだ、当時の同級生には逢いたくないし、彼らに近づく気もない。こうして地元に戻っていてもぜったいに昔の同級生に連絡なんか取らない。でも河井さんは、わざわざこの町に戻って来た。もし彼が僕のように、まだ昔のことに強くこだわって頑《かたく》なな気持ちでいるのだとしたら、わざわざここに戻って来たりするかな、って。娘さんはN市に住んでいるんでしょ、たとえば仕事の関係でこの町に用事があるんだとしても、娘さんの近くで暮らしたっていいわけだ。なのに河井さんはわざわざ、こっちで暮らしている」

「父や、昔自分をいじめた人たちのこと、それほど憎んではいない、と？」

「いや、憎んでいるかどうかはわからない。人の心の中の問題は、そんなに単純じゃないでしょう。でもネガティヴな感情があるにしても、自分からこの町に戻って来てくれた、というのは、河井さんの中である種の決着がついているということなのかもしれない。昔のことはともかくとして、今、河井さんには根古万知で暮らす必要がある、それだけでも取っかかりにはなるでしょう」

「でも」

愛美は前方の赤信号を見つめて言った。

「戻って来た目的が……」

「心配？　河井さんが何かよからぬことを、君のお父さんたちにするつもりなんじゃないか、って」

「……正直、不安はあります。娘さんと話した限りでは、娘さんは良識のある普通の女性に思えました。そのお父さんなんですから、そんなに常識はずれなことはなさらないと思いたいんですけど……」

「昨日、ずっと考えてたんだけど、河井さんが何か悪意を抱いてこの町に戻って来たんだとしたら、あんな目立つＵＦＯの画像をインターネットにアップしたりするかな、って。河井さんの娘さんが君を訪ねて、ＵＦＯの画像は河井さんの希望で掲載している、ということははっきりしたわけです。僕らが直接河井さんを訪ねて、画像について質問することに不自然はないですよね」

「でも相手にして貰えないかもしれません」

「手土産《てみやげ》は用意してあります」

慎一は、いたずらでも企《たくら》んでいるような笑顔になった。

「とりあえず、君は成行きを見守っててください。僕が河井さんと話をします」


ＵＦＯの丘は、前に来た時同様、人気《ひとけ》がなかった。地元の保育園や小学校が課外授業に使う程度で、あとは地元民にも忘れられている施設だ。前に来た時は気づかなかった、この丘はもともと古墳だった、という説明が書かれていた表示板は、枝が伸び放題の雑木《ざつぼく》に埋《う》もれて見えなくなっていた。

二人は草に半ば埋もれた階段をのぼって展望スペースに立った。

「欣三さんが、河井さんらしい人と落ち合ったのはあのあたりです」

愛美が指さした。

「欣三さんはバスで近くまで来て、歩いてここに来たようでした」

「バス停から十分はかかりますね。二人の接点がわからないな。でも河井さんを直撃するんだから、今はわからなくても問題なし」

慎一は、手を伸ばして深呼吸した。

「では行きますか」

「はい」

二人は丘を降りてまた車に乗った。河井の娘から、住所は訊《き》いてある。だがカーナビに入れても表示されるのは山林ばかりで、相当辺鄙《へんぴ》なところにひっそりと暮らしているらしい。

古墳の丘から二十分は山道を走った。道は次第にのぼりになり、カーブが多くなる。

「峠越えの道だね。昔は主要な街道だったのかも」

「このまま行くと、県境かしら」

「うん、確か、峠の向こうに湯治場《とうじば》がある」

「温泉があるんですね」

「とても小さいけど、昔ながらの温泉で、なかなかいいですよ。ずっと昔に亡くなったじいちゃんに連れてって貰ったな」

「温泉と言えば、二つ隣りの駅からバスで十五分くらいのとこにもありますよね。近いのに行ったことないんですけど」

「炭坑が閉鎖された時、小さな湯治場だったとこを観光用に開発したんですよね。シバデンが投資したんじゃなかったかな。昭和の頃はけっこう客も多かったみたいだけど、今は経営が苦しいらしい。旅館も減って、今は確か、一軒しか営業してないはずです」

「温泉ってブームだと聞いたことがあるんですけど」

「今ブームになってるのは、女性が楽しめる温泉でしょう。浴場が綺麗《きれい》で、部屋も畳《たたみ》じゃなくてベッド、食事も和洋折衷《せっちゅう》とか洒落《しゃれ》たフレンチでワインが飲める。スパやエステを併設していて、みたいな。あそこは昔ながらの、団体客、それも男性が好むような温泉ですからね。風呂は広いけどあまり綺麗とは言えないし、食事は大広間でお膳《ぜん》にのっかった旅館料理です。天麩羅《てんぷら》も酢の物もみんな一緒に出て来てしまうような。味より品数と量、ビールが飲めればそれでいい。そしてコンパニオンがお酌《しゃく》してくれれば」

　慎一は笑った。

「なんて、そんな旅館は男でも、今どきの若い人は興味ないだろうな。僕なんかは海外から戻って来ると、そういう昔ながらの旅館もいいなあ、と思うんだけど。いずれにしても、経営はかなり苦しいという噂ですね。一時はシバデンが撤退するって話も出ていたそうです」

峠まであと二キロの表示が出たところで、林道の表示があった。

「ここを入るみたいだけど……未舗装路だな」

「大丈夫ですか」

「ゆっくり行くから大丈夫。この車は車高がそんなに低くないし。でも乗り心地は悪くなるな。車酔い、しないほうですか」

「平気です」

「良かった」

慎一は律義にウィンカーを出して林道へと入った。入口のところに落石注意の標識と、林道の略式な地図がある。

慎一は愛美の手から道路地図を受け取り、略図と照らし合わせた。

「こっちで間違ってないみたいだな。なんともすごいところで暮らしてますね、河井さん」

慎一はゆっくりと車を進めた。林道そのものはなんとかすれ違いができる程度の幅はあるが、地道で石がごろごろ落ちている。中には人の頭くらいの石もあり、慎重によけて進むのはけっこう大変だった。

「でもわだちがありますね」

慎一はハンドルを握ったまま、身を乗り出すようにして路面を見ながら運転している。

「車が通ってるんだなあ、こんなとこ。林道パトロールの車かもしれないけど。地図によると、三キロくらい進んだとこに分かれ道があるはずなんです」

「このあたり、国有林ですよね」

「たぶん。でも分かれ道の先は私有地という可能性もありますよ。あ、携帯の電波、来てますか」

愛美は携帯電話を取り出した。

「弱いですけど、通じるみたいです」

未舗装路を三キロ進むのは、思った以上に大変だった。運転していない愛美も緊張でからだのあちらこちらが痛くなる。

「あ、あれだ」

標識が出た。

古根子《こねこ》集落

「こねこしゅうらく？　根古万知と関わりがありそうな名前だな」

「こんなところに集落があるんですね」

「聞いたことないけど、そうみたいですね。河井さんはそこで暮らしているわけか」

標識の先に現れた分かれ道は、車一台がやっと通れるほどの細い道だった。それでも二本のわだちがはっきりと先まで続いている。欣三が乗りこんだ軽トラックかもしれない。

道は下りになっている。古根子集落は谷沿いにあるらしい。

「ねこまちに、こねこ、か」

慎一は陽気に言った。

「いい取り合わせじゃないですか。猫の町と、仔猫の集落。もしかすると、町おこしに役に立つかもしれないですよ、河井さんが暮らしているこの場所が」

3

細い未舗装路を慎重に進むこと十分余りで、ようやく道は下りきって平らになった。田んぼと畑が道の両脇に並んでいるが、どれも区画は小さく、自家消費用のようだ。畔《あぜ》には栽培植物が花を咲かせている。

さらに五分ほど走って、やっと建物が見えた。木造の小さな小屋で、農作業小屋らしい。

「電気、来てないのかな」

慎一が運転しながら空を見ている。

「電線がありませんね」

「まだこんなところがあるんだね」

「農業で暮らしているんでしょうか。それにしては畑も田んぼも区画が小さいですね」

「限界集落なのかもしれない。そして居住者がすべて年金生活者という可能性はあると思う。食べる分の米と野菜を作れるなら、国民年金だけでも生活はできるでしょう。ああでも、いいところだなあ。カメラを持ってくれば良かった。ここは写真に撮りたいなあ」

そこは谷間の集落だった。見回す限りぐるっと、すぐ近くに山が迫っている。中心部に川が流れ、わずかな平地に田んぼと畑、そしてはるか遠くに、ぽつり、ぽつり、ぽつりと家が建っているのが見えた。

「ここも根古万知の一部なんですよね」

「たぶん。でも地元民なのに、知らなかったなあ。もしかしたらすごく古い集落なのかも。根古万知が炭坑で栄える前からあったところなんじゃないかな」

「それで、古根子……」

「もともとは古根古、古いって字を二つ使ってたんじゃないかな。古根古万知、という意味で。炭坑が開発されるまで、このあたり一帯は本当に何もない、人もあまり住んでいないところだったと聞いたことがあります。根古万知で今、甘夏畑になっているところとか田んぼになってるとこは全部、炭坑が開かれて人がたくさん住むようになってから開墾《かいこん》されたそうですよ。もともとはあのあたりは湿地で、大規模な土壌改良してやっと農作物がとれるようになったんだとか」

「炭坑が開かれるまでは、すごく辺鄙なところだったんですね」

「シバデンだって炭坑から石炭を運び出すために敷《し》かれた鉄道ですからね。炭坑ができるまでは国道も通っていなかったらしいし、とにかく陸の孤島というか、交通の便はとても悪いところだったようです」

「この集落は、その頃から人が暮らしていたかもしれないんですね」

「しかし困ったな。どこにあるんだろう、河井さんの家」

「あそこ、畑に人がいます。訊いてみましょう」

車を停《と》め、愛美は畑仕事をしている人に近づいた。

「すみません、ちょっとお尋《たず》ねしてもよろしいでしょうか」

ネギの束《たば》を細い藁《わら》でくくっていた男性が顔を上げた。真っ黒に日焼けした顔には深く皺《しわ》が入り、農家の老人らしい風貌《ふうぼう》だった。

「はあ、なんでしょう」

「河井さんのお宅を探しているんです。河井雄三さんのお宅をご存じでしたら」

「雄三さんの家やったら、この先の、青いトタン屋根の家です」

「ありがとうございます」

「あんたたち、雄三さんのなんね？　親戚かね」

「いえ、わたしの父が雄三さんの昔の知り合いなんです」

愛美が言った。

「父のおつかいでちょっと」

「そうね」

老人はもう興味をなくしたようにうなずくと、またネギの束を縛りにかかった。

愛美は車に戻り、慎一がゆっくり車を進ませた。教えて貰った通りに、やがてくすんだ青色のトタン屋根が見えて来た。

古い、というより、かなり傷《いた》んだ家だった。木造の壁のあちらこちらに、外から板を打ち付けてある。穴でも開いているのだろうか。

外壁に沿って薪《まき》が積まれているが、プロパンガスのボンベは見当たらない。代わりに、愛美には何なのかわからない機械のようなものが置かれている。

「発電機ですね」

愛美のあとから車を降りて来た慎一が言った。

「ガソリンで自家発電してるんだな。このタイプは建設現場なんかで使われてる大型ですよ」

「じゃ、電気製品が使えるんですね」

「日常的に使ってたら燃料代が大変ですが、どうしても必要なものだけ、短時間使うなら便利でしょうね。パソコンとか携帯とか。このくらいの大きな燃料タンクなら、フル稼働でも五、六時間は持つと思います」

「でもここ、携帯の電波が」

愛美は自分の携帯を取り出した。

「……あら、電波、来てる」

「近くの山に電波塔があるんでしょう。山の中でも意外と電波がよく届くところがあるんですよ」

「でも電気が来てないんじゃ、電話が」

「昔ながらの通話しかできない電話機なら、使えます。たぶん電話線はどこかに来てますよ」

「あ、あれ」

愛美は山沿いの一画を指さした。

「あそこに家が数軒建ってますね。あれ、電線みたい」

最初に遠くに目にしていた人家だった。道が緩《ゆる》やかにカーブしていたので、手前にあった青いトタン屋根の家は視界に入らなかったらしい。

愛美が指さした一画には五、六軒の農家が比較的近い距離に散らばっていて、遠目にも電柱の存在が見てとれた。

「非電化地域というわけじゃないんだ……でも電線があそこまでしか来てない。つまり、あのあたりがこの集落の端《はし》っこ、なんだな。ということはこの家は」

慎一は目の前の家に視線を戻した。

「集落からは外れて建っていることになりますね」

「でも新しい家ではないですよ。河井さんが根古万知に戻ってから建てた、という感じじゃないわ」

「ま、とりあえず行ってみましょう」

慎一は先に立って玄関に向かった。玄関と言っても、割れたガラスをガムテープで修復した引き戸があるだけ。

「河井さん」

慎一が大きな声で呼んだ。

「河井雄三さん。ご在宅ですか。河井さん」

家の中に人の気配がする。畳を踏みしめる音がして、紙のようなものがカサカサ音をたてた。

「河井さん！」

慎一がひときわ声を大きくした。

「香田慎一と言います。駅の売店にいる塚田恵子の甥《おい》です。こんなふうに押し掛けてしまって申し訳ありません。娘さんからここの住所を聞きました。娘さんがメールで知らせてくださるとおっしゃっていたんですが、あの、少しお話を伺《うかが》えないかと……」

足音が近づいて来て、ガラガラと戸が開いた。

小柄な男性が立っていた。確かに年齢は、愛美の父親くらいだろう。だが風情《ふぜい》はかなり違う。まるで大学教授か何かのようにすっきりと上品だ。白髪は綺麗になで付けられ、さっぱりとしたストライプのシャツに、若々しいカーキ色のチノパンツ。銀縁《ぎんぶち》の眼鏡《めがね》。

愛美は面食《めんく》らった。なんとなく、気難しい顔の、作業服で日常も生活しているようなタイプの人ではないかと想像していたのだ。

「娘からメールは来ています。それによると、いらっしゃるのは女性かと思っていましたが」

河井の視線が愛美に注がれた。

「はい、わたしが島崎愛美です」

「島崎国夫くんの、娘さん」

「はい」

河井が微笑《ほほえ》んだように見えたが、一瞬の表情の変化だった。

「どうぞ。汚いところですが。何しろこんなところで男の一人暮らしですからね、掃除《そうじ》など適当で」

引き戸の中には土間が広がっていた。農家の土間としては狭《せま》いほうだろうが、それでも随分《ずいぶん》広々として感じられる。きちんと揃《そろ》えられた長靴《ながぐつ》、スニーカー、それに革靴が一足、靴箱は見当たらない。穀物が入っているらしい袋。そして積み上げられた薪。

土間から上がらずに横の通路を進めばそこには台所がある。民俗資料館などでしか見たことがない、大きな竈《かまど》が見えた。床《ゆか》を張っていない、土間続きの台所だ。流しは石造りで、七輪《しちりん》も見えていた。

靴を脱いで板の間にあがると、小さなダイニングテーブルと椅子《いす》が二脚。

河井が襖《ふすま》を開けると、十畳はありそうな和室があり、手前の板の間に小さな囲炉裏《いろり》が切ってあった。

だが、そうしたレトロでなかなか味わいのある室内よりも、愛美を驚かせたものがあった。

奥の床の間に飾られた、写真パネル。

その写真には、黒い夜空に白い光の楕円形《だえんけい》がいくつも並んでいた。

……ＵＦＯ⁉

「こんな辺鄙なとこなんで、あまり買い物にも行かなくてね。何もありませんが、ま、どうぞ」

和室に置かれたウレタンソファに、愛美と慎一は並んで座った。床の間を背に囲炉裏の方を向いて置かれた、二人掛けの小さなソファだった。

河井は一度姿を消すと、盆を持って戻って来た。盆自体は古めかしい感じの漆塗《うるしぬ》りだったが、載っているのは白磁のティーカップに入った紅茶だった。

ソファテーブルのようなものがないので、ソーサーに載せたままで手渡されたカップを膝《ひざ》の上に置く。

河井は自分の分をマグカップにいれていた。カップを手に、畳に座りこんだ。

「わたしは失礼してこちらで。普段あまり客が来ないんで、客用の座布団《ざぶとん》なんか持ってないんですよ。でもそのほうが楽でしょう。それね、ソファベッドでね、寝る時は広げるんです」

河井はそう言って、笑った。

「布団より手間がかからない。パッドとシーツ敷けばいいんだからね、ものぐさのわたしに向いている。さて、娘からはあなた方がわたしの話を聞きたいと言っている、としか書いてこなかったんだが、お聞きになりたいのはどんなことです？」

河井は紅茶をすすると続けて言った。

「いや、あなた方のお聞きになりたいことは、だいたい予想がついてます。まずはあれでしょう」

河井は愛美たちの背後、床の間の写真パネルを指さした。

「ＵＦＯの問題。どうしてあんなふうに、ブログのトップにＵＦＯみたいなものの写真なんか置いてあるのか」

河井はまた紅茶をすする。

「そしてもう一つ。なぜわたしが今ごろになって故郷に戻って来たのか。欣三さんとの関係はどうなっているのか」

「お気づきだったんですね……わたしと信平さんがあなた方を見ていたのに」

「いや、遠目だったんであなただとはっきりわかったわけじゃないですよ。信平さん、というのは商店街の喫茶店のマスターかな？」

「はい」

「いずれにしても、丘の上で見知らぬ男女が見ていた、というのはわかってました。そしてその二人が根古万知の者なら、近いうちに噂が立って、誰かがここにわたしの存在を確かめにやって来るだろう、というのも予測していましたよ」

河井はマグカップを畳の上に置いた。

「UFOについてはあとで説明するとして、そうだな、まずはなぜわたしが故郷に戻ったのか、話しましょうか。ご存じのように、わたしは島崎国夫くんの二年先輩でした。だがいろいろあって、もう一つの小学校に転校することになり、その後すぐに引っ越しました。それ以来、ずっと根古万知を離れていた」

河井はそこで言葉を切って立ち上がり、また台所へ消えた。五分ほどして戻って来た時は、盆の上に皿が載っていた。

「甘いもんはあまり食べないんだけどね、昨年たくさん採《と》れたんで、砂糖に漬けてみたんだ」

栗《くり》だった。マロングラッセのように見える。

「裏の山を登る途中に栗の木がたくさんあるんですよ。栗はここの特産品でね、どの家の裏にも栗林があるから、山の栗なんか誰もわざわざ採らない。ありがたく頂戴《ちょうだい》してます」

「いただきます」

愛美はひとつつまんで口に入れた。マロングラッセより素朴な味がしたが、栗の風味がとても美味《おい》しかった。

「根古万知を離れていた間のことは、関係ないし退屈な話なのではしょりますよ。とにかく、一人娘も独立してちゃんとやってるし、かみさんは死んだし……子宮ガンでね……仕事は嫌いじゃなかったけれど、なんだかね……大学に勤めてたんです。いちおう、教授って肩書きで社会学教えてました」

愛美も慎一も驚いて河井を見た。

「ま、私立の三流大学ですよ。でもわたしには合っていた。学生たちは優秀でもなんでもなくて、呑《のん》気《き》で、でも気のいい子ばかりでね。このまま若い人たちと過ごしながら、歳《とし》をとって定年迎えるのもいいか、と思ってたんです。故郷に戻りたいなんて、考えたこともなかった。なのに、かみさんのいない生活がじわじわとわたしを蝕《むしば》んだ。毎朝、一人で朝飯を食うでしょ、それがねえ、まるで紙でも食ってるみたいに味がしないんだ。しまいには朝飯を食うこともやめてしまった。だからって腹が空《す》いてるから昼飯が旨《うま》いか、って言うとこれも旨くない。空腹は苦痛だから、それから解放されて良かったなとは思うけれど、旨いもんを食ったあとの幸せな眠気みたいなもんは訪れてくれない。ああ、俺はもう、飯食って旨いと思うことは一生ないのかもしれないなあ、って考えたら、なんとも情けなくなった。せめて夜だけでも、と思ったけど、夜だって似たようなもんでした。面倒でビールで腹ふくらまして寝ちゃったり、ね。そんなこと一年も続けてたら、自分では気づいてなかったけどげっそり痩《や》せてて、春の健康診断で、栄養失調気味とか言われて。娘は心配して、一緒に暮らそうかなんて言ってくれたんだけど……出来心なんです。ふと、思いついた、というか、思い出した。わたしはこの古根子集落で生まれて、六歳までここにいたんですよ。でも両親が祖父母の家から出て、甘夏畑のあった国道沿いに家を建てたんで、小学校入学に合わせてこの集落を出た。わたしは変わった子供で友達もできなかったから、小学校に入ってからは故郷にあまりいい想い出がない。でも断片的に六歳までの想い出が頭の中に残っていて、それはみんな素晴らしいものだったんです。降るような星空の中を流れる天の川《あまがわ》。指より長いバッタの胴体。ザル一杯獲《と》れたザリガニ。畑でばあちゃんがもいでくれたトマトの丸かじり……それを思い出したら、帰りたくなった。六歳までの至福の時間に戻りたくなった。持ち家を売り払って退職金もらって、贅沢さえしなければ田舎に引っ込んで畑をいじって生きていかれる、そう思った。それで戻って来たんです。祖父母の家も土地もとっくに処分されてましたが、こんな限界集落ですからね、空いてる家と土地を少し借りることもできたし、住みたいと申し出たら歓迎して貰えました。なにしろこの集落では、わたしがいちばんの若手なんですからね」

河井は笑った。

河井の話に嘘はない、と愛美は思った。河井は、特に何か計画や企みがあって故郷に戻ったわけではないのだ。愛していた伴侶を失って生きる気力がなくなった時、幼い頃心に植え付けられた田舎の日々の素晴らしさを思い出した。虫や草木、鳥や魚、そして太陽と星。命に溢《あふ》れ、地球の力が満ち満ちていたここでの暮らしに、自分の再生を賭《か》けようと思った。ただそれだけだったのだ。

でも、それなら欣三さんは……そして、UFOは？

「噂は聞いてます」

河井は不意に言った。

「あなた方は、根古万知駅前商店街の再生を目論《もくろ》んでおられるとか」

「目論んで、というか」

慎一が慌《あわ》てて言った。

「少しでも活気を取り戻して貰いたいな、という程度です。それと町全体も、もうちょっと元気になってほしい。せめてシバデンが廃止にならない程度には、と」

「若い人がそういう考え方をしてくれる、というのは、いいですね。若い人が動かなければ、死にかけた田舎はどうにもならない」

河井はまた笑った。

「しかし、死にかけた者には死にかけた田舎がいちばん住み心地いいもんなんですよ。この集落は、全員が六十歳以上です。もはや人口は増える見込みもなく、自然減を待つばかり。コンビニもレンタルビデオ屋も、ハンバーガー屋もないところで若い人たちが暮らすのは、もう無理です。あなた方はどっちから来ました？　南から？　あそこの道、細かったでしょう。あそこはすぐに崖崩《がけくず》れを起こすんです。そして道路が不通になってしまう。北の方に行けば別の林道から国道に出られるんですが、そっちをまわると根古万知駅まで車で三十分以上かかります。台風の季節には、倒木や石が道を塞《ふさ》ぐこともあって、ここで暮らしていたのでは通勤がまともにできないんです。かと言って、田んぼも畑も大きくない。本気で農業をやったところで食べていけるだけの出荷は難しいです。ここで暮らしていたのでは、生活費が稼《かせ》げないんですよ。それは致命的なことなんです」

河井は栗をつまみ、しばし眺《なが》めてから口にほうりこんだ。

「この集落は、もう生活費を稼ぐ必要すらなくなった、終わりを待つ者たちのための場所なんです。ここの人たちはもう二度と、この集落に人を呼び戻そうなんて言わないでしょうね。その必要はない、すでに何もかも遅いんだ、と納得しています。天の順番が守られるなら、わたしがこの集落の最後の一人になるでしょう。わたしがここを看取《みと》ることになる」

4

「それでは寂《さび》しくないですか」

慎一が言った。

「生まれた集落が消えてしまうなんて」

「わたしが生きている限りは消えないんです。だったら寂しいと思う理由はないでしょう」

河井は穏《おだ》やかに言った。

「いや、行政がどう考えるかはわかりませんけれどね。しかし人が暮らしている限りは、まさか立《た》ち退《の》けとは言わないでしょう。まあ住所表記は変更になって、古根子、という集落名は消されてしまうかもしれませんが。いずれにしても、最後の一人になった朝に、それからのことは考えようと思っているんです。それまではここで暮らす。その朝が来て、独りぼっちでここで暮らすのは嫌だな、と思ったら、町に戻ってアパートでも借りて、あとは自分の番が来るまで本でも読んで暮らすかもしれない。寂しいかと問われたら、寂しいのかもしれないがよくわからない、と答えます。でもね、寂しいだろうから誰か連れて来てここに住んで貰おうと提案されたら、わたしはたぶん断ります。わたしはここに逃げて来たんだ……妻のいないこの世界は、わたしには複雑過ぎるんですよ。妻が生きていた頃、妻がどれだけわたしの人生をすっきりと整理していてくれたか、身に染みてわかりました。わたしときたら、情けないことに、回覧板がまわって来てもそれをどこにどうやって届けたらいいのか知らなかった。家計簿なんか見てもさっぱりわからない。隣近所の人の名前と顔が一致しない。盆暮れの挨拶《あいさつ》だの中元歳暮だのも、誰に送ればいいのかわからない。それどころか、喪《も》が明けて年賀状を出そうとしても、妻がいつもどこに印刷を頼んでいたのかも知らなかった。親戚の子供たちの名前も歳もわからない。米がなくなったらどこに頼めばいいのか、ファンヒーターの灯油はどこで買えるのか……正直、わたしは妻のことをどこか軽くみているところがありました。妻は短大を出て見合いでわたしと結婚するまで、働いたこともなかった。短大は家政科で栄養士の免許をもっているものの、昔風に言えば嫁入り道具の一つとして卒業したようなものでした。なのでまあ、世間知らず、だと思っていたんです。世の中のことなんか何もわかっていない。経済も政治も知らないし、そうした会話ができる相手じゃない。そう勝手に思いこんで、妻とはそうした会話は一切《いっさい》、したおぼえがありません。実に嫌味な人間なんですよ、本来のわたしは。だから娘もわたしを煙《けむ》たがって早く独立してしまった。ところがいざ妻がいなくなってみて、世間を知らなかったのはわたしのほうだ、とわかりました。いくら経済の知識があったって、家計簿に妻が書きこんでいる内容が理解できないわたしは経済音痴《おんち》なんです」

　河井は笑いながら、栗をひとつ口に入れてゆっくりと噛《か》んだ。

「わたしは逃げた。独りぼっちで世間に慣れる努力をするのは、辛過《つらす》ぎました。ここでの生活では、家計簿なんかつける必要がないですからね。何しろほとんど買い物をしない。車と発電機のガソリンは払ってますが、薪は、ご近所さんが山から不要な雑木を切り出す時に丸太でくれるんです。いくらかでも金を払わせてくれと言うんですが、それならあんたは若いんだからうちの分も割ってくれないか、と逆に頼まれてね。どうせ暇《ひま》だし、毎日薪割りしてますよ。野菜は畑でとれる。山菜もきのこも採れる。川で釣りもできます。ここに引っ越して来てから、人間ってのはその気になれば、金のかからない生活ができるもんなんだなあ、と感心しました。そんな暮らしなんですよ、ここでの生活は。他の住人もだいたい同じようなもんだと思います。今さらもう、新しいことを始める気もないし、新しい人間と親しくなりたいとも思っていない」

河井は、じっと愛美を見て言った。

「国夫くんは、本気で町おこしをしたいと思っているんでしょうか」

「……商店街が今のままではだめだとは、思っています」

「あの商店街と……この集落とは、なんだか似ているように思うんですが」

「根古万知駅前商店街とこの集落が、ですか」

「そうは思いませんか？　あの商店街は、もう商店街としてはほとんど機能していない。しかしあそこで暮らしている人はいて、その人たちはそれなりに、穏やかで平和な生活をおくっている……違いますか？」

「それは……そうだと思いますけど……」

「死にかけている者が微笑んでいたら、そのまま死なせてあげる、という選択肢もあるんじゃないかな」

河井は、小さな溜め息をひとつ吐《つ》いた。

「町おこしや再開発に反対とか賛成とかは、もう意見するつもりはないんです。というか、正直、興味がない。ただ、無理にイベントを開いて、平和に静かに余生を過ごそうと思っている人たちを巻きこむというのはどうなんだろう……わたしが国夫くんだったら、商店街の最後の一店舗になれればそれでいいや、そんなふうに考えるだろうな、と思ったものですから」

しばらく、会話が途絶《とだ》えた。慎一は今の河井の言葉をどう考えているのだろう。愛美も何か言いたいと思ったが、言葉がうまくまとまらない。河井の言葉は正しいのかもしれない。自分たちがしようとしていることは、余計なおせっかいなのかも。

でも。

愛美は、やはり納得できなかった。

この集落は確かに美しいところだ。様々な人生で傷ついた人が逃げこんで、静かに余生をおくる場所としては、ここよりふさわしいところはないのかもしれない。

だが根古万知駅前商店街は、そうではない。今のあの商店街は決して「美しい場所」ではない。閉まったまま埃《ほこり》と落書きだらけになったシャッターの奥で、日も差しこまない小さな家の中で息をひそめて生きていることを望む人がいるのだとしても、毎日の生活の中でそんな暗い場所を目にしている町の人々の気持ちはどうなる？

根古万知の住人たちが町の再生を半《なか》ば諦《あきら》めてしまっているのは、閉まったシャッターが並んださびれた商店街がその象徴のように映っているからではないだろうか。

「ま、しょせんわたしは部外者です。商店街を活性化させて町おこしをしよう、というあなた方のやる気を削《そ》いでしまうようなことを言える立場ではありません。申し訳ない、わたしも愚痴《ぐち》を口にする年齢になってしまった、ということですかね。娘はわたしのことをものすごく偏屈《へんくつ》な人間だと思っているようですが、実際わたしは偏屈なのかもしれません。若い学生と過ごしていた頃には、そこそこ人気もあったと思うんだが、それも無理をしていたってことでしょう。それより、あなた方の疑問に答えましょう」

河井は、マグカップを床に置いた。

「ブログ、ってやつですか、娘がやってる。あのトップに置いてある画像、あれはつくりものです。知り合いのフォトグラファーが加工してくれたんですよ。元は銀色に塗ったフリスビーなんです」

河井は笑った。

「なんであんなものをネットにあげたのか。わたしは、人を捜《さが》していたんです」

「……人？」

「わたしが捜していた人物ならば、あの画像を見たら必ず連絡をくれると思ってました。なので娘にブログを明け渡してほっといたんです。わたしのメッセージはあの画像にすべてこめられていますからね、他には何も必要がない。でもただ画像一枚ネットにあげただけでは、見てくれる人が少ないでしょう。若い女の日記めいたブログなら読者も多少は増えるだろう、そう思ったんですよ」

「メッセージというのは」

慎一の問いに、河井は少し間をおいて答えた。

「わたしは子供の頃、あの画像にそっくりなものをこの目で見たんです。というか、わたしの記憶に合わせて画像をつくって貰ったわけです。その時わたしは一人ではなかった。一緒にあれを見た人がいたんです。でもそれが誰なのか、わたしにはわからなかった。わたしは学校で、UFOを見たと話しました。そして嘘つきと呼ばれ、やがてそれがきっかけでいじめの対象になってしまった。細かい理由は他にもあったと思います。今は理由なんかなくてもいじめられるらしいですが、まあ昔のことですからね、子供はそんなに陰湿じゃなかった。なかったと信じていたいですが。わたしは生意気な子供だったようです。なんでも知ったかぶりして、自慢して。まあ根拠はいちおうあったんですよ。わたしはとてもよく本を読む子供でした。大学の教員になったのも、一生本を読んでいたかったからです。勉強も好きでした。嫌な子供です」

河井はまた笑った。

「昔の田舎ではね、子供は何より運動が良くできるのがいちばん褒《ほ》められた。体力があって喧嘩《けんか》が強くて足が速い子が人気で、そういう子がすることが正義でした。わたしは運動はからきしだめで、徒競走でもスタートしてすぐ転《ころ》ぶような子供だった。子供社会でのヒエラルキーがとても低かったんですよ。なのに知ったかぶりばかりして、知識をひけらかして、同級生を馬鹿にするような態度をとっていた。それでも成績が良くて先生のおぼえがめでたかったから、あからさまにはいじめられなかったんです。でもＵＦＯを見たと吹聴《ふいちょう》したことで、わたしは嘘つきになりました」

「でも、嘘じゃなかったんですよね？　ほんとにＵＦＯを目撃されたんですよね」

「自分では嘘をついたつもりはもちろんありませんでしたよ。見たままを話したつもりでした。でもわたしがあの時に見たものが本当にＵＦＯだったのかどうか、それは確信なんかありません。ただ、あんなふうに見えた、というだけです。それは楕円形の光る円盤のような形で、空に並んで見えたんです」

「あの丘で、ですか」

「そうです。あそこで見たんです。戦時中に防空壕《ぼうくうごう》として使った時のまま、中に入れないように鉄条網が張ってありました。わたしは友達がいなかったので、誰もいない時を狙って一人であの丘に行き、上によじ登って景色を眺めるのが好きでした。あの画像では昼間のように明るくしてありますが、実際にはもう夕方で、どんよりとした曇り空で、薄暗かったような記憶があります。光の楕円形は突然現れました。それは三つか四つ行儀良く並んでいたんです。わたしは驚いて大声をあげ、呆然《ぼうぜん》とそれを見ていた。で、人の気配に気づいて振り向くと、丘の端に人の頭が見えたんですよ。誰かが丘を登って来て、わたしと一緒に光る楕円形を目撃したんです。でもわたしが振り向くと同時に頭は消えました。わたしは走って追いかけました。誰でもいい、今自分が見たものが夢や幻ではない、と言って欲しかった。けれど、わたしが丘の端にたどり着いた時にはもう、人の姿は下に降りて遠ざかって行きました……駆《か》けていく後ろ姿は今でもはっきり憶えていますよ。子供ではなかった。でも、大人でもなかった。わたしよりは年上の、青年でした」

「それが欣三さんだったんですね！」

慎一が身を乗り出すようにして言った。

「欣三さんも、UFOを目撃していた……でも、欣三さんはインターネットなんか見るんですか」

「お孫さんが見ていたそうですよ」

「……佐智子さん。そうか、佐智子さんもあの画像を見たんだ」

「ちらっと見て、あの丘で撮られた画像らしいと聞いて、すぐに判《わか》った、と言ってました」

「でもあなたの連絡先は載せてないですよね。メッセージを出さないとあなたとは連絡がとれない」

「知ってたんですよ。欣三さんは、あの時丘の上でUFOを見た子供がわたしだということを知ってました。そしてわたしがここに戻って来たことも知っていたんです。ま、それがこういう田舎のいいところでもあり、鬱陶《うっとう》しいところでもありますね。この集落に月に二度、移動販売が来るんです」

「あ、国道沿いの大型スーパーがやってるっていう」

「地元対策の一部なんでしょうね、役場から頼まれて始めたようです。ここの他にも根古万知周辺には限界集落がいくつかありますから。ほとんどアリバイ作りみたいなちっちゃなワゴンで、品数も少ない。それでもここで暮らす年寄りの中には車の運転ができなくなった人もいますから、ありがたいものなんです。住人同士なんとか車を融通《ゆうずう》して、買い物ができない人たちの手伝いはしてるんですけどね、やっぱり自分で物を買う、というのは嬉《うれ》しいものですよね。で、その移動販売を担当してる岡《おか》田《だ》くんって人が、欣三さんの従兄《いとこ》の孫なんだそうです。従兄の孫って何か言い回しありましたっけ？田舎はみんなどこかで血が繋《つな》がってるもんなんですよね。岡田くんはわたしがここに引っ越して来た時、そのことを欣三さんに教えた。別に他意はなかったと思います、世間話のついでにでも話したんでしょう。でも欣三さんはすぐにわたしに連絡して来たりはしませんでした。その必要もないですもんね」

「それが、ＵＦＯの画像を見て連絡して来たんですね」

「岡田くんを通じて、電話が欲しいと言って来ました。電話番号は岡田くんが知ってましたから、わたしはすぐ電話したんです。それで、お孫さんや奥さんに知られたくないって言うんで、あの丘で待ち合わせしてここにお連れしました。……ここで欣三さんとわたしがどんな話をしたのかは、プライベートなことなんでお話しするつもりはありません。ただ、欣三さんもずーっと長い間、あのＵＦＯのことが気掛かりだったそうですよ。それと、欣三さんから猫の話も聞きました」

「欣三さんの命を救った猫のことですか」

「ええ。欣三さんは、炭坑で自分を助けた猫が、一日駅長をしたあの猫だと信じています。欣三さんの説によれば、あの猫はＵＦＯに乗っていた宇宙人の飼い猫なんだそうですよ。だから寿命が百年くらいあるんだとか」

河井は笑った。

「ご家族はとっくに承知しておられるでしょうが、欣三さんは時折《ときおり》、幻覚のようなものを見ているみたいですね」

「……認知症だろうとお孫さんの佐智子さんは言ってます」

「検査はされたんですかね。認知症の判断は素人《しろうと》には難しいと思いますよ」

「病院で検査して、認知症の初期と診断されているようです。でも正直なところ、ご家族にも欣三さんの認知症には、判断がつきかねているところもあるみたいです。認知症のふりをしているけれど正常なんじゃないかと思うことも多いようで」

「初期の段階では、正常な状態とそうでない状態とが交互に表れるらしいですよ。わたしもそろそろ、自分のことを心配しないとならない歳になって来てるんで、定期的に検査は受けるつもりですが。こんな田舎で呑気に一人暮らしする以上、自分のことは自分でやれるだけの健康を維持することがいちばん重要ですから」

河井はマグカップを手に立ち上がった。

「これであなた方の疑問にはいちおうお答えしました。あの画像がネットで話題になっていることは、娘から聞きました。でもあの丘で待っていても、もう二度とＵＦＯを見ることはできないと思います。欣三さんはあれから何度も丘に登って、ＵＦＯが見えないかと待っていたそうですよ」

「河井さん、もしかしてあなたは、その時に見たＵＦＯの正体をご存じなんじゃないですか」

慎一の言葉に、河井は曖昧《あいまい》に笑った。

「いちおう持論は持っています。でも再現することは難しいかもしれません。あれは、偶然から起こった現象だったんです。持論が正しければ再現することも可能なはずですが、条件が揃《そろ》わないとね。あなた方は町おこしにＵＦＯも利用するつもりですか」

「……それは、まだ考えていません。でもあの画像のおかげで実際に観光客が来た、という事実は無視できないと思っています」

「ま、町おこしに積極的に協力するつもりはありませんが、あなた方の情熱に水をさすこともしたくありませんので、あの画像はあのままにしておきますよ。ですが、島崎さん」

河井は愛美の方を見た。

「国夫くんには伝えていただけますか。昔のことについては、触れるつもりもないし触れたくもない。お互い、そっとしておけばいいと思っています、と。わたしは偽善者にはなりたくないんです。わたしはおそらく、死ぬまで自分が体験したあの頃の辛さを忘れることはないでしょうし、なかったことにもできない。はっきり言えば、国夫くんたちには会いたくもない。でもわたしのほうからここに戻って来たわけですから、また同じ根古万知の住民として、必要があれば協力します。頑なと思われるかもしれないが、この歳になって今さら、受け入れたくもない謝罪を受け入れたり、ゆるしたくもない人間をゆるす気にはなれないんです。そういうことをわたしに強要しないでいただきたい」

5

愛美が話し終えた時、国夫はすっかり意気消沈してうなだれていた。

「この歳になって、こんな気持ちを体験するとはなあ」

国夫は湯気のたつラーメンを愛美の前に置いた。

「チャーシュー、もっと入れるか」

「ううん、これでいい」

愛美は割り箸《ばし》を割った。

「いただきます」

父のラーメンはいつもの味だった。特別に美味《おい》しくはないけれど、どこか懐《なつ》かしい味。

でも、お父さん、やっぱり歳をとったな。

国夫の、真っ白になった髪を見て思う。目もくぼんだし、頬《ほお》も垂《た》れた。何より、からだがひとまわり小さくなった気がする。

父も、もうじき還暦だ。

「……でも愛美、俺は年下やったし、他の子らと一緒の時でもぜったいに暴力はふるってない。それだけは信じてくれ。物をとりあげたりしたこともない」

「わかった。信じる。でもお父さん、河井さんの口調は厳しかったよ」

「そうか」

国夫は頭をかいた。

「ただ恥じ入るしかないな。ニュースなんかで、いじめが原因で子供が自殺したなんて聞くと腹が立つくせに、自分もやってたんだから」

「わたしもちょっと、ショックだった。河井さん、謝りに来てもほしくない、っていう言い方だった。いじめの問題って、何年経っても、ただ謝ればいい、じゃ済まないことなのね……被害を受けた人にとっては、思い出したくないこと。謝られること自体が苦痛だし、それでゆるせと強要されてゆるせるものでもない……」

「どうしたらええんやろなあ。結局何もしないで、このままにしとくしかないんかな」

「少なくとも、河井さんのほうからお父さんたちに会ってもいいって思ってくれない限りは、何もできないかも。ねえお父さん、古根子集落に栗の他に特産品ってある？」

「栗以外の特産品？　うーん、昔っからあそこの松茸は、N市でいい値段で取引されてたと思う。それほど数は採れないんで全国的には知られてないけどな。たけのこは季節になると関西の業者も買い付けに来る。栗は今でも農協に出荷されとるが、秋になると山採りのきのこも農協の売店に並ぶな。愛美、まさかあそこの農産物を今度の紙芝居コンテストの屋台で、とか考えてるんか」

「だめかな。せっかくだから、古根子集落にも参加して貰えたらって。あそこもお米や野菜は農協に卸《おろ》してるんでしょう？　でも集落の中の畑は自家消費用みたいだったから」

「自家消費用の農産物をおおっぴらに販売したら、農協が黙ってない。それは無理や。それに、そんなことしても雄三は」

「河井さんのことは、ひとまずおいとくわ。でもどうしても、古根子集落には参加して貰いたいんです」

「なんでそんなにこだわる？」

「だって」

愛美は思わず笑った。

「名前が。根古万知はねこまち、猫の町。そこに、こねこ、よ、仔猫！　仔猫の村が猫の町のお祭りに参加してます、なんて、想像しただけでも楽しい。話題性、あると思うの、名前だけでも」


「こんばんは」

引き戸が開いて客が入って来た。信平と、そして驚いたことに音無佐和子が一緒だった。

「あら、えっと、愛美さん！」

「はい。あの」

愛美はスツールから降りていた。

「えっと、父です」

愛美がカウンターの中の国夫を手で示したので、佐和子は驚いた顔になった。

「あら、そうなの。こちらがお父様。音無と申します」

国夫は目を丸くして佐和子を見つめていた。

「あ、いや……し、島崎です。あの、えっと」

「女優の音無佐和子さんよ」

愛美が言うと国夫は首をこくこくと振った。

「し、知ってる。み、見たことある、テレビで」

「ありがとうございます。あまりテレビのお仕事は来ないんですけど」

「ドラマ、出てましたよね、えっと、先週もやってた」

「二時間サスペンス、かしら。ええ、弁護士の役でちょっと出させていただいたと思います。でもあれ、二年くらい前に撮ったものなんですよ」

「そうなんですか」

「二時間ドラマはたまに、撮ったあと放映日がなかなか決まらずに何年も経ってしまうことがあるんです。結局放映されないことも」

「も、もったいないですね」

「そうですね、わたしたちもせっかく演じたものは、皆さんに観《み》ていただきたいんですけれど」

「お父さん、そんなことといいから、お水出して」

「あ、いかん。すみませんどうも」

国夫は慌てて、カウンターの上の水差しからコップに水を注《そそ》いで出した。

「島崎さん、俺、チャーシュー麺《めん》」

信平が言った。

「この店ね、特に美味しいわけじゃないけど、懐かしい味の醤油ラーメンだから」

「信平、美味しいわけじゃない、は余計や」

　国夫が笑った。

「しかしまあ、その通りなんですけどね。たいして美味しいわけやないです。お口に合わないと思います。それでも良かったら召し上がってってってください」

「わたし、醤油ラーメン大好きよ、信平くん」

「そう？　なら良かった。でも行列のできるラーメン屋と比較したらだめだよ。ここのラーメンは、並ばなくてもすぐ食える、のが最大の売りなんだから」

「おい信平」

「島崎さん、作りながら聞いて貰えますか。ちょっといい話があるんですよ」

「いい話？」

「愛美ちゃん、この前の話だけど、佐和子さんね、映画を撮ることに、決まったんだって。つまり女優じゃなくて監督をするんだ」

「女優もやりますよ。経費節約のために」

　佐和子が朗《ほが》らかに言う。

「先日、古い写真館のことを聞いたでしょう。わたし、前々から温めていた物語があるんです。古い写真館に飾られた写真をめぐるオムニバスで、初めは一人芝居でやろうと思っていたんですけど、その一人芝居の脚本から映画の脚本を起こして、映画を撮りたいと。今度の紙芝居コンテストの時に一人芝居の初上演をさせていただいて、それを撮影して映画の一場面として使いたいんです」

「すごく素敵！　でも、写真館のほうは」

「木下さんとこに行って来たんだ、今」

信平が言った。

「木下さん、商店街の写真館は閉めちゃって、物置としてしか使ってないんだけどね、N市に娘さん夫婦と一緒に住んでるんだ。それでN市まで行って来た」

「快《こころよ》く承諾してくださったの」

佐和子が嬉しそうに言った。

「もちろん掃除して、今建物の中に置いてある物はレンタル倉庫を借りてそこに一時的に保管するんだけど、その費用さえ出してくれるなら好きに使ってくれていいって。鍵《かぎ》まで預《あず》けてくださったの」

「で、腹ごしらえしたら下見に行くんだけど、愛美ちゃんも来る？」

「はい、行きます。懐かしいです……わたしも三歳と七歳の時、七五三の写真、あそこで撮った記憶があるんです。お父さん、そうよね？」

「ああ、根古万知には写真館はあそこだけだったからなあ。でも愛美の二十歳の記念写真は、N市のスタジオで撮ったんだよな」

「その時にはもう、木下さんとこは閉めちゃってたから」

「でも良かった。木下さんに断られたらどうしようって心配だったの。だってこの商店街でも、シャッターに絵を描くのもだめ、って人がいるって信平くんが言うから。でもシャッターに絵を描くのが嫌って、どうしてなのかしら。どっちみち使ってないシャッターなのに」

「そのあたりの心理は、けっこう微妙なのかも知れないね。店を閉めて引退して、年金で静かに暮らしていることに満足しているのに、みすぼらしいからシャッターに絵でも描きましょう、なんて言われたら、ムッとするのもわかる気がする」

「要は、他人の評価を押し付けられたくはない、ってことね」

国夫がラーメン丼《どんぶり》を二人の前に置いた。佐和子は、ぱちん、と箸を割った。

「この商店街を寂《さび》れていると表現するか、それとも、お疲れさま、と表現するか。確かに微妙な問題よね。でもこうして現実に開いているお店がある以上は、お客さんに戻って来てほしい、と思うのも間違ってないでしょう。……あ、この味、好きです！　ほんと懐かしい……チャーシューを煮《に》た汁を煮詰めたタレを、鶏《とり》ガラと昆布《こんぶ》のスープで割った……？」

「すごい、よくわかりましたね」

国夫が嬉しそうに言った。

「そうなんです。うちはね、鶏ガラと昆布なんですよ。死んだ女房、この子の母親がね、好きだった味で」

「ある意味この味も、レジェンドですよ」

信平が言った。

「何よりいいのは、この味が嫌いだ、という人は少ないんじゃないかってことです。今度の紙芝居コンテストとシャッター展覧会、屋台出すんでしょ」

「うちのラーメンを？」

「お腹にたまるものが何かないと、昼飯を食わないで来てくれた観光客が気の毒ですよ」

「いやでも、俺ひとりじゃ無理だよ」

「もちろんボランティアを集めます」

「他に食い物は何を出す？」

「島崎さんみたいなプロは、俺以外他にいないですからね、あとは婦人会に巻き寿司をお願いしたらどうかな、と。ほら、いつも秋祭りの時に婦人会が販売してるやつです。俺はねこまち甘夏を使ったパウンドケーキをピース売りします。それとコーヒー」

「信平くん、ね、木下写真館でのお芝居も、始まる前にケーキとコーヒー、出せないかな」

「手伝ってくれる人がいれば出せると思うけど。でも芝居はチケット代、とらないんだろう？　ケーキ代はどうするの」

「わたしがもつ」

「それはだめだよ。映画の製作費だってかなりかかるんだろ？」

「いいの。写真館をお借りするお礼、木下さんが受け取ってくださらなかったんだもの、その分を町の人に還元します」

「ケーキとコーヒー付きとなったら、入り切れないくらい人気になりそうだね」

「信平、失礼なこと言うな。音無さんの芝居やったら、そんなんせんでも満員や」

「そうだといいんですけど」

佐和子はあっという間にラーメンを平らげていた。

「お芝居って、やっぱり難しいんですよね、お客さんを呼ぶの。わたしくらいの役者じゃ、一人芝居で客席をいっぱいにするのはほんと難しいです。木下写真館はあまり大きくないので、ぜひ満席にしたいわ」

「何席くらい作れるか、下見で広さを測ったほうがいいね。俺の店に寄ってメジャー持って行こう」

「音無さんのおかげで、ただの田舎のイベントじゃなくなっちゃう感じですね。ＣＭとのタイアップもうまくいけば、きっとマスコミも取り上げてくれます。ノンちゃんの一日駅長の時もけっこうネットでは話題にして貰えましたから」

「ほんとに助かったよ、佐和子さん」

「ううん、わたしのほうこそ、木下写真館やこの商店街と出逢って、長年の夢だった映画製作がどんどん具体的になって来たんだもの、すごく感謝してます。でね、感謝ついでにもう一つ、お願いがあるんだけど」

「なんでも言って。俺たちにできることならなんでもする」

「ありがとう。映画のロケ地を探してるんだけど、なかなかいいところがないの。この根古万知の近くでイメージに合うところ、ないかしら」

「どんなイメージ？」

「寂しい山の中の村。時々霧が降りて来て村全体を覆《おお》うの。お年寄りしかいなくて、でも四季折々にいろんな草花が咲いて……時が停まっているみたいな場所」

「このあたりの田園風景なら、どこでも切り取り方でそんなふうになると思うけど……」

「切り取りたくないの。ＣＧ処理するお金もないし、切り取らなくてもそんな、静かでひとけのない風景になるようなところがいいの」


愛美は思わず、箸を落とした。そして拾うのも忘れて言った。

「あります。あるわ、イメージぴったりのところ！」

「本当？」

「はい、本当です。車でここからだと三十分はかかるんですけど。古い集落で、名前が……古根子」

「これねこ⁉」

佐和子が驚いて言った。

「それ、まじめに言ってる？　そんな名前の村があるなんて」

それから笑い出した。

「そこ、行きたいわ。車で三十分、わかった、木下写真館は夕方になっても大丈夫だから、まずはその、こねこちゃんの村に行きましょう!」

八章　こねこのロンド

1

国道で渋滞にかかったので、古根子集落に着くのに商店街から二時間近くかかってしまった。それでもまだ夕暮れには少し早く、陽射《ひざ》しは明るく照りつけている。

車から降りた佐和子は、大きくひとつ背伸びをした。

「本当に素敵なところね。隠れ里みたい」

「実際、隠れ里だったんじゃないかな」

信平が言った。

「このあたりも山の中には平家《へいけ》の落人《おちうど》部落がいくつもあった、って祖父《じい》ちゃんから聞いたことがある」

「そう聞くと、なおさらロマンチックに見えるわね……」

「早朝ならおそらく、霧に沈んでいるんじゃないかな。山からも霧が降りて来るだろうし、さっき渡った橋の下は根古万知川だから。佐和子さんの欲しいイメージに近そう？」

「近いどころか……わたしの頭の中にあった光景よりずっと素敵」

「実際にロケに使うことになったら、住んでいる人たちには了解を得ないとね。行政的にはここも根古万知町だから、町役場に申請すれば大丈夫だと思うけど」

「資金がないから、そんなに大げさなロケ隊を連れて来られるわけじゃないのよ。わたしの他には助監督さんとタイムキーパーさん、カメラが二人、音声さん、そのくらいかな。メイクとかスタイリストとかも、友達に頼んで手伝って貰《もら》えると思うけど」

「全部佐和子さんの持ち出し？　それじゃ大変だろう」

「仲良しのプロデューサーが製作委員会作ってスポンサー探してくれてるけど、難航してるみたい。でもいいの、貯金全部はたく覚悟はできてる」

佐和子は明るく笑った。

「でもわたし、信平くんに呼ばれて根古万知に来て、ほんとに良かったと思ってるの。あの商店街をこの目で見て、自分が撮りたい映画がはっきりとイメージできたのよ。そして今、この集落に出逢《であ》った。何もかも、映画の神様がわたしにプレゼントしてくれたみたいに素敵だわ」

「きっといい映画になるよ」

「ええ」

佐和子は深呼吸した。

「わたしもそう信じてる。歩いてみましょう」

佐和子はさっさと石ころだらけの道を歩き始めた。

河井の暮らしている家がすぐに見えて来た。家の裏に小さな畑があり、様々な野菜が育てられている。

佐和子はカメラを取りだしてあたりを撮り始めた。

「何かご用ですか」

背後から声がして愛美が振り返ると、河井が釣り道具をかついで立っていた。

「君たち……まだ何か用ですか」

「何度もすみません」

愛美は頭を下げた。

「ですが、今度は別のお願いがあって来ました」

「お願い？」

河井は困惑した表情で愛美と信平を見てから、夢中で写真を撮っている佐和子の背中に視線をやった。

「あの、あちらは」

「どこかで見たことある人だな」

「女優さんです」

「女優？」

「音無佐和子さんです」

「音無佐和子……そうか、映画で見たことがある。どうして女優さんがこんなところに？」

「音無さんは、映画を撮りたいんだそうです」

「撮るって、監督をするということ？」

「だと思います。それでイメージに合うロケ地を探していらっしゃって、ここのことを話したらぜひ見てみたいとおっしゃったのでおつれしました」

「この集落で映画のロケをしたい、ってこと？」

「一目で気に入られたようですよ」

河井は腕組みした。

「こんな何もないところが気に入ったのか。芸能人の考えてることはさっぱりわからんな」

河井はそう言いながらも、佐和子の邪魔をする気はなさそうだった。佐和子が畑の野菜や畔《あぜ》道の草花、通りかかった猫などを何枚も写真に撮っている間、じっと動かずにそれを見ていた。

やがて佐和子のほうが気づいて、驚いた顔でこちらに走って来た。

「す、すみません！　すっかり夢中になってしまって……あの、こちらの畑の……？」

「わたしのことは、島崎さんたちに聞いてください。とりあえず、あなたたちはここではひどく目立つ。中に入って何か飲みませんか」

「でもご迷惑では」

「外で騒がれるほうがよほど迷惑ですよ」

河井は笑った。

「わたしも魚の始末をつけてしまいたい。血抜きはして来たが、早く処理してしまいたいんです。島崎さん」

「はい」

「魚を触ったので手が生臭い。申し訳ないが、代わりに茶をいれて貰えますか」

「はい、喜んでお手伝いさせていただきます」

愛美は、河井が自分に少し打ち解《と》けてくれたことがとても嬉《うれ》しかった。


一日に二度も同じ家に入る、というのは、少し奇妙な感じがした。けれどそのおかげで、戸惑わずに茶の仕度《したく》ができた。小さな台所ながらよく工夫されていて、窓辺に取り付けられた手製の棚の上には、センスのいいキャニスターがきちんと並んでいる。ハーブティーは四種類もあって、それぞれ配合されているハーブの名前がラベルに書かれていた。

愛美が迷っているのを察して、河井が、どれでもいい、あなたの好みで、と言ってくれた。愛美はミントの入った配合を選んでキャニスターを手に取った。

「このハーブも河井さんのお手製なんですか」

「お手製、というほどたいそうなもんじゃない。庭に生えてるのを乾燥させて揉《も》んだだけだよ。娘が送ってくれた種を適当に播《ま》いてるんだ。そこにはちみつがあるから、甘くしたい人にはいれて貰ったらいい」

愛美がハーブティーをいれている間、河井は外に出ていた。魚の始末を井戸でしているようだった。

「わあ、いい香り」

佐和子はハーブティーを美味《おい》しそうに飲んだ。

「いいわねえ、庭のハーブでハーブティー。わたしもベランダでハーブを育ててみたことあるんだけど、忙しいとつい手入れを怠《おこた》っちゃって、枯《か》らしちゃうのよね。可哀《かわい》そうだから、もう植物はやめたわ。わたしには緑の手がなさそう」

「緑の手？　なにそれ」

「信平くん知らない？　植物を育てるのが上手な人は、緑の手を持っている、って言われるのよ。河井さんって、あなた方の話に聞いていたより優しそうな人ね」

「いい方なんだと思います。ただ、人づき合いが苦手なだけで」

「ここで暮らしていたら、わずらわしい人間関係とは無縁でいられるものね……外で何をなさっているの？」

「井戸で、釣ったお魚の下処理をしていらっしゃるみたいです」

「川の魚はすぐ処理しないと傷《いた》むのが早いからな」

「このあたりでは何が釣れるの？」

「山女魚《やまめ》とか岩魚《いわな》じゃないかな。あと、鮎《あゆ》。まだ禁漁期間になってないから」

「いいわねえ。畑で育てた野菜やハーブ、釣って来たお魚。スーパーマーケットに行かなくてもお夕飯を作れる生活」

「それでもスーパーには行ってると思うよ。この集落にはもう、日用品を手に入れられる店がないから。移動スーパーは巡回してるらしいけど、品数は少ないだろうしね」

ハーブティーを飲み終えた頃に河井がやっと顔を見せた。

「島崎さん、冷蔵庫にケーキがある。悪いが切って出してくれないですか。この手の生臭さがうつったらまずくて食えなくなるから」

「はい」

自家発電で動かしている小さな冷蔵庫の中には、少し欠けた丸いケーキが入っていた。

「チーズケーキですね！　河井さんがお作りになったんですか」

「わたしはケーキの作り方など知らないよ。娘が焼いて送ってくれたもんです。丸ごと送られても食べ切れなくて困ってたんで、ちょうどいい」

「魚は何を釣られたんですか」

信平の問いに、腰をおろした河井が笑顔で答えた。

「今日は鮎だけ狙った。せっかく入川権《にゅうせんけん》を買ってるんだから、釣らないと損《そん》だしね。今夜塩焼きにして、残りは焼き干しするかな。あなたたち、暇《ひま》だったら夕飯食べて行きますか。鮎はたくさんある」

「嬉しいんですが、今日はまだまわるところがあるんです。商店街に戻って写真館の」

「いただきます！」

佐和子が信平の言葉を遮《さえぎ》って叫んだ。

「ぜひ！　ご迷惑でなければ」

河井は驚いた顔で佐和子と信平の顔を見比べていた。愛美は信平にうなずいた。信平が言った。

「本当にご迷惑でないなら、ぜひ」

信平も苦笑いしてうなずいた。

「迷惑なんてことはないですよ。どうせ一人分作るも四人分作るも、手順は一緒だ。ただ、こんな田舎《いなか》暮らしだからね、ご馳走《ちそう》は作れないですよ」

「お手伝いします。あ、このケーキ、美味しい！」

佐和子は無邪気に笑う。さすがに女優だけあって、笑顔はとびきりに美しく見える。


「この集落で撮影したい映画とは、どのようなものなんですか」

河井は、二切れ目のチーズケーキを美味しそうに食べている佐和子に、少しあらたまった口調で訊《き》いた。

「ここは確かに何もない田舎の村ですが、それでもまだ何人か、人は住んでます。ここに住んでいる者たちの心を傷つけるようなものは、やはり困るのです。実は以前にもこの村で、映画の撮影をしたいという話が来たことがありました。ですがその映画は廃村に巣くう悪霊《あくりよう》の話で」

河井は苦笑いした。

「いや、わたし個人はホラー映画もけっこう好きですし、フィクションの舞台にされたからといって、何もこの村が廃村だとかバケモノが出る村だとかいうことにはならないのは理解しています。が、ここで暮らす年寄りにとっては、おまえたちが住んでいるところは廃村同然なんだぞ、と言われているようで気分が良くなかったようなんです。で、撮影はお断りした、という経緯もあったようです。わたしがここに来る前の話なんですが」

「おっしゃることはよくわかります」

「話に聞いただけなんで詳しいことは知らないんですが、どうもその時は、相手にその、デリカシーが足りなかったようなんです。実際に人が暮らしている家を廃屋の設定で使わせてくれだとか、畑の野菜は買い上げるので、全部引っこ抜いてくれだとかいろいろ言われたようでして。あげくは、映画がヒットすればこの村に観光客が来る、というようなことを、恩着せがましく言われたのだとか」

河井は笑った。

「観光客なんかいくら来たって、コンビニも喫茶店もないんですからね、集落にとって何の役にも立ちません。そういうことがわかっていない人たちだったようです。しかも映画では廃村、廃屋として描かれるわけですから、やって来る観光客も当然それを期待しますよね。なんで人が住んでるんだ、邪魔だ、と言われてしまうでしょう」

「耳が痛いお話です。我々都会で暮らしている者はつい、都会のルールや常識と違うものに対して上からものを言ってしまうところがあります。その人たちも悪気はなかったと思うんです。でも、この集落を映画で宣伝してやるんだ、宣伝してやれば人が来るから儲《もう》かるだろう、くらいの浅い考えしか持っていなかったのでしょうね」

「我々は別に、都会の人間が嫌いだ、というわけではないんですよ。実際わたしの娘も地方都市とはいえ、比較的人の多いところで暮らしています。この集落にいる年寄りも、身内が東京や大阪にいる、という人が多いんです。ただここで暮らして満足している我々にとっては、今さら都会の人たちの手助けで生活を変える気はないし、その必要もない、そういうことなんです。確かにこの集落にはもう、未来はない。今から子供をつくって育てられる年齢の人間は一人もいません。限界集落そのものです。だが、ここで暮らしている我々はそれなりに幸せなんです。どのみち我々は都会で暮らしたところで、近いうちに施設に入ることになる。この集落はいわば、壁のない大きな老人施設のようなものなんですよ。未来はいらない。ただ日々が穏やかで静かであればそれでいいんです。宣伝して貰う必要はないし、世間に知られる必要もないいんです」

河井は、愛美と信平のほうに視線を向けた。

「むしろね、忘れていて貰いたい。そっとしておいて欲しい。それが本音なんだ」

「わたしの映画の中では」

佐和子は微笑《ほほえ》んで言った。

「ここで撮る場面は、過去、になると思います」

「過去」

「ええ。映画は、店がほとんどなくなったさびれた商店街にある、写真館で始まります」

佐和子はうっとりとした表情で話し始めた。

「写真館を一人で守っていたお年寄りが亡くなり、東京で暮らしていた息子さんが遺品整理にやって来ます。写真館に飾られていた写真はほとんどが町の人たちのもので、息子さん、つまり映画の主人公は、故郷の同級生たちの助けで、それらの写真を一枚ずつ写っている人たちに返しました。けれど四枚だけ、見覚えのない場所と人が写っているものが残りました。物語は、それらの写真が写された時と場所を訪ね歩くかたちで進みます。そのうちの一枚は、霧の中に立つ少女のものでした。山からおりて来た霧が村を包みこもうとしている時刻に、畑の脇に立っている少女の写真。写っていたわずかな手がかりからその村を探しあてた主人公がやって来た村が、ここなんです。ここで主人公は不思議な体験をします。白昼夢の中に現れた少女との会話、少女との散歩。映画の中のこの集落は、数十年前の姿です。まだここに子供たちの声が響いていた頃の」

「根古万知の商店街にも、確か写真屋があったな」

河井は思い出そうとするように目を細めた。

「うっすらと、家族写真を撮ったのを憶《おぼ》えている」

「家族写真ですか」

「たぶん……何の時だったんだろう。七五三だとしたら五歳か七歳、でももっとあとだったような……小学校を卒業する前に大阪へ移ったから、その前だったのは間違いないんだが」

「そのお写真、残っていないのですか」

河井は首を横に振った。

「根古万知を出てから引っ越しが多かったんですよ。最初はアパート、それから賃貸マンション、そして親が豊中《とよなか》に一戸建てを買って。写真は親が管理していたんだが、その親ももうだいぶ前に二人とも亡くなったし……どこかにあるのかも知れないが、わたしは写真ってもんがあんまり好きじゃなくて、こだわりも持ってないんです。娘の写真すら、妻が整理していたアルバムをいちおうとってあるが、見返すことなんかほとんどない。しかし今のあなたの話を聞いて、なるほど写真というのは面白いものだな、と思いました。過去の一部を未来に運ぶことができる。二次元のタイムマシンなんだな」

「特に、昔のフィルムカメラはそうですね。今のデジタルだとデータの修正が簡単ですから、それを撮った過去をそのまま未来に持って行くことがかえって難しい。どこで修正されたのか、わからなくなってしまいます。でもフィルムカメラなら、現像されたフィルム自体を修正することは難しいですから」

「あなたの映画では、この集落は過去に戻る」

「はい。でもわたしはここの過去の本当の姿を知りません。それでいいと思っています。わたしが映画の中に描くのはあくまで、架空《かくう》の村の過去の姿ですから」

「そんなにここが、気に入りましたか」

「はい」

佐和子は大きくうなずいた。

「お力をお貸しください。ここで撮影ができるように、皆さんからの了解を得たいんです」

「わたしには何の力もないですよ。ここで育ったのは六歳までで、それから何十年もここを離れていた」

河井は言った。

「まあそれでも、この集落でいちばん若いのがわたしなんだ」

笑ってハーブティーを飲み干した。

「娘が三十にもなろうかというのに若いもへったくれもないもんだが、事実ですからね。ここで暮らしている人たちとは全員顔見知りです。ま、全部で三十数名しかいないけどね。映画のことは、次の寄り合いで話しておきましょう」

「ありがとうございます！　もしよろしければ、その寄り合いにわたしも参加させてください。直接ご説明いたします」

河井は壁にかけられたカレンダーを見て、日付と時刻を佐和子に教えた。

「しかし、島崎さんたちがやろうとしているなんとか文化祭には、映画は間に合わんでしょう」

「ええ。映画の物語を戯曲にして、一人芝居で上演させていただこうと思っています」

「お芝居ですか」

「はい。ぜひ観《み》にいらしてください」

河井は愛美を見た。

「なるほど……出し物はかなりありそうですな」

「だんだん形になって来ています」

「しかし、あんたはまだ欲張ろうとしている」

河井は笑った。

「あんたたちの腹は読めている。この古根子集落も参加させようと考えているでしょう」

「はい」

愛美は、はっきりと言った。

「ぜひそうしていただきたいと思っています」

河井は立ち上がった。

「さて、そろそろ野菜を収穫しようかね。飯を作るのを手伝ってくれるんでしょう。玄関に長靴が三つばかりあるから、それを履《は》いてついて来なさい」

2

河井の住居の裏手は小さな畑になっていて、いろいろな野菜が少しずつ育てられていた。

河井の指示で、大根を抜き、小松菜を刈る。どの野菜も瑞々《みずみず》しく、葉にはところどころ虫が食《は》んだ穴が開いているが、それでも色つや良く美しい。

「いろいろ作るのも面倒だし、季節じゃないが鍋《なべ》でもしようか」

河井は笑顔で言った。

「昨日、うちの庭の鶏《にわとり》を一羽潰《つぶ》したんですよ。そういうの、気持ち悪いですか」

河井は愛美の顔を見て言った。愛美は笑顔で首を振った。

「大丈夫です。わたしも田舎の育ちですから」

河井の手際はとても良かった。収穫した野菜を洗い、リズミカルに刻《きざ》んで鍋の具を用意する。そのあいだに囲炉裏《いろり》に火が入り、大きな鉄鍋に昆布が沈められた。

愛美も何か手伝うと申し出たが、河井に手助けは必要なかった。気がつくと鍋はぐつぐつ煮え、炉《ろ》端《ばた》には煮物や漬物の小皿が並んでいた。

「根古万知には地酒がないんです」

河井は、一升瓶《いっしょうびん》からコップに冷や酒を注《つ》いで一同に配った。

「これはN市の造り酒屋で買って来るんです」

「根古万知でお酒を造らないのは何か理由があるんでしょうか」

愛美も少し酒に口をつけた。

「大昔に造り酒屋が一軒あったんですよ。ま、あそこで造ってた酒は、美味《うま》い、とまではいかなかったんじゃないかな。それでも親父は好きでね、いつも買ってましたよ」

「もうないんですね、その酒屋さん」

「国夫くんは酒、飲まないんでしたっけ」

「いえ、少しはやります。でも日本酒はそんなに得意じゃなくて、だから自分で造り酒屋さんまで行って買う、ということはないんです」

「商店街にも酒屋がありましたね」

「ええ、昔は」

「たぶんそこでも買えたはずですよ。国夫くんも飲んだことあったんじゃないかな。ちょっとひなたくさいというか、まあ素朴な田舎の酒でした」

鍋はとても美味しかった。鶏と野菜の出汁《だし》が濃く、滋養あふれる味だ。河井はぽん酢も出してくれたが、何もつけなくても出汁の味で美味しく食べられる。だがぽん酢も独特の風味でとても香りがいい。

「甘夏で作ったんです。裏の畑の脇に一本、木があったでしょ。毎年冬に、どっさり実がなるんだが、酸味が強過ぎてそのまま食べるといまいち美味くない。絞《しぼ》って酢の物に使ってみたら、けっこうイケたんでぽん酢にもしてみました」

「これは美味しいですよ」

佐和子はお世辞《せじ》ではなく感動しているようだった。

「香りが甘いけれど、味はすっきりしてて」

「甘夏だけだとさすがに甘味が気になるんで、かぼすと合わせてます」

「河井さんはアイデアマンなんですね」

「暇なんですよ」

河井は笑った。

「暇だから、酸っぱくて食えない甘夏をなんとか食えないかといじくりまわす」

「そのアイデア力だか暇だかを利用して、何か考えていただけないかしら」

佐和子は箸《はし》をリズムでも取るように軽く振った。

「この集落はとても素敵なところだわ。でも映画に撮るなら、ここを象徴するようなもの、アイテムがひとつあるといいな、と思ったんです」

「アイテム？」

「ええ。例えばお祭りの時に使うかぶりものとか」

「もうこの集落は、祭りができるほど人がいないんですよ。祭りは隣りの集落の祭りと一緒にやってます。隣り、って言っても、車で三十分ほど離れてるんですが。ただそこは根古万知町じゃないんです。祭りの時だけ一緒にやらせて貰うだけで、普段はあまり行き来もない」

「なんでもいいんです、小さなものでも。こけしだとか、ほらあの、おきあがりこぼし、みたいなものとか、地方に行くと面白い民芸品がありますよね」

「ここにはそんな、変わった民芸品は」

「映画は架空の村という設定なんです。ですから、実際にここで使われているものでなくてもいいわけです。でもできれば、この集落ならではの何かが使われていれば」

「イメージはありますか」

「そうですね……やっぱり、生き物のかたちをしているといいかな、と思います。映画のテーマは、いのちの一瞬の輝き、なんです。過去に撮られた写真をたどって見つけたものは、そこに写っている人々が、生きていたという事実、そういう物語にしたいんです」

「生き物、ね」

河井はなぜかニヤッとした。

「これも生き物なんですが。ダジャレみたいで恥ずかしいんですがね」

河井は立ち上がり、水屋《みずや》の小引き出しから何かを取り出して佐和子に渡した。

「これ！」

佐和子は掌《てのひら》に載せたものを愛美たちの方に向けた。

「可愛《かわい》い！」

「それ、仔猫ですね」

愛美の掌に、小さな猫のかたちのものが移された。

「……藁《わら》ですか」

「稲藁だよ。正月に注連縄《しめなわ》作るついでに、余った藁で作ったんだ。集落がコネコだから、仔猫。発想がストレート過ぎて、自分でも恥ずかしくなった」

「でも本当に可愛いです。ヒゲまである」

「これ、飾り物ですか」

「吊《つ》るせるように作ってある。車の中とか、子供のランドセルなんかにぶらさげられるかな、と思ったんだけど、藁じゃなあ。今どきの子供はこんなもん、喜ばないですよね」

「でもこれ、作るの難しそうですね」

「いや、簡単ですよ。昔からこの集落では稲藁でいろんなもの作ってたから、わたしも子供の頃、祖父《じい》ちゃんにおそわったんで、わらじくらい編めます。わらじに比べたらこんなもん、簡単ですよ」

「いいんじゃないかしら、これ」

佐和子は箸を置いて、藁の仔猫に夢中だった。

「いいわ、これ、とてもいいわ！　村に戻って来る前に、登場人物が都会で暮らしている場面を入れるつもりなんですけど、その一人暮らしの部屋にこれが飾ってある。すごく絵になるわ！」

「そんなもんでいいなら、別に使って貰って構わないですよ」

「それ、何個ぐらいありますか」

信平がコップ酒を手に訊いた。

「去年何個か作ったんだけど……五、六個かな」

「あと何個か作ることはできますか」

「うーん、藁が残ってれば……まあ、近所に訊いてみたら残ってるだろうし、十個くらいなら作れるんじゃないかな」

「どうするの、信平くん。まさかねこまち文化祭で販売するとか」

「いえ、イベントを行う店舗に飾ったらどうかな、と思ったんです。イベントのない店舗はできるだけシャッター展覧会に参加して貰って、写真館のようにイベントを行う店にはそれを飾る。可愛いし、この集落も根古万知町の一員として参加して貰っている感じが出て、いいんじゃないかな、って」

「それはいいが」

河井が言った。

「この集落のみんなが、そのあんたたちの催《もよお》しに参加したいと思っているとは限らないですよ」

「でも参加したいと思う人もいますよね」

「そりゃ、いるかもしれないね」

「河井さんご自身はどうですか。やはり参加したくはありませんか」

河井はコップに酒を注ぎ足して言った。

「この藁の猫を提供するくらいのことは、しても構わないですよ。けど、何か手伝う気があるかと言われたら、あんまり乗り気にはなれないです。ここで映画を撮りたいというのなら、それは寄り合いでみんなを説得してもいい。だがねえ……商店街のイベントには」


「ごめんください」

玄関先の方から声が聞こえて、一同がそちらを向いた。

「河井くん、いらっしゃいますか。島崎です」

「お父さん?」

愛美は驚いて立ち上がった。

「お父さん、どうしたの。お店は?」

「夕方から客が一人も来なかったんで、臨時休業にして来た。河井くん……久しぶり」

土間に降りた河井は、どこか面白そうな顔つきで国夫を見ていた。

「島崎くん。いやほんとに久しぶりです。でも……顔、そんなに変わってないね。面影《おもかげ》ははっきりある」

「いや、さすがにもうヨボヨボですよ。突然来てしまって申し訳ない、あがってもええかい」

「もちろん」

「でもお父さん、いったいどうして?」

国夫はコップ酒と箸を受け取ったが、車だから、と酒は遠慮した。

「娘さんが運転して帰ればいいだろう。そのつもりで飲んでないみたいだし」

「しかし信平くんも飲んじゃってるみたいだから、車一台、もって帰れなくなる」

「だったら泊まっていけよ」

河井が笑った。愛美は意外な気持ちで河井を見つめた。

「いいじゃないか、泊まってけ」

「いや、しかし」

「飲んじゃってくださいな」

佐和子が笑った。

「島崎さんが泊まらなくても、わたしが泊まります」

「えっ」

河井が驚いて佐和子を見る。

「いやしかし、その」

「構わないでしょう? お布団《ふとん》なんかいりませんから。床に雑魚寝《ざこね》なんて、劇団で芝居やってる者にはどうってことないんですよ。ここで横にならせていただければ」

「でも」

「夜明けが見たいんです」

佐和子は屈託《くったく》なく言った。

「この集落の、夜明けを知りたいの。きっと素晴らしいと思うわ。車は一台残してくだされば、わたし、明日の朝運転して商店街までお届けするわ」

「島崎くん、頼む」

河井が真面目な顔で言った。

「こんなきれいな女優さんと二人きりでいたら、緊張で一睡《いっすい》もできそうにない。いや、心臓が止まっちまうかもしれん。あんたも泊まってってくれるなら、だいぶ助かる」

国夫は苦笑しながら承知した。

「わかった。泊まらせてもらいます」

あらためて受け取ったコップ酒を、ぐい、と飲んだ。

「お父さん、なんで」

「おまえたちの話を聞いてて、なんかなあ、河井くんにどうしても会いたくなったんや。いや、わかってる。昔のことを謝りに来たんやない。そんなことされても河井くんには迷惑やと思うし、謝るんなら、みんな連れて来ないといかん。昔の恥と向き合うのを避けてた連中、みんなで」

「島崎くん」

河井は鍋の具をよそった小鉢《こばち》を国夫に手渡した。

「そういうのは、なしで頼む。正直、そういうのがあるから、ここに戻って来ても商店街のほうには行きにくかったんだ」

「うん……申し訳ない」

「だから、それもなしで。こんなこと言うのは大人げないとわかってるが、子供の時のことだからもう忘れろとか、昔のことなんだから寛大になれとか、そんなこと言われてもな、忘れられないこともあるし、寛大にはなれないこともある」

「……うん」

「ただ、これも正直な気持ちなんだが……実のとこ、あんたたちに対しては怒りだとか恨《うら》みだとか、そういうのはもうないんだ。信じられるかどうかわからんけど、本当に、ない。やっぱり時があんまり経《た》ち過ぎて、何もかも、遠い遠い話になってるんだな、俺の心の中でも。それとな、俺自身、あれからの人生であんたたちと同じような立場に立つことがあって、そして結局、あんたたちと同じようにしか行動できなかった、そういう経験もした。どこであれ組織に勤めるってのは学校生活によく似《に》たとこがある。何かのきっかけでばかげたいじめや仲間はずれの対象になってしまうんだ。大人になったって、人間の幼稚さというのはなかなかぬけるもんじゃないんだな。そして大人になったからこそ、子供の頃よりも保身に対しては敏感になり、他人のために自分を犠牲にすることができなくなる。なんだかんだ言っても、俺も小さい男なんだ。気の毒だなと思いながらも、上のもんから嫌《いや》がらせやいじめを受けている同僚に何もできずに、見て見ぬふりをしていたこともあった。そうしないと自分の生活がおびやかされる、そう怖《おそ》れてね。そんな経験をするたびに、あの頃の自分を思い出してね、すごく惨《みじ》めな気持ちになった。だがそういうのも一瞬のことで、すぐに自分の惨めさを否定して、これは生きるために仕方ないことなんだ、と無理に自分を納得させようとする。あの頃、あんたたちもきっと同じ気持ちでいたんだろうな。そしてできるだけ早く忘れようとして、忘れてしまうんだ」

「……河井くん」

「それでもひとつ、憶えていたことはあるよ。あんたが一度だけ、俺をかばってくれた時のこと。U

Ｆ０騒ぎでいよいよ仲間はずれにされ、毎日教室に入るたびに、嘘つき、と罵倒《ばとう》されていた俺に、あんたは一度だけ親切にしてくれた。あれは子供会の日だったか、あんたたち一年坊主が俺たちの教室にいたんだ。で、あんたは俺の机にマジックで書かれた、でっかい、うそつき、という四つの文字を見つけた。あんたはそれを一緒に消そうとしてくれた。木製の机で、雑巾《ぞうきん》でこすったってマジックの字は消えやしない。でもニスが剝《は》げてそこが白っぽくなると字も目立たなくなる。二人して汗をかきながら雑巾でこすった、あのことは、今でもしっかり憶えてる」

国夫はうなだれていた。愛美は目をそらした。自分の父親が、子供の時に犯してしまったあやまちに打ちひしがれる姿を見るのは、やはり辛かった。

それでも愛美の心には、わずかに温かなものが広がっていた。

国夫もいじめる側にいた卑怯《ひきょう》な子供だったけれど、それでもおそらく、胸を痛めていたのだ。なんとかして河井を助けたい、そう思っていたのだ。

「あの時の記憶があるから、俺は今、あんたに会えて良かった、と心から思っている。それだけでいいよ。もう、それだけで、いい」

河井はまたコップ酒をあおった。

「姉さんについて、いろいろ嫌な噂《うわさ》が流れてたことも、国夫くんたちに責任はない。あれは大人が流した噂で、大人が子供の前で平気で口にするから、それを耳にした子供も平気で口にしたんだ。大人が悪い。まあ今さらだが、姉さんは金持ちのめかけなんかじゃなかった」

河井は笑った。

「姉さんは結婚してたんだ……三十も歳《とし》が離れた、金持ちと。それが金目当てだったのか愛だったのか、そんなことは知らない。姉さんとは十七も歳が離れていて、俺が物心ついた時はもう嫁《とつ》いでしまってたからね。でも、姉さんはたまに実家に戻ると元気で幸せそうだったし、姉さんの旦那は確か九十くらいまで長生きしたけど、最後まで仲良くつれ添っていたよ。だったらまあ、いい結婚だった、ってことだろう。ついでに言えば、子供の頃俺の金遣いが荒かったのは、姉さんとは関係ない。ただばあちゃんが甘くて小遣いをけっこうくれていたのと、俺自身が友達が欲しくて見栄《みえ》はったからだ。大人たちがつまらんことを子供に吹きこむから、子供はそれをイジメのネタにする。俺が恨んでいるとしたら、国夫くんたちの耳に余計なことを入れたあの頃の大人たちだが、時がカタをつけてしまった今となっては、とっくに墓の下のもんを恨むのもむなしいよ」

河井は、少しだけ寂《さび》しそうな顔になった。

「けれど、ひとつだけどうしても、悔《くや》しいことがある。俺は本当に夜空に輝く白い光を見たんだ。俺は嘘なんかつかなかった。見たから見た、と言ったんだ」

「河井くん」

国夫が顔を上げた。河井は笑っていた。

「待て待て。俺も今では、あれがＵＦＯじゃなかったことは認める。けどあの時はＵＦＯだと思ったんだから、嘘をついたんじゃない、だろう？　で、そのことだけはあんたにも、商店街の同級生たちにも認めて貰いたいんだ。俺が、ＵＦＯと間違えるようなものを見たんだ、ってことだけは」

「それは何なんですか」

信平が前のめりになった。

「欣三さんもそれを見たんですよね！」

「うん。俺は……わたしはそれを、再現したいと思っているんです。難しいとは思うが、似たようなものなら再現できるかもしれない」

「再現？　つまりＵＦＯに見えたものは、何かの現象だったんですね」

河井はうなずいた。

「もしあんたたちのやる文化祭だかなんだかに間に合えば、再現したものを動画に撮って送るから、何かの方法でみんなにも見せてやってくれないかな。まあ間に合わなくても、撮れたら送るよ。国夫くん、あんたにもぜひ見て貰いたい」

「種明かしはまだしていただけない、ってことね？」

佐和子が少し酔った顔で、朗らかに笑った。

「興味あるわぁ。ＵＦＯみたいに見えるもの、っていったい、何なのかしら」

「種明かししてしまったら、なーんだ、というようなもんですよ。珍しくもなんともない。日本中どこに行っても、田舎ならたいてい見られるもんです。ただし、それがＵＦＯに見えるには、ちょっとした条件が揃《そろ》わないとならないんですよ。これがなかなか難しいというか」

河井は笑った。

「実はここに戻って来た理由の一つがそれなんです。他のところでもあれが再現されないかと、条件が揃いそうな夜にはビデオ構えて一晩中粘ったりしてたんだけどね、一度も再現されなかった。でも調べてみると、似たようなものが見えた、見た、という報告はたくさんあるんですよ。それでもっと調べてみて、どうやらあの丘から見下ろしたあの場所が、地理的にいい条件だったとわかった。だがここに戻ってみたら、丘の周辺がすっかり変わっていて」

「以前は丘の周辺に畑が広がっていたそうですね」

「そうなんだ。広がっていたよ……畑がね。とにかく、あのあたりと地理的な条件が似ている場所が近くにないか、ずっと探してる。欣三さんにも手伝って貰っている。欣三さんのご家族が心配されているなら、そういうことだと説明しておいて貰えませんか。決して危険なことや、非合法なことを企《たくら》んでいるわけじゃありません、と」

河井は笑って、信平のコップにも酒を注いだ。

3

「国夫さん、河井さんとどんな話をしたんだろうね、一晩」

「さあ」

「河井さんのことで、俺もいろいろ考えちゃったよ。俺自身、小学校や中学で誰もいじめなかった、誰も傷つけなかった、と胸張って言えるのかと問い詰められたら、自信ないもんな。いや、少なくとも後ろめたい記憶はないよ。別に自慢するつもりもないけど、子供の頃から正義感は強いほうだったし。ただなあ、傷つけられたほうはぜったいに忘れないのに、傷つけたほうは傷つけたという自覚すらない、っていうことがあるからなあ」

「父には、後ろめたい気持ちがあったんです。だから河井さんに会いに行った」

「勇気ある行動だよ。国夫さん、さすが愛美ちゃんのお父さんだけのことはある」

「そんな偉そうなもんじゃないと思いますけど、でも、父が河井さんに会いに行ってくれたこと、わたしもすごく嬉しかったんですよね。軽々しく言えることじゃないけれど、きっと、河井さんも嬉しく感じてくれたと思うんです。二人がどんなことを話してどんなお酒を飲んだのかは、詮索《せんさく》しないでおきます。わたしが生まれる前の、父が誰かの父ではない時代のことだから」

＊

説明会は町民会館で週末の土曜日、午後三時から開かれた。事前に回覧板や役場のサイトなどで説明会開催の主旨《しゅし》などを知らせてあったが、集まった人々の大半はそうしたものをろくに読んでいないようで、入口で配った主旨説明の書かれた紙を読んで驚いた声をあげる人が多かった。当日は小雨《こさめ》が降《ふ》って肌寒く、人々が集まらないのではないかと危惧《きぐ》されたが、説明会開始の十五分前には並べられたパイプ椅子《いす》の大半が埋まっていた。

説明会の司会は慎一がつとめた。最初に柴山電鉄の広報課長が、紙芝居コンテスト開催について説明した。紙芝居コンテストは柴山電鉄主催のイベントなので、特に反対意見も出なかった。今さらどうして紙芝居なんだ、という野次《やじ》のようなものはあったが、プレゼン用に上映された、全国紙芝居コンクール入賞作品の記録映像が流れると、集まった人々からは拍手《はくしゅ》も起こった。読み上げているのが本職の声優なので、紙芝居も立派な演劇なのだな、と愛美も感心した。

だが、信平が説明を始めると人々は途端《とたん》にざわついた。

「シバデンの催しもんになんで商店街が参加するんや？」

挙手をして立ち上がった人がマイクに向かって訊《たず》ねる。一斉《いっせい》に人々から、そうや、なんでや、と声があがる。

「いやだから、シバデンさんがやるのは紙芝居コンテストだけなんです。でもね、紙芝居の上演だけでは集客力がない。どうせなら、町としても何かやって、より多くの客を町に集めたらどうか、ということなんですよ」

何度も何度も同じことを説明しなくてはならず、信平も次第に早口になっていた。

「商店街の閉まってる店のシャッターに絵を描いて、それを見て貰うイベントなら、費用があまりかからないでしょう」

「けどシャッターに絵を描くのは学生なんやろ。この町のもんやないんやろ」

「どうせなら地元の子供らに好きなように描かせたらええ。そんなよその学生の絵なんかいらんわ」

「シャッター展覧会はあくまで展覧会なんです。シャッターに描かれるのは作品です。N市の美術専門学校の学生さんたちは、プロを目指しているアーティストやデザイナーの卵です。そしてその制作過程と作品を映像に撮って、スクールのCMを制作していただきます。CMが放映されれば、うちの町と商店街も宣伝されるわけです」

「宣伝なんかしても、商店街にはもう店がないじゃないか」

「観光する場所もないのに観光客呼んでも、何もない町だと批判され、インターネットでバカにされるだけだよ」

「わしらもう、よそもんなんかに来て貰わんでもええ。静かに暮らしたいんや」

「こんなイベントなんかやっても一回きり、その時だけでしょう。前に猫の町だとかってネットで話題になった時も、若い子たちが押し寄せて騒ぎになったけど、結局すぐに飽《あ》きられて誰も来なくなった。最近は猫の駅長かなんかしらないけど、また似たようなことやってるけどね、あれもすぐ飽きられて誰も来なくなるのは目に見えてるじゃないですか。こんなことやっても無駄なんですよ」

　予想以上に反対意見が多い。次々と手が挙がり、司会者が指名する前に口を開いて信平を責めた。

　たちばな美術専門学校の説明会は信平の説明のあとに予定されている。先にしたかったのだが、説明に来る担当者のスケジュールが合わなかった。あと三十分もしたら来てくれるはずなんだけど。愛美は思わず時計を見た。

　やっぱり、自分たちのしていることは勇《いさ》み足なんだろうか。町の人たちはもう、あの商店街、この町が、静かに死んでいくほうがいいと思っているんだろうか。けれど、この町でこれから生まれて来る世代はどうなる？　死にそうな町に育って、一日も早く町を出たいとそればかり考えて日々を過ごし、その機会ができた途端に飛び出してもう戻って来ない。そんな「故郷」で、本当にいいの？

「あのう」

　座ったままで挙げられた手が、他の手よりも長く真っすぐなので、愛美は思わず顔を見た。時おり見かける女性だ。いつも子供の手をひいていた気がする。

「はいどうぞ。お名前もお願いします」

「はい、えっとあの、西澤香奈江《にしざわかなえ》といいます。わたしは五年前に結婚してこの町に来ました。出身は神奈川県です。えっと、それで、みなさんのいろいろな意見を伺《うかが》って、ちょっと思ったことを言ってもいいでしょうか」

「どうぞお願いします」

「あの、今度の企画、わたしはとてもいいと思います。というか……わたしここに越して来て五年間、この町が本当にいい町だ、と心から思ったことって……ないんです。すみません」

　ざわざわと話し声が起こり、憤慨《ふんがい》する言葉もちらほら出た。だが西澤香奈江は毅然《きぜん》として言った。

「確かにここは、のんびりとしていいところだと思います。月並みですけど、工場とかないから空気はいいし、田んぼも畑もたくさんあって山も川もあります。景色もいいです。でも……なんて言うのか……退屈なんです」

またざわめきが起こり、今度ははっきりと非難する声があがった。

そりゃ都会とは違う。

わかってて嫁に来たんだろう。

子供がいるのにまだ遊びたいのか。

女性は動じなかった。むしろ、笑顔になって言った。

「すみません、誤解されるような言い方をしました。別にわたし、夜遊びがしたいとか、遊園地や映画館がないのがつまらないとか、そういうことじゃないんです。なんて言うか、毎日の生活にちょっとだけ楽しいこと、あと何日したらあれがあるな、みたいなわくわくして待つようなこと、それがこの町にはない、そう感じたんです。確かにお祭りはあります。でも昔からここで育った方々がお祭りをとりしきっていて、わたしたちよそから来た者はたいしたお手伝いもできません。子供たちも、山車《だし》をひいて町内をまわって、お菓子をもらっておしまいです。屋台を眺《なが》めるのは楽しいけれど、日本中どこのお祭りにも出ている屋台しかない。わたし、今、子供が二人います。四歳と二歳です。今日は家でおじいちゃんおばあちゃんと留守番《るすばん》です。おじいちゃんおばあちゃんは、根古万知駅前商店街にたくさんお店があった頃のことを子供たちによく話しています。だから子供たちは商店街に行きたがりますが、親としては連れて行くのを躊躇《ためら》います。子供たちががっかりするのがわかっているからです。シバデンの紙芝居コンテストのポスターを見て、子供たちはすごく喜びました。紙芝居がたくさん見られるって、今から楽しみにしています。でもコンテストで駅前に来た時に、今みたいな……さびしい商店街の様子を見て、子供たちはきっとがっかりするでしょう。わたし、この町をもっと好きになりたいんです。せっかく嫁に来て、ここで生きていくと決心したんですから、もっともっと好きになりたい。この町で暮らしていて、もっとわくわくしたい。これから子供たちはここで育ちます。やがて自分の足で商店街に行き、自分の目で現実を知るでしょう。……子供たちは、いったいこれから先、この町で何を楽しみに成長すればいいんでしょうか。商店街の現実を知った時が、子供たちがこの町を出て行く第一歩になってしまうんです。せっかくここで生まれたのに……ここには、子供たちが楽しみにできる未来はないんでしょうか。余生を静かに暮らしたい、それはわかります。わたしも歳をとればきっと同じことを言うでしょう。でも……まだここで生まれて育つ子供がいるんです。若い子たちもいるんです。毎日騒がしくしろというんじゃない、ただもう少し、その子たちが楽しいと思えるものがあってもいいんじゃないか。シャッター展覧会、わたしは観てみたいし、子供たちも喜ぶと思います。確かに、子供が好き勝手に描けるスペースがあっても楽しいとは思いますけど、ただ遊ぶだけじゃなくて、大人が描いたものを観ることも、いい経験になるはずです」

香奈江は深呼吸するようにひと息ついて、続けた。

「何をやってもしょせんは一過性のもの、その時だけ。それはまったくその通りだと思います。根本的な問題として、この町には仕事がありません。若い人たちがここに残って生活できるだけの仕事がない。だから子供たちはいずれ、仕事を求めて町を出ることになります。どんなイベントをやったところで、この町に移住しようとする人はいない。仕事がないんだからどうしようもない。でも、一回限り、その場だけでも、誰も来ないよりは誰か来てくれたほうがまし、そう思ったらいけませんか？その場限りの賑わいでも、賑わえばそれは記憶に、想い出になります。何度でも何度でも、アイデアを出してイベントをやって、その場限りでいいからみんなに来て貰う。そうすれば、イベントに参加していろいろ苦労したね、ということ自体が、この町の人たちにとってはかけがえのない想い出になると思うんです。もちろんイベントをやったせいで負《ふ》の遺産《いさん》を抱えこんでしまってはだめです。ねこ町騒動の時は、グッズを作り過ぎたとシバデンさんもさっきおっしゃってましたよね。だから今回は特にグッズは考えていらっしゃらないと。そうやって、調子にのり過ぎないように慎重にやれば、イベントをやったことで負の遺産が残ることもないと思うんです。何もやらないよりは少しまし、そのくらいの感じでいいと思うんです。それだけでも、若い人たちには楽しい一日になります。故郷の想い出になります。そしてそうやって懲《こ》りずにイベントをやっていれば、この町の名前が世間にもっと知られるようになります。この町で生まれて外に出た人たちにとって、故郷がちょっとでも有名になるのは、嬉しいことだと思うんです。専門学校のＣＭでこの町が映るかもしれない、それだけでも今からわくわくします。わたしは、この企画に賛成します」

一瞬、会場が静かになった。それからぱらぱらと拍手が起こり、やがて拍手は大きくなって会場を包んだ。反対意見を述べた人々は仏頂面《ぶっちょうづら》だったり横を向いたりしているが、それでも手だけは拍手している人もいる。愛美は、西澤香奈江に駆け寄って抱きしめたい衝動をこらえた。

「えー、皆さんのご意見を伺っている途中ですが、今回のシャッター展覧会の企画者でありますたちばな美術専門学校さんがいらっしゃいましたので、お話を伺いたいと思います」

慎一の紹介でマイクの前に立った男性は、名前を名乗るといきなり後ろを向いた。

「それでは今から今回の企画の説明映像をお見せいたします」

この町民会館では時おり映画の上映がされるので、スクリーンがある。持参したプロジェクターを操作して、映像が流れ出した。

会場全体が映像に釘付《くぎづ》けになった。

それは、仮想のシャッター展覧会をモチーフにした、一分のＣＭ映像だった。

4

最初に映ったのは見慣れた駅の正面。流れ出した軽快なロックのリズムに乗って、視点が180度変わって見覚えのある商店街の入口が見えて来る。撮影隊が来たという話は聞かないから、シバデンの広報が渡したありものの写真を使っているのだろう。CGで見事に再現された、シャッター商店街。さびれて暗く、人の姿もない。

だが突然、シャッターの一枚が変わり始める。アニメーションのように塗《ぬ》られていくシャッター。そこに絵が現れる。少しずつ、流れるように。

他のシャッターもタイミングをずらして変化し出す。やがて商店街のすべてのシャッターに作品が誕生する。

その途端、二重写しのように、懸命《けんめい》にスプレーや絵筆を動かす学生たちの姿が見えて来て、やがてはっきりとその姿が現れた。

Tシャツにジーンズ、オーバーオール、汚れよけの割烹着《かっぽうぎ》のようなものを着た学生もいる。学生たちは真剣に描き続ける。そこには、若い情熱が確かにあった。

シャッターが降りた人の気配すらなかった寂《さび》れた商店街が、今や色彩に溢《あふ》れ、個性と若さに満ちた空間になった。

学生たちが笑う。そして肩を組み、抱き合って完成を喜ぶ。

弾《はじ》ける笑顔に、新入生募集、と文字が重なってCMは終わった。

たっぷり一分ほど、集まった人々は沈黙していた。それから一斉に感想が口をついて出た。

「かっこええなあ」

「駅名がちゃんと出るんやな」

「あれ、まだ描いてないんでしょ、シャッター。イメージ映像なんですか？」

「新入生募集ってことは、年末くらいから流す予定なんか」

専門学校の担当者がひとりずつ、丁寧《ていねい》に質問に答えていく。次第に会場は熱気をおび、タレントは出ないのか、シャッターに描いた絵はそのあとどうするのか、CMに町長を出したらどうだ、などといった質問や意見が相次いだ。ひと通り質疑応答が終わり、担当者が席に戻ったところで信平がまたマイクを握った。

「いかがでしょうか、皆さん。今回の企画における、柴山電鉄が実施する紙芝居コンテストへの商店街の協賛と、商店街でのシャッター展覧会、そして駅前広場での飲食コーナー、舞台設置などについて、一度持ち帰っていただいて、ご意見をお寄せくださいませんか。それらの意見と企画主旨をまとめて、町のほうへも協力をお願いするつもりです。今回は町全体ではなく、あくまで商店街の企画として考えていますが、今後は町の催しにして貰えるよう可能性も探るつもりです」

「あのう、商店街さんは全員一致でやると決めてるんですか」

立ち上がったのは、農協職員の重田《しげた》だった。

「まだ商店街加盟店の全員が賛成というわけではありませんが、今、反対意見の方と話し合いを進めています」

「空き店舗に住んでる方もですか」

「いえ、あくまで商店街に加盟していらっしゃる方だけです。もっとも店の営業はしていなくても、商店街には加盟したままの方がかなりいらっしゃいます。純粋に住宅として住まわれているだけの方にまで、商店街が何かを強制することはできませんので、企画開催が正式決定したら個別に訪問させていただいて、ご理解を得るつもりです」

「でもシャッターは借りないとならないんでしょ」

「はい、展覧会で使用したいシャッターの店舗とその住人の方へは、先に了解を得るようにします、もちろん。先ほども説明しましたように、展覧会のあとは現状回復いたします」

「つまり、トラブルにはならないってことですよね」

「トラブルが起きないよう、最大限努力します」

「そうですか」

重田はうなずいた。

「実はうち、農協のほうでも、何か出店させて貰おうかって意見が出ているんです」

「それはぜひお願いしたいです。広場に売店を出すこともできますから」

「まあそれもいいんですけどね、ほら、商店街は通り抜けたらうちんとこの駐車場に出るじゃないですか。うちはあの駐車場に特設ブースを作って、で、広場のお客さんに商店街を通り抜けて来て貰ったらどうかな、と思うんですよ。でもそれをするなら、商店街の内部で反対意見とかあるとね、ちょっと困るな、と」

「了解しました。その点については次回の会議でしっかり話し合います」

「よろしく頼みます」

信平がちらっと愛美の方を見て、小さくガッツポーズを作った。

商店街を通り抜けて農協の特設ブースがある広い駐車場へ。願ってもない展開だった。あの駐車場が借りられれば、という話は前から出ていたが、農協が参加してくれるなら話も進めやすい。駐車場の一部を借りてテントをたて、無料の休憩所や迷子対策室、赤ちゃんに授乳できるスペース、簡易救護センターなどをおければ完璧だ。

「なんとなく、流れが変わった気がするね」

慎一が運転しながら言った。慎一の車で、自宅まで送って貰う途中だった。恵子が町民会館までノンちゃんを連れて来てくれたので、愛美の膝《ひざ》の上にはノンちゃんのキャリーがある。その中で猫は眠っているらしく、かすかな寝息が車の走行音の中でも聞き取れる。

「あの女性のおかげで、町のみんなが未来について考えるようになってくれた」

愛美はうなずいた。遠い神奈川県からこの町に嫁いで二児の母となって、愛する子供たちのために、その子たちが暮らすこの町を少しでも変えたいと願う人。あの人の心からの言葉が、自分が死んだあとのことなど知ったこっちゃない、と思っていた人たちの気持ちを変えてくれた。

変えることはできる。変わることはできるのだ。

「町の人たちがその気になってくれたら、一気にいいほうに動き出すよ、きっと」

「そうなると嬉しいです」

「大丈夫、町のみんなだって何か楽しいことをしたい、そう思っているよ、ほんとは。きっとうまく行く。そう信じよう。それはそうと、ノンちゃんの飼い主だと名乗り出た人はいないのかな」

「恵子さんの話だと、ノンちゃんのことが新聞の地方版に載った日に、電話で問い合わせて来た人はいたみたいなんですけど、猫違いだというのがすぐわかったって。他にはまだないみたいです、飼い主だと名乗り出た人」

「でも野良猫には見えなかったよね」

「ええ……栄養状態もいいし、まったく人を怖がらなかったし。飼い猫か、少なくとも人間に餌《えさ》を貰ったり撫でられたりすることに慣れている、外猫とか地域猫とか、そういう猫なのは間違いないと思います」

「で、連れて来たのは欣三さん……欣三さんは車の運転、しないんだよね？」

「ええ」

「だとしたら、ノンちゃんと出逢ったのは欣三さんの家から徒歩圏内ってことになるけど、そんなに近くにいた猫なのに、飼い主だと名乗り出る人も、ノンちゃんを前に見かけたという人もいないって、ちょっと変だな、と思ったんだ」

「……そうですね」

「河井さんの話では、河井さんがブログにアップしたＵＦＯの画像を佐智子さんが見つけて、それを欣三さんに話したか何かで、欣三さんが画像に気づいた。それで河井さんに連絡をとった」

「ええ」

「画像がアップされたのはだいぶ前だよね。欣三さんが最初に古根子集落を訪れたのはいつだったのかな」

「わたしと信平さんがあの丘の下で、軽トラックに乗りこむ欣三さんを見た時……じゃないですね、たぶん。あれは初めてって感じじゃなかったです。河井さんははっきり言わなかったけれど、欣三さんはもうだいぶ前から、古根子集落に行っていた……」

「河井さんと欣三さんは、自分たちが昔見た、ＵＦＯのように見える現象を再現しようと、何度か会ってる。……もしかすると、欣三さんがノンちゃんと出逢ったのは、古根子集落なんじゃないかな。

何か理由があって、欣三さんは古根子集落にいた猫を持ち帰った」

「理由……」

「古根子集落でノンちゃんを飼っていた人が、何らかの事情で飼えなくなったとか」

「でも、それならどうしてそうと言わないのかしら。河井さんも猫のことは何も言ってませんでした」

「……河井さんはまだ何か、秘密を持ってるね。いっそ、ノンちゃん連れて行ってみないか、古根子集落に」

「ノンちゃんを？」

愛美は膝の上のキャリーケースに顔を近づけた。幸せそうな寝息が途切れずに聞こえて来る。

「もしノンちゃんが古根子集落の猫なら、連れて行けばきっと反応する。もしかしたら元々暮らしていた家がわかるかもしれない。もちろん事情があって猫が飼えなくなってしまったなら正式に君がノンちゃんをその人から譲ってもらえばいい。そうすれば、ノンちゃんを勝手に駅猫にしたりイベントに連れ出したりすることに対して、飼い主が現れて異議を唱えられる心配がなくなる。これ、大事なことだと思うんだ。これからますますノンちゃんの人気は高まるし、今度のイベントが成功すれば認知度も上がる。そうなってから、自分が飼い主だと名乗り出る人が何人も現れてトラブルが起きる可能性はあるし、そうでなくても、本当の飼い主がわかった時に僕らがやってることに対してどんな反応をされるかは、予測がつかないよね。できればイベントの前に、ノンちゃんの飼い主がいるならそれを突き止めて、いろいろはっきりさせておいたほうがいいと思うんだ」

「……わかりました。ノンちゃんと、もう一度あの集落に行きましょう」

九章　さすらうひと

1

三度目の古根子集落訪問だった。でも今度は、これまでとは目的が違っている。愛美は膝《ひざ》に抱えたキャリーケースに向かって、何度となく話し掛けていた。ケースの中では、ノンちゃんがいつものように、ゆったりと寝そべっている。

本当に不思議な猫だ。ケースに入れられても不満そうな鳴き声ひとつあげないし、車に揺られていてもまったく不安げじゃない。

けれど、古根子集落に入る細い道へと車が入った途端《とたん》、ケースの中のノンちゃんが、開けて、とでも言うようにケージの蓋《ふた》のあたりをとんとん叩《たた》いた。

「ノンちゃん、やっぱりここがどこだか、わかるの？」

集落に入ると、わだちがくっきり残った細い地道なので車は徐行するしかなく、人が歩くのと変わらないくらいの、のろのろ運転になる。愛美はケースを開け、ノンちゃんが膝の上に出て来るに任《まか》せた。ノンちゃんは遠慮がちに外に出て、愛美の膝の上に座ってひと息つくように愛美の顔を見てから、にゃお、と鳴いておもむろに車の窓に顔を近づけ、外を眺《なが》めた。

「わかる？　古根子集落よ。やっぱりノンちゃんはここの出身なの？」

にゃお、とまたノンちゃんが鳴いた。

「ここから歩いてみる？」

慎一が訊《き》いた。今回は慎一が運転し、助手席には信平が座っている。

「車は先に行って、河井さんとこに停《と》めさせてもらうから」

「そうね、ノンちゃん、外に出たそう」

「迷子になるといけないから、ハーネスはつけたほうがいいよ」

「ええ」

愛美はノンちゃんにハーネスをつけ、抱きかかえた。車が停まり、外に出る。信平も車から降りた。

車が先に走ったあとを、ノンちゃんに散歩させながらゆっくりと歩く。

「シャッター展覧会、商店街の住人全員から賛成をとりつけたよ」

歩きながら信平が嬉《うれ》しそうに言った。

「先日の説明会のあと、もう一度、反対の意思表示していた家をまわったんだ」

「良かった！　すみません、お手伝いできなくて」

「いや、愛美ちゃんのほうが俺の何倍も忙しいだろう、今」

愛美はこの一週間、喫茶店のバイトを休んでいる。

シバデンの広報部から依頼されて、ボランティアスタッフとして紙芝居コンテストに出場する地元の参加者の手伝いをしていた。うぐいす幼稚園の先生とスタッフ、ねこまち保育園の保育士一同、根古万知中学演劇部のグループ、地元の主婦の有志一同などの団体がエントリーしている。それぞれのグループと連絡をとって、ユニフォームがわりのＴシャツの発注、万一の時のために紙芝居をカラーコピーして保管、稽古《けいこ》の見学。全国からやって来る同様の大会に参加経験のある人たちに混ざって地元組が臆《おく》することがないように、と、シバデンもかなり気をつかっていた。さらに、シャッター展覧会の下準備もあった。絵を描く前に、使用するシャッターを洗浄する手配、専門学校生たちに配る弁当の手配など、ボランティアスタッフに任された仕事は数多い。ノートにぎっしりと予定や手順などを書きこんで、シバデンが貸してくれた軽自動車を自分で運転して走り回っている。

「でも忙しくしていると、ああほんとに始まったんだな、って実感できますね。ほんの数カ月前には、ただの愚痴《ぐち》みたいなものだったのに」

「ほんとだなあ。商店街の閑古鳥《かんこどり》をなんとか退治したい、でも無理だよな、みたいな愚痴だった。愛美ちゃんが紙芝居コンテストを思いついてくれたおかげで、物事が動き出した」

「そのきっかけは」

愛美はくんくんと鼻を動かしながら楽しげに歩いている猫を見た。

「ノンちゃんの登場ですよね。猫駅長で少し話題ができて、シバデンさんがやる気になってくれたから。ノンちゃんが来る直前には、根古万知駅が廃止になるかもって話が出ていたのに」

「そうだったなあ。前の駅長が定年退職して、次の駅長が決まってなかった」

「今でも別の駅と兼務ですもんね」

「今の利用客数だと、温泉があって利用客が多い前畑《まえはた》駅を終点にして、そこから先はバスで代行したほうがずっと赤字が減らせるらしいからな。シバデンだって経営は楽じゃない。鉄道は大赤字で、N市近郊のバス路線と柴山観光の売り上げでその赤字がかつかつ埋まってる状態らしい」

「今度のイベントが成功したら、その状況は少しでも改善できるのかしら」

「さあ」

信平は首を横に振った。

「俺は楽観的にはなれないよ。鉄道の赤字っていうのは構造的なものもある。イベントだのなんだので観光客をいくら呼んでも、それだけじゃ解消は難しい。日常的に通勤客が利用する路線じゃないと、黒字にはならないと思う。それに、今のこの車社会は相当に手ごわい。実際俺だって、田舎《いなか》暮らしは車があるからこそできることだ。根古万知が万が一、活気を取り戻せたとしても、やって来る人々は車を使うだろう。あの、たま駅長がいた和歌山電鐵にしたって、貴志駅までたまを観《み》るのに車で押しかけて来た人がたくさんいて、日曜日は周辺道路が渋滞してたらしいよ」

「どんなに頑張《がんば》っても、いつかは根古万知駅が消えてしまうかもしれない……」

「その覚悟は必要だろうな。シバデンだって企業だ、理念や意地だけで毎年の莫大《ばくだい》な赤字をそのままにしておくには限界がある。それでも、根古万知に駅があった、という記憶はいつまでも風化させたくないと思うんだ」

「駅前商店街が風化しなければ、大丈夫ですね」

「俺たちにできるのはそっちだけだからな。まずはシャッター展覧会を成功させて、紙芝居コンテストと演劇、出店で人を集め、根古万知駅前商店街の名を全国に知らしめる。最初の勝負に勝てば、その先もいくらか見えて来る」

「正直、不安なことはいっぱいあるんです。シバデンの広報さんによればコンテストにエントリーしてるのは、他のコンテストで入賞したような人たちもいるみたいで。それなのにお客さんが少なかったら、その人たちは二度とエントリーしてくれなくなっちゃうんじゃないかな、って」

「地元民を集めるだけでもそれはなんとかなるよ。役所が乗り出してくれたから、少なくとも根古万知の町中には知れ渡ってる。地元応援で二、三百人は来るよ。あとシャッター展覧会関係で専門学校生の友達とかひっくるめて二百人くらいは」

「それでも五百人ですね」

「……ちょっと少ないよね。全国的な話題にして貰《もら》うなら、千人は集めたい。専門学校のほうにはたらきかけて、N市のケーブル局あたりで告知して貰おう」

「新聞はどうですか」

「たぶんシバデンの広報がかけあってると思う」

「あと、N市には確か、ミニコミ誌がありますよね。あそこで取り上げて貰えないかしら」

「それは頼めば記事にして貰えるだろうけど、何か見返りが必要だな。普通はミニコミ誌に広告を出稿するんだけど、うちの商店街でそんな財力はないしなあ」

「どのくらいかかるのかしら」

「調べてみようか。あれ、ノンちゃんが何か見つけたみたいだよ」

確かに、ノンちゃんは何かに興味を惹《ひ》かれている。

「野ネズミかしら」

「ならいいけど、マムシとかだとやっかいだな」

「ノンちゃんはそんなに戦闘的じゃないから、蛇《へび》に手出しはしないと思うけど……」

「それはわからないよ。ノンちゃんだって心に野性を隠してるさ、きっと」

「ノンちゃん、何がいるの？」

愛美はハーネスのひき綱《づな》をたぐりながらノンちゃんに近づいた。

にゃお。

ノンちゃんは愛美の顔を見て、それからまた前方に両目をこらす。愛美はノンちゃんを抱きかかえ、ノンちゃんが気にしている草むらを覗《のぞ》きこんだ。

何かが柔《やわ》らかな光を放っていた。

「何があった?」

「……誰かの落とし物みたいです」

愛美が拾い上げたそれは、古風な鼈甲《べっこう》の櫛《くし》だった。

「プラスチックかな」

信平が櫛を手にとる。

「……本物の鼈甲かな」

「だとしたら高価ですね」

「古いものみたいだけど。こんな櫛を使う人が、まだ住んでるんだね、ここには」

「河井さんに見せたら、どなたのものかわかるかも知れませんね」

「うん。……あれ、ノンちゃん、これ欲しいの?」

愛美に抱かれたままで、ノンちゃんが前脚を伸ばしていた。櫛に触ろうとしている。

「自分のものだと思っているのかな。確かにノンちゃんが見つけたんだけど、なあノンちゃん、拾得物を警察に届けないと横領罪になっちゃうんだぜ」

「触りたがってるみたい」

「触るくらいならいいけど、かじるなよ」

信平が櫛をノンちゃんの前脚に触《ふ》れさせた。ノンちゃんは前脚の先をくいっと曲げて、櫛を抱きかかえるようにした。

「よっぽど気に入ったのね」

愛美は笑って、ノンちゃんが櫛を落とさないように抱き直した。

河井の家まで行くと、空地に慎一の車が停まっていた。

「ごめんくださーい」

信平が声をかけると慎一が出て来た。

「今、河井さんがコーヒーいれてくださってるんです」

「ノンちゃん、散歩楽しんだ？」

「とっても。で、いいもの拾っちゃったんです」

「いいもの？」

慎一が櫛に気づいた。

「あ、すごい。アンティークの櫛だね」

「本物の鼈甲かしら」

「……そう見えるなあ。タイマイは保護動物だから、今は鼈甲ってどんどん値が上がってるみたいだよ。ノンちゃんすごいよ。でも落とし物は届けないとだめなんだよ」

愛美は笑った。

「信平さんと同じこと言ってます。でもノンちゃん、離す気ないみたい」

「どこで見つけたの？」

「ここまで来る途中の道端《みちばた》の、雑草が少し深く茂っているところで」

「いらっしゃい。待ってましたよ」

河井が奥の部屋から出て来て、にこやかに笑いかけてくれた。最初に逢《あ》った時に比べると、河井はとても穏やかになった。自分たちに心をゆるしてくれたことと、父と話したことで河井自身も肩の荷が降りた気分なのだろう、と愛美は思った。

「それが駅長猫？」

「はい、ノンちゃんです」

「……何か腹に抱えてるな」

「来る途中で拾ったんです」

愛美はノンちゃんの前脚から櫛をはずし、河井に手渡した。

「河井さん、見覚えありませんか？　この集落のどなたかが落とされたんだと思うんですけど」

河井は櫛を目の前にかざすようにして、じっと見つめている。

「これ」

河井がやっと口を開いたが、その声は掠《かす》れて聞こえた。

「どこで見つけた、と？」

「道端の草むらです。県道から集落に入って来る道の」

「どのあたりですか。今から案内して貰えますか」

「……河井さん？　あの、その櫛は」

「持ち主に心当たりはあります」

「この集落の方ですか」

河井はうなずいた。

「おそらく……その猫の……元の飼い主です」

愛美は驚いた。

「元の、飼い主……河井さんはそのことをご存じだったんですか。このノンちゃんがこの集落の猫であることを！」

「欣三さんが見つけた猫が駅長になった、という話は耳にしました。欣三さんが連れて行ったとすれば……あの猫だろう、と見当もついてました。なので今日、あなたたちが猫を連れて来ると連絡をくれた時、やはりそうだったのだろう、と思ったんです」

「でも、それじゃ……ノンちゃんは飼い猫なんですね。飼い主にお返ししなくては」

「それはできないんですよ」

河井は下駄《げた》を履《は》いた。

「その猫はもう、他の誰の飼い猫でもない、あなたたちの猫だ」

「いったいどういう」

「失踪《しっそう》したんです」

河井は言った。

「その猫の飼い主は半年ほど前に姿を消しました。……この集落に住民票をおいていない人だったんで、集落から消えても、ただ出て行った、自分の家に帰っただけだろう、と……。申し訳ない、説明しているよりもまず、その櫛があったところに案内してください」

河井が早足で歩き出したので、愛美も猫を抱いたまま小走りに河井の前に出た。

「あのあたりです」

河井の家から早足で五分、ノンちゃんが見つめていた草むらが見えて来た。

「あっちの脇の。ノンちゃんが見つけたんです。もしノンちゃんがじっと草の中を見ていなかったら、気づかなかったと思います」

河井は草むらに入り、腰の高さほどもある雑草をかきわけた。

「河井さん、あの」

「他にも何かあるかもしれない。ここは廃田で、管理する者がいないから夏になっても草刈りもしないんです。その櫛は、半年前からこのあたりに落ちていた可能性がある」

「俺もやります」

信平が草むらに入った。慎一もあとに続く。

「気をつけて。草で手を切るよ。それにマムシもたまにいるから、そのへんの枝で払ってから手を突っ込んで」

愛美も草の中に入りたかったが、ノンちゃんの小さな爪《つめ》が袖《そで》に軽く刺《さ》さっていたので、ノンちゃんが不安を感じていると思った。抱いていてあげないと。

嫌《いや》な汗が背中を伝う。猫の不安が伝染した。

まさか……まさか。


「あうっ！」

信平が奇妙な声をあげた。

「か、河井さん！」

河井と慎一が信平のそばに集まる。草に隠れて三人の姿はあまり見えない。

突然、誰かが号泣《ごうきゅう》する声が聞こえて来た。……河井だ。

ノンちゃんが、低く唸《うな》るような声を出して、爪を愛美の腕に食いこませた。慎一が草の中から姿を現した。

顔が蒼《あお》い。

「……慎一……さん？」

慎一の声は硬く、抑揚《よくよう》がなかった。

「河井さんの家に戻ろう」

「あの、あそこに何が」

「君は河井さんとこで、ノンちゃんと待ってて」

「あの」

「いいから。君は見ないほうがいい」

*

「あの草むらの少し先が土手のようになってて、そこにモミジ苺《いちご》がたくさん実《みの》るんだ」

河井の目は真っ赤だったが、涙はもう流れていなかった。

「ひなちゃんはモミジ苺が好きでね……採《と》ろうとして土手を登ったんだろうな。そして足を滑《すべ》らせた……」

草むらに隠れるようにして転《ころ》がっていたフットボールほどの大きさの石が、彼女の頭部を割ったのだろう、と言う。

「あのあたりを通った時に、嫌な臭いがしてたこともあったんだ……だけど、この村は下水道がない。便所は汲《く》み取りだし、田んぼの肥料はいまだに肥《こえ》だめだ。嫌な臭いなんて始終、どこでもしてるからな……気にもしなかった。猿《さる》や狸《たぬき》の死骸が転がってることだってあるし……」

河井は、自分に言い訳していた。誰に言うともなく、ぶつぶつと呟《つぶや》いている。

「ひなちゃんが暮らしていたのは、集落の中にいくつもある空家だ。その猫は彼女が可愛《かわい》がっていた。ひなちゃんの姿が消えたことに気づいたのは、その猫が餌《えさ》を貰いに顔を出すようになったからだ。でもひなちゃんは……そういう子だったから……出て行ったんだろうと思った」

一年ほど前に、ふらりと姿を現した女性だった、と河井は語った。歳《とし》の頃は五十か、もう少し上か。

自由奔放《ほんぽう》で、風のような女性だった、と。空家に住み着き、電気もガスも水道もない暮らしに簡単になじんだ。川に入って素手《すで》で魚をとり、山の木の実や草の実をつみ、河井の酒をよく飲んだ、と。

「一九九五年の震災で家族を失って、それ以来日本中をふらふらとさまよって生きてる人だった」

河井は寂《さび》しそうに笑った。

「欣三さんは、ひなちゃんに惚《ほ》れちゃったんだよ……ばあさんに悪い、ばあさんに悪い、と言いながら、それでも、ひなちゃんのそばにいると幸せそうだったよ」

パトカーのサイレンの音が、次第に近づいて来た。

2

「おじいちゃん、部屋にとじこもっちゃって」

佐智子は、祖母が作ったというおはぎがぎっしり詰《つ》まった重箱を信平に手渡しながら、悲しそうな顔をした。信平は佐智子のためにココアを作っている。甘く香ばしいココアの匂いが店に満ちて、愛美は少しだけ気持ちが楽になった。

欣三の「想いびと」だった女性の遺体発見は、愛美にとっても大きな衝撃だったが、根古万知町にとっても大ニュースだった。

「ぜんぜん御飯を食べようとしないんです。それでおばあちゃんが、おじいちゃんの好物のおはぎを。お彼岸《ひがん》でもないのにいっぱい作ったんで、皆さんでどうぞ」

「欣三さん、そんなに参ってるんだ」

信平が首を横に振った。

「心配だな。退院したばっかりなんだし、食欲がないのは困るよね。あ、ココアでよかった？　おはぎ食べるなら、緑茶いれようか」

「わたしはココアでいいです。ココア、大好きです」

佐智子は微笑《ほほえ》んだ。

「それにおはぎは、うちで三つも食べましたから、朝から。わたしがぱくぱく食べてたらおじいちゃんも食べたくなるだろうって、おばあちゃんが食べろ食べろ言うんです」

「うまいよ、これ」

信平は小ぶりのおはぎを一口で食べた。

「いいあずき使ってるなあ。それに洒落《しゃれ》てるよね、小さくて」

「このあたりは田舎だから、大きく作りますよね。でもおばあちゃんは、大きいおはぎだと一個しか食べられない、小さいのだといくつも食べられるから得した気分になる、って」

「この大きさなら、女性でも抵抗ないよ、きっと。今度の紙芝居コンテストの日、サッちゃんのおばあさんも出品すればいい。このおはぎ、三個入りと六個入りのパックに詰めて」

「こんな素人《しろうと》のものが売れますか」

「大丈夫、この味なら。無理のない数作って、売り切れたら終わりにすればいいよ。サッちゃんが手伝えるなら、紙コップで緑茶のサービスとかしてさ。難しく考えなくていい、ティーバッグとポットでお湯を用意すればできるから」

「でも」

佐智子は下を向いた。

「……このままだと、コンテストもシャッター展覧会も中止しないといけないんじゃ……」

「亡くなった方にはお気の毒だけど、あれは古根子集落で起こった事故でしょう。それももう随分《ずいぶん》前の。そのためにコンテストを中止する必要なんてないですよ」

「……河井さんは警察に行かれたままですよね」

「河井さんに責任はありませんよ。もともとその女性は、気の向くままに放浪生活をされていたんですから、突然姿が見えなくなっても、出て行ったのだと思ったことに不自然はない」

信平は苛立《いらだ》たしげに言った。

「警察が余計な想像しているだけです。河井さんがその女性を……なんてこと、あるわけがない。理由もない。もうそろそろ司法解剖《かいぼう》の結果も出るはずです。そうすれば事故だってことははっきりしますよ。河井さんは任意で警察に協力しているだけです。逮捕されたわけでもありません。今すぐにだって本人がその気なら帰って来られるんです。でも河井さんは、その女性を早く見つけてあげられなかったことをとても後悔していて、そのことについては深く責任を感じています。だから警察の理不尽な態度にも腹を立てず、できる限りの協力をしている。立派な態度です。俺だったら警察と喧嘩《けんか》して、さっさと帰って来ちゃいます。今は利益供与についていろいろうるさいから、警察に協力したってカツ丼食べさせて貰えないですしね」

佐智子がやっと笑った。

「信平、いるかい」

ドアが開いて入って来たのは、愛美の知らない男だった。スーツ姿だが、どことなく普通のサラリーマンには見えない。がっしりとしたからだつきで、短く刈った髪型のせいで、少し威圧感がある。

「草彅《くさなぎ》さん」

信平がカウンターから出た。

「わざわざ来てくれたんですか。すみません。あ、コーヒーでいいですか」

「うん。金、ちゃんと払うからな」

「コーヒーくらいいいじゃないですか」

「今はうるさいからな、コーヒー一杯でも奢《おご》って貰うわけにはいかんのだ」

「わかりました。じゃ、とびきり美味《おい》しくいれます」

信平がカウンターに戻る。水とおしぼりを盆《ぼん》にのせた愛美に、信平が囁《ささや》いた。

「県警の草彅さん。刑事さんだよ」

「え？」

「俺の剣道部の先輩なんだ、高校の。あの女性の遺体のことで、来てくれたんだと思う。俺が電話して頼んだから」

コーヒーの用意ができると、信平は店の外に臨時休業の札を出した。

「あの、わたし失礼します」

佐智子は信平の様子から草彅がただの客ではないとさとり、帰って行った。

「なんか悪かったな、営業中に。隣り町で仕事があって、近いんで直接話したほうがいいかと思って」

「いいんです、どっちみちランチタイム以外は客はいないんですよ」

　信平が苦笑まじりに言った。

「この商店街、ひどいでしょう。午後の三時ともなると人なんか歩いてません」

「田舎町の商店街はどこもこんなもんだろう。N市だって、中心の商店街はファストフードとドラッグストアとパチンコ屋だけだぞ、人が入ってるのは。俺にしたってたまの休みに家族連れて行くのは、郊外の大きなショッピングセンターだもんな。ゲームコーナーだのフードコートだのがあるから、子供連れにはやっぱ楽なんだよな。帰りも、いちばんちびの子はまだ三歳だから、必ず寝ちゃうだろう、車じゃないと大変なんだよ」

「それでも商店街には商店街の良さがある、と信じたいんですけどね。買い物以外のことでも商店街に人が戻ってくれる手だてが何かないか、それをずっと考えて来たんですよ」

「それでイベントやるわけか」

「なんとかインターネットでもいいから話題になって、この町に興味持ってくれる人が増えたらいいんですが」

「シバデンもきつそうだな」

「かなりきついみたいです。根古万知駅廃止の噂《うわさ》もありますよ」

「イベントの成功にかかってるわけか」

「イベントひとつ成功したからって、電鉄の赤字は解消できないですよ。でも失敗したら、駅廃止、路線短縮の流れは加速するでしょうね」

「路線短縮なんかしたら、N市の高校まで通学してる生徒たちが困るだろう」

「バス路線で代行することになると思います。シバデンはバス部門持ってますからね、シバデンの内部でも、赤字路線はできるだけ短くして、バスに替えたほうがいいって意見は多いそうです」

「そういう情勢だと、イベントなんかやっても結局は駅廃止になりそうだな。俺はこの町とはあまり縁がないから駅にも思い入れはないが、俺のひいじいちゃんは炭坑夫だったから、俺が子供の頃、炭坑があった頃のことをよく話してくれたな。俺が十《とお》の時死んだけど、炭坑時代の古い写真が遺品からたくさん出て来たなあ」

草彅はコーヒーを美味《うま》そうにすすった。

「いいコーヒーだ。信平、いい腕だな」

「ありがとうございます」

草彅はゆっくりとコーヒーを飲み、それから信平にことわって煙草《たばこ》に火を点《つ》けた。

「で、まあそのうちニュースになるだろうが、遺体の身元な」

「はい」

草彅は手帳を開いた。

「本名がひなむらゆかり。雛《ひな》祭りの雛に村、ゆかりは、縁《えにし》って字ひとつだ」

「ひなちゃんと呼ばれていたのは、名字に雛が付いてたからだったんですね。名前のほうじゃなくて」

「たぶん誰も本名は知らなかっただろうな。ひなちゃん、というのは本人がそう呼ばせていた呼び名だろう。生年は一九六五年だから、今年五十一か。出身は神戸《こうべ》。阪神淡路《はんしんあわじ》大震災で、夫と、一歳になる息子、それに自分の両親と弟も亡くしたらしい。なんとも気の毒なことだ。震災後しばらくは父方の祖父の家で暮らしていたが、半年ほどして、知合いのつてで大阪で仕事する、と言い残して家を出て、それきり親族には連絡していない。だが捜索願も出ていなかった。まあ想像だが、三十を超えた孫娘が連絡して来なくなっても、警察に届ける必要があるとは考えなかったんだろうな。結局、その時以来、雛村縁という女は消えてしまった。そのあとどこで何をしていたか、すべて把握するのは不可能だろうな。警察が裏付けをとった限りでは、二〇〇〇年には小豆島《しょうどしま》の民宿に住みこみで働いていた。二〇〇四年には小倉《こくら》のスナックで働いてる。スナックのオーナーの話だと、客としてふらっと入って来て、なんとなく意気投合したんでバイトして貰ってた、ってとこらしい。だが一年足らずでまた姿を消した。おそらく、身元の詮索《せんさく》をしないバイトを見つけてはしばらく働いて、いくらか金が貯《た》まるとよそに流れる、そういう暮らしを続けていたんだろうな。その間、ちゃんとアパートを借りた記録がないから、寝泊まりさせてくれる男を見つけては同棲に持ちこんで住居を確保していた、ってところだろう。今回も警察としては、河井がその住居と食事を提供してくれる男だった、という筋書きを書いた。どこかで河井と出逢って、河井に誘われるままあの辺鄙《へんぴ》な集落に入りこんだけど、あそこじゃバイトもできないし、あまりに不便なんで逃げ出そうとした。そして口論になって……」

「それが警察の作ったシナリオなんですね？」

「いや、おそらくそんなところだろう、って話だ。俺は部署が違うし管轄も違うからな、捜査員が何を考えているのかまではわからん。ただ、もうすぐ司法解剖の結果が出る。その結果次第では帳場が立つことも、ないとは言えない」

「殺人事件の捜査本部ができるってことですか」

「死因から他殺が疑われた場合には、な。まあ捜査本部ってのはそう簡単には設置できないんだよ、何しろ設置された署にとってはかなりの負担になる。署内に寝泊まりできる場所を確保して、朝晩の飯も用意しないとならんしな。だから、よほどはっきり他殺とわかる状況じゃない限り、死因だけで本部ができたりはしない。例えば体内に致死量の毒物の痕跡があったとか、頸骨《けいこつ》が折れてたとか、拳銃の弾《たま》が出て来たとか、な」

草薙は乾いた笑い声をたてた。

「ま、大丈夫だ。ほんとに事故死なら、ちゃんと解剖結果でそういう結論が出るよ」

「そうであってくれないと困りますよ。イベントまでもうそんなに日がないですからね、殺人事件のイメージなんか願い下げです。それに、河井さんは人殺しなんかできる人じゃないですよ」

「殺人事件を起こした犯人の大多数は、知人友人の目から見れば、人なんか殺せる人間じゃないもんだよ。ましてや痴情のもつれが原因の場合、どんなに善人でも紳士でも、理性が吹っ飛んでしまうことは有り得る。まあ待て、すぐに俺の携帯に連絡が来るから。手の内を明かせば、司法解剖を担当してるN市立大医学部の法医学研究室に、ダチがいるんだ」

「わかりました。先輩、昼飯まだなんじゃないですか。待ってる間に何か作りますよ」

「いや昼は食った」

「じゃ、おはぎ食べませんか」

「おはぎ？」

「知合いの手作りです。うまいですよ」

草薙の携帯が振動したのは、草薙が三個目のおはぎを口に入れた時だった。電話に出た草薙が、驚いたような声を出した。

「……そうか、わかった。ありがとう。また連絡する」

草彅は携帯電話をポケットにしまった。

「意外な結果が出たよ」

愛美は緊張した。信平も硬い表情をしている。だが、草彅は笑った。

「そんな怖い顔するな。いちおう、朗報だ。他人様《ひとさま》の死因聞いて朗報だなんて不謹慎《ふきんしん》だがな。でもイベントの中止はなさそうだ」

「事故だったんですね！」

「いや。病死だった」

「……病死！」

「いわゆる、くも膜下出血が死因だそうだ。出血は高度で、発症した時点で意識障害を起こしただろうと推測される、ってさ。つまり、突然ガツンと衝撃が来て、痛いと感じるより前に気が遠くなり、そのまま死んだわけだ。雛村縁が草むらで何をしていたにしても、溝に転がり落ちたのはそのせいだな。そのまま意識は戻らず、助けも呼べないまま死亡した。足首あたりに骨折があるが、転がり落ちた時にしたものと思われ、死因とは関係ないそうだ。ま、良かったじゃないか。河井氏の無実もこれで証明された。しかしなんとも哀しい人生だな。震災で愛する家族をすべて失い、地道に生きる気力をなくして放浪した女が、最後は病気で死んだのに、ミイラみたいになるまで誰にも気づかれることもなかった……なんてな」

草彅は立ち上がった。

「また飲もう、信平」

「はい。ありがとうございました、本当に」

「病死とわかれば警察の出番はおしまいだ。遺体はすぐ戻って来るだろう。しかし引き取り手はあるのかな。神戸には親戚もいるみたいだから、引き取り手がなければそっちに連絡して貰って引き取って貰え。イベントの成功、祈ってるよ」


「病死だったなんて」

愛美は息を吐《は》いた。

「でも……事故死よりはよかったのかもしれませんね」

「そうかな」

「事故死だと、雛村さんがあの集落に住み着いたことそのものが、死に結びついてしまった、とも言えますよね。でも病死なら……それも脳出血なら、いつどこで起こっていてもおかしくない。雛村さんがどんなところでどんなふうに生活していようと、避《さ》けられないことだったと思います。たとえすぐに病院に運んでいたとしても、出血が高度では、助かる可能性は低かったでしょうし」

ドアがまた開いた。

「河井さん！」

河井は、やつれた顔をしていたが、それでもいつもの少し皮肉めいた笑みを顔に浮かべていた。

「ご心配おかけしました。冤罪《えんざい》で殺人犯にされるのは免《まぬか》れたようです」

「冗談じゃないですよ」

信平はコーヒーフィルターをカップにセットした。

「真面目《まじめ》に、冤罪なんかで逮捕されたら大変です。もし今日あなたが警察から戻って来なかったら、弁護士を探そうと考えていたところでした」

「確かにね、何かをしたことは簡単に証明できるけれど、何かをしなかったこと、ってのはなかなか証明できませんからね。しかしわたしもびっくりしました」

「雛村さんが病死されたことが、ですか」

「いやまあそれも驚きましたが……ひなちゃんの名前が本当は縁ちゃん、で、名字のほうに雛って字が入ってた、って知って」

「そっちですか」

信平が笑って、コーヒーカップをカウンター越しにさし出した。

河井は、そのコーヒーを美味そうに飲んだ。

3

「でも大変な目に遭《あ》いましたね。警察の調べはきつかったですか」

信平がいれたコーヒーを目を細めて飲む河井は、首を横に振った。

「いやいや、とても紳士的というか、親切だったよ。死因がはっきりするまでは、迂闊《うかつ》に容疑者扱いするとあとで問題になるしね。ただ、解剖所見が出て病死だったと報告があった時、担当していた若い刑事は明らかにがっかりしていたな」

河井は笑った。

「県庁所在地と言ったところでN市は田舎町だからな、大きな事件なんかそうそう起こらない。はりきってたんだろうな、あの刑事さん」

「死因がすぐに判明してほんとに良かったですよ。白骨化していたら死因がわからない可能性もあったじゃないですか」

「溝の底が粘土《ねんど》質で、湿度が保たれていたおかげで遺体がミイラ化していたらしい。……ひなちゃん、最後まで、みんなに迷惑かけないように気をつかってくれたんだな……」

「どんな人だったんですか、雛村さん」

「そう呼ばれても知らない人の名前みたいだ」

河井はおだやかな顔で、遠くを見つめるような目つきになった。

「ひなちゃんは、欣三さんが連れて来たんだ」

「連れて来た？」

「ある日、二人で俺の家の戸口に立ったんだ。欣三さんの話では、N市で知合ったんだって」

「N市で……欣三さん、N市にはよく行ってたんですか」

「けっこう行っていたみたいだよ。欣三さんはあれで、町が好きなんだ。賑《にぎ》やかなところがね。年寄りだからって誰もかれもが人のいない静かなところが好きなわけじゃない。人が多くて店もたくさんある都会が好き、って人もいるさ。何しろ欣三さんは若い頃炭坑夫で、稼《かせ》いだ金を色街でぱーっと使う生活だったんだ。たまには女性の化粧の匂いを嗅《か》ぎたくなっても仕方ない」

信平は目を丸くした。

河井は片目をつぶってみせた。

「まあそのあたりはプライバシーだ、つっこまないでおこう。とにかく、N市で欣三さんはひなちゃんと出逢《であ》った。そして意気投合したんだ。ひなちゃんは一年近くN市で暮らしていたみたいだが、そろそろ別のところに行きたくなっていた頃だったんだろうな。でも古根子集落には民宿すらないから、集落内の空家を使わせてもらうことになった。集落内には空家が何軒かあってね、どれもちゃんと持ち主はいるんだが、みんな町で暮らしてる。その中の、鈴木《すずき》さんって人の家の管理を俺が頼まれててね、鈴木さんは神戸で家族と暮らしていて当面集落に戻る気はないけれど、取り壊して更地《さらち》にしたところで買い手もないだろうから売ることもできないので、なんとなくそのままにしてる家なんだ。鈴木さんに連絡したら、別に貴重品が置いてあるわけでもないから好きに使ってくれて構わない、と言って貰えたんで、ひなちゃんに住んで貰うことにした。ただ、電気はとまってるしプロパンガスも契約は切れてるから補充がない。井戸はあるけど水質検査してないから生では飲めない。それでもひなちゃんは気にしなかった。茶をいれる湯くらいならカセットコンロで充分沸《わ》かせるし、キャンプ用のLEDランタン一個あれば寝る前に本くらい読める。食事は俺んとこで食えばいい。ひなちゃんは、充分満足して楽しそうだった」

「集落で暮らして、雛村さんは何をされていたんですか」

「う〜ん、何をしていた、というわけでもないんだよね。天気が良ければ俺が畑仕事するのを手伝ったりもしていたけれど、ふらふらと散歩に出かけて夕方まで戻って来ないことも多かった。雨が降れば、俺の本棚から何冊か本を持って行って、一日中読んでたな。本はすごく好きだった。酒は飲むけど、酔うほどには飲まない。自分のことはあまり話さなかった。……阪神淡路大震災で家族を亡くしたことも、数ヶ月経《た》ってからやっと話してくれたくらいで。俺はいらないって言ったんだけど、月末になると食費だといって一万円渡してくれた」

「お金は持ってらしたんですね」

「月に一度、俺は自分のことでN市やショッピングセンターに行くんだ。その時に買い物するだけじゃなくて、銀行に寄ったり郵便局に寄ったり、役所に行くこともある。ひなちゃんはたまにそれについて来て、銀行のATMを使っていた。だから少しは貯金があるんだろうな、とは思ったけど、集落での生活だと金はほとんど必要ないからね。一万円の食費なんて、ほんとは貰いすぎだった。野菜は畑で採《と》れるもので充分だったし、米は集落の中でたんぼ持ってるうちから直接、食べる分ずつ買うから安い。魚も俺が釣ったのでまあ足りたよ。酒と肉をたまに買っても、食費なんか一人分五千円程度で済む。そういう生活なんだよ、あそこでは。ひなちゃんはそういう生活がとても気に入っているみたいだった。だから、突然姿を消した時は驚いた。でも……書き置きがあったんだ」

「……書き置き？」

「うん。なんとなく暖かいところに行きたくなったから行って来ます。春になったら戻って来ます、って書いてあった」

「それで捜《さが》さなかったんですね」

「……そういう人生を選んだ人だったんだよ、彼女は。震災で愛する家族のすべてを失って、彼女の人生は一度終わってしまったんだろうね。でも、それでも生きていくことを覚悟したひなちゃんは、それまでの人生のすべてを忘れようとしたんだろう。彼女は死ぬまで、風のように気ままに水のように流れて生きることにしたんだ。だからどんなに気に入った場所であっても、定住する気はなかった。ひなちゃんが姿を消したのは、半年前の冬の始まりだ。ひなちゃんは震災で怪我《けが》をして、その傷が寒くなると痛むと言っていた。だから冬はできるだけ暖かいところで暮らしたい、ってね。その書き置きを欣三さんと二人で読んで、仕方ない、と納得した。だから捜さなかった……捜していれば……もしかすると……」

「いえ、それはなかったでしょう。脳出血の程度は重かっただろうということです。きっと、頭が痛い、と思うまもなく意識を失い、そのまま帰らぬ人になったはずです。たとえすぐに発見していたとしても、助からなかったと思いますよ」

「それでも、あんなところでミイラになっていたなんてなあ……気の毒なことをしたよ」

「欣三さんは、雛村さんのことが好きだったんですってね」

河井は懐かしむように笑った。

「うん……欣三さん、自分では老いらくの恋だって言ってたな。けどまあ、欣三さんはあれで愛妻家なんだ。俺が作った漬物とか干物とか、食べて気に入ると必ず、うちのばあさんにも食わせてやる、って持って帰ってた。欣三さんにとってひなちゃんは、気持ちのいい日だまりみたいなもんだったんだと思うよ。ひなちゃんといると、なんとなく楽しい、ウキウキする。そういう気持ちを恋と呼んでもいいよね」

河井は溜め息をひとつ吐《つ》いた。

「年寄りが色恋の話をすると、気持ち悪いとかはしたないとか嫌がる人もいるけどね、いくつになったって人間は、誰かを好きだと思う気持ちは持てるものだし、持つべきだと思うんだ。ひなちゃんは、そういう気持ちを素直に持てる、そういう人だった」

「日だまりのように温かくて……魅力的な方だったんですね」

「とても魅力的だった。でも、ただ温かい、というのとは少し違ったな。彼女はあくまで、ひとりで立っていた」

「ひとりで、立っていた……誰にも頼らなかった？」

「いや」

河井は笑った。

「頼れる人には頼り、利用できるものは遠慮なく利用し、甘えられる相手にはとことん甘えていたよ。けれど、その対価は支払わない。図々《ずうずう》しいと言えば、あんなに図々しい人はいない。でも、それが気に入らないなら別にかまってくれなくてけっこう、そういうきっぱりしたところがあったんだ。つまりね、こちらの好意も代償を求めるものならいらない、ってこと。彼女は、人としがらみを持つことを嫌った。欣三さんに対しても、特にべたべたと優しかったわけじゃない。自分がひとりでいたい日は、欣三さんが訪ねて行っても戸を開けなかった。でもそういうところが欣三さんにとっては、良かったんだろうな。歳をとって来ると、周囲から変に気をつかわれることも増えて来る。それはもちろん有り難いことなんだが、時にはそれが鬱陶《うっとう》しい、むしろ寂しい、と感じることもある。我儘《わがまま》で複雑だが、仕方ない。年寄りは年寄りになるまでに、たくさんの経験を積み、いろんな思いを抱えている。ちょっとからだが動かなくなっただけで、それをまったく無視されて、まるで子供を扱うように扱われればプライドが傷つく。ひなちゃんはそういう、とても繊細な部分がわかる人だった。欣三さんに対しても、いつも対等な、一人の男として接していた。それって、できるようでいてなかなかできないことだ。ひなちゃんには、相手が年寄りだからこうしなくちゃ、みたいな先入観がなかったのかもしれない。偏見《へんけん》がなかったんだ、どんなものに対しても」

「自由な心の持ち主だったということですか」

「きれいな表現をすればそうなるかもしれない。けど、実際にはそんな言葉よりももっと……近寄り難い自由さだったよ。彼女にはもう、愛する者、がいないんだ。この世界の誰一人、愛する者がいない人生、想像できるかい？　こんな好き勝手な生活をしている俺だって、娘は可愛《かわい》い。娘を愛している。欣三さんだって奥さんや孫娘を愛している。信平くんだって愛美さんだって、愛する者はいるだろう？　でもひなちゃんにはいないんだ。ひなちゃんの魂は、だから誰にも束縛《そくばく》されない。それを自由と呼ぶのなら、自由、というのは哀《かな》しいものでもあるんだろうな。でもひなちゃんは、春になったら戻ります、と書いていた。俺も欣三さんもそれを喜んだし、信じていた。もう今年の春は終わってしまったけれど、それでも、近いうちにひなちゃんが戻って来る、と信じていた」

「欣三さんががっかりしているのも当然ですね」

「魂が何ものにも縛られていない、って、なんだか想像できないです。わたしなんか、いろんなものにがんじがらめにされている気がしています」

「でもそれは、あなたには愛するものがたくさんあるから、ですよ。あなたはいろんな人に対して誠実であろうとしているんだ。だから窮屈《きゅうくつ》だったり息苦しかったりする。でもその窮屈さ、息苦しさこそが、あなたがひとりぼっちではない、という証《あかし》なんですよ。ひなちゃんは、その意味では、ひとりぼっちだった。彼女はひとりぼっちを選んで生きていた。彼女はもう二度と、失う悲しみを味わいたくなかったのかもしれないね。誰かを愛し、誰かを気にかけて生きるということは、その愛する者を失う不安を常に抱えて生きる、ということでもある。俺はひなちゃんの生き方が羨《うらや》ましいと思う反面、あれほど哀しい生き方をしている人は他に知らない、とも思った。どちらが幸せなのかわからない。ただ、あなたのような人には、ひなちゃんのような生き方をして欲しくないな。ひなちゃんがひとつの場所に長くいなかったのは、そこでかかわった人に情がうつるのを避けるためでもあったと思う。つまり、ひなちゃんは、もう誰も愛したくなかったんだ」

河井は、コーヒーカップを見つめて溜め息を吐いた。

「彼女が体験した悲しみ、喪失《そうしつ》の大きさは、あまりにもおそろしくて想像することすらできない。彼女はそれでも生きていくために、自分の心を守るために、風のように、水のように生きることに決めたんだと思う。彼女は計画をたてることをやめ、約束することもやめてしまった。彼女には、明日、がなかったんだ。未来をいっさい信じず、ただその日一日を生きるだけだった。でもそんなひなちゃんが、春になったら戻って来ると俺たちに約束した。最後に、約束してくれた。その気持ちは本物だったと思うんだ。ひなちゃんは、俺や欣三さんとあの集落で過ごす日々を気に入ってくれていた。春になったらまた戻って来るつもりだった……」


「雛村さんの写真、ないんですか」

信平が訊《き》いた。

「写真？」

「河井さんのお宅にお邪魔した時、カメラがあるのに気づいたんです。デジタル一眼だった。それもフルサイズの。けっこう高いですよね、あのカメラ。俺も欲しいなと思ってカタログ調べたことあるんです」

河井は苦笑いした。

「見つかっちゃってたか。……最近始めてね……若い頃はフィルム一眼でいろいろ撮るのが好きだったんだが。今さらフィルムカメラを使っても、現像するのにいちいち町まで行くのが面倒だし、デジタルに変えた。使ってみるとデジタルも悪くないね。フィルム代がかからないから、失敗しても財布が痛まない」

「あれで、撮らなかったんですか、雛村さんのこと」

河井は少し考えてから答えた。

「……撮ったよ。……たくさん」

「たくさん！」

「……モデルになって貰った。練習のつもりだったけど、ひなちゃんはカメラを向けるととてもいい顔をするんで、ついついたくさん撮った」

「それを見せていただくことはできませんか」

「それは」

河井はまた考えてから言った。

「まあ見せるくらいなら、天国のひなちゃんもゆるしてくれるだろう」

河井はポケットからスマートフォンを取り出した。

「娘が買えってうるさいんで買ったんだ。ライン、とかいうもんが便利だから使えるようにしてくれとも言われたんだが、結局めんどくさいんで何もしてない。ただ、これだと簡単に写真が撮れるんで、これでもひなちゃんのこと何枚か撮った」

河井はスマートフォンに画像を表示させた。

「いい笑顔だろ？　一眼で撮ったのはもっといい笑顔のがあるよ」

信平が画面を見てから、愛美にまわしてくれた。

本当にいい笑顔だ、と愛美は思った。

雛村縁は、地味な顔立ちながら、優しげに少しさがった目尻が印象的な、ふわりとした美しさのある女性だった。まったく染めていない髪は、半分ほど白い。そのせいで実年齢よりも年上に見えるが、肌は艶《つや》やかで若々しい。化粧もまったくしておらず、年齢相応の染みや皺《しわ》もあるのだが、それらすら味わいに感じられる。

その雛村が、カメラに向かって少し照れたように笑っている。

もうこの笑顔の持ち主は二度と笑うことがないのだ、と思った時、不意に説明のつかない深い悲しみが愛美の心にわきおこった。まったく知らない女性なのに、その笑顔を知ってしまった途端、その人の死は愛美の心に喪失感をもたらした。

「きれいな人だ」

信平が言った。

「魅力のある表情です」

「ま、美人、という感じでもなかったけれど、笑うと本当に素敵な顔になる人だった。あんなふうに笑える人が、もう二度と誰も愛さないと心に誓っていたなんて、それだけでも悲しいことだよ」

「写真、見せてください。ぜひ」

「いいけれど、ひなちゃんの写真に随分興味があるんだね」

「と言うか、雛村さん、という人にすごく興味を感じたんです。何ものにも縛られない孤独な魂の持ち主が、人生のいちばん最後の日々を古根子集落で過ごした。それも、晴耕雨読《せいこううどく》を絵に描いたような日々を。そのことが、俺の頭から離れないんですよ……なんだかすごく、衝撃的だったというか、自分のこれまでの人生について考えさせられたというか」

「生きている間に紹介したかったな」

「ええ、残念です。でも写真を見せて貰えれば、より鮮明にイメージすることができそうです。河井さん、今度のイベントですが」

「商店街の例のイベントだね。うちの集落からも、藁《わら》人形とか野菜を出すことになったが」

「物品だけではなくて、写真も出してみませんか」

「写真？」

「シャッター展覧会以外にも、商店街の店舗を利用して独り芝居があるんです。で、他にも店舗利用のイベントができないかと考えていたんですよ。それで、根古万知の光景の写真展はどうかな、と。先日河井さんのところにお邪魔した慎一くん、彼はプロのカメラマンなんです。彼に、根古万知の様々な風景、光景を切取って貰って、それを展示したらどうかと考えついたんです」

「それはいいんじゃないか。しかし俺の写真なんかは素人写真もいいところだぞ」

「でも、河井さんは古根子集落を知っています。よそ者がニュートラルな目で切取った光景もそれなりに意味はありますが、そこに住む人が住人の目で切取った日常は、それ自体様々なことを語りかけて来るものだと思うんですよ。そして……雛村さんの存在は、まさに、河井さんだけが表現できるものです。もう二度と、誰も表現することのできないものです」

「いやしかし、もうひなちゃんはこの世にいないんだよ。ひなちゃんを写した写真を公開していいかどうか、彼女の許可を得ることができない」

「光景の一部、古根子集落のある日ある時、そういう写真ならばどうでしょう。そういうの、ありませんか」

「……たくさん撮ったから、中にはそういうのもあるかもしれないが」

「データを見せてください。お願いします。雛村さんの存在、震災で家族を失い、絶望を超《こ》えて風のように、水のように生きていた人が最後に暮らした場所が古根子集落であったということを、何かの形でみんなに伝えたいんです。伝えるべきだと思うんです」

信平はカウンターから身を乗り出し、河井の目を見ていた。

4

あと三日。

愛美はブラシを動かしながら、思った。とうとうここまで来た。三日後が、ねこまちフェスティバルの開催初日だ。

柴山電鉄主催の紙芝居コンテスト、根古万知駅前商店街と専門学校主催のシャッター展覧会、根古万知町農業振興課主催の野菜販売会。それらをまとめて、ねこまちフェスティバルと銘《めい》打《う》ち、根古万知町が統括して運営してくれることになった。屋台の出店を登録制にし、ショッピングモールを経営する企業からの協賛もとりつけた。説明会を開いてからは、瞬《また》く間に企画が増えた。商店街側からも正式に、ねこまちフェスティバル実行委員会を発足させ、町の承認を得て信平が実行委員長となった。根古万知町のサイトに公式発表が出ると、地元の新聞やテレビ局から取材され、町民ケーブルテレビではフェスティバル開催まで毎日五分間、準備の模様や企画主旨の説明などが流され、それにともなって地元の小中高からは、参加の問い合わせも増えて来た。その対応策として駅前に特設ステージが設《もう》けられることになり、小学生による合奏、中学生の劇、高校生からはダンスグループやロックバンド、と、まさに文化祭の様相を呈《てい》して来た。

だが、町が主催してくれることになっても、予算は限られている。展覧会用にシャッターを洗う作業は、専門学校生徒と地元ボランティアでしなくてはならない。

長い柄《え》の付いたデッキブラシは、立てて動かすとけっこうな重さで、すぐに腕が疲れてしまった。それでも、長年の埃《ほこり》がこびりついたシャッターを洗う作業は、なんとなく楽しかった。汚れで不鮮明だった店の名前が、ブラシでこすり、ホースで水をかけて洗い流すとその下から浮かび上がって来る。愛美が幼い頃、父や母に連れられて入ったことのある店ばかりだ。

今、愛美が洗っているシャッターには、『さくら手芸店』の文字がある。

「あらま、綺麗《きれい》になるもんだね」

愛美の後ろに立っているのは、『さくら手芸店』の経営者だった川本《かわもと》夫人。もう十年近く前に店を閉め、今は夫婦でN市で暮らしている。

「年末の大掃除の頃になると、こっちも綺麗にしなくちゃって思うんだけど、ついねえ、面倒で。老夫婦二人じゃシャッター洗ったりするのは無理だし、かと言ってどうせ物置にしている家だし、お金をかけたくないでしょう。人を頼むのもタダってわけにはいかないしねえ」

「おじさん、お元気ですか」

「あちこちガタは来てるけど、とりあえずね、元気にやってますよ。会社を定年になってからも嘱《しょく》託《たく》で働いてたんだけど、それも今年の春に嘱託定年になってね、いよいよ年金だけで生活しないとなんないのよ。まあ年寄り二人、そんなにお金が必要なわけでもないけど、孫に小遣いくらいやりたいのに年金だけじゃねえ。退職金はマンションのローン支払いにつかっちゃったし。ここを売っていくらかでもお金になればいいんだけど、不動産屋に査定して貰っても値段がつかないのよ。倉庫として賃貸にすれば、毎月一、二万くらいは入って来るみたいなんだけど、まだ中に店やってた頃の商品がけっこう入ったままなのよねえ」

「手芸店で売っていたものが、ですか」

「この店閉めてN市にマンション買った時、頭金で貯金なくなっちゃってね、在庫の毛糸とか手芸用品、業者に引き取って貰おうとしたら、もう古いのは引き取れない、処分費用がかかるって言われて、商品処分してお金払うなんてなんだかばかばかしくなっちゃってね。そのうち、バザーに寄付するとかなんとかしないと、って思っているうちにねえ。とにかくそれを処分しないと賃貸にも出せないのよ」

「わたし、小学生の時、おばさんに編《あ》み物教えて貰いました、ここで」

「そうだったっけ。あの頃はいつも誰かしら編み物教わりに来てたもんね。この根古万知で編み物やってる人のほとんどが、わたしかわたしの母親にここで習った人だわよ。なにしろ教えるのに授業料みたいのは一切《いっさい》、貰わなかったから」

川本夫人は笑った。

「その代わり、うちで毛糸や編み棒買って貰ったけどね、教えた人には。愛美ちゃんには何を教えたかしらね」

「かぎ針編みで、モチーフの編み方教わりました。それを繋《つな》げるとストールにもベッドカバーにもなるのよ、って。でもわたし、根気が足りなくて、結局短いマフラーみたいなの作っただけです」

「あのモチーフ編みは、あの頃女の子の間で流行《はや》ってたのよね。うちの店にも毎日、愛美ちゃんくらいの女の子が来て編み方習ってたわ。懐《なつ》かしいわねえ。今の子供たちも編み物なんかするのかしら」

愛美も当時のことを懐かしく思い出した。クラスで編み物が流行り、母親が編み物上手でいろいろと教えて貰える子が羨ましかった。愛美の母は編み物が得意ではなかったのだ。その母が、さくら手芸店に愛美を連れて行ってくれ、川本夫人に、愛美に編み物を教えてくれるよう頼んだのだ。見本のモチーフ編みを一枚見せて貰った時は、とてもこんなものは自分にはできない、と思った。けれど、川本夫人の言葉を必死で追いかけて夢中で手を動かすうちに、いつの間にか、美しいモチーフ編みが出来上がっていた。

「ここはね、もともとはわたしの母親が始めた店で、わたしもここで育った家だったから愛着はあったけど……知ってるわよね、わたしの母の生まれたとこが佐倉《さくら》だ、って」

「おばさんが昔、話してくれました。『さくら手芸店』のさくら、は、花の桜じゃなくって、千葉《ちば》の佐倉だ、って」

「母は千葉からこっちに嫁《とつ》いで来て、父の実家で暮らしていてね、お姑《しゅうとめ》さんにすごくいじめられて辛かったんだって。それで父に頼みこんでここを買って、ようやく二人きりで暮らせるようになった。母はその時、すごく幸せだったんでしょうね。店の二階はたった二間《ふたま》しかないけれど、親子三人そんな狭《せま》いとこで暮らすのも、けっこう楽しいものだった。……わたしが結婚する前の年に母が急死してね、父はだいぶ前に亡くなってたし、それでわたしが一人でこの店やってたんだけど、結婚してもこの店を離れがたくて、婿養子《むこようし》でもないのにうちの人と二人、ここで暮らしててね……だから余計、どんどんお客がいなくなるのが耐えられなかった。商店街も、ひとつふたつと歯が抜けるみたいに店が減って……」

川本夫人の声が、少しくぐもった。涙がこみあげて来たのだろう。

「……うちの人が勤めていた会社の根古万知営業所が閉鎖になった時、潮時だな、って思ったの。でも良かった……こうやって洗って貰って、ちゃんと店の名前がわかるようになって。この商店街に『さくら手芸店』があったことが、夢じゃなかったんだ、現実だったんだ、って……」

「夢なんかじゃありません」

愛美は言った。

「わたしの記憶にもちゃんと残っています。わたしもこの商店街で、たくさん想い出を作ったんです。わたしも……このまま忘れてしまいたくないんです。たぶんそれが、わたしが商店街の再生に走りまわっている理由です」

愛美は力をこめてブラシを動かした。

「時代は変わります。もうこの商店街が、かつてのような輝きを取り戻し、店がいっぱい並んで買い物客で溢《あふ》れている、そんなことは起こらないのかもしれません。いいえ、起こらないでしょう。でも、わたしたちの記憶の中にあの頃の商店街が残っている限り、ここを忘れたくない。失いたくないんです。どんな形でもいいから、この通りに人が来てくれる形にしたいんです」

「でもシャッターに絵を描いたくらいじゃ、人は戻って来ないでしょう」

「おばさんはこうして戻って来たじゃないですか」

「だってそれは、ここがわたしの家だから」

「まずはそこからだと思うんです」

愛美は笑顔で言った。

「この商店街、シャッターが降りたままのお店もほとんど、持ち主は変わっていません。昔ここでお店をやっていた人たちが、今でもオーナーです」

「それはねえ、そりゃ、売却できないもの、現実問題として。倉庫以外の使い道もないから借りてくれる人もいないし」

「だったら時々でいい、思い出して、そして帰って来て貰えたら。そこから始まると思うんですよ、この町の再生って。商店街だけじゃなくて、町を出て行った人たちがお正月以外でもここに戻って来るきっかけが作れれば」

「そうね、ねこまちフェスティバルが成功したら、また来年もこのフェスティバルに合わせて里帰りしよう、って思う人はいるわね」

「そして、これからこの町を出て行くことになる若い人たちには、この町で忘れられない楽しい想い出をつくって貰う。そうすれば町を出て都会で暮らしていても、きっとフェスティバルの時に戻って来てくれる。新しい家族を連れて来てくれる。……もしかすると、いつか家族と一緒にこの町に戻って暮らしてくれるかも……まあそこまで楽観的なことばかりは考えてませんけど、でもとにかく、里帰りの理由を一つ増やせるだけでもいい、そう思うんです」

「あ、ありがとうございまーす」

明るい声に振り返ると、インド綿のたっぷりしたワンピースに紫色のスパッツを組み合わせた、個性的な若い女性が立っていた。

「あとは自分でやりまーす」

「自分で？」

「はい、このシャッター、あたしの担当なんです」

「あ、じゃ、ここに絵を描くのはあなた？」

「はーい」

短く切りそろえたおかっぱ髪が、女性の動きにつれて揺れる。

「たちばな美術専門学校デザインアート科二年、田辺由実《たなべゆみ》です」

田辺由実は、透明なレインコートを着込み始めた。

「クリーニングもあたし、やります」

「いいんですよ、シャッターを綺麗にするのは実行委員会の責任ですから」

「いえいえ、このシャッターがあたしのキャンバスになるんですから、クリーニングから始めさせていただきまっす！」

田辺由実は元気良く言うと、愛美の手からブラシを奪って威勢良くシャッターをこすり始めた。

「やっぱりいいわねえ、若い女の子って。この商店街に、こんなに若い子がいっぺんに来たの、何年ぶりかしらね」

川本夫人は楽しそうに言う。いつのまにか、専門学校生が二十人以上、商店街にやって来ていた。

実際に展覧会に参加する学生は七人ほどのはずだが、手伝いやら応援やらひやかしやら、とても賑やかだ。

「どんな絵を描くんですか、ここに」

愛美の質問に、田辺由実はブラシを動かして丸い円を描いた。

「太陽でーす」

「太陽！」

「そう、めいっぱい太陽！　あたし、二年間、太陽ばっかり描いてたんです」

「太陽が好きなんですね」

「大好きです。でもただ好きだから描いてたんじゃなくて、太陽を描くことで地球や人や動物、植物、すべてを表現できるから、太陽にこだわったんです。この展覧会が終わったら本格的に就職活動するんですけど、就活用のデザインブックも太陽ばっかりなんですよねー」

「就職はN市で？」

「いいえ、東京に行きます。姉が東京で暮らしてるんで、貯金できるまでそこに居候《いそうろう》するつもりなんです」

「やっぱり東京に出てしまうんですね」

「ほんとは専門学校から東京に行きたかったんです。でも両親が反対して。今でもまだ、地元で就職しろってうるさいんですよ」

「それでも、東京がいい？」

由実はうなずいた。

「東京のほうが好きなわけでもないし、東京のほうがこっちよりいいところだなんて思ってもいないんです。でも、やっぱり、若い時に一度は東京を見たい、知りたい、暮らしてみたいんです。デザインの仕事していく上で、東京を知らないのはだめなんじゃないか、って思うんです。いずれ夢破れて戻って来るにしても、人生で一度は東京で生きた、そのことが、きっと重要なんじゃないかなって。えっと、あの、お姉さんは」

「あ、ごめんなさい、島崎愛美と言います。実行委員会のお手伝いをさせていただいてます」

「島崎さんは東京で暮らしたことありますか」

「……ええ」

「楽しかったですか」

「そうですね……楽しいことも、ありました」

「でも、戻って来た？」

「はい。……今は戻って来てよかった、と心から思っています。でも、東京で暮らしたことを否定する気はないです。あれはあれで、わたしにとっては大切な時間でした。田辺さんもきっと、かけがえのない経験をされると思いますよ」

「でも、戻って来てほしい、ですか。あたしたち若い者が出て行くの、反対ですか」

愛美は首を横に振った。

「現実に、この町には仕事がありません。N市にしたところでデザイン関係の働き口はとても少ないでしょうね」

「少ないです。ほとんど、ないです。学校出ても専門と関係ない事務の仕事とか派遣登録とかになっちゃいます」

「仕事がない以上、仕事のあるところへ向かうのは仕方ない、当然の選択です。だから反対なんかしないし、できません。それでもいつか……歳をとってからでもいいから、戻って来て欲しいと思うんです。……戻りたい、と思って欲しいんです。ねこまちフェスティバルは、そのために成功させたいんです」

十章　祭りは続く

1

てるてる坊主を吊《つ》るした窓から朝の空を眺《なが》める。願いはむなしく、泣き出しそうな曇り空だった。天気予報では曇り時々雨、午前中の降水確率は四十パーセント。

だがまだ時間はある。フェスティバルの開幕は午前九時、あと四時間。まだ夜も明け切っていないのだから、これから天候が回復することだって考えられる。

愛美は顔を洗い、トーストを焼いた。いつもは朝食をバナナ一本で済ませてしまうことが多いけれど、今日はしっかりと腹ごしらえしておこう。

ノンちゃんはいつもと変わらず、愛美が起きてがたがた動きまわっていても気にせずに寝ている。ノンちゃんのお気に入りの寝場所は、愛美の枕の横だ。

支度を済ませてから、ノンちゃんをそっと抱き上げた。ノンちゃんはぐたっと半分寝たままで、いつものようにキャリーケースに入ってくれた。ノンちゃんの朝御飯は、駅に着いてからだ。毎日、塚田恵子が特製の朝御飯を用意して来てくれる。鶏《とり》の胸肉や白身の魚を使った贅沢《ぜいたく》でヘルシーな猫御飯。恵子はノンちゃんのために、猫の健康食レシピをインターネットで調べて作ってくれている。

五時四十分、約束の時間ぴったりに、アパートの前に車が停《と》まった。

「おはようございます。すみません、わざわざ」

「おはよう。いよいよだね」

慎一の笑顔で、愛美の心にも「いよいよ」という実感がわいて来た。

「お天気、保つでしょうか」

「微妙だな。雨対策はしといたほうがいいだろうね」

「降ってほしくないです。やっぱり雨だとお客さんも減ってしまうでしょうし」

「大丈夫、きっと天気、保つよ。僕らの気持ちが天に通じると信じよう」

早朝だが、農作業に出る軽トラックと何台かすれ違った。慎一は知った顔を見ると手を上げて挨拶《あいさつ》し、愛美はフェスティバルのチラシを顔の前に上げた。皆、笑顔で、行くよ、という合図を送ってくれた。

過疎《かそ》化の波に洗われて、次第にばらばらになりつつあった根古万知の町が、とにかく今日再び一つになる。そのことだけでも、ねこまちフェスティバルを開催する意味はあるのだ。お祭りを開いたくらいで過疎が止まるわけではないし、若者たちがこの町を出なくて済む状態にはならない。仕事がない、というどうしようもない現実の前には、ねこまちフェスティバルなど単なる気休めに過ぎない。だがその気休めが町の人々の胸にひとつの想い出を作れるのなら、その想い出が誰かをこの町に引き留め、誰かをこの町に呼び戻すかもしれないのだ。愛美自身が結婚生活に破れた時、父が暮らす商店街で幼い日々を過ごした想い出にすがって、この町に戻って来たように。

実行委員会の待機所は駅前広場の隅《すみ》に張られたテントの中だった。ノンちゃんが塚田恵子が持参した「特製朝御飯」を食べている間に、愛美は売店前に置かれた「ノンちゃんボックス」の仕上げにかかった。いつもは誰でも撫《な》でたい人には撫でさせてあげるノンちゃんだが、フェスティバルの間は人が多すぎるので、ノンちゃんの安全確保のため、大型犬用のケージに入って貰《もら》う。ノンちゃんは人がいないと寂《さび》しがるので、一時間交代で誰かがケージに一緒に入ってノンちゃんの相手をしたり、見物客と会話したりすることになっている。そのケージにペーパーフラワーを貼《は》り付け、モールで飾り、ノンちゃんボックス、と看板をつけた。雨対策のため、ノンちゃんボックスもテントの中に置く。さらに、質問箱、と書かれた箱も設置した。見物客がノンちゃんへの質問を書いて入れると、ケージに入った係の人がそれを読み上げて回答する。

快晴の天気予報ならば、テントの下に置かずに済むのに。せっかくの可愛《かわい》らしい飾り付けも、テントの屋根の下では暗くくすんで見える。

七時からは実行委員会の最終打ち合わせ、八時には、ボランティアスタッフへの説明会が始まる。開会式は九時スタート。愛美はフェスティバルの間、各ブースや店をまわって何かトラブルが起きていないか確認する係になっている。不安は多々あるけれど、心配ばかりしていても始まらない。とにかく怪我人《けがにん》が出るような事故と、食中毒だけは回避しなくては。

食べ物の販売に関しては、町の保健衛生課が管理を担当してくれることになった。調理はすべて、前日と当日に公民館の調理室で一斉《いっせい》に行われた。欣三の妻も、得意のおはぎを山ほど作ったらしい。全員にマスク、髪をまとめるキャップ、使い捨ての調理用ゴム手袋を着用してもらい、素材にどの程度火を通したらいいか、保冷剤の利用法などもしっかり指導してくれた。中毒が起こる可能性の高そうな食べ物は販売しないし、まず大丈夫だろう。

愛美は全体の八割程度文字で埋まったノートを取り出した。実行委員会が発足してから、ありとあらゆる新情報、決定事項などを書き記したノートだ。あと少し、残りの白いページに、今日、自分の目で見て耳で聞いたこと、考えたことなどが記される。だがその前に、チェック事項の確認。それぞれのブースや店の責任者の名前の復唱。ひとりずつ、顔も思い出そうとして目を閉じる。参加申しこみに来てくれた時の顔、参加者説明会での顔、そしてこれから、その人たちの「今日の顔」と出逢《であ》うのだ。

＊

開会式が始まる頃、とうとう雨粒が落ちて来た。それでも開会式の時点ですでに百人を超える町民が集まっていた。九時半に、シバデンの広報部長の挨拶で、まずは紙芝居コンテストが幕を開けた。

特設ステージは広場の中央に設《もう》けられていて、紙芝居コンテストの合間に地元の高校生バンドが数組、二曲ずつ演奏する。ステージの前に置かれた客席用の折《お》り畳《たた》み椅子《いす》は百席分だが、立ち見のスペースも広くとってある。紙芝居は小さいので後方からは見えにくいだろうと、信平のアイデアで、動画撮影したものをそのままテレビ画面に流すことになり、客席の真ん中あたりに大型テレビがモニターとして置かれていた。なんと町長からの借り物の、五十インチ。だが小雨が降り始めたのでモニターはビニールシートで覆《おお》われてしまった。透明なビニールとはいえ、とても見にくい。

愛美は恨《うら》めしい思いで空を見上げた。半分ほど埋まった客席の人々も、雨合羽《あまがっぱ》だの傘だのを取り出し始めている。このまま雨が強くなれば、電子機器やギターアンプなどが使えなくなり、地元高校生の演奏会は中止せざるを得ないだろう。紙芝居コンテストは商店街のアーケードの中に移して続行することに決めてあるが。

晴れて。お願い、雨、あがって。

愛美は空を睨《にら》み、思わず両手を合わせて祈った。その祈りが通じたのか、十時を過ぎる頃、小雨はやみ、雲が切れて突然、日がさして来た。十時からは物品販売が開始される。

愛美は、古根子集落の参加ブースに向かった。物品販売ブースは広場を取り囲むように張られたテントの中だ。

テーブルの上に並べられた野菜、佃煮《つくだに》や梅干し、栗の甘露煮。そして藁《わら》で作られた味のある素朴な人形。人形には赤、青、黄色のスカーフのようなものがそれぞれ取り付けられていた。

「おはようございます」

「ああ、おはよう。雨、上がってよかった」

「はい、ほんとに。雨が強くなるとステージで演奏ができなくなるんです。高校生たちがとても楽しみにしてくれているんで」

「パンクロックもあるのかな」

「パンク、お好きなんですか」

「ロックはパンクです。他のものに興味はない」

河井は笑った。

「だけどあそこでパンク演《や》ったら町の人たちからうるさいって怒鳴《どな》られそうだな」

「参加希望グループには、当日演奏する曲のデモテープ、送って貰っているんです。高校生ぐらいだと歌詞を過激にしちゃってる子たちもいるだろうから、って」

「なんだ検閲《けんえつ》ですか」

「町が協賛することになったので、いろいろ制約が出てしまって」

河井は、ふん、と鼻を鳴らした。

「ま、大学祭じゃないですからね、大人の事情もからんでは来るでしょう」

「すみません、力足らずで」

「あんたが謝るようなことじゃない。ここまでやっただけでも、わたしはあんたたちを見直したんですよ。正直、町おこしのために文化祭だなんてふざけたこと言い出して、実現できるわけがない、と腹の中で馬鹿にしていた。だがあんたたちは、とにかく祭りを始めたんだ。その結果何が起こるか、この町がどうなるかはまだわからないが、何かを始めることは誰にだってできる、ってことを示しただけでも、すごいことです」

河井は藁の人形をひとつ手に取った。

「こんなものを可愛いと思うなんて、女性というのは不思議な感覚をしているもんだな。でも可愛いと思って見ていると、可愛く思えて来るのも面白いもんだ」

「そのスカーフ、いいですね」

「スカーフ？　ああ、これか。これは地蔵のよだれかけです」

「あ、よだれかけ……」

河井は大笑いした。

「まあなんでもいい、スカーフだと思ってもかまわんですよ。もともとこれが何なのか俺にもわからないんだから。だがせっかく売るんだから、ちょっとくらい商売っけを出してもいいかと思ってね、こういう布をちょっとつけただけでも、いくらか華やかに見えるでしょう？」

「とてもいいと思います。わたし、ひとつ欲しいです。夏に使うカゴバッグに付けたいです。買わせていただいてもいいですか？」

「ひとつとっといてあげますよ。まあこれが全部売り切れるなんてことは、まずないと思うが。何色がいい？」

「それじゃ、黄色を」

2

「あ、可愛いな、それ」

振り向くと慎一の笑顔があった。

「そんなふうにお洒落《しゃれ》に作ると、人気出そうですね」

「こんなもんが売れるなんて思えんが、まあ作ってしまったんで売れてくれるといいね」

「河井さん、本当にありがとうございました」

慎一が頭をさげた。

「古根子集落から、山菜やきのこの瓶詰《びんづめ》が届いて、売店も賑《にぎ》やかになりました。栗の甘露煮は並べる前からスタッフに人気で、自分たちで買いたいって言ってます」

「スーパーで買うよりはだいぶ安いからね」

「集落の人たちをまとめてくださって、河井さんのおかげです」

「わたしは何もしてませんよ。集落のみんなも、たまには賑やかなところに出て楽しくやりたいと思ったんでしょう。じゃ、わたしはみんなのところに行って販売の手伝いでもして来ます」

「愛美さん、ちょっとだけ時間、ある？」

「あ」

愛美は腕時計を見た。

「巡回の当番まであと十五分くらいなら」

「じゃ、ちょっと行こう。商店街の店舗展示に、素敵なもの見つけたんだ」

慎一が愛美を連れて行ったのは、ねこまちの歴史館、と看板が掲《かか》げられた店だった。

「ここは、町役場が作った展示スペースね……」

店舗部分は物置にしたまま二階で暮らしている井上《いのうえ》夫妻の住居で、かつては駄菓子屋だった場所だ。シャッター展覧会に利用しない空店舗の一つを町が借りて、古い写真をパネル展示している。炭坑のあった頃のものがほとんどで、今の状況が嘘《うそ》のように賑わっている根古万知駅前や、人でごった返す商店街の写真が大きく引き伸ばされて展示されていた。

「僕らが見ても懐かしいと思う時代のものもあるけど、それを通り越して、まるで見知らぬ町みたいに見えるのもあるね……あれなんか、駅前広場の写真なのに、映画のセットみたいだ」

慎一が指さしたパネルには、木造駅舎が写っていた。確かに今でも駅前にはロータリーがあるが、木造だった時代にはただの広場になっていて、なんと馬車が停《と》まっている。

「こんな古いネガ、よく残ってたなあ……あっちのはオート三輪だ！」

「わたし、走っているのは見たことがないです」

「僕もないなあ。でも八十年代まではあったと思う」

「あ」

愛美は、隣りのブースに小走りで近寄った。

「これ！　河井さんの写真ですよね！」

そこに貼られているパネルは、確かに古根子集落の写真だった。

「河井さん、写真うまいなあ。プロはだしだ……これが雛村さん……」

いくつかのパネルに、雛村が写っていた。顔がはっきりわかるものはなかったが、畑にたたずんでいたり、桜吹雪の中に立っていたり、どれも雰囲気のある写真だった。

「雛村さんは、阪神淡路大震災でご家族を亡くされたんだよね」

「ええ」

「ひとりになって、彼女はそれまでの人生で手に入れたものをすべて手放し、身軽になってさすらいの旅に出た。そして古根子集落で最期をむかえた。……人の運命は、誰にも予測できない。でも、人生の最後を、気に入っている場所でむかえられたら、幸せでしたね、と言ってあげてもいい、そう思うんだ」

慎一はパネルに顔を近づけた。

「どんなに悲しい目に遭《あ》ったとしても、どれほど苦しい一生だったとしても、この人は最後に、自分が気に入った場所で……山に囲まれた静かな場所で暮らした。河井さんや欣三さん、気の合った人と、とてもシンプルで自由な日々をおくった。だからきっと、この人は今、安らかに眠っていると思う」

人が入って来る気配がした。

「ここ、もう見学してもいいですか？」

「どうぞお入りください」

愛美が言うと、学生のグループが賑やかに入って来た。二人は外に出た。

「今の人たち、この町の人じゃないね」

「どこから来てくれたのかしら。でも良かった。雨もあがったし、遠くから来てくれた人もいるみたいで」

「愛美さん、『風花』の仕事はしばらく続けるつもり？」

「え、ええ……本当は、フルタイムで働ける仕事を見つけないといけないんですよね。『風花』でバイトをさせて貰っているのは信平さんの好意なんです。今のあの店は、ほんとのこと言えば信平さん一人でもなんとかなるし、わたしもいつまでも貯金の取り崩しでは生きていかれませんから。でもN市まで通うつもりで探さないと、見つからないと思います」

「そのことなんだけど……実は、町役場の観光課課長さんから相談を受けてるんです。このことは信平さんも知ってることなんだけど。町としてはねこまちフェスティバルを年に一回の恒例行事にしたい。そのためには、今回のフェスティバルが終わったあとすぐに一年後に向けて準備を開始しないとならない。でも正直、役場は人手不足で、専門の部署を設《もう》ける余裕はない。で、企画を外注したいと思ってるらしいんです」

「外注……どこかのイベント会社とかに、ですか」

「ええ、でも、イベント会社に頼むと高額になるでしょう。落札方式にすることも考えたけれど、それよりも、今回のフェスティバルの企画発案者、つまり商店街と実行委員会の人たちに、引き続いて来年度以降もお願いできたらそれがいちばんいい、ってことになったらしいです。まあその、ちょっと図々《ずうずう》しいというか」

慎一は笑った。

「何より節約したいのはお金だ、ってことですよね。でも今回は町が最後に協賛になったことでいくらか予算がついたけれど、ほとんどの部分はボランティアです。僕らも持ち出しでやった部分は少なくない。町としては、次回以降はちゃんと予算を組んで、我々が自腹を切るようなことにはならないようにする、って言ってるんです。そのかわり、我々のグループを会社登録して貰えないか、って」

「会社に……」

「業者相手なら予算計上もしやすいし、何かあったら業者として責任とらせればいい、ってことでしょうね。そのあたり、町の言いなりになるとあとあと大変だと思うんで、よく検討したほうがいいですが、でも例えば、愛美さんが会社を創り、我々実行委員会がその会社に企画などを発注する、というのはできるんじゃないかと」

「わたしが……会社を？」

「フェスティバルだけではなく、ねこまちグッズやお土産品《みやげ》の企画なんかも手がければ、なんとか商売としてやっていけるんじゃないかな、って」

「でもわたし、そんなノウハウは」

「ブレーンは僕が集めます。なので考えてみて貰えませんか。とりあえず来年のフェスティバルは今回の実行委員会がそのまま存続して担当する、ってことで町との話はまとまると思うんです」

「会社を経営するなんて、自信ありません。でも、ねこまちフェスティバルが来年も再来年も続くためなら、なんでもしたい」

いつの間にか商店街は人で一杯になっていた。昨日まで、学生たちが準備していたシャッター展覧会も盛況で、イラストの描かれたシャッターの前には人だかりができている。

太陽の絵も完成していた。シャッターにラッピングシートを貼り、その上からアクリル絵具で描いたらしい。

「たった二日で描いたのね！　すごい……」

「プリントしたものを貼り付けるのかと思っていたんだけど、やっぱり絵筆の味わいがあるほうがいいね」

営業している店の前にも人が集まっている。国夫のラーメン店は広場で屋台営業するため、閉めているが、フェスティバルの会場案内図が閉まったシャッターに貼られていた。

「今ごろ、お父さん、中で仕込みに大忙しだね。少し手伝おうか」

「昨夜父と電話で話したけど、婦人会の人が何人か手伝いに来てくれるって言ってました。なので大丈夫です」

「愛美さんはこのあとどこの担当？」

「担当は全体なんですけど、十時からステージで地元高校生バンドの演奏が始まるので、何かトラブルがないか見守ります」

「さっきの話なんだけど」

「……会社経営なんか、わたしには無理だと」

「僕も手伝います。信平さんも一緒にやってくれると思うし、経理のことは東京時代の知り合いに税理士もいるから、その人に見て貰える。ネットで帳簿のデータを送ればいいし」

「でも……」

「僕は、やるべきだと思う」

慎一は言った。

「あなたならできます。きっとやれる。口幅ったいけど、僕がそばにいます」

慎一は立ち止まり、愛美を見た。

「僕、決心したんだ。今度こそ日本に腰を落ち着けます。しばらく海外での仕事はせず、国内で撮ります。この根古万知のことも撮って撮って、ひとつでも多くの魅力を写し撮りたい。今ここでだから何もかも言う勇気がわいて来た。だから今から、とんでもない告白をします。愛美さんにそのことを隠していることが、もう限界なんです。隠し事をしたままでは、あなたとの……未来が来ない」

「慎一さん……」

「僕がなぜ日本を離れたのか。聞いてくれますか」

「わたしが聞いてもいいことでしたら……でも、無理なさらなくても。わたし、平気です。あなたに秘密があっても構いません。わたしに話さないことがわたしに対する思いやりなんだとあなたが思うなら、そのままでいいんです」

「そう言われちゃうと、話すの止めたくなっちゃうな」

慎一は苦笑いした。

「僕は君に嫌われたくない。君のことが……好きです」

愛美は下を向いた。急に鼻が痛くなり、ボロボロと転《ころ》がるように涙が出た。

「……ありがとう……ございます。わたしも……嫌いになんて、何があっても嫌いになんて、きっと、なれない……」

「僕は……ある人の人生を台無しにしたことがあるんです」

慎一は、深い溜《た》め息《いき》と共に言った。

「二十代の中頃、僕は一人の女性と交際してました。決して遊びじゃなくて、僕はその人のことを真剣に愛していた。でもそう思っていたのも僕の勘違《かんちが》いで、本当は、愛するということをよくわかっていなかったのかもしれない。当時、僕はやっと助手を卒業して、カメラマンとして仕事が貰えるようになったところでした。ある雑誌の契約カメラマンとして働き始めたところだったんです。でも、仕事を恋愛の失敗の言い訳にするのは卑怯《ひきょう》ですよね。結局僕は、仕事が面白くて他のことはどうでも良かった。でも彼女はそんな僕を理解してくれている、勝手にそう思ってました。だから突然、二人でいる時に彼女が激しく僕をなじったり号泣したり、感情のコントロールを失ってしまうようになった時、彼女は病気なんだ、と簡単に考えてしまいました。精神科で薬を貰えばきっと、以前の彼女に戻れると。実際、彼女には病名がつきました。適応障害、という診断が出たんです。でもその適応障害を引き起こした原因が、僕との交際にある、という彼女の言い分には納得できなかった。僕は自分が、彼女に対してひどいことをしている、という自覚がまったくなかったんです。ほんとに、情けない話ですよ。仕事が不規則で、急な出張も多い、だから僕は彼女と何か前もって約束する、ということをしなかったんです。逢いたいな、と思った時に携帯にメールを送る。それがいちばん合理的だと思ってました。でも僕は気づいていなかった。彼女が、逢いたい、とメールして来てもほとんど、仕事を理由に断っていた。そのくせ自分が逢いたくなると、一方的に場所と時間を送りつけていた。もちろん、来られる？　とか、無理ならまた別の日でいいよ、とか書いてましたよ。だけど、彼女は断ったことがなかった。だから僕はそれが普通のことみたいに勘違いしていたんです」

「その女性は、慎一さんに逢いたくて無理を重ねていたんですね」

「その通りです。僕の都合に合わせるために、仕事を家に持ち帰って残業代も出ない残業を続けたり、有休をとったり。そういうことが積み重なって、彼女の心が疲弊《ひへい》してしまった。そして彼女の心が疲れてしまったことに、僕はまったく気づけなかった。彼女の症状は次第に重くなっていき、二人でいる時にちょっとした言葉のいきちがいで、暴力を振るうようになったんです。世間ではドメスティック・バイオレンスは男が加害者、女が被害者、の場合しかないと思われてるけど、実際には逆のケースもあるんです。心理的に僕は女性に手を上げられない。だから彼女が暴れて僕にいろんなものをぶつけたり、椅子を振りかざしたりするようになっても、彼女を力で抑えることができなかった。でも彼女が僕のカメラを壊してしまって、僕は、逃げるしかないと思った。カメラの被害届を警察に出したのは、法律の力を借りることでなんとか、彼女を医療的に治療する方向に持って行きたかったからです。警察沙汰《ざた》にしたことで、彼女のご両親にも事情が知れました。ご両親が上京して来て、彼女は入院することになった。僕は彼女のご両親と話し合って、交際を続けることは無理ということで納得していただいたんです。でも……彼女の気持ちもちゃんと聞かないで、僕はまたもや自分勝手に恋愛を終わらせようとした。終わらせた、と思ってホッとしていた。彼女は数ヶ月後に退院したんですが、僕はそれさえ知らなかった。彼女は田舎《いなか》に戻り、実家で暮らし始めた。でもしばらくして、家を出て東京に戻って来た。ご両親が留守をした間に、黙って家を出たんです。そして」

慎一は言葉を切り、もう一度溜め息を吐《つ》いた。

「……僕は、彼女に知らせずに引っ越ししていました。そのこともご両親には了解していただいてたんです。携帯のアドレスも番号も変えた。なので彼女は僕を尾行し、アパートを突き止めたんです。そして、ある夜、窓から入って来ました」

「……窓から……」

「それだけでもすでに、彼女は正気ではなかった。彼女は三階の僕の部屋まで雨どいをよじ登り、窓ガラスを割って飛びこんで来たんですよ。あの時のことは一生忘れられそうにない……ガラスの破片が彼女の顔に刺さっていました。手の甲にも。血だらけになりながら、彼女は僕を見て笑った。大声で……怖かった。彼女は壊れてました……完全に。僕のせいです。恋愛を勝手に終わらせようとした僕の。彼女は手にナイフを持ってました。僕は部屋から飛び出して外に逃げ、公衆電話から一一〇番通報しました。……彼女は今でも病院にいます。僕はその事件のあとすぐ、海外に出ました。……呆《あき》れたでしょう？　僕のやったことは、取り返しがつかない。愛美さん、この話をした以上、僕を軽蔑《けいべつ》するならそれも仕方ないと受け入れます」

愛美は黙っていた。言葉を探したけれど、どうしても見つからなかった。

「今日のフェスティバルでこの町の人たちを写真に撮る、仕事に戻ります」

慎一は言った。

「今日は僕のカメラマン人生、再スタートの記念日にします。僕はもう逃げない。この町で、ここの地に足をつけて生きていきたい。できれば……あなたと。でも今は返事、いいです。考えて……それから返事、してください」

考えるまでもない。愛美は思った。彼の過去に何があっても、わたしは彼が好き。

でも、慎一を追いかけて行けない自分、がそこにいた。

過去を消し去ることはできない。過去は消えない。未来は常に過去と共にある。

慎一とこれからの人生を歩くということは、慎一の不幸で悲しい恋愛の傷とも共に歩くということ。

自分にそれが、できるだろうか。

3

　慎一の告白の重さを忘れようと、愛美は忙しく歩き回った。高校生バンドの演奏準備を手伝い、演奏が始まると物品販売のブースに行って売り子を手伝った。販売が一段落したところで紙芝居コンテストの第二部がスタート、さらにノンちゃんのテントにたくさんの人が押しかけていたので、トラブルにならないようテントの前にロープを張って、物品販売ブースで油を売っていた塚田恵子を引っ張って来てマイクを持たせた。いきなり仕切り役を押し付けられても恵子は堂々としたもので、すぐに観客の笑いを引き出しながらノンちゃんコーナーを仕切り始めた。

　雲の間から薄日がさしてはいるが、まだ空には雨を含んでいるらしい暗い色の雲がある。なかなかすっきりとは晴れてくれない。けれど湿度は高く、愛美は汗びっしょりになっていた。実行委員の控えテントでお茶のペットボトルをもらい、半分ほど一気に飲んだ。パイプ椅子に座って休むと、途端《とたん》に慎一の言葉が脳裏に甦《よみがえ》って来る。


「お疲れ。愛美ちゃん、はりきり過ぎてないか、大丈夫？」

　信平が頭にタオルを巻いて現れた。信平も汗だくだった。

「信平さんこそ、明け方までステージの飾り付けとか、展示コーナーの準備とかしててらしたんでしょう。無理しないでくださいね」

　信平もペットボトルからごくごくと茶を飲んだ。

「なんとかこのまま、夜まで降らないでいてくれるかな。天気予報だと夕方から降水確率が下がるんだが。花火を楽しみに来てくれた人もいるだろうしな」

「花火の打ち上げが決まったのはポスターができたあとでしたから、知らない人も多いかもしれませんね。シバデンのサイトにはすぐ出して貰ったんですけど」

「まさか花火なんか打ち上げられるとは思ってなかったな。そんな金、どこにもないもんなあ」

「広告代理店の力ですね。CMのラストに、花火を見上げる生徒さんたちの様子を入れる案を出したら、美術学校が予算オーケーしたんだそうです」

「なんだか、一度転がり出すといろいろ大事《おおごと》になって行くなあ。調子に乗ってると落とし穴にはまるから、今回のイベントが終わっても、いろんな誘いにほいほい乗らないよう、商店街のみんなに釘《くぎ》さしておかないとな」

「商店街のために何かやりたい、って話していたのが、遠い昔のことみたいですね。まだほんの数ヶ月前のことなのに。ノンちゃんが根古万知に来てから、眠っていた何かが目を覚《さ》ましたみたい」


「このイベントが終わったらどうするか、もう決めた？」

「え？」

「慎一くんに提案されただろう」

「……この町をPRする会社のこと……もしかして、信平さんのアイデアなんですか」

信平はとぼけるようにまた空を見上げた。

「悪い話じゃないと思うんだ」

「……わたしに会社なんかできるのか……自信ないです」

「資金のことだったら心配しなくていいよ。出資者は俺が集める。小さな事務所ひとつと、パソコンに机、そんなもんで始めればいいんだから、金はかからないさ」

「でも出資していただいてもし失敗したら」

「返せないような金は借りないから」

信平は笑った。

「取引先は役所だ、堅《かた》い商売だよ。それにシバデンも協力してくれることになると思う。シバデンの広報課は乗り気だよ。この町のＰＲはすなわち、シバデンのＰＲにもなるからね」

「どうしてわたしなんでしょうか。信平さんが自分でやってみればいいのに……」

「今度のイベントは愛美ちゃんが言い出しっぺで、そして成功させた」

「まだ終わってないです」

「うん、でももう成功してる。あいにくの雨だったのにこの盛況だ、Ｎ市から根古万知まで、シバデンがずっと満員で、臨時列車まで走った。この町にあれだけ人が集まったのは何十年ぶりだろう。愛美ちゃんのおかげだ」

「わたしはたいしたことしてません。信平さんや慎一さんが」

「いや、君のおかげだ。君にはその力がある。君はいつのまにか俺や慎一くん、それに商店街のみんなをその気にさせた。ほんとのこと言えば、俺はもう根古万知を昔のような賑やかな町にすることはできないだろうと諦《あきら》めてた。イベントに賛同したのも、一種の想い出作りみたいなつもりだったんだ。何もしないで敗北するのはつまらないから、とにかく何かやりたかった。そしてそれが終わったら……店を閉めて、ここを出て行くつもりだった」

「……信平さん……」

「君も知っての通り、あの店の売り上げは悲しいくらい少ない。家賃を払わなくていいから俺一人が食っていくくらいはなんとか利益が出てるので、まああの商店街の店としてはあれでも成功してるほうだけど」

信平は笑った。

「でもそれだっていつまで続くか。あのままだったら続けられてもあと二、三年ってとこじゃないかな。頼みの綱だった農協さんも、若い人たちは車でファミレスまでランチをとりに行くかコンビニで買ったもので済ませるみたいで、かつての常連だった年配組は、昨今の不況を反映してかみんな弁当持参らしいよ。喫茶店で昼飯を食うこと自体、もう流行《はや》らないんだろうな」

「……すみません、わたしがアルバイトなんてさせてもらってるから」

「それは関係ない。俺一人ならランチメニューを毎日替えるなんてとてもできないよ。ナポリタンとドライカレーばっかじゃ、ランチに人が来なくなる。愛美ちゃんがこの町に帰って来なくても、どのみちアルバイトは雇《やと》うつもりだったんだ。でも、そうやってなんとか手当てして地味に商売しているだけじゃ、やがて来る終焉《しゅうえん》を待つばかりだろう? 商店街の臨終《りんじゅう》を見届けるのも俺の義務なのかな、なんて思うこともあったけど、やっぱりそんな気の滅入《めい》るものは見たくないしな。で、適当なところで店を畳んで、何か他のことをやってみようか、なんて考えていたんだ」

「何かしたいことがあるんですか」

「いや、ただ漠然と、残りの人生をそれに捧《ささ》げてもいいような何かを見つけたかった。俺も今年もう四十二だからなあ。男も日本人の平均寿命は八十を超えたんだっけ？　それでも人生はもう折り返しちゃったわけだ。残り半分を切って、そろそろ死に方を意識して生きようかと思ってさ。あの喫茶店のマスターとして溶《と》けるみたいに死ぬのも悪くはない、悪くはないが、なんか、寂しくてな」

「……信平さんがいなくなるなんて……そんなの……嫌です」

愛美は泣き出しそうになるのを堪えた。

信平は笑った。

「いや、だから、やめた」

「……え？」

「店畳むの、しばらく延期することにしたんだ。愛美ちゃんのおかげだよ。商店街を復活させる、なんて、ある意味不可能なことだろう。その不可能なことに向かって、決して大げさに突撃をかけるんじゃなくて、駅の階段でものぼるみたいに着実に少しずつ近づいて行こうとする愛美ちゃんを見てて、何もやらずに、やる前に全部がわかってるみたいな顔して諦めていた自分が恥ずかしくなった。愛美ちゃんがＰＲ会社をたちあげることに協力してくれるなら、俺はあの店をやりながら愛美ちゃんのサポートにまわろうと思う」

愛美は戸惑《とまど》っていた。夢物語にしか思えなかった話なのに、信平は本気だ。自信がない、なんて言い訳では信平は納得しない。


「愛美さん」

スタッフが走り寄って来た。

「食べ物が全部売り切れちゃったんです」

「全部？」

「はい、全部です。どうしましょう。何か食べるもの売ってないのかってみんなに訊かれて。婦人会が作った稲荷《いなり》寿司も、欣三さんの奥さんのおはぎも、愛美さんのお父さんのとこのラーメンも品切れです。信平さんが提供してくれたねこまち甘夏のケーキも完売です」

「見通しが甘かったかな」

信平は頭をかいた。

「食べ物は失敗するとあとが大変だし、衛生面の問題もあるから絞《しぼ》っちゃったんだよな」

愛美は時計を見た。まだ午後二時を過ぎたところだった。

「お昼御飯食べ損《そこ》ねた人たちは、お腹すいて帰ってしまうかもしれないですね。これから一人芝居とか、花火とかあるのに」

「でも今から食べ物の調達は無理だぞ。ショッピングモールのスーパーに買い出しに行って、包装されてるパンみたいなもんを配るくらいはできるけど」

「商店街にもスーパーはあります！」

愛美は走り出した。まず父の店に飛びこみ、湯を大量に沸かして貰う。父は屋台で用意した麺《めん》もスープも売り尽くして店に戻り、疲れ切った顔でカウンターに座っていたが、愛美の説明を聞いて慌《あわ》てて特大の薬缶《やかん》を取り出した。父の店を手伝っていた婦人会の女性も、愛美の頼みをきいて店から走り出る。

愛美はシャッター展覧会の見物客でごった返す商店街を走り、『スーパー澤井』に飛びこんだ。『スーパー澤井』も、陳列棚のほとんどが空っぽになっている。澤井晋一は飲み物を買う客の列をさばくのに必死の形相《ぎょうそう》だった。レジの列が途切《とぎ》れた隙《すき》に愛美が澤井をバックヤードに引っ張って行った。

「弁当いつもの倍仕入れたのに、あっという間に売り切れちゃったよ、愛美ちゃん。三倍仕入れれば良かったなあ」

「食べ物が足りないんです。お昼を食べてない人たちがお腹すいて帰ってしまいます。この分だとあと一時間もしたら閉店しないと」

「そんなこと言われても、うちにももう弁当とか、ないよ」

「カップラーメン、ありますよね」

「そりゃあるけど、お湯がないと食べられないよ。うちはお湯沸かすスペースないからなあ」

「お湯は父が今沸かしてます。ポットは婦人会が借り集めてくれてます。割り箸《わばし》はありますか」

「売物ならあるけど」

「実行委員会で買い取ります」

「いやいいよ、箸くらい提供するよ。じゃあ、店の前にテーブル出して、そこでお湯入れて貰おうか」

「はい、お願いします！　わたし、広場に案内出して来ます。『スーパー澤井』でカップラーメンが買えます、って」

「なんか手伝おうか」

声をかけて来たのは、『バーバーかとう』の加藤壮二だった。

「陽吉んとこの、昭和の文房具詰め合わせセット、ばか売れしたんだよ。今まで販売手伝ってたんだけど、最後の一セットまで綺麗《きれい》に売れちゃったよ。昔なつかしいクレヨンとか三角定規《じょうぎ》とか、下敷《したじ》きなんかさ、売れ残りのデッドストックを詰め合わせただけなのに、なんであんなもんが売れるんだろうな」

加藤は笑った。

「そうそう、お客さんに、ねこまちなのに猫の文房具は置いてないのか、って何度か訊かれたな。来年やる時までに、イメージキャラクターみたいなの作ってさ、ほらあの猫駅長の、グッズ販売しないとな」

「陽吉んとこに長テーブルないかな。俺んとこは一つしかないんだけど」

「長テーブルなら、幸太郎んとこにあんだろ。俺、借りて来てやる。『ねこまちフラワー』もそろそろ売り切れで閉店だろうしな」

「花屋が何売ってんだよ、こんな祭りで」

「なんか花を一輪ずつラッピングしてあるんだよ。ほら広場のステージで地元のガキらがバンド演奏してんだろ、あの子らに向かって投げてんだよ、みんな。フィギュアスケートの選手が試合のあとで花投げこまれて拾うみたいにさ。幸太郎の娘が考えたらしいよ、なかなかやるよな、あの娘も」

壮二が店を出て行くと、晋一はその背中を目で追いながら、呟《つぶや》いた。

「なんか、みんな急に商売人に戻ったなあ。もう何年も、商売で儲《もう》けようなんて思わなくなってたもんなあ。愛美ちゃん、やっぱいいもんだね、こういうの。商店街なんだから、物を売ってなんぼだよ。売って儲けて、それが生き甲斐《がい》なんだよなあ。俺ら商人なんだからさ。儲けたいって欲が出たのが、俺は嬉《うれ》しいよ」


『ねこまちフラワー』のアルバイトさんと店主の柳井幸太郎、その妻の幸枝《ゆきえ》、娘の容子《ようこ》、四人がテーブルを二つ持って来てくれて、『スーパー澤井』の前には臨時の給湯所が作られた。婦人会が集めて来てくれたポットは六個、愛美の父の店に運んで行き、熱湯を入れて貰う。

晋一が余っていたポスターの裏に、マジックで大きく、カップラーメンあります、スーパー澤井、と書いたものを持って来てくれたので、愛美はそれを丸めて抱え、走って広場に戻った。

「『スーパー澤井』は、商店街の中ほどでーす」

愛美は叫んだ。

「店内で買われたカップラーメンに、お店の前でお湯を入れて召し上がっていただけまーす」

「愛美ちゃん！」

慎一が折り畳み椅子を何脚か抱えて来た。

「これ、使って。澤井さんとこに持ってけばいい？」

「お願いします！」

誰もが走っている。商店街の誰もが、生き生きと走り回っている。

澤井晋一の言葉が愛美の心の中で躍《おど》る。

売って儲けて、それが生き甲斐。


そうだ、想い出作りなんかじゃだめなんだ。愛美は思った。やるならとことんやらないと。人を集め、物を売り、お金を儲ける。

彼らは、商人、なのだ。物を売って儲けるプロなのだ。商店街を生き返らせることができるのは、商人としての欲、物を売ってお金を儲けたいという気持ちだけなんだ。


あっ。

愛美は不意に思い出した。いけない、すっかり忘れてた！

シバデンの広報課の人から、紙芝居コンテストの入賞者に手渡す花束を用意してほしい、と言われていた。『ねこまちフラワー』には電話で注文したけれど、最終確認をしていない。『ねこまちフラワー』は、ラッピングした一輪花がよく売れて、店内の花がなくなりそうだと……

愛美は不安になって、また商店街を走り抜けた。『ねこまちフラワー』は『スーパー澤井』の二つ隣りだ。

「あら愛美ちゃん、テーブル足りなかった？」

柳井幸枝が店の前を掃《は》き掃除《そうじ》している。お花売り切れました。ありがとうございました。と書かれた立て看板が出ていた。

「あ、あの、電話で頼んでおいた……」

「ああ、はいはい、できてるわよ」

幸枝がにっこりしたので、愛美はホッとして大きく息を吐《は》いた。

「あらま、お花全部売られちゃったと思った？」

幸枝は笑いながら、大きな花束を三つ抱えて現れた。

「はいこれ。全部で六つだったわよね、でも三つしか持てないでしょ。あと三つ、バイトの子に持たせるわ」

「……こんなに大きいんですね。あのでも、予算が……」

「これはうちからの、寄付」

「いえそんな、花束の費用はシバデンさんが持つことになってますから」

「じゃあ、シバデンが出す予算の分だけもらっとく」

「でも」

「大きいほうが豪華でいいでしょ。愛美ちゃん、わたしね、あなたに感謝してるの。うちはほら、お得意先が病院だから、まあね、なんとか商売はやっていけてるんだけど、この店はほとんど作業場になっちゃってて、ここで売る花といったら、ご近所のお年寄りが買ってくれるお仏壇の花くらいだったでしょう。でもわたしがここに嫁《とつ》いだ頃はまだ、商店街に買い物に来る人もけっこういてね、花もそういう人たちが買ってくれてたものなのよ。今日は久しぶりに、あの頃の雰囲気を楽しめた。やっぱりいいものよね、商店街で商売するって。わくわくするわ。愛美ちゃん、大変かもしれないけど、来年もこのお祭り、ぜひやってね。できることはなんでも協力するから」

「……はい」

うなずいた途端に、涙がこぼれ落ちた。

「はい」

愛美は顔を上げ、もう一度言った。

「来年も、必ずやります。やらせてください」

4

そろそろ花火が打ち上がる時刻になった。

愛美は疲れて感覚が鈍《にぶ》くなったふくらはぎを拳《こぶし》でとんとん叩《たた》き、気合をいれ直した。

紙芝居コンテストの表彰式も終わり、地元バンドによるコンサートも最後の一組が演奏を終えた。飲食用に出されていたテーブルや椅子は片づけられ、広場にはロープが何本か張られた。すべて慎一と信平がアイデアを出し、設営を指示し、今は観客をロープに沿って並ばせている。立ったままでは見物が辛《つら》そうなお年寄りには、少し花火は見づらいが、座って観賞できる席を案内する。それらと並行して、愛美は清掃を始めていた。ボランティアで手伝ってくれる地元の婦人会や高校の運動部の生徒たちに、スタッフ用のTシャツを配って着て貰い、至るところに落ちている紙コップや紙皿、箸、ティッシュなどを拾う。愛美自身は仮設トイレの清掃を始めた。仮設トイレは一時間おきに清掃しているが、これだけの人数の来客に対して簡易トイレ五つでは、ちょっと少なかったな、と反省した。

設置費用、運搬費、備品、クリーニング料金など含めると、トイレのレンタル料が思ったよりも高く、予算の関係で五つにしてしまったのだ。駅トイレにも長い列ができていたので、清掃も大変だっただろう。シバデンに謝《あやま》らないと。

明日の朝には、いつもの駅前広場、いつもの商店街に戻さなくてはならない。少しでも清掃を進めておかないと、徹夜になってしまう。

勉強になったことは数限りなくあった。当初、ねこまち文化祭をやりたい、と思いついた時には想像もしていなかったくらい、やるべきこと、考えなくてはいけないことがたくさん。

今回は奇跡のようにうまくいったけれど、繰り返して定期的に行うとしたら、毎度毎度これほどの幸運には恵まれないだろう。そして今回一回切りであれば、収支が赤字になったとしても「楽しかったね」「たくさん人が来てくれて良かった」で済むけれど、次回からはそうはいかない。少しでもいいから黒字を出さないと、企画自体が続いていくことが難しくなる。

わたしにそんな才覚があるだろうか。

愛美は早くも胸の底に湧《わ》きおこって来た不安を打ち消すように、大きくひとつ息を吐いた。

心はほぼ決まりかけている。できる、と言い切る自信はないけれど、やってみたい。

この、ねこまちフェスティバルを毎年開催したい。


「愛美さん」

声が掛かって振り向くと、音無佐和子が立っていた。まだ少し、髪の生《は》え際《ぎわ》にドーランが残っている。

「お疲れさまでした。すみませんでした、舞台、見られなくて。ビデオを録《と》ってもらったので、あとで鑑賞させていただきます」

「愛美さん、忙しかったでしょう。一人で大奮闘してたものね」

「いえ、ボランティアの皆さんがほんとによくやってくださって、助かりました」

「わたしもゴミ拾い、させてくれる?」

「いえそんな、とんでもない」

「やらせて」

佐和子は明るく笑った。

「何かしたいの。こんなに素敵な経験をさせてくれたお礼に」

佐和子は愛美が手渡した軍手をはめ、ゴミ袋を手にした。

「このフェスティバルに呼んで貰って、一人芝居をやらせて貰ったこと、本当に幸運だったと思ってるの」

「いえ、こちらこそ、音無さんのような有名な女優さんに参加していただけて幸運でした。ほんとに、交通費程度の謝礼しか出せなくてすみません」

「有名な、なんて」

佐和子は笑った。

「ほら、誰もわたしに気づいてない」

「それは、花火が始まるのを待っているから……」

「いいのよ、むしろ、気づかれたらわたしの負けだと思う。さっきまで芝居をして、この中にもそれを観《み》てくれた人がいるはずなのに、それがわたしだと気づかないとしたら、舞台と素《す》の自分とが完全に違うものだった、ってことだものね。ってまあ、負け惜《お》しみだけど」

佐和子は拾ったゴミを袋に詰めながら、楽しそうに続けた。

「わたしね、なんて言えばいいのかなあ……月並みなんだけど、いろいろ行き詰まってるのね。もともとたいして美人でもないし、若い時から主役をやるような女優でもなかったんだけど、でもやっぱり若い時代にはそれなりに、恋愛とかする女の子の役が多かった。でも四十の大台に乗ると、ドラマでも映画でも、母親や妻の役ばかりになった。テレビや映画の仕事は嫌いじゃないのよ、舞台のほうが自分に向いてるとは思ってるけど、こまぎれで場面を創《つく》っていくあの感じも、好きなの。でも、母親や妻の役をちゃんと演じきれてる、って実感がないのね。……別の言い方するとね、自信がない」

「わたし、うまく言えないですけど、お世辞《せじ》ではなくて、音無さんの演技、好きです」

愛美は、底の浅い言葉に思われたくなくて、懸命に心を込めた。その気持ちが伝わったのかどうか、佐和子は少しの間手を止めて、愛美を見た。そして微笑《ほほえ》んだ。

「ありがとう。嬉しいわ。わたし、母親の役も妻の役も、貰った役は懸命に演じています。それだけは本当」

「はい、わかります」

「でもね、どんなに懸命に演じても、自分が演じながら感じてしまう違和感は、おそらく伝わってしまうものだと思う……テレビカメラは残酷なのよね。今のハイビジョンって、毛穴まで見えちゃうんだもの。そうして毛穴まで映し出されたわたしという女優は、今、壁に当たっている。舞台ではこの歳《とし》になっても、少女の役だって来るし、恋愛もし放題。二十年前と同じ役ができる。そのことが自信に繫《つな》がっているのか、舞台では思い切った演技ができるの。でもテレビカメラの前に立つとなぜか萎《い》縮《しゅく》してしまう。つまり、スランプ、なのよね。心の中のどこかに、老いていくことへの恐怖がある」

「……老いていくこと……」

「そう。恋する女の役が来なくなったのは老いたから。でも舞台ならまだそういう役だってやれる。なのにテレビや映画ではそれができない。なぜか。簡単なことよね。わたしが老いて、それをテレビカメラやデジタルの映像は、克明《こくめい》に映し出してしまうから。口元の小じわや、目尻《めじり》の皺《しわ》。あごやほほのたるみ。開いた毛穴。たくさんのシミ。どんなにうまく化粧しても、ハイビジョン映像はその化粧の下の老いを暴いてしまうのよ。そしてわたしは……それが怖《こわ》かった。怖くてたまらなかった」

佐和子は、ひとつ小さな溜め息を吐いた。

「この催《もよお》しに信平くんから声がかかった時、ほとんどの店が潰れてシャッターばかりになった商店街を再生させたいんだ、って言われて、ドキッ、としたの。あの人は、時間の流れに抗《あらが》おうとしている、そう思った。それで興味をひかれたの。実際、来てみたら想像していた以上にシャッターだらけ。あ、ごめんなさい」

「いえ、その通りです。もう商店街としてはほとんど機能していない、シャッターの並んだ通り抜け道路になってます」

「ええ、でも、愛美さんはこの商店街にちゃんと想い出があるのよね?」

愛美はうなずいた。

「たぶん……わたしの記憶にある商店街と、実際にその時代の商店街とはいくらか違っていると思います。わたしが子供の頃、すでに商店街の中には店を閉めていたところもけっこうあったはずなんです。でも記憶の中では、どの店もとても繁盛《はんじょう》していて、商店街は活気に溢《あふ》れていました。おそらく当時はまだ、国道沿いのショッピングセンターや大きなスーパーがなくて、子供のわたしが知っている商業施設はごく限られたものだったんですね。本当にたまに、親に連れられて、電車に乗って出かけたN市のデパート以外は商店街しか知らなかった。なので子供の目には、活気があるように見えたんだと思います」

「それでも、お子さんだったあなたが入ってわくわくするようなお店が、まだあった」

「ありました。オモチャ屋さんもあったし、最近はあまり見なくなったファンシーショップ、ちょっと可愛い雑貨や文具を売っている店もあったんです。ソフトクリームが食べられるお店もあったし、ハンバーグが美味《おい》しい洋食屋さんもありました」

「あの写真館に初めて入った時、ほこりにまみれた壁に何枚も写真がかかったままでね、その中には、昔の駅前や商店街を写したものもあった」

「今回の舞台を設置する時に見ました」

「あれを見て、失われた時が閉じこめられた写真と、その写真を閉じこめた写真館、というイメージに圧倒されたのよ。そこにはおそらく、あの商店街を生活の一部にしていた人たちの、無数の想い出がある。失くした時、消えた街、閉じこめられた想い出。その真ん中で一人芝居をやってみたい、そう、強く思った。それで帰ってから一気に脚本を書き上げ、すぐに演じてみた。繰り返し稽古《けいこ》するうちに、次第にね……怖くなくなったの。歳をとることが、怖くなくなったのよ」

佐和子は、ゴミで一杯になった袋の口を器用に結んだ。

「この歳まで女優をやって来て、たくさんの芝居やドラマ、映画に出た。主役になったことは少なかったけれど、どの芝居も全身全霊、自分にできる限界まで頑張《がんば》って来たつもり。時には体調が悪かったり、精神的に不安定だったりして、思ったような演技ができなかったこともあるし、監督さんや演出家とぶつかって、心にわだかまりを抱いたまま演じたこともあるわ。でも、投げやりになったり手を抜いたりしたことはない。それだけは神様にも誓える。だとしたら、きっと、わたしの芝居を見た人の誰かの心の中には、想い出として残れたはず、そう思ったのよ。今はシャッターが並んでいるばかりになってしまった商店街でも、人生の一部をあの商店街と共有していた人たちがいて、その人たちの心の中には、想い出として残っている。今がどうであれ、その想い出を消してしまうことは誰にもできない。怖がる必要なんてなかったのよね。歳をとってもわたしの過去が消えてしまうわけじゃないし、わたし自身もちゃんとここにいるんだものね。えっと、これどこに持っていけばいいの？」

「わたし、やっておきます。音無さん、もしお時間があれば花火、観てくださいね」

「もちろん観るわよ。せっかく参加したお祭りだもの、フィナーレを楽しまないとね。それに打ち上げ、あるんでしょ？　信平くんと飲み明かすの、楽しみにしてるの。Ｎ市に宿はとったけど、始発で帰る気まんまんだから。愛美さん、わたしの芝居、暇《ひま》になったら観てね」

「はい、明日観ます！」

「明日はゆっくり休まないとだめよ。あなた、ほんとに働きすぎだから、今日」

「でも気になって観ないではいられないと思います」


突然、広場から歓声が上がった。

「あら、あれ何？」

佐和子が指さす。

広場に集まっていた人たちが興奮してざわめき、さかんに佐和子と同じ方向を指さしている。

根古万知駅の駅舎の壁に、何かが映し出されていた。

「ビデオのプロジェクターね。駅の壁、そう言えば白かったっけ。でもあれ、何かしら。まるで……まるで、ＵＦＯみたい」

そうだ。あれはＵＦＯだ。

愛美は思い出した。欣三と河井とが子供の頃に見た、ＵＦＯ。

河井はＵＦＯの正体がわかった、と言っていた。

あれは……その再現だ。


「綺麗ねえ……あれ、もしかしたら」

佐和子が言いかけた。愛美にもやっと、それが何なのかわかった。愛美は佐和子に頭を下げてから、ゴミ袋を持ったまま小走りに信平を探した。信平は花火打ち上げの責任者だ。打ち上げ会場は駅裏の、シバデンの所有地。だがプロジェクターはスクリーン代わりの駅舎とは反対側にあるはず。

愛美は商店街へと戻った。

商店街のアーケードの上に、信平と河井が座っていた。信平はプロジェクターを足で挟《はさ》んで固定していた。

「どうだ、ＵＦＯ！」

信平が愛美を見つけて叫んだ。

「ちゃんと再現できただろ？　このプロジェクター、Ｎ市のビデオ制作会社に貸して貰ったんだ。河井さんが口きいてくれたんだよ。すごいだろう」

河井は嬉しそうに駅舎の方を見つめている。

そして、アーケードの下には、欣三と父・国夫が並んで立ち、広場の人波の頭からかろうじて見えているＵＦＯに、じっと見入っていた。

5

「あれは……ビニールハウスね」

佐和子が呟いた。

そうだ、と、愛美も気づいた。ＵＦＯのように見えているものの、あれはビニールハウスの明かりだ。

遠い昔、欣三と河井は、この光景を見た。谷間に広がる畑のビニールハウスが夜になって点灯され、その光が、おそらく上空に低く垂《た》れこめていた雲に反射したのだろう。彼らはその光をＵＦＯだと信じ、無邪気《むじゃき》に驚き感動して、翌朝得意げに同級生たちに話したのだ。そしてその結果、仲間はずれにされてしまった。

今見えている光景は、雲に反射した光ではなく、谷間に沈んだ霧の中でビニールハウスの灯がぼんやりと輝いている様子だろう。

「綺麗ねぇ」

佐和子が溜め息と共に言った。

「ビニールハウスなんて、珍しくもないものだし、何気なく目にとめていても、普通なら美しいだなんて思わない。なのに撮り方と演出で、あんなに綺麗なものに映るのね……自分が老いて醜《みにく》くなっていくとおそれるのは、不遜《ふそん》なことなのかもしれない。映画も舞台もテレビドラマも、女優一人でつくれるものじゃないのよね。大勢のスタッフや技術者がいて、監督がいて、みんなで工夫して、何でもないごく普通のものをああした美しいものに変えていく……女優一人の顔に何本か皺が増えても、そんなの、いくらでも美しいものに変化させることはできる。ほんとに、ここに来て良かった。わたしもう、老いることが怖くないわ。怖いのは、何もせずに朽《く》ちていくこと、それだけ」

遂《つい》に、花火があがった。

大歓声が沸き上がる。どーん、とお腹に響く低音と共に、まだ暗くなりきっていない藍《あい》色の空に、光の華《はな》が開いた。

愛美は自分の頬に涙の筋が伝うのを感じていた。涙が流れていく皮膚《ひふ》の上がとても熱い。

失敗もたくさんした。反省しなければならない点も山ほどある。それでもなんとか、ねこまちフェスティバルはこうしてクライマックスを迎えている。

駅前広場はぎっしりと人で埋まった。その多くがこの町の人たちだ。過疎の波に呑《の》みこまれ、消えゆく運命に沈みかけているこの町。けれどここにはまだ、こんなに大勢の人が暮らしている。

帰って来て良かった。

愛美はようやく、心の底からそう思っていた。

ふと、広場の隅《すみ》に信平の姿を見つけた。信平も夜空を見上げている。そしてその隣りに、信平とおなじくらいの年頃の女性が立って、いっしょに花火を見ていた。花火のあかりに照らされた女性の横顔が、美しい。

あの人は誰かしら。愛美は思い出した。井沢伸子さん、といったかしら、この町に戻ってきた信平さんの同級生？

信平も、次のドアを開けたのかもしれない。自分自身がここに帰って来て、目の前のドアが開き、新しい世界を見つけたように。

ニャーン
聞き慣れた甘え声。

「ノンちゃん！」

塚田恵子が、ハーネスをつけたノンちゃんを抱いていた。

「花火、ノンちゃんにも見せてあげようと思って」

「怖がらないですね、花火」

「そうなの。てっきり怖がるかと思ってね、花火が始まる前に駅舎の中の大きいケージに入れてあげたのね。なのに、なんだか出たがってケージをガシガシ嚙《か》むもんだから、ちょっと出してやったの。そしたら外に行くって意思表示するのよ。おとなしいこの子が自己主張するんだもの、何かあるのかしらね、って思ってね、抱いて外に出てみたの。そしたら最初の花火が上がったところで。普通の猫なら怖がってパニックになるわよ。なのにさすがノンちゃん、じーっと空を見つめて、花火がすごく気に入ったみたいで。なので連れて出ても大丈夫かなって、来てみたの」

愛美は恵子の手からノンちゃんを受け取り、抱いた。

この数ヶ月で、愛美の腕はすっかりノンちゃんのからだになじんでしまい、ノンちゃんも安心してゴロゴロと喉《のど》を鳴らしている。

次々と打ち上がる花火で、地響きのような音が絶え間なくしているのに、ノンちゃんはまったく意に介していない。愛美の腕の中でリラックスしつつ、大きな二つの目を夜空に向けて、花火を楽しんでいる。

「お祭り、大成功ね」

「いろいろ反省点はあります。食べ物が足りなくなったり、迷子がけっこうたくさん出てしまったり。外国人のお客様が思ったよりもたくさんいらしてて、中国語と英語のできるスタッフを用意していなかったのも失敗でした」

「まあそれは仕方ないわよ、第一回なんだもの、食べ物がどのくらい売れるかとか、外国人観光客が来るか来ないかとか、なんにもわかっていなかったものね。来年はもっと手際《てぎわ》よくやれるわ。慎ちゃんからちらっと聞いたわよ。愛美ちゃん、ねこまちフェスティバルの仕事、請け負《うお》うんですってね」

「……まだ少し迷ってます。わたしにできるかな、って」

「迷うことないわよ、あなたは一人じゃないもの。わたしたちもできるだけ手伝うし、慎ちゃんもここにとどまって、あなたのサポートするんだって」

恵子は楽しそうに笑った。

「あなたたちが一緒になってくれたら、わたしも嬉しいわ。国夫さんだってきっと喜ぶわよ」

「あの、そんなまだ、わたしたち」

「わかってますよ。愛美ちゃんは真面目《まじめ》過ぎるくらい真面目だものね、離婚してすぐ再婚なんてできないだろうって、そのことは慎ちゃんにも言ってきかせてあるわ。焦《あせ》ったらだめよ、って。でもわたし、ねこまちフェスティバルが成功して、ほんとに、ほんとに嬉しいの。みんなあなたたちのおかげ」

「恵子さん……」

どーん、と格段に大きい音がして、夜空に特大の花火があがった。

そして大歓声と共に、花火はフィナーレを迎えていた。次々と続けざまに打ち上がる花火の中をひときわ高くのぼった火の玉が、大輪の光の華をいくつもいくつも重ねて開きながら夜空に散った。

すべてが終わり、空はいつのまにか漆黒《しっこく》に、そして三日月がぽつんと、名残り惜しげに見下ろしていた。

広場が歓声と拍手で包まれた。

「俺たち、とりあえずやり遂げたみたいだな」

いつの間にかそばに来ていた信平が愛美の胸からノンちゃんを抱き上げた。

「な、猫。おまえのおかげだよ。おまえがこの町に来て、いろんなことが動き始めた。おまえはこの町を生き返らせるためにやって来たのか？」

にゃーん、と猫が鳴いて、大きな欠伸《あくび》をひとつ、した。

信平の後ろに立っている女性が、優しく微笑んだ。

十一章　新しい朝に

1

花火が終わると、なぜか盆踊りが始まってしまった。愛美は驚いたが、信平はお腹《なか》を抱えて笑っていた。おそらく地元の婦人会が、勝手に音楽を流してしまったのだろう。

愛美も信平に手をひかれて輪の中に入り、何周か踊ったところで離脱した。

後片づけの係になっているボランティアスタッフは午後九時に本部テントに集合していた。まだまだ盆踊りは続きそうだったが、愛美はスタッフと共に本格的な後片づけを始めた。

結局、盆踊り大会は十時過ぎまで続き、きりがないので町長がステージに上がって閉会を宣言、「蛍《ほたる》の光《ひかり》」を流した。この曲を聴《き》けば家路につくのが日本人の習性だ。

想像していた以上に大量のゴミが出て、そのゴミに負けないほど大量の「落とし物」が回収された。それらを整理して役場のサイトに列挙し、引き取りに来て貰《もら》わなくてはならない。

機材やテント、テーブルや椅子《いす》などをレンタル業者に返すため、雑巾《ぞうきん》で綺麗《きれい》に拭《ふ》く作業も思った以上に大変だった。簡易トイレもひと通り綺麗にしておかないと。

ボランティアスタッフはよく働いてくれたが、それでもシバデンの終電までにはとても終わりそうになかったので、ひとまず終電前に解散にした。スタッフが帰るのを見送ってから、商店街のメンバーと本部の数名とで後片づけの続きをする。

日付が変わる頃、婦人会がおにぎりの差し入れを持って来てくれた。昼食も夕食も摂《と》っていなかったので、たまらなく美味《おい》しかった。だがお腹に食べ物が入ったせいか、眠気が襲って来た。

愛美は眠りこんでしまわないよう、持参していたウエットティッシュで顔や手、首などを拭いた。

「大丈夫?」

声をかけてくれたのは慎一だった。あの告白は夢でも見ていたのかと思うくらい、自然な笑みを見せてくれる。それは慎一の、精一杯の気づかいなのだ。

愛美も、できる限りおだやかに微笑みを返した。

「シバデンさんが、明日も駅前は自由に使っていいって言ってくれたし、残りは明日にしたら? 愛美さん、目の下にクマができてるよ」

愛美は慌《あわ》ててポーチから鏡を取り出した。慎一が笑う。

「嘘《うそ》、嘘。大丈夫、まだクマになってない。でもたぶん、明日はクマができちゃうよ。ほんと愛美さん、もう限界でしょう、疲れ」

「……体力ないですよね、わたし。ちょっと鍛《きた》えないとだめですね」

「その前に、とにかく寝ないと。他のみんなも愛美さんが帰らないと帰れないよ」

「そうですね」

愛美は立ち上がった。

「とりあえず駅前の駐車スペースだけ空《あ》けてしまいます。あとは明日にします」

「よし、なら手伝うよ」

慎一が声をかけてくれて、広場に残っていた面々は駐車スペースに置いてあった椅子やテーブルなどを移動してくれた。とりあえず商店街の入口付近に積んで、ビニールシートで覆《おお》う。

愛美たちは掃《は》き掃除《そうじ》を済ませ、駅前だけはフェスティバルが始まる前の状態に戻った。

午前二時過ぎ、ようやく解散となって、愛美は慎一の車に乗った。


「すごい一日だったな」

慎一が言った。

「根古万知にこんなに人がいたんだ、って再認識したよね。それに、子供もけっこういるんだ、って。まだ小学校一つ、中学一つ残ってるんだもんな。どっちも一学年が十数人だけど、それでもゼロじゃない。ゼロじゃないなら増える希望はある。愛美さん、例の話、引き受けるの?」

「……やってみようかな、って。ちゃんとやれるかどうか不安ばっかりだけど、来年も再来年も、ねこまちフェスティバルを続けていけるように頑張《がんば》ってみます」

愛美のアパートには瞬《また》く間に着いてしまった。

愛美は車を降りた。

「じゃ、おやすみなさい。明日また」

「少しでも休んでください」

「慎一さんも」

愛美は運転席の慎一の顔から目を離したくない気持ちでいた。もし今、愛美が誘えば慎一は部屋まで来てくれるだろう。そうしてしまいたい。今夜、慎一と離れたくない。

だが愛美は無理に手を振り、車に背を向けた。自分がそうであるように、慎一も疲れがピークに達しているはずだ。

好きだから、慎一のからだが第一。愛美は、こみあげてくる、愛《いと》しい、という思いを持て余しながら部屋へと戻った。

翌朝はよく晴れていた。睡眠は四時間ほどしかとれなかったが、夢も見ずにぐっすりと眠ったせいか、愛美の気持ちは爽《さわ》やかだった。ベッドから起き上がり、猫の餌《えさ》の箱を手にしてから気づいた。ノンちゃんは昨夜、塚田恵子が預かってくれたのだ。愛美の帰りが何時になるかわからず、ノンちゃんもさすがにくたびれたのか、塚田恵子の膝《ひざ》の上でぐっすり寝入っていたので恵子に任《まか》せたのだ。

愛美は簡単に朝食を済《す》ませると、徒歩で商店街に向かった。ゆっくりと歩いて二十分ほどの道のりだ。

途中、兼業農家の庭先で、顔見知りの女性に挨拶《あいさつ》された。いつもは愛美のほうから声をかけるのだが、その朝は女性が小走りに愛美のもとに駆け寄った。

「愛美さん、お疲れさまでした。ほんとに楽しかったわ、昨日のお祭り！」

「ありがとうございます。楽しんでいただけてよかったです」

「大変だったでしょう、あれだけのこと準備するの」

「商店街の人たちが中心になって、役場も協力してくれました」

「来年もまたやるんでしょ？」

「そうできたらいいんですけど」

「やってちょうだいよ！　お願い、やって。大阪にいる息子にね、今朝電話したの。すごく楽しいお祭りだったから、来年は孫たち連れて来て、って。来年は連休にやってくれたら、息子たちも泊《と》まっていかれるんだけど。ね、連休にやること考えてみてちょうだいよ」

「わかりました。日程のことはこれからですけど、できるだけ休みが続く時にやれないか検討します」

「来年はわたしらもボランティアします。なんでも手伝うわ。だからお願い、来年もやってくださいね。お願いね！」


駅前の広場にたどり着くと、そこには愛美が想像していなかった光景があった。広場に大勢の人がいて、忙しく働いていたのだ。顔を知っている商店街の関係者もいるが、知らない人も多い。ボランティアに登録してくれていた人ばかりではなかった。みんな、広場の清掃を手伝いにわざわざ早朝から来てくれた、根古万知の町民だった。

「おはようございます」

愛美の顔を見るとみんな一斉《いっせい》に声をかけて来た。

「昨日はお疲れさまでしたー」

「もっとゆっくり出て来たらよかったのに。疲れてるでしょう」

「ここは俺らがやっとくから、駅でコーヒーでも飲んでらっしゃいな」

「駅長猫もおるよ」

愛美は感激して、泣き出しそうになった。

駅の売店では、塚田恵子がノンちゃんを抱いたまま何か食べていた。

「愛美ちゃん、おはよう。朝御飯食べた？」

「あ、はい」

「ひとつくらいならお腹に入るでしょ。お稲荷《いなり》さん作ったのよ、食べて食べて」

ノンちゃんが愛美の顔を見て、にゃーん、と可愛《かわい》い声で鳴いた。愛美は恵子の腕からノンちゃんを受け取り、抱きしめた。

「ほら、こっちは御飯にゆかり混ぜてるほう、こっちは生姜《しょうが》が入ってるの。どっちにする？　あらやだ、愛美ちゃん、なんで泣いてるのよ！　どっか痛い？　お腹？」

「いえ、違うんです。そうじゃなくて」

愛美は泣き笑いしながら涙を手で拭《ぬぐ》った。恵子がハンドタオルを差し出してくれた。

「ありがとうございます。すみません、泣いたりして。でもこれ、嬉《うれ》し泣きなんです」

「うれしなき？」

「はい。だって……町のみんなが、朝早くから手伝いに来てくれて……」

「ああ」

恵子は笑顔でうなずいた。

「昨日のボランティアさんたちがね、呼んでくれたらしいわよ、友達とか家族とか。あんたたち実行委員会のメンバーが、昨日は一日中こまねずみみたいに働いてたでしょう、それで、もうちょっと手伝ってあげよう、ってことになったんですって」

「ほんとに……ありがたいです」

「きっとみんな、昨日、すごく楽しかったのよ。それに嬉しかったんだと思う。この町が、遠い昔みたいに活気づいたのを見られて。正直あたしも含めて、この町の人はもう諦《あきら》めてたのよね。でも昨日の盛り上がりで、まだ少しぐらい希望が残っているんじゃないか、そう思えるようになったんじゃないかな、みんな。だから、ちょっとでもいい、できることをしたい。その気持ちがあの姿なのよ」

愛美はノンちゃんをまた恵子の腕に戻し、軍手とエプロンを身に付けて広場に出た。

昨夜、やりかけのままにしてあったシート類は綺麗に畳《たた》まれて積まれている。見渡す範囲、駐車場にはゴミひとつ残っていない。ロータリーに残されていたテーブルや台なども隅《すみ》の方に片づけられていた。

愛美はゆっくりと広場をまわり、手伝いに来てくれていた人たちひとりひとりに挨拶して礼を言った。たくさんの声が愛美にかけられた。来年もまたやってくれよ、今度は地元産野菜のレストランも出そう、芸能人を呼んで前夜祭したらどうか……みんな、思い思いにアイデアを口にし、ボランティアするから、と約束してくれた。

やがてレンタル業者のトラックが次々とやって来て、簡易トイレや大型のテント、テーブルなどを引き取って行った。

午前十時を過ぎる頃には、駅前広場はいつもの姿に戻り、集まっていた人々も消えて行った。

店に入ると、いれたてのコーヒーの香りが愛美の胸にすーっと入りこんで、愛美は思わず深く息を吸った。

「片づけ、終わった?」

信平はカウンターの中で、ネルドリップでコーヒーをいれている。

「悪いな、片づけ、手伝えなくて。朝のうちに役場に行って、金の話をして来たんだ」

「どうでした?」

「まだ精算してないからな、とにかく会計報告をまとめないと。でもざっと計算して、なんとか、町役場からの助成金の範囲には収まるんじゃないかな、赤字。俺たちの持ち出しはなさそうだよ」

「でも赤字なんですね……」

「そりゃ仕方ないよ、今回は利益度外視だったから。どの物販コーナーもほぼ売り切れるくらい繁《はん》盛《じょう》してたのに、出店料は一律三千円だぜ」

信平は笑った。

「来年からは歩合《ぶあい》でとりたいよなあ。でも現実問題としては無理だろうな。それに、ねこまちフェスティバルは金儲《かねもう》けのためにやるんじゃない、みんなにここに集まって貰って、この町のことを思い出して貰うためにやる。だから、ま、儲けは考えない。役場が負担してくれる金の範囲でやる、それが方針だ」

「来年もやれるかしら」

「やるんだよ」

信平はコーヒーをカップにそそぎ、カウンターの上に置いた。

「やるんだ、何があっても。こういうことは、最初の一回より、次の一回が大事なんだ。継続することと。毎年やること。そうでないと、ねこまちフェスティバル目当てに帰省して貰うことができないし、口コミ人気で人が集まる希望もなくなる。愛美ちゃん、覚悟を決めてくれよ。ここのバイトは今月いっぱいでクビだ。俺の知りあいにN市で司法書士やってる奴がいるから、できるだけ早くそいつのとこに行って、会社設立の準備を始めること。役場の予算がつくまでの経費は立て替えないとなんないが、俺がなんとかする」

「でも」

「そんな顔するな、もっと自信を持て。この数ヶ月、ねこまちフェスティバルのために君と動いてみて俺は確信してる。君ならできる。やれる」

愛美は深呼吸してから言った。

「はい。やります」

「よーし」

「でも信平さん、お金のことはほんとに……まだ貯金、少し残ってますから」

「そんな呑気《のんき》なこと言ってると、すぐに家賃も払えなくなっちゃうぞ。役場の予算が正式につくのは新年度から、つまり来年の四月からだ。もちろんそれまで無給で働くわけにはいかないから、今の予算の範囲で金を出して貰える分は出して貰うけど、それでも四月までは相当苦しいよ。ちゃんと資金を持って始めないと、精神的にも参っちゃう。大丈夫、役場のお墨付《すみつ》きがあれば当面の資金は地元の信用金庫が貸してくれるよ。慎一くんは写真集を考えてるみたいだよ。ノンちゃんを主役にした写真集だってさ。まだまだ、考えればいろいろやれることはみつかる。それをみつけるのも君の仕事になるんだ」

愛美は、コーヒーを少しすすった。


「この町は、変われるでしょうか」

「変われるさ。少なくとも、昨日、何かが少し変わった」

愛美はうなずいた。

「そう思います。今朝、それを感じました。ああ、新しい朝が来たな、って」

「新しい朝、か。ほんとにそうだな……新しい朝だ」

2

布団《ふとん》の中で、国夫は天井を見つめていた。今朝《けさ》は寝坊しようと決めて、目覚《めざ》まし時計はセットしなかった。なのにいつもと同じ時間に目が覚めてしまった。長年の習慣とはやっかいなものだ。この分だと、店を閉めて楽隠居を決めこんでも、毎朝こんな時間に目覚めてしまって一日の長さを持て余しそうだ。

明け方にやっと布団に潜《もぐ》りこんだ時には、腰も背中も痛かった。寝返りをうつにも骨が折れた。だが夢も見ずにぐっすりと眠ったおかげなのか、腰にも背中にも痛みは残っていない。自分もまだまだ、思っていたよりは若いのかもしれない。

それにしても、と、国夫はひとり、思い出してニヤニヤした。

まさかあんなに人が来るとは。一杯四百円のラーメンが、二百食、あっという間に完売した。いつもは一日にせいぜい十五、六食しか売れないのに。チャーシューが足りなくなって途中からハムにしてしまったのが申し訳なかった。ハムなら三百八十円にすべきだったかな。でもあの忙しさの中で、いちいち二十円のつりを手渡す余裕はなかったしなあ。

あの世でかあちゃんもびっくりしてるやろな。

さて、と。

布団から這《は》い出し、階下に降りて新聞を拾《ひろ》う。シャッターの投入口から差しこまれた新聞が、毎朝店の床に落ちている。

地方版を開いた。ねこまちフェスティバルについての記事を探す。あった。

思ったより小さいな。ま、根古万知なんて忘れられた小さな町の祭りのことなんかでは、たいした記事にはできないか。

それでも内容は好意的だった。伝統的な祭りとは違うが、庶民的で楽しい祭りだ、と書いてある。まるで文化祭のようだと。

そう言えば、愛美も、文化祭なのだと言っていた。

文化祭か。

中学の文化祭で、同級生たちと8ミリ映画を撮《と》って上映した。あれは楽しかった。当時流行《はや》っていたテレビの刑事もののドラマのパロディだ。あの時俺は、将来は映画監督になりたいと真面目《まじめ》に思った。だがしがない定食屋の息子にとっては、映画監督になる未来などは遠過ぎた。

そのかわり、俺は定食屋のおやじになり、ラーメン屋のおやじになった。

国夫は欠伸《あくび》をひとつしてから、新聞を置いて冷たい水で顔を洗った。

昨日の戦場のようだった屋台がもう懐《なつ》かしい。あんなに忙しかったのは何年ぶりだろうか。いや、何十年ぶりか。

山積みになった丼《どんぶり》がまだ残っていた。昨日は疲れ過ぎて、後片づけを中途半端にしてしまった。ゴム手袋をはめ、皿洗い用のシンクに湯を満たした。丼を放りこみ、洗剤をふりかける。スポンジで丼を洗う。

国夫は思い出していた。この店を開いた日のことを。

開店の日、店の前には長蛇《ちょうだ》の列ができた。妻と、バイトに雇《やと》った地元の無職青年と三人で、店の時計が開店時刻の午前十一時になるのを睨《にら》んでいた。

あの時の高揚感《こうようかん》と、少しの不安。

店を開けた途端《とたん》にカウンターがぎっしりと埋まり、そのまま夜になるまで客が座り続け、用意した麺《めん》もスープも閉店予定時刻の二時間前にはなくなってしまった。

閉店後、みんなで祝杯をあげた。

国夫自身、自分の作るラーメンがとびきりに美味《うま》いとは思っていない。ただ自分で嫌いな味ではないな、と思う程度だ。しょせんは常連頼みの田舎《いなか》のラーメン屋、毎日食べても飽《あ》きない味、嫌味のない味でいいと思っている。個性的で癖《くせ》のあるラーメンである必要はないのだ。

だがそれでもあの頃は、もっと一食一食、丁寧《ていねい》に作っていたかもしれない。今よりもずっとずっと忙しかったのに、麺のゆで時間はきっちりと計り、チャーシューの仕込みには休日を丸々あてていた。

今でも、材料そのものはあの頃とそう変わっていない。醬油《しょうゆ》は和歌山から取り寄せているし、ダシに使う野菜や鶏《とり》、豚肉などは、農協から新鮮なものを買っている。

でも。

国夫の手が止まった。ここのところ頭の中でもやもやしていたものが、不意に形をつくった。

……不味《まず》くなっている。俺のラーメンは、あの頃よりも不味くなっている。それはだいぶ前から気づいていた。気づいていたけれど、知らないふり、気づかないふりをし続けていた。どうせあと、保って数年。客は減り続けているし、それが復活する可能性なんかない。町に人がいなくなってしまったのだから、仕方ない。そう自分に言い聞かせて諦めていた。

しかし、人はいたのだ。昨日、あれだけの人がこの店に来た。

広場を埋め尽くしていた人の中には観光客も何割かはいただろうが、大部分は地元の人々だった。顔を見れば、なんとなく知っている人たちだった。

根古万知にだって、まだまだたくさん、人が暮らしているのだ。

彼らはみな、車でショッピングセンターや国道沿いのチェーン店に行き、そこで買い物も食事も済ませている。なぜか。

なぜなら、商店街に何もないからだ。買うべきものも、食べるものも、何もない。

それは彼らのせいじゃない。俺たちのせいだ。俺たちが、買えるものを置かず、食べられるものを出さないからだ。客が減った、と嘆《なげ》くばかりで、浮気している客たちを呼び戻そうと努力しなかったからだ。

冷蔵室に入り、棚から麺の入ったプラスチックケースを出し、調理台まで運んだ。

何の変哲《へんてつ》もない、黄色い縮れ麺。若干《じゃっかん》細めだが、国夫の好みで太い麺は選ばなかった。

湯を沸かし、麺をひと玉茹《ゆ》でてみた。きっちりと時間をタイマーで計る。ここ数年、勘《かん》だけで茹でていた。茹で上がった麺を口に入れて嚙《か》む。

国夫は、調理場の椅子に座ってしばらく考えていた。

それから立ち上がった。

＊

澤井晋一は、在庫リストを抱えて狭い倉庫の中を行ったり来たりしていた。

昨日の興奮はまだ晋一の体内に残っていて、微熱でもあるかのようになんとなく全身にほてりがある。

とにかく、売れた。

飲食店の出店が少ないと聞いていたので、食べ物が売れるだろうとは予測していた。が、少し仕入れ過ぎたかなと不安になるくらい仕入れたはずなのに、あっという間に完売。さらに、食事ができない観客たちのために、カップ麺を売ってほしいと島崎の娘に頼まれて、倉庫にあったありったけのカップ麺を出してやったのに、それもほぼ完売してしまった。

いったいこの町のどこに、あれだけの人が隠れていたのだろう。晋一の目には、観光客よりも地元民のほうが多く見えた。

この町が過疎《かそ》化している、というのは、何かの錯覚なのか？

いや、それは現実だ。

晋一が子供の頃でも二つ、炭坑町だった頃は四つもあったという小学校が、今は一つしかなく、一学年一クラスずつで、いちばん多いクラスでも二十人程度なのである。少子化も関係はあるのだろうが、そもそも、子供を育てている家庭の数が少ないのだ。

過疎は、確かにこの町を侵食し、今や喰《く》らい尽くそうとしている。が、それでもまだ、この店を空《から》っぽにするくらいの人間は残っているのだ。

晋一はこの倉庫が好きだった。子供の頃、友達と倉庫に入っては親に叱《しか》られた。それでも入るのをやめられなかった。

倉庫の中には、ぎっしりと、素晴らしい物が詰まっていた。大好きな菓子が箱入りで、それも段ボール箱に何箱も積み上げられていたのだ。それは夢のような光景だった。当たり籤《くじ》が出ればオモチャのカンヅメがもらえるチョコレートだって、何百個もあった。全部開ければいったい何枚、当たりが入っているんだろう。そう考えただけでワクワクした。けれど、それを開けてしまう勇気は晋一にはなかった。それらの物たちは「商品」であり、商品とは何か神聖なものである、と感じていた。それらの品物が売れるから、自分は御飯を食べたり学校に通ったりできるのだ、と。

とても早い時期から、晋一の「将来の夢」は、親のあとをついで『スーパー澤井』のオーナーとなることだった。この夢の城を自分のものにしたかった。野球選手も宇宙飛行士も、この倉庫を所有することと比べたらたいした夢には思えなかった。自分は跡取り息子なのだ。なんという幸運。

N市の商業高校に入り、そろばんだの簿記だの、真面目に習った。勉強なんか大嫌いだったが、やがては『スーパー澤井』のオーナーになるのだ、という思いがあれば、嫌いなことでも我慢《がまん》できた。高校を出てこの店で働き始めてようやく、現実を知った。日用雑貨や食品の商売は、一つ売れて儲けが何十円の世界だった。この倉庫を自分のものにできれば、世界一幸福な男になれそうな気がしていたのに、実際には、店中の品物をかき集めて売り尽くしても、その利益でN市のマンションのひと部屋も買えやしない。それどころか、自動車一台分の利益も出ない、そんな世界だった。晋一の夢の国は色褪《あ》せた。

それでも、今さら他にやりたいこともないし。そうしているうちにバブルが到来した。あの頃、多少は好景気が影響していたのは確かだろう。同じカップ麺でも特売品よりは高級品のほうがよく売れたし、シャンパンだのティラミスだの、フォアグラのパテだのと、『スーパー澤井』には縁がないだろうと思っていた品物がよそよそしく棚に並んでいた。一つ売れれば何百円も利益が出るそうした高級品を、根古万知駅前商店街で買い物するような人たちがレジに持って来る、あれこそがバブルだったのだ。

が、同時に国道沿いに大きなショッピングセンターが建ち、休耕地だった道路沿いにチェーン店のファミレス、焼肉屋、紳士服店、カメラ店などがにょきにょきと現れた。そして、何があったのかよくわからないままにバブルが弾《はじ》け、ショッピングセンターに行った客たちは二度と戻って来なかった。

あれからの二十数年は、毎年毎年、決算のたびに減り続ける年収の額に打ちのめされ、いろいろなことを諦め続けた日々だった。

あとはもう数年、なんとか生活費だけ稼いで、年金生活になったらここを閉めよう。商店街の他の店主たちだって、みんな同じようなことを考えているはずだ。そう思っていた……昨日までは。

昨日までは。

諦めの中で静かに、こつこつと暮らすことで満足していたのだ。別に負けたわけじゃない。過疎は俺たちのせいじゃない。できることはちゃんと、精いっぱいやって来たんだから。それに、『スーパー澤井』はこの死にかけの商店街の中では唯一、奇跡的にちゃんと利益をあげているのだ。少なくとも年単位では赤字ではない。この町にも、車を持たない年寄りはけっこう多い。駅があるせいで微妙に車がなくても生きていかれる環境なので、つれあいが死んでからは息子に送り迎えして貰うというばあさんが多いのだ。彼女たちは、ショッピングセンターよりも『スーパー澤井』を好む。エレベーターだのエスカレーターだのと面倒なものに乗らなくても買い物ができるから。そうした人たちのためにも、まだ少しの間この店は、開けておかないと。まあその程度の営業意欲で、晋一は仕事を続けて来た。

だが、昨日、目の前で飛ぶように売れていく品物を見ているうちに、晋一の心の中で何かが変わった。

ここは俺にとって、夢の国だったんじゃなかったか？

『スーパー澤井』のオーナーになることは、俺にとって、宇宙飛行士や野球選手になるよりも素晴らしいことだったんじゃ？

人はまだ、残っているのだ。過疎化しつつあるとは言っても、限界集落というわけではないのだ。この店を空っぽにできるくらいの人間は、この根古万知にいるのだ。

だったら。

だったら、その人々に何か売るのが、俺の使命だろう？

今流行っているゲームはなんだ？

今人気のあるアイドルは誰だ？

今、売れている菓子はなんだ？

もう何年も、そんなことが商売の役に立つ、という感覚すら失ったままだった。

せっかくパソコンを持っているのに、インターネットでなんでも調べられるのに、俺と来たら、趣味の渓流《けいりゅう》釣りのことしか検索をかけたことがない。

新しいポスターをまわしてくれと、問屋に注文をつけることもしていない。


電話が鳴った。晋一は倉庫を出て、事務室の電話をとった。

「もしもし、晋一か?」

「ああ、国さん。なんだ、どうした」

「今夜、飯食おう。国道沿いの『こけし』で、九時でどうだ」

「それは構わんけど、祭りの打ち上げは明日やろ」

「違う、相談がある」

「相談?」

「おまえんとこが鍵なんだ。おまえが乗ってくれるのなら、みんなを集める」

「なんの話や」

「今度は祭りやなくて、本格的な再生や」

「再生……」

「俺はやり直す。一からやり直す。麺にねこまち甘夏の汁を練《ね》りこめないか製麺所に相談して、この夏にはねこまち甘夏冷やし中華を」

「おい、ちょっと待て国さん。なんの話や」

「商売や!　俺たちは商売人なんや!　だから、商売人として戦う」

3

「資金はどうするんだ。俺たちの店に今さら農協やら信用金庫やら、金なんか貸してくれんやろ」

「事業計画を作って談判《だんぱん》に行こう。一軒ずつの店が個別に交渉しても無理やろが、商店街再生計画として申請すれば、話くらいは聞いて貰える」

「そりゃまあ、話は聞いて貰えるやろが、聞くだけ聞いて、検討します言われて、それで数日後にあれはちょっと難しいですわ、言われて終わりやろ」

「『スーパー澤井』は黒字出してるんやろ、晋一が交渉したらなんとかならんやろか」

「黒字言うてもなあ、なんとか食べていかれる程度で、店を改装するだの事業を拡張するだの、そんなレベルやないからなあ」

「食べていかれるだけましだ。俺んとこなんか、貯金の取り崩しだぞ。商売やめたほうが楽なんだ」

「それを言うなら俺んとこもそうだなあ、商売畳んで年金で慎《つつ》ましく生きていくほうが」

「ちょっと待て！」

国夫が怒鳴《どな》った。

「そんな後ろ向きなことここでは言わないでくれ。せっかく、もう一勝負しようと集まったんだ、やれるだけのことはやる方向で話し合ってくれ」

「すまん、国さん。けどな、現実問題として、本気で商店街の再生計画を実行する気なら、資金の問題は避《さ》けて通れないぞ」

晋一の言葉に、国夫は腕組みしたまま唸《うな》った。

「金か……やっぱりそこやなあ」

「国さん、あんたのとこ、甘夏を練りこんだ麺の試作にはどのくらいかかる」

「なんやかやで百万は覚悟してる。まあそのくらいで済めば、蓄《たくわ》えでなんとかなる」

「まあうちも、店内をちょっと改装して品揃《しなぞろ》えを見直すくらいなら、自前でなんとかするわ。他の店も、自分とこで売るもんとか店の改装とかは、自分らで資金を工面《くめん》して貰うしかないわな」

「そんな金、ないわ。中身は今のまんまでは再生計画に入れて貰えないんか」

「いや、そんなことはない」

国夫が言った。

「店の中は今のままでもええんや。けど、祭りでなく商売で商店街に客を取り戻す工夫が必要なんや。まずはシャッター、ちゃんと綺麗に色を塗り直す」

「剝《は》がれた敷石《しきいし》もなんとかしないとな」

「アーケードの補修もして、照明も明るくする」

「それでいくらかかる?」

晋一が腕組みして言った。

「……五百万、でなんとかなるやろか」

「五百万!」

一同から溜《た》め息《いき》が漏《も》れた。

「いや、アーケードの補修だけやったら、商店街の補修積立金でなんとかできる。おい、会計は誰やった?」

「俺だ、俺」

『文房具の店　たけじま』の主《あるじ》、竹島陽吉が手を挙《あ》げた。

「補修積立金は十五年前に台風でアーケードに穴が開いた時いっぺんつかっちゃったよ。今は通帳に二百万もない」

「アーケードの補修くらいならそれでまかなえないかな」

「どの程度しっかり直すかにもよるだろうな。けど、これしかない、って言ってまけさせることはできるよ、地元の工務店つかえば」

「照明とシャッターの塗り替え、歩道の敷石の補修で三百万、ってとこか」

「ただ綺麗にしただけで客なんか来るかよ」

「わかってる」

　晋一が言った。

「ただ綺麗にしただけでは客は来ない。その通りや。商店街再生の鍵《かぎ》は、空家《あきや》になってる店舗《てんぽ》に集客力のある店を呼ぶことや。今回の祭り、ねこまちフェスティバルのおかげで、ちょっとは根古万知の名前が世の中に広まった。それを利用して、全国から出店を募《つの》る」

「募るって、客が来ない田舎の商店街にどこの企業が店なんか出すよ」

「企業やない、個人や」

「個人ならなおさらだろう。企業なら儲からなくてもアンテナショップ的な出店ができるが、個人だと利益が出なければどうにもならん」

「アーティストを呼ぶんや」

「アーティスト？」

「猫をモチーフにした陶器とか絵とかを創《つく》ってる、陶芸家やら絵描きやらおるやろう。まだ売れてなくて資金がないから自分のギャラリーは持てず、インターネットで作品を売ったり、ネットショップに委託販売しているアーティストに、店舗と住む家を提供する。破格の家賃で。商店街には空き店舗が二十以上ある。そこにそうしたアーティストのギャラリーが並んだら、それだけでも話題になるやろ。二階も空いてるとこなら上に住んで貰えるし、町内にはアパートもある。もともと、シバデンは根古万知を猫の町の駅として売り出そうとしたんや、けど駅以外になんにもなくてすぐに飽きられた。商店街が猫アートのギャラリーで埋まれば、この町はほんとに猫の町になり、駅は、ねこ町の駅になる。今度は観光客も、ただ駅に着いて折り返すだけやなくて、商店街を歩いて猫アートを楽しめるし買い物もできる」

「晋一、おまえなんでそんなアイデアを」

「信平の考えや」

　晋一は笑った。

「昨日、国さんと相談してな、信平にも意見を聞いてみた。そしたら信平はもうとっくに、祭りに頼らずに商店街を再生させる案をいろいろ練ってたんや。その中の一つが、商店街を猫アートストリートにする、ってもんやった。あの音無って女優さんが思いついたらしい。これならそんなに金もかからず、実現可能やと思うんや。他にも信平は、町のいたるところに猫の像を置く、ゆう案も出した」

「猫の像って、そんなもん発注したら高くつくで」

「最初は安物でええんや。通販で買えるような、庭においとく安物で。そんなもんでも、町のいたるところに置いてあったら面白いやろ。町おこしが軌道に乗って来たら、ちゃんとそれらしいもんを発注できる」

「子供のオモチャとかぬいぐるみとかでもいいのかな。うちのガキのもんが物置にあるけど」

「ぬいぐるみは汚れるとやっかいだし、雨に濡《ぬ》れないように置かないとならんからな。けど、どこの家にも猫のぬいぐるみの一つくらいあるやろから、それらを集めて、駅と商店街にまとめて飾るのは面白いな。ガラスケースみたいなのに入れて」

「ディズニーランドにあったな、人形が並んでてみんなで歌うやつ。あんなふうに楽しそうに飾ればいいかもしれない」

「まだまだ、考えればいくらでも思いつく。この町が本物のねこ町になれば、観光客はきっと集まって来る。そして年に一度のねこまちフェスティバルだ。信用金庫だってきっと、金を貸してくれるよ」

「その金だが、ちょっとだけ俺にも出させて貰えないかな」

てんでに喋《しゃべ》りつつ、顔を赤くしていた一同は、話に割って入って来た人物を見て、ビールジョッキを手にしたままで驚いた。

そこには、河井と信平が立っていた。

「あんた……河井さん」

「いいかな、お邪魔しても」

「あ、いやもちろん。こっち座って」

河井と信平は、国夫の隣りに腰をおろした。

「遅れてすみません。河井さんを迎えに行ってたもんで」

「車運転して自分で来たら良かったんだが」

「それだと河井さん、飲めないでしょ。今夜は下戸《げこ》の加藤さんがおくって行きますから」

「信平さん、俺は下戸じゃないよ。医者に酒を禁じられてるだけだ」

加藤は笑った。

「河井さん、一昨日《おととい》のあれ、すごかったね。まさかＵＦＯの正体が、ビニールハウスだったとはなあ」

「昔はあのあたり、ビニールハウスで埋まってたよなあ、確かに」

「何を作ってたんだったけな」

「トマトとかきゅうりやったんと違うか」

一同がうなずき、てんでに昔の想い出話を始めた。

信平と河井はつがれたビールを飲んだ。


「で、さっきの話だけど」

河井がリラックスしたところで国夫が訊いた。

「商店街再生のための資金、あんたがいくらか出してくれるって」

「うん、出させて貰えないかな」

「しかし」

「それぞれは店の改装やら新商品の開発やら、いろいろ金がかかるんだろう。俺はもう引退した身で、貯金もあるし生活には困らない。なにしろあの、古根子の暮らしは金なんかほとんどかからないもんな。実はＮ市に、マンションの部屋を持っててね、今は人に貸してるんだ。新婚の頃に女房の実家が買ってくれたもので、自分たちで家を持ったあともずっと人に貸してた。娘が結婚したら、リフォームして娘夫婦が使えばいいとか思っててさ。けど、まあそんなもんだけど、娘がいよいよ結婚が決まって」

「ほんまか？　それはおめでとう」

「うん、まあ相手の男は人もいいし、仕事も堅い。役所勤めだ。だから良縁なんだが、その役所ってのがさ、なんと福岡《ふくおか》なんだ」

「福岡……それはまた遠いなあ」

「遠いよ。娘が趣味の山登りで、どっかの山で知り合ったらしい。福岡で役所勤めじゃ、定年まで福岡を離れないだろ。それでもう、管理もめんどくさいし、そのマンションを売ることにした。N市駅から徒歩圏内なんで、古いけどいくらかの金にはなる。俺が古根子での生活が嫌《いや》になったら逃げ帰る場所として確保しとこうかとも考えたんだが、どうも俺、古根子での生活が心底《しんそこ》、好きらしいんだ」

河井は笑った。

「もうあそこを離れて暮らすことは考えられない。二十一世紀の日本でさ、電気もない暮らしを好きんでするなんて、贅沢《ぜいたく》だろう。それにあの村には……ひなちゃんの魂《たましい》が今でも笑いながらいるような、そんな気がするしな……まあマンション売るったってN市もしょせんは田舎のちょっとでかい町でしかない、たいした金にはならないよ。けど、通帳に入れて数字のまんま寝かしといたら、金なんかいくらあったってしかたない、通帳じゃ硬くて鼻もかめんからな。古根子で暮らしている限りは、ほんとに金はいらない。そんなだから、あんたたちの事業に出資させて貰えるなら、金も生きるだろうと思ってさ」

「それはありがたいが、しかし、うまくいくとは限らんのやで」

「いいんだ、鼻もかめない金よりは、ちょっとでも何かを産み出す金にして貰えたらそれでいい。別に全財産なげうつつもりはない、まあせいぜい、俺が投資できるのは三百万ってとこだ。その金がとりあえずなくなっても、俺は特に困らない。女房が心配性だったんで、ガン保険やらなんやらにも入ってるしな、この先病気になったとしても、なんとかなるだろ。どうにもならなくなったら、あんたらが俺のめんどうをみてくれよ」

「死ぬ気でみさせて貰うわ」

国夫が言うと、一同は拍手した。

「ちゃんと毎月返済できるように、がんばらせて貰います」

「なんやこれで、ほんまに希望が出て来たな」

「河井さんの金があれば、歩道の補修はできる」

「あとは照明やら、シャッターやらか」

「それなんですが」

信平が言った。

「ネットで検索してみたところ、ねこまちフェスティバルの前は根古万知で検索かけてもノンちゃんのことしかひっかかって来なかったのが、昨日検索したら一気にヒット数が増えてるんですよ。地元テレビだけでなく、一昨日の夜の全国ニュースでも流れたおかげですが。せっかく知名度があがったんだから、それを利用したらどうかと思って。クラウドファンディング、って知ってますか」

「クラウド、なんやて?」

「横文字はあかん。ネット用語とか俺ら知らんわ」

「あ、俺聞いたことある。なんかネットで金を集めるんじゃ」

「そうです。たとえば映画です。撮りたい映画はあるけど資金がない。で、ネットで、これこれこういう映画を撮りたいんですが、どなたかお金を出してくださいませんか、と呼びかけるんです」

「そんなんで金を出す人がおるんかい」

「全額を一人でぽんと出す人はいないですが、その映画が面白そうだなと思えば、一万円くらいなら出してもいいよ、という人はいるかもしれない。あるいは五千円、三千円なら。映画の全費用を集めるのは難しいですが、全部で五千万円かかる映画の一割、五百万円が集まれば、プロモーション用のパイロット版くらいは撮れます。それを持ってプロデューサーがまわれば資金集めもしやすい。千人の人が同意してくれたら、五百万円でも一人五千円で済みます。そうやってネットで資金を募るのがクラウドファンディングです」

「しかし金出すだけで何の見返りもないんやったら三千円でも嫌やなあ、俺は」

「ええ、なので、出していただく資金に応じて特典を用意するのが普通です。映画の場合だと、エンドクレジットに名前を入れる。映画館でそれを観《み》た時、出資した人は自分の名前がスクリーンで流れるのを見られるわけです」

「そうか、それはなんやええなあ。五千円くらい俺も出すわ」

「他にも、たとえば捨て猫の保護をやってるボランティア団体が、猫たちの保護施設を改築したい、なんてのもありますね。その場合だと、出資すれば猫の絵葉書が貰えたりするわけです。今や、ありとあらゆる事業がクラウドファンディングで資金を集めてます。しかし詐欺《さぎ》的な行為を防止するため、資金を募る期間と目標額を設定して、その期間内に目標額が集まらなければご破算です」

「この商店街の再生計画なんかで、それができますかね」

「漠然《ばくぜん》とした再生計画、では無理ですが、たとえば商店街に、猫の形をした照明設備を何個か設置するため、みたいな感じで具体的にすれば、可能です。あるいはシャッターに猫の絵を描いて貰うため、とかですね。シャッター一枚に猫の絵を描いて貰うのに三十万円かかるとして、まずは五枚で百五十万。そのくらいなら集まるんじゃないかと」

「照明の分だけなんとか信用金庫とかけあって、二百万も出させられれば」

「河井さんの出資も、ネットでの出資募集もすべて、事業計画に入れられます。しかし何よりもまず、空き店舗に入ってくれる猫アーティストを探しましょう。その仕事、島崎愛美さんにお願いしたらどうかと思うんですが」

「国さんの娘のか？」

「はい、島崎愛美さんは今度、ねこまちフェスティバルを毎年開催していくための、プロモート会社を創るんです。この商店街の再生事業に関連したリサーチ業務もお願いできると思います」

「愛美にそんなことできるんかな」

国夫が言ったが、一同から一斉に、できる、愛美ちゃんならやれる、の声があがった。

「今度のフェスティバルかて、あの子がものすごう頑張ってたやんか。愛美ちゃんやったら大丈夫や」

「それにあの娘は、ノンちゃんの飼い主やしな。あの猫、あれはやっぱ欣三さんが言う通り、神様のつかいやで。あの猫が現れて、この町は確かに変わった」

「ほんまやな。あの猫が、なんや新しい風みたいなもんをここに持って来たんや」

一同は、うんうん、とうなずいていた。

＊

「うん、いいよこのサイト。とても洒落《しゃれ》てる」

「慎一さんの写真がいいから」

「いや、愛美さん、ｗｅｂデザインの才能がありそうだ。やったことあるの？」

「ＯＬ時代に少し。お手伝いしていた程度です」

愛美と慎一は、未公開のサイトの動作状況を二人で確認した。

「役場の対応、速かったね」

「助かりました。予算は来期からですけど、今期の分は町おこしの従来予算分から出してくれることになって」

「でも、もっと広い事務所借りなくてよかった？」

「ここのほうが、ノンちゃんが落ち着きます」

愛美は部屋を見回した。それは、愛美が暮らしているアパートとまったく同じ間取り。アパートの空き室を事務所として借りたのだ。愛美の部屋は事務室の真下。大家の許可を得て、上下の物干し場を網《あみ》で囲い、慎一が作った小さな梯子《はしご》をかけた。その梯子を器用にのぼって、いつでも好きな時にノンちゃんが行き来できる。

「恵子おばさんは寂《さび》しがってるけどね、ノンちゃんがもう駅に来てくれないって」

「土日は駅に連れていく約束なんです。ノンちゃん目当てのシバデン乗客もまだ多いみたいで。それで、最初にあたってみようと思うのはこの人なんですけど」

愛美は画面に、別のサイトを表示させた。

「町役場のサイトの、猫アーティストの移住者募集に応募してくれた人なんです」

「へえ……これは素敵だな、猫の彫刻か。……ガーデンアート、って言うんだね。この人は彫刻家でもあり、ガーデンデザイナーでもある、なるほど」

「今は大阪に住んでらっしゃるんですけど、根古万知が猫の町になろうとしている点に興味を持たれたみたいで。町中に猫の像を置いたり、猫の絵や写真を飾ったりする、そういう作業全般もやってみたい、と」

「それは願ったりだけど、予算の問題があるよ」

「ええ、その点はよく話し合います。基本的には我々が提供できるのは空き店舗と住居費の補助程度で、経済活動は自力で行って貰わないとならないので。でもこちらの予算の範囲であれば、この人にお願いできることもあると思うんです。何より、この人は今でもネットを通じて自作の販売をしているので、拠点をここに移しても経済活動が続けられるようなんです。ガーデンデザイナーとしての仕事は大阪が多いみたいですが、シバデンでN市に出て特急に乗れば、大阪までは二時間かかりませんから、日帰りで打ち合わせできるので大丈夫ってことなんです。火曜日にお会いすることになったので、大阪まで行って来ます。それともう一人、候補なんですけど。この人です。この人も役場の募集に問い合わせてくれたんですけど、猫アクセサリーを自分のネットショップで売ってらして……」

慎一は、夢中で説明を続ける愛美の横顔を見つめていた。

愛美は、とてもきれいだ。初めて会った時のあの、どこかおどおどと自信がなさそうだった女性はもう、どこにもいない。今の愛美は、人生の一瞬一瞬を心から楽しみ、慈《いつく》しみ、まっすぐに前を向いている。

この女性と出逢《であ》えた奇跡を、神に感謝しよう。

にゃーん。

いつのまにか足下にすり寄っていた猫が、慎一を見上げて鳴いた。慎一は猫を抱き上げて頬ずりした。物干し場にさしこんでいた日をたっぷりと浴びて、猫は、とてもいい匂いがした。

おひさまの匂いがした。

4

うーん。

慎一は、ファインダーの中に鎮座《ちんざ》した猫の像に首を傾《かし》げた。何か、何か少し違うんだよなあ。

商店街にもギャラリーをオープンさせた猫アーティスト、水島《みずしま》さおりの猫の像は、確かに個性的でとても愛らしい。この町のシンボルとなるにはふさわしいものだと思う。だが、それをこうして写真に収めてみると、何か違和感というか、残念な感じがある。像そのものの魅力が、町の中に置くことで必ずしも活《い》かされていない気がするのだ。むしろ、ギャラリーの中に展示してあるほうが魅力的かもしれない。

オブジェ自体は新しく制作したものではなく、もともと水島かおりの作品として、個展などにも出品されていたものばかりだ。全体として、猫の惑星ウォーターアイランドの住猫たち、というコンセプトがあり、顔も体型もひとつずつ違うが「同じ星に住む仲間」としての猫たちが、笑ったり泣いたり怒ったり、食べたり飲んだり、畑を耕《たがや》したりパソコンをいじったりしている像が、数十体、水島かおりが大阪市内に借りている倉庫に詰まっていた。その中から、愛美と二人で選んだ十二体が、駅構内、駅前ロータリー、商店街、そして農協の前までに配置された。もともとガーデンアートとして作られたものなので、雨ざらしでも問題はない。だが一体平均五万円ほど、全部で約六十万円の購入費用はけっこうな出費である。それぞれの像は大きめのぬいぐるみくらいの大きさで、素材の違う石でできている。そのため、地面に直接置いたのでは低くなり過ぎる。台座を地元の石材店に注文しようという意見もあったが、石の台座に載《の》せてしまったのでは移動が困難になるし予算的にも厳《きび》しい。考えたあげく、ホームセンターで購入できる金属パイプを組み合わせて置き台のようなものを作った。商店街のメンバー総出で、十二個の置き台製作に延べ一週間。それ自体は、手作り感があって悪くない。チープな感じも味のうちだろう。

けれど、その台座に乗っかった猫のオブジェは、なんとなく居心地《いごこち》が悪そうに見えてしまうのだ。

この違和感は気に入らないな。慎一は、カメラから顔を離し、自分の目でもう一度、像を見つめた。いったい何が悪いんだろう。

「おはようございます」

背後から声がかかって、慎一は振り返った。ハーネスをつけた猫を抱いた愛美が、明るい笑顔で立っていた。慎一は嬉しくなった。

「おはよう。散歩?」

「いいえ、今日はN市のシバデンさんまで、会議をしに行くんです。それでノンちゃん、今日は臨時駅長さんです。猫オブジェの写真ですか?」

「うん、町民だよりに載せるんだけど」

「写真、ねこまちフェスティバルのページにも使わせてくださいね」

「もちろん」

「もしご面倒でなければ、いろんな角度から撮ってほしいんですけど」

「いろんな角度?」

「ええ。お人形やぬいぐるみをいろんな角度から撮ると、笑っているみたいに見えたり悩んでいるみたいに見えたりするじゃないですか。ああいう感じで、いろんな感情が表現できないかなって」

「それはライティングでいろいろできると思うけど、笑っているように見えるものだけじゃだめなの？　悩んでいる表情とか、どう使うの」

「物語を創ってみようかな、って」

「物語？」

「ノンちゃんが暮らしている架空《かくう》の町、ねこ町で、他の猫たちもみんな生活しているって設定で。とりあえず十二体のオブジェをそれぞれ住民にみたてて、写真物語にしたら面白いかな、って考えたんです。背景はイラストで」

「……背景」

「せっかく、畑を耕したりパソコンを使ったりしているオブジェがあるので、背景を畑にしたりオフィスにしたり、写真絵本みたいな感じでどうかな、って」

　慎一は、パン、と手を叩いた。

「それだ！」

「え？」

「それだよ、それだ！　違和感の正体がわかった」

「違和感？」

「今ね、このオブジェの写真を撮っていて、魅力が足りないなと思ったんだ。むしろギャラリーに飾ったほうが良く見えるんじゃないかな、って。ここにあると何か違和感があるんだよ。でもその理由がわかったんだ。オブジェそれぞれが持っている物語、それと、設置されたこの場とが乖離《かいり》してるんだよ。むしろギャラリーに置けば、鑑賞する側が自由に背景をイメージできるからその違和感はない。でもこうして現実の町に置いた時は、観る人が芸術を鑑賞しているわけじゃない。そうじゃなくて……観る人たちは、この像とここで遭遇《そうぐう》するんだ。出逢うんだよ！　ギャラリーに出向いてわざわざ観るんじゃなくて、偶然、ふと出逢うんだ。その時に、台座に置かれたよそよそしい姿で、勝手に畑を耕したり食べたり怒ったりしてる猫じゃ、観る人は感情移入できない。それじゃだめなんだ。ほら、猫の像を置こうってアイデアが出た時に君が言っていたよね。街角で不意に猫たちに出逢ったら楽しい、って。それが大事だったんだ。僕らはこの像を購入したことで、どこに飾ろうか、って発想になってしまった。そうじゃなくて、この像、この猫たちそれぞれの物語にふさわしい場所で、生きて貰わないとだめなんだ。この根古万知には、ねこ町、という重ね合わされたもう一つの世界がある。そっちの世界で生きている猫たちと、運が良ければ出逢えるかもしれませんよ、そういうアプローチで設置しないと！」

「運が良ければ……出逢える」

「そう。運が良ければ。猫たちは飾り物じゃないんだ。ここで生きているんだ。ある日はラーメン屋の椅子の上に、ある時は商店街の隅っこに。駅にいることもあれば、バスを待っていることもある。屋根の上にいるかもしれないし、畑仕事をしているかもしれない。木々の間から顔を半分のぞかせていたり、軽トラックの荷台で昼寝していたり」

「面白いです！」

愛美も手を叩いた。

「それ、すごく面白いわ！」

「うん、でも手間はかかるよ。十二体のオブジェを毎日違う場所に動かすなんて」

「毎日でなくてもいいと思います。たとえば金曜日に動かす、と決めておけば、毎週末に遊びに来て貰っても見るたびに違う場所にいることになるわ。それと、担当を決めておけば」

「担当?」

「十二体のオブジェに名前をつけて、担当ボランティアを募《つの》るんです。飼い主、と言うとちょっと違う気がするので、パートナーとか、親友とかいう設定で。その人たちに、週に一度、好きな時にオブジェを好きな場所に動かしてもらう。範囲を決めておくことと、個人の敷地内はだめとか、危険な場所はだめとか、ある程度のルールを作っておいて。全部同じ日に動かすのではなくて、動かす日もパートナーの気分次第でいいと思うんです。そうすれば、わたしたちにもどのオブジェがどこで何をしているのかわかりません。毎日の遭遇が、観光客だけではなく町の人にも楽しみになるはずです」

「いいな、それ。いいよ!」

「十二体にそれぞれ名前をつけたら、年齢とか性格とか、経歴も作りましょう。ネット上で彼らの物語を公開して。ノンちゃんと関連づけて」

「よし、それで行こう!」

慎一はそう言うなりカメラを構えた。さっきまで抱いていた違和感が嘘《うそ》のように消え、慎一の目にはもう、物語の中で生きる猫たちしか映っていない。

夢中でシャッターを押し続け、ふと気づいて見回すと、愛美の姿は消えていた。しまった、挨拶もしてないのに。でもきっと、愛美は怒っていないだろう。むしろ微笑《ほほえ》んでいたはずだ。

慎一はそう自分に言い聞かせて、またカメラを構えた。

＊

猫を主題にした作品を発表するようになって、もう二十年が過ぎた。

水島さおりは、ガラス戸の向こうに見える商店街の通りに目をやった。大阪で持っていたものと比べると小さなギャラリー兼工房だが、とても気に入っている。

根古万知、という駅に降り立った瞬間に、さおりには予感のようなものがあった。

ここだ。ここが、ずっと探し求めていたわたしの町、だ。

二十年前、さおりは二十代半《なか》ば。美大を出ても希望する就職口は見つからなかったし、いずれは創作活動で食べていきたいと思っていたので、アルバイトに頼る生活を続けていた。週に二回、子供向けのお絵描き教室の助手を務め、週に三回、スナックのカウンターで酔客にビールを注《つ》いだ。創作に必要な場所を確保するために、使われていないガレージを借りていた。ガレージにベッドを持ちこんで暮らし、パンの耳を齧《かじ》り、風呂《ふろ》代を節約するためにバケツに入れた湯で髪を洗っていた。それでもみじめだとは思わなかった。いつかきっと、自分が創るものにお金を出してくれる人が現れる。そう信じていられたのが、若さ、ということなのだろう。

そしてある日、猫を拾った。

ふらっと現れて、少しだけ開いていたシャッターの下からガレージへと入って来た、猫。

悠々《ゆうゆう》と、当然のようにさおりの膝に乗った。猫など飼ったことはなかったけれど、さおりの手はごく自然に、その猫の背を撫《な》でていた。

その夜から、さおりは「猫」を創るようになった。なぜか「猫」を創りたくて。

そして、創った「猫」に値がついた。ガーデンインテリアを扱う店が、さおりの猫たちを買い上げてくれた。

軌道にのった、というほどではないけれど、以来、なんとか猫アーティストの末席で生活を保っている。大阪のガーデニング用品チェーンが顧客についてくれ、ホームセンターなどにも「水島さおりキャットタウン」という名前の小さなコーナーが作られている。風呂のついた部屋で暮らせるようになり、友達と飲みに出かけたり、好きな映画を映画館で観たり、たまには旅行に出かけたりもできるようになった。

けれど、あの猫は去ってしまった。

ある夜、そろそろ一人でも大丈夫ですよね、と言うように鳴いて、窓から出て行ったのだ。もう五年は前のこと。

駅長猫ノンちゃんの写真をインターネットで見た時、さおりの心臓は飛《と》び跳《は》ねた。

間違いない。

これは、あの子だ。わたしの猫。わたしの、ミーちゃん。

気の利《き》いた猫の名前など思いつかなかった。世間の猫好きが飼い猫にどんな名前をつけるのかも知らなかった。猫といえばミー。それだけ。

でもあの子は気を悪くした素振りも見せず、ミーちゃん、と呼ぶと目を細めてくれた。

さおりは、はやる気持ちを抑《おさ》えてねこまちフェスティバルを覗きに来た。あまりにも人が多かったためか、ノンちゃんが駅のケージの中にいる時間は短かったけれど、それでも一目この目で見て確信したのだ。

ミーちゃん！
そう呼びかけると、猫はおっとりと欠伸《あくび》をし、さおりをじっと見つめ、それから……

それから、笑った。

本当だ。確かに、笑ったのだ。微笑んだのだ。

この町が、この商店街でギャラリーを持つ猫アーティストを募集していると知っても、だから驚かなかった。すべてはミーちゃんがしてくれたこと。わたしをこの町に連れて来るために。けれど、ノンちゃんには別の飼い主がいた。さおりは、ミーちゃんのことを今でも秘密にしている。それでいい、と思っている。
あの子が自分で選んだのだから。新しい飼い主、この町での生活を。
ただひとつだけ、秘密にしておくのが辛《つら》いことがある。大きな声で言いたい。叫びたい。世界中に教えてあげたい。

この町には、奇跡の猫がいる、と。
幸せをもたらしてくれる、奇跡の猫がいるのだ、と。

終章　終わりよければ

「はい、今日は今ネットでも話題の猫の町、その名も根古万知にお邪魔していまーす。根古万知、こんな字を書くんですよー」

歯が真っ白な女性アナウンサーは、根古万知、と書かれたフリップをテレビカメラの前に出して見せた。

「発音は、ねこまんち、なんだそうです。でも今ではこの町の人たちも、ここを、ねこまち、と呼んでます。あちらに見えるのが柴山電鉄の根古万知駅、でもこの秋からこの駅名も、正式に、ねこまち、となるそうです。そしてそして、このねこまち駅の駅長さんは！」

ノンちゃんを抱いた塚田恵子の姿が画面に現れた。

「あの猫ちゃん、ノンちゃんでーす！」


「塚田さんもだいぶ取材馴《な》れして来ましたね」

町役場の広報担当、伊藤が評論家のような顔で言う。

「あまり受け答えが上手だと、素朴さに欠けるんじゃないですかね」

愛美は思わず笑い出した。

「塚田さんとノンちゃんの取り合わせは絶妙です。素朴なだけが地方都市の良さじゃないと思いますよ」

「あなたがテレビに出ればいいのに。あなたのほうが話題になりますよ。町おこしのために会社を創った女性、ってことで。もともとノンちゃんはあなたの飼い猫でしょ」

「ノンちゃんは……あの猫は、誰の飼い猫でもないんです。あの子は自分の意志でこの町に来て、そうしたいからこの町にいるんです」

＊　＊　＊

ラストシーン。

白い水飛沫《みずしぶき》の中、音無佐和子演じるヒロイン、日菜子《ひなこ》が目を閉じる。日菜子は持病の心臓病が悪化し、今、死を迎えようとしている。

しかし日菜子は、幸せだった。

波乱万丈の人生の最後、日菜子がたどり着いた、電気もない村、仔猫《こねこ》集落。

そこで彼女が得たおだやかな日々の幸福が、日菜子をこの上もなく美しく輝かせた。

静かな音楽と共に、エンドロールが流れ始めた。

愛美は、知らぬ間に頬《ほお》を伝っていた涙をハンカチでおさえた。

場内が明るくなり、愛美は隣りに座っていた慎一と顔を見合わせ、思わず笑った。

「また泣いちゃった。わたしの涙腺、おかしいですよね。試写会の時から合計、七回は観《み》てるのに」

慎一も笑って言った。

「僕も四回目なのに泣きそうだったよ」

二人は笑い合いながら映画館を出た。

電車で一時間ほどの「地元」が舞台になっているとあって、N市の映画館では連日大盛況らしい。音無佐和子が監督と主演をした映画『さすらうひと』。脚本はなんと、信平が書いた。どうしてそういうことになったのか詳《くわ》しいことは知らないが、信平はとてもはりきっていた。その信平は、来春には井沢伸子と結婚するらしい。

『さすらうひと』のヒロイン日菜子は、謎の女だ。ある日突然、仔猫集落に現れて住み着いた。映画は、日菜子の回想から彼女の壮絶な人生をさかのぼる。それは昭和の記録であり、一人の女性の一代記でもある。

そして最後にたどり着いた仔猫集落での日々は、根古万知一帯の自然美が思う存分に描かれている。

素晴らしい映画だ、と、愛美は思っている。音無佐和子がかき集めた資金に根古万知町が協賛金をいくらか出し、あとはクラウドファンディングと、愛美が毎日足を棒にして歩き回って募《つの》った寄付金、総額四千万円。昨今の映画事情では低予算とは呼べないらしいが、潤沢《じゅんたく》とはとても言えない予算だった。音無佐和子は、借金を背負う覚悟でいたらしい。

が、劇場公開の前に海外の映画祭にエントリーしたところ、なんとグランプリを受賞してしまった。そのおかげで国内の映画賞にも何部門かでノミネートされている。今週からN市と大阪、福岡で先行ロードショー、来週には東京で公開記念イベント、そして全国ロードショーが始まる。この映画がヒットすれば、間違いなく観光客は増えるだろう。愛美と慎一は連日古根子集落に通い、観光客に対応する準備をしていた。その合間に根古万知町民会館で町民を対象に無料上映会が行われ、二人はそれを見終えたところだった。

「来週だっけ、テレビに出るの」

「ええ、火曜日です」

「大阪に行くの？　ノンちゃんも一緒？」

「ノンちゃんはお留守番。ノンちゃんは何事にも動じないタイプだけど、それでも大阪まで連れて行って、テレビ局でライトやカメラを向けられるのはかなりストレスになるでしょう」

「それはそうだね、人間だってストレスになる。でも愛美さんはもっとテレビに出たほうがいいよ」

「嫌《いや》です」

　愛美は言った。

「わたし、向いてないもの。地元のケーブルテレビでもあんなに緊張したのに、大阪ローカルとは言え地上波のテレビなんて……ほんと、考えたら憂鬱《ゆううつ》になります」

「でも会社とこの町のためだったら、苦手なこともしなくちゃね」

「ひとごとだと思って気軽に言わないで。そうだ、火曜日には慎一さんが出ればいいわ、テレビ。慎一さんだってスタッフなんだもの」

「愛美さんだから出ませんかってオファーが来たんだよ。代わりに僕が、なんて言ったらテレビ局がガッカリしちゃうよ」

　二人はいつのまにか、手を繋《つな》いでいた。

「歩いて帰ろうか。ほら、すごい星」

　慎一に言われて見上げると、満天の星空があった。

「……本当にきれい」

「だよね」

「これも根古万知のアピールポイントになるわ！」

「古根子集落だともっと綺麗だよ」

「星の観察会とか撮影会なんかも、できますね」

「うん、あ、そうだ、知り合いに天体撮影やってる人がいるから、今度話を聞いてみるよ。星空の撮影会、予算や準備にどのくらいかかるのかとか、一年でベストシーズンはいつ頃か、とか」


「一つだけ、腑《ふ》に落ちないことがあるの」

「腑に落ちないこと？」

愛美はうなずいた。

「ノンちゃんは雛村さんの飼い猫だったのよね」

「雛村さん自身が、あの集落に定住するつもりはなかったんだろうから、飼い猫というほどはっきりした関係じゃなかったのかもしれないね」

「でも、雛村さんが可愛《かわい》がっていた。雛村さんの姿が消えてから、ノンちゃんはどうしていたのかしら」

「そのまま集落にいたんだと思うけど。田舎《いなか》の猫は、野ネズミや蛇《へび》、虫なんか食べてるから、人に餌《えさ》をもらわなくてもけっこう平気だよ」

「でも集落にずっといたんだとしたら、誰かは餌をあげていたと思うんです。それこそ欣三さんだって、雛村さんが可愛がっていた猫をほったらかしにしたとは思えない。でも、それならなぜ欣三さんは、それを突然家に連れて来てしまったのかしら。雛村さんが戻って来ると信じていたのなら、ノンちゃんをわざわざ、猫アレルギーのある奥さんがいる家に連れて来る必要はなかったと思うんです」

「あ」

慎一は、愛美を見た。

「そう言われてみたら、そうだな……餌をあげていたんなら、そのまま古根子集落においておけば良かったんだ……」

「わたし、思ったんです。もしかしたら雛村さんの姿が消えた時、ノンちゃんも姿を消したんじゃないかって。それが、突然戻って来た。欣三さんはまた姿を現したノンちゃんを見つけて……それを……雛村さんの生まれ変わりだと思ったんじゃないか……少なくとも、ノンちゃんの中に雛村さんの魂のようなものが宿っていると感じたんじゃないかって」

愛美は、そう言ってから自分で打ち消すように首を振った。

「ごめんなさい、なんか突拍子もないですよね。でも……雛村さんは人生の最後に、古根子集落での生活を気に入ってくださっていた。ノンちゃんが現れてから、この町は変わりました。この空のどこか遠くから、雛村さんが見守っていてくださる、そんなふうに思いたいな、って」

「ねえ慎一さん。……この町は、変わったのかしら……少しは」

「少なくとも、変わり始めてはいると思うよ」

「変わることで、みんなが幸せになれるのかしら」

「みんなが幸せになれるかどうかは、正直、わからない。変わらないままのほうが幸せだ、って人も必ずいるからね。だけど、変わらないままだったら見えない景色が今、目の前に広がっていることは確かだ。階段を一段あがるごとにそれまで見えなかったものが視界に入って来るように、この町の人たちはみんなで今、体験したことのないことを体験している。それだけでも、すごいことだよ。それはまさしく、未知との遭遇《そうぐう》」

　慎一は笑った。

「ＵＦＯはやっぱり着陸していたんじゃないかな、あの丘に。そして宇宙人は、この町がとても気に入って、この町の人たちがこの町の良さにいつか気づけるように、ノンちゃんを置き土産《みやげ》にしていった」

「それ、新しいねこ町物語にできそう」

「また、『ねこまち甘夏どら焼き』の包み紙に印刷する？　前に印刷されていた『炭坑のノンちゃん物語』は大好評だったね。だけど、どうしてどら焼きにしたのかなあ、信平さん。もっと今風なお菓子にするのかと思ってた」

「どら焼きだからいい、のかも。ほら、ノンちゃんの似顔絵も、どら焼きならつけるのが簡単だし」


「あっ！」

　慎一が叫んだ。

「今のあれ、なんだ⁉」

「えっ……」

「今、何か光る球がこう、スッ、スッって横に流れたんだ」

　二人は首が痛くなるまで、夜空を見上げていた。

空には星。
足下には地面。
木々には甘夏の実。
丘にはＵＦＯ。
シャッターには絵が描いてあり
古びた写真館では芝居が上演される。
商店街にはアーティストが住み
駅には猫。

それが、わたしの故郷。
わたしたちの町。

悪くないよね。
愛美は思った。
悪くない。いや、ラッキーなことだ。
この町で生まれ、この町に戻って来た。
そしてこれからも、この町で生きていく。
それは本当に、幸運なことだ。

注・本作品は、月刊『小説ＮＯＮ』（小社発行）に、平成二十四年五月号から平成二十九年七月号まで連載されたものに、著者が刊行に際し、大幅に訂正したものです。

――編集部

切りとり線

あなたにお願い

この本をお読みになって、どんな感想をお持ちでしょうか。次ページの「100字書評」を編集部までいただけたらありがたく存じます。個人名を識別できない形で処理したうえで、今後の企画の参考にさせていただくほか、作者に提供することがあります。

あなたの「100字書評」は新聞・雑誌などを通じて紹介させていただくことがあります。採用の場合は、特製図書カードを差し上げます。

次ページの原稿用紙（コピーしたものでもかまいません）に書評をお書きのうえ、このページを切り取り、左記へお送りください。祥伝社ホームページからも、書き込めます。

〒一〇一―八七〇一　東京都千代田区神田神保町三―三
祥伝社　文芸出版部　文芸編集　編集長　日浦晶仁
電話〇三（三二六五）二〇八〇　http://www.shodensha.co.jp/bookreview/

◎本書の購買動機（新聞、雑誌名を記入するか、○をつけてください）

＿＿新聞・誌の広告を見て	＿＿新聞・誌の書評を見て	好きな作家だから	カバーに惹かれて	タイトルに惹かれて	知人のすすめで

◎最近、印象に残った作品や作家をお書きください

◎その他この本についてご意見がありましたらお書きください

100字書評

ねこ町駅前商店街日々便り

住所

なまえ

年齢

職業

柴田よしき（しばたよしき）

東京都生まれ。1995年に『RIKO 女神《ヴィーナス》の永遠』で第15回横溝正史賞を受賞し、デビュー。以来、ミステリーをはじめ、あらゆるジャンルで精力的に作品を発表し続けている。本書は、一匹の猫の出現をきっかけにシャッター商店街の再生を願う人々が、知恵を出し汗をかいて奮闘する物語である。著書に『ふたたびの虹』『竜の涙 ばんざい屋の夜』『観覧車』（以上祥伝社文庫）『猫は毒殺に関与しない』『さまよえる古道具屋の物語』『風味さんのカメラ日和』等、多数。

ねこ町駅前《まちえきまえ》商店街《しょうてんがい》日々《ひび》便《だよ》り

平成29年11月20日　初版第1刷発行

著　者　柴田《しばた》よしき

発行者　辻 浩明

発行所　祥伝社《しょうでんしゃ》

〒101-8701　東京都千代田区神田神保町3－3

電話　03-3265-2081（販売）　03-3265-2080（編集）

03-3265-3622（業務）

印　刷　図書印刷

製　本　図書印刷

ISBN978-4-396-63537-4　C0093

祥伝社のホームページ　http://www.shodensha.co.jp/

祥伝社文庫

好評既刊

柴田よしき

観覧車

失踪した夫を待ち続ける探偵・下澤唯。
行方不明の男を捜すとその愛人が観覧車に乗り続け…。

回転木馬

下澤唯の前に現れる、過去に心の傷を抱えた女性たち…。
希望と悲しみが交錯するミステリー。

祥伝社

四六判文芸書

花が咲くとき

そのとき、老人はある決意を固め、
少年は大人への門を潜る。

人生に大切なものが詰まった、
心に沁みわたる感動の物語。

乾ルカ